15

민음의 비평

세계의 되풀이

15

민음의 비평

세계의 되풀이

조대한 비평집

민음사

| 서문 |

『전지적 독자 시점』이라는 작품이 있다. 흥미로운 이 작품의 표제는 '김독자'라는 인물에서 연유한다. 그는 이름과 어울리게도 어떤 소설과 그 소설의 주인공인 '유중혁'의 삶을 따라 읽는 재미에 기대어 하루하루의 일상을 버텨 나가는 사람이다. 김독자가 사랑하는 소설의 제목은 『멸망한 세계에서 살아남는 세 가지 방법』이며, 웹에 연재되고 있는 이 소설 역시 김독자가 클릭하는 조회 수 1의 힘에 기대어 겨우 명맥을 이어 나간다. 김독자와 유중혁은 서로가 서로의 존재 기반이 되어 주는 동시에 각기 '현실의 독자'와 '소설 속 주인공'을 대변하는 인물들인 셈이다.

다만 이 작품의 메인 표지를 양분하고 있는 둘 외에도 주목해야 하는 인물이 있는데, 그는 바로 『멸망한 세계에서 살아남는 세 가지 방법』의 작가 '한수영'이다. 김독자와 유중혁이 소설 바깥의 독자와 소설 속 주인공을 상징적으로 대표하는 인물이라면, 그녀는 소설 밖 독자와 같은 세계를 살아가는 동시에 소설 속 인물을 만드는 작가 포지션을 맡고 있으며, 양쪽의 만남을 매개하는 캐릭터라고 할 수 있다. 유중혁을 주인공으로 한 소설을 연재한 것도, 그로 인해 김독자의 삶을 지속하게 만든 것도 모두 한수영이기 때문이다.

한데 세부 내용을 보다 자세히 살펴보면 이것은 인과관계가 다소 뒤바뀐 진술이기도 하다. 한수영이 연재한 소설을 읽으며 김독자가 생을 이어 나간 것은 분명한 사실이지만, 애초에 한수영이 집필을 시작한 것은 김독자가 스스로 목숨을 끊지 못하게 하기 위해서였다. 그녀는 미래의 김독자와 유중혁에게 전해 들었던 이야기에 자신의 능력을 더해 가상의 소설을 만들었고, 이후 그 소설을 통해 탄생한 주인공과 독자는 다시 자신들의 이야기를 펼쳐 나가게 된다. 이처럼 멋진 시간의 역전을 가능하게 하고 쉽사리 메워지지 않는 이야기의 여백들을 채워 나가는 데 핵심적인 역할을 하는 것이 한수영의 캐릭터가 지니고 있는 고유한 능력, '예상 표절'이다.

주지하다시피 예상 표절은 프랑스의 비평가 피에르 바야르가 고안해 낸 개념이다. 그는 자신의 저서에서 볼테르가 백 년 뒤의 코난 도일을, 과거의 모파상이 수십 년 뒤의 프루스트를 표절했다고 주장한다. 물론 그가 말하고자 하는 것이 미래 작가의 텍스트를 실제로 베껴 쓰는 기상천외한 초능력은 아닐 것이다. 아마도 바야르는 우리가 과거와 맺고 있는 일방향적인 관계를 되짚어 보고 싶었던 것 같다. 위대한 고전은 이미 쓰여졌고, 플라톤 이후의 사유는 모두 그의 주석일 뿐이며, 후인들은 과거의 불가피한 채무와 유산 더미 위에서 살아갈 수밖에 없는 고정된 시간의 운명을 뒤집어 보고자 그는 이토록 흥미로운 해석의 가설을 내걸었다.

여기에서 특별히 주목하고 싶은 것은 '반복'이라는 요소이다. 그것이 멸망한 세계의 이야기이든 명인의 숨겨진 작품이든 예상 표절이라는 개념은 유사한 텍스트가 서로 다른 시차를 두고 되풀이되어야만 성립될 수 있다. 훗날 코난 도일의 텍스트가 반복된 이후에야 볼테르는 그의 예상 표절자가 되고, 미래의 프루스트가 도착한 뒤에야 미지의 공백으로 남아 있던 모파상의 텍스트는 본연의 의미를 부여받게 된다. 즉 하나의 세계는 처음의 순간이 아닌 또 한 번의 반복 이후에야 비로소 탄생한다. 이를 즉자(an sich)에서 대자(für sich)로의 이행 과정이라고 이야기해도 좋고, 조금 더 딱딱하게 세계 내 존재(in-der-Welt-sein)의 실존적 구조라고 칭해도 좋겠다.

중요한 건 내가 문학을 오랫동안 동경했던 이유가 바로 그러한 되새김질 때문이었다는 점이다. 늘 늦되지만 과거의 어느 순간들을 약속처럼 되짚으며 등장하는 여러 작품들 덕분에 나는 당시엔 미처 알지 못했던 생경한 감정들, 도저히 의미를 알 수 없었던 급작스러운 사건들, 자신을 둘러싸고 있던 세계의 불합리한 조건들을 아주 조금은 이해하게 되었다. 본래의 장면과 비슷하면서도 어딘가 다른 방식으로 반복되는 문학 텍스트를 통해 세계의 작동 방식을 접했고, 재빨리 오가는 현실의 말 대신 시간의 마모와 퇴고를 거친 지면의 글들을 점차 신뢰하게 되었다. 그것들은 분명 세계를 비추는 굴절된 상이지만 누군가에게는 보다 진실에 가까운 왜상이기도 했다.

그런 작품들조차 결국 누군가가 애써 읽지 않으면 영원히 독해되지 않는 공백의 상태에 놓이곤 한다는 사실이 괜히 안타까웠다. 그 빈칸을 어떻게든 채워 보고자 했던 서투른 애호의 마음들은 점점 내가 매혹되었던 감정의 이유를 해명하고 행간에 췌언을 덧붙여 그들의 언어와 나란히 함께하고 싶은 욕망들로 바뀌었고, 그렇게 문학 비평을 해 왔던 시간과 원고들이 하나둘 쌓여 어느새 이만큼의 뭉치가 되었다. 이걸 무어라 해야 할까. 그러니까 아마도 이건 반복된 세계의 또 다른 되풀이일 것이다. 원텍스트 그대로의 받아쓰기이거나 혹은 고유의 색채마저 지우는 오독의 덧칠에 불과할 수도 있겠지만 한 번 더 곱씹고 되감을 때마다 최소한 새로운 무언가는 탄생하게 된다고 짐짓 위안을 삼아 본다. 나아가 주인공들이 겪은 모험담의 필사본에 불과했던 한수영이 글이 조금씩 모습을 바꾸어 그들의 삶을 거꾸로 되살리게 된 것처럼, 거듭 되풀이되는 이 세계의 텍스트 역시 언젠가 우리를 둘러싼 이곳의 모습을 조금은 더 나은 방식으로 뒤바꾸게 될 것이라고 나는 믿고 있다. 아니 그런 믿음이 없다면 문학을 할 이유가 없었을 것이다.

1부의 글들은 주제론 단위로 썼던 원고들 중 몇몇을 대표적으로 추린 것이다. 각기 젠더와 성차, 동물과 타자, 재난과 미래, 주체와 인칭 등의 논의 주제를 다루고 있다. 이제 와 돌이켜 생각해 보건대 스스로 선택을 했다기보다는 눈에 자꾸 밟히는 최근 텍스트들의 연결고리를 찾다 보니 저절로 그런 테마가 모이게 되었다고 말하는 쪽이 옳을 듯하다. 2부의 글들은 김수영, 서정주, 윤동주, 이상 등 시간의 격차가 비교적 큰 작가들의 텍스트들을 주로 다루고 있다. 현장 비평의 장보다는 아카데미에서 익숙하게 만나게 되는 작가와 작품들이지만 내가 공부하며 고민했던 문학의 흔적이 담긴 글들이라 일부나마 이렇게 포함시키게 되었다. 비록 과거의 텍스트들이지만 새로운 인식의 지반과 나란히 겹쳐 읽으면 여전한 현재성들을 지니고 있다고 생각한다.

3부부터 5부까지는 작가론에 가까운 글들이거나 단행본 또는 수상 작품집의 해설에 실렸던 원고들이다. 앞서 고백했듯 내 글쓰기의 시작점은 작품에의 매혹이었다. 좋아하는 작가의 글을 읽은 감상에 취해 호들갑을 떨며 친구들과 종일 그 작품에 대해 떠들던 치기 어린 즐거움이나 원형에 가까운 팬심의 글들이 여기 담겼다. 그렇게 텍스트에 한껏 기대어 출발한 글들로 이 비평집은 만들어졌다. 제목과 서문의 아이디어 또한 3부를 시작하는 첫 번째 글 「도착하지 않은 사랑의 되풀이」에서 왔다. 이 글은 황인찬 시집 『사랑을 위한 되풀이』에 기대어 쓰였다.

다만 안타까운 것은 주제, 배치, 형식 등의 문제 때문에 책에 미처 다 싣지 못한 글들이 제법 있었다는 점이다. 가령 여러 번에 걸쳐 최근 문학에서의 인칭 문제를 다뤘던 '일인칭의 역습'과 관련된 원고들은 서로 중복되는 지점이 있다고 판단되어 선후의 논의를 포함한 하나의 원고만을 싣게 되었다. 사실 그보다 더욱 마음이 쓰이는 건 흠뻑 빠져들어 썼던 여러 작가론과 해설들이다. 꼭 다른 형태와 방식으로 소개할 기회가 있길 바란다.

데뷔 당시 나는 당선 소감에 주변 사람들이 기대하는 것만큼의 사람이 될 수 없어 두려운 마음이 크다고, 그 모습에 최대한 가까이 다가가기 위해 부단히 읽고 써 보겠다고 대책 없는 말을 남겨 두었다. 약속을 지켜 보려 그동안 정신없이 읽고 쓰긴 했는데, 그토록 바랐던 근사치의 사람이 되었는지는 사실 잘 모르겠다. 아직도 텍스트의 미로 속에서 제자리걸음만을 하고 있는 건 아닌지 자주 불안한 마음이 들기도 한다. 그런 나에게 손을 내밀어 주는 따스한 이들에게 짧게라도 인사를 전하고 싶다. 문학을 접하며 만난 선생님들이 아니었다면 나는 아마 그곳에서 한 걸음도 나아가지 못했을 것이다. 늘 감사하다. 당신의 흉내를 내며 겨우 이만큼 따라올 수 있었다. 문우들에게도 안부 인사를 건넨다. 여러 호칭들 사이에서 고민했는데 다소 고리타분한 내 취향엔 그 이름이 왠지 참 다정하게 느껴진다. 일방적인 수혜만 입던 나도 글벗들과 서로 치이고 기대며 무언가를 나눠 줄 수 있는 사람이 되었던 것 같다. 당신들과 함께 나눈 수다들 덕분에 여전히 문학이 즐겁다. 언제나 곁을 지켜 주는 가족들에게도 새삼스럽고 부끄러운 감사를 전한다.

올해 짧지 않은 시절 동안 내내 몸이 아팠다. 많은 폐를 끼쳤고 더 많은 신세를 졌다. 민음사의 선생님들과 김화진 편집자에게 친애의 마음과 특별한 감사의 인사를 전한다. 겨우 5년 남짓의 시간이지만 비평을 써 오면서 여전히 가장 설레는 일은 누군가가 만든 세계의 첫 번째 독자가 되는 일이다. 무수한 세계선의 독자들만큼 취향의 스펙트럼 또한 무구히 넓디넓겠지만 그래도 이 비평집에 실린 고유한 세계 하나쯤은 그들의 취향에 걸리지 않겠나 싶다. 혹 그 과정에서 몰랐던 한 작가의 세계에 호기심을 가지고 방문해 준다면 더할 나위 없는 기쁨일 것이다.

2023년 겨울

조대한

차례

3부

4부

5부

그리움의 두 발

당신을 꿈처럼 잊은 날도 있었습니다만, 몽매한 제 내부에도 간혹 닮은 한 잎의 밝음이 있어 치렁한 억새 손 사이 향긋한 당신의 물 노래를 듣게 합니다 저는 흘러, 이 숲의 끝에 가보지 못했습니다 당신이 이끌고 가는 어둠의 심연, 제가 얼마나 헤매야 그곳에 닿겠습니까 당신은 왜 저에게 형형한 밤 새의 눈을 주지 않고 지칠 줄 모르는 그리움의 두 발을 주셨습니까

— 이영광, 「숲」 부분(『직선 위에서 떨다』, 창비, 2003)

문득 겨울입니다. 지난여름 꿈처럼 피었던 꽃잎들은 간데없고 서늘한 나뭇가지들만 덩그러니 남겨진 맑고 투명한 겨울입니다. 이런 계절이 오면 제 마음속에는 어떤 쓸쓸함과 공허함이 약속처럼 찾아드는 것은 왜일까요. 아마도 그건 당신을 향한 기억과 이루지 못한 꿈의 잔여가 이 계절의 공기에 배어 있기 때문일지도 모르겠습니다. 꾹꾹 눌러쓴 서투른 작품을 손에 들고 당신과 맞이했던 수많은 연말들은 새해를 맞이하는 설렘보다는 예상했던 좌절과 너절한 질투의 시간에 더 가까웠던 것 같습니다. 과분하게 바빠져서 가끔은 꿈처럼 당신을 잊고 지내는 지금에 이르러서도, 불현듯 겨울의 초입에 들어서면 마음 한구석 어딘가에 웅어리진 그때

의 감정들이 삐죽삐죽 새어 나오는 듯합니다.

눈이 소복이 내리던 그날의 장면이 선연히 떠오릅니다. 시간에 쫓겨 퇴고도 제대로 끝마치지 못한 원고를 손에 들고 신문사 사옥을 직접 방문하던 당신과 나의 앞에 대구에서 올라온 웬 택시 한 대가 멈춰 섰고, 이내 나이가 지긋하신 할머니 한 분이 문을 열고 택시에서 내렸습니다. 한복을 단정하게 차려입은 채 커다란 우편 봉투를 품에 안고 한 발짝 한 발짝 걸음을 옮기는 그의 모습을 우리는 홀린 듯 쳐다볼 수밖에 없었습니다. 그 할머니가 연례행사처럼 매년 지방에서 서울로 손수 응모작을 제출하러 오는 분이라는 사실을 알게 된 것은 한참이 지난 후의 일이었습니다. 내리는 눈을 되밟으며 돌아오던 길, 그때 우리는 왜 그리도 마음이 처연해졌을까요. 아마도 당신과 나는 저분과 같은 무게의 글 한 편을 얹을 수 있어서 감사하다는 식의 두서없는 이야기들을, 내년에는 정말로 열심히 써보겠다는 식의 기약 없는 다짐들을 나눴던 것 같습니다. 사실 오갔던 말들의 구체적인 내용은 이제 와 잘 기억이 나지 않습니다. 하지만 지금도 할머니의 연두색 누비저고리와 뽀득뽀득 눈을 밟던 걸음걸이, 그 위를 입김처럼 비추던 택시의 헤드라이트 불빛들은 쉽게 잊혀지지 않습니다.

제가 그 시절의 당신을 사랑했던 것인지, 당신이 연모하는 작가들을 사랑했던 것인지, 그도 아니라면 그 시절을 향한 나의 그리움을 사랑했던 것인지 정확히 알지 못하겠습니다. 확실한 것은 저는 당신과 나란히 읽고 쓰고 싶어 그 책들을 손에서 놓지 못했다는 점입니다. 그때의 저는 원텍스트보다 당신이 손에 쥔 목록들을 통해 문학을 접했고, 당신이 편파적으로 사랑했던 당대의 작가들을 만났습니다. 그러니 제게 그 시절 문학에 대한 사랑과 당신에 대한 사랑은 떼려야 뗄 수 없을 정도로 얽혀 있는 것 같습니다. 아직도 저는 당신이 남겨 놓은 매혹적인 텍스트의 미로를 홀로 헤매고 있습니다.

때론 원망하는 마음이 들기도 했습니다. 어째서 당신은 제게 그 어둡고 매혹적인 숲의 미로를 투시할 "형형한 밤새의 눈"을 주지 않고, 그저 당신의 흔적만을 찾아 헤매는 "지칠 줄 모르는 그리움의 두 발"을 주셨습니까. 눈 밝지 못한 저는 조금이라도 당신과 가까워지기 위해, 당신과 닮은 좋은 사람이 되기 위해 여전히 영문 모를 이 숲을 헤매고 있는 듯합니다. 제가 얼마나 헤매야 그곳에 닿을 수 있을까요. 하지만 당신에게 다가가려 걷고 뛰던 그날들, 당신의 문장에 밑줄을 긋고 또 지웠던 날들, 당신의 빈자리를 넘어서기 위해 필요했던 모든 밤의 시간들은 저를 이전과는 조금쯤 다른 무언가로 만들기도 했던 것 같습니다. 지금의 저를 지탱하는 것은 부재하는 당신이라기보다는, 당신에게 한 걸음이라도 더 다가가기 위해 헤매던 발자국들과 당신이 남긴 문장 사이에서 방황하던 시간의 두께인 듯싶습니다. 그렇기에 저는 한없이 원망했던 만큼 당신에게 감사할 따름입니다. 당신 덕분에 나의 삶은 아름답게 망가졌지만 그로 인해 구원받게 되었으니까요. 아무렴요, 당신 덕분입니다.

열 밤만 지나면 돌아온다던 당신은 아직도 감감 무소식입니다. 이제 저는 가끔은 당신을 잊고 우리가 머물던 곳에서 벗어나 낯선 곳으로 혼자 걸음을 옮기기도 합니다. 그리고 간혹 당신이 제게 해 주었던 것처럼 숲을 헤매는 다른 이들에게 다정히 손을 건네기도 합니다. 그러다 보면 잠깐이나마 당신에게 근사한 사람이 된 것 같은 착각에 빠져 스스로 뿌듯한 마음이 들기도 한답니다. 이번 계절에는 홀로 첫 여행을 떠나 보려 합니다. 이 걸음이 당신을 떠나가는 첫출발의 발걸음이 될는지 아니면 당신에게 다시 도착하는 제자리걸음이 될는지 알 수 없습니다. 어쩌면 올해도 어김없이 울음이 가득한 당신의 젖은 발자국을 품에 안고 이곳으로 돌아올지도 모르지요. 그럼에도 낡아 가는 기억 속 당신과 나의 모습이 조금쯤은 더 나아지기를, 그리움이 아닌 설렘으로 이 어두운 숲속을 달릴 수 있기를, 언젠가 제 삶도 당신의 겨울을 떠나 누군가의 싱그러운 봄빛에 가닿을 수 있기를, 이번 계절에는 꿈꾸듯 바라봅니다.

1부

남성 캐릭터 재현 양상과 서사적 재배치에 관한 소고

장류진과 강화길의 소설

남성, 로맨스와 길티 플레저

제복 입은 남자들의 이야기에서 시작해 보자. 보통 제복이라 함은 일정한 규정과 기준에 따라 만들어진 복장을 의미할 것이다. 그것은 단순한 외피에 불과하지만, 때로는 그 유니폼을 입고 있는 집단 전체를 대표하기도 한다. 경찰, 군대 등 해당 집단의 제복이 특별한 권위의 상징이 되는 경우라면 더욱 그렇다. 그 제복과 권위의 상징체계는 꽤 강력해서, 심지어 그것이 벗겨진 이후에도 유형의 힘을 발휘하기도 한다. 가령 2010년을 전후로 개봉되었던 영화 「아저씨」와 「추격자」의 주인공들을 떠올려 볼 수 있겠다. 원빈과 김윤식이 연기한 그 남성 캐릭터들은 비록 매끈함과 투박함이라는 페르소나의 차이는 있을지언정, 양쪽 모두 특수 요원과 경찰의 옷을 입었던 인물들이다. 그들이 제복을 벗은 인물로 그려진 것 자체는 권위에 대한 거부감이 반영된 것일 수도 있으나, 치안이 정상적으로 작동하지 않는 상황에서 행해지는 전직 요원들의 폭력적 복수와 자력 구제 속엔, 공권력에 몸담았던 이들의 남성적 힘과 능력에 대한 장르적 매혹이 여전히 담겨 있는 것 같다.

한편 비교적 최근의 대중문화 표상에서는 다시 공권력의 옷을 입은 주인공들이 종종 나타나기도 한다. 예컨대 「범죄도시」에서 마동석이 연기한 남성 캐릭터는 조선족 범죄 조직에 대항하는 강력계 형사이다. 이 현실판 히어로는 마냥 선량한 인물이라기보다는, 자신의 목적을 위해 고문에 가까운 구타도 서슴지 않는 인물로 그려진다. 주인공의 폭력이 관객들에게 허용될 수 있었던 건 그것이 장르 영화의 익숙한 문법이기 때문이기도 하겠지만, 악랄하게 극화된 이방인들의 폭력을 잠재우는 수단이었기 때문이기도 하다. 주인공이 확실한 우리 편이라는 어떤 안도감은 공권력의 옷을 입은 그 폭력을 안전하고 호쾌한 액션의 일종으로 뒤바꾼다. 물론 이처럼 길들여진 혹은 순화된 남성성의 구축에는, 거대한 육체성과 '마블리'의 귀여움을 동시에 지닌 마동석이라는 배우의 이미지도 한몫했을 것이다.

2019년 말 성황리에 종영된 드라마 「동백꽃 필 무렵」에도 경찰 제복을 입은 남자 주인공이 등장한다. 강하늘이 역을 맡은 캐릭터 '황용식'은 많은 이들의 호응을 얻었다. 이유는 여러 가지이겠지만 주로 꼽히는 그의 매력 요소는 순박함, 과감함, 다정함 등이었던 것 같다. 그는 적극적으로 애정을 표출하고 그 자체로 남성적인 매력을 지니고 있으나, 사랑하는 여성에게는 공격적이지 않으며 다정하고 순종적인 남성 캐릭터로 그려진다. 흥미로운 점은 앞서 언급되었던 공권력의 남성들과 달리, 그가 서사의 중심에서 미스터리를 단독으로 파헤치고 해결하는 인물은 아니라는 점이다. 용식은 일과 시간의 상당 부분을 야채를 다듬거나, 동네 강아지의 혈통 관계를 조사하거나, '동백'의 뒤를 따라다니는 데 쏟는다. 동백을 위협하는 범인을 잡으려 애쓰고 실제로 진실에 가까이 접근하긴 하지만, 정작 친구의 복수와 범인의 검거는 동백과 옹산 여성들의 자력 구제로 이루어진다. 제복 입은 남성들은 도리어 그녀들을 뜯어말리고, 용식은 동백이가 자신이 지켜 줘야 하는 나약한 존재가 아님을 깨닫는 내레이션을 수행할 뿐이다. 철저히 여성 서사적인 관점에서 보자면 그는 역할이 미미한 부수적인 캐릭터이고, 그의 시골 리트리버 같은 안전한 동물성과 귀여움은 마치 이성애 로맨스를 위해 어쩔 수 없이 배분된 판타지처럼 느껴지기도 한다.

최근 한국 소설에서 재현된 인상 깊은 남성 캐릭터로는 장류진의 「펀펀 페스티벌」의 '이찬휘'가 있었다.[1] 작품 속에서 이찬휘는 "대형 기획사 연습생 출신, 《대학내일》 표지 모델 경력에, 외대 3대 미남 x, y, z 중 y를 맡고 있는" 유명 인사이다. 주인공인 '나'는 그와 한 기업의 연수원 건물에서 처음 만났다. 취업 준비생이던 나는 당시 금융권에서 유행처럼 실시하는 합숙 면접에 참여한 상황이었다. 합숙은 교육과 면접, 그리고 '펀펀 페스티벌'이라고 불리는 공연의 일정으로 짜여 있었는데, 그 마지막 관문에서 떨어지면 "지리멸렬하고 굴욕적인 글쓰기를 반복"해야만 하는 참가자들은 서로의 눈치를 보며 필사적으로 경쟁해야 하는 처지에 놓여 있었다. 다행히 제법 노래를 할 줄 알았던 나는 밴드 그룹의 보컬로 자원했고, 그곳에 함께 지원한 이찬휘와 짝을 이루게 된다.

많은 방송 프로그램과 오디션 경험이 있는 이찬휘는 조장이 되어 적극적으로 팀을 이끌어 간다. 한데 그럴듯해 보였던 겉모습과 달리 그는 어딘지 조금 짜증 나고 불편한 사람이었다. 그는 가뜩이나 부족한 연습 시간에 굳이 곡을 새롭게 편곡하자고 제안하고는, 악기를 다루는 조원들에게 "'빈티지'하면서 '땡땡한' 느낌" 혹은 "'레몬 맛 탄산수 같은' 느낌"으로 연주해 달라며 알 수 없는 요구들을 한다. 정작 그는 해당 악기를 다룰 줄도 모른다. 또 리허설 무렵 그는 나에게 이상한 '쪼'가 있다고 말하곤 내

1 이 글에서 인용된 장류진의 「펀펀 페스티벌」은 《문학동네》 2019년 겨울호에서(이후 『연수』(창비, 2023) 수록), 강화길의 「음복(飮福)」은 《문학동네》 2019년 가을호에서(이후 『화이트 호스』(문학동네, 2020) 수록) 가져왔다.

노래를 과장되게 흉내 낸다. 공연이 임박해서 그 버릇이 신경 쓰이기 시작한 나는 안타깝게도 실수를 하고, 모두가 지켜보는 자리에서 무대를 망쳐 버린다. 그 탓이었는지 끝내 나는 최종 면접에서 탈락한다.

우스운 점은 그런데도 내가 이찬휘의 외모에는 여전히 마음이 끌린다는 것이다. "그애를 보고 있는 동안은 무언가 좋은 것이 내 주머니로 와르르 쏟아져 들어온다는 듯이" 이유 없이 생겨나는 즐거움의 감정을 막을 수가 없다. 결국 나는 이찬휘가 초대한 연말 파티에 참석한다. 그것은 20대의 마지막 날이라는 특별함 때문이었는지 또는 그에 대한 어떤 기대감 때문이었는지 명확히 알 수는 없다. 이찬휘는 회비를 모두 똑같이 걷은 술집에서 안주가 끊이지 않게 해 달라는 생색을 잔뜩 내고는, 단상 위로 올라가 즉흥 무대를 연다. 그리고 가사의 대부분을 잘 모르는 듯한 퀸의 노래를 흥얼거리기 시작한다. 나는 새해를 맞이하는 타이밍에 어울리지 않는 끔찍한 선곡도 싫고, 자신이 레몬 탄산수처럼 청량하리라는 그의 착각도 싫고, "잔뜩 심취한 미간도", "자기가 무대를 장악했다고 굳게 믿고 있는 저 손짓도", "로큰롤 스타처럼 다리를 떠는 제스처도" 모두 다 싫었다.

"벌써 가게?"

그 순간 죽고 싶을 정도로 수치스러운 건 이찬휘가 내 어깨에 함부로 손을 댔다는 사실이 아니었다. 아직 그 손이 그렇게까지는 싫게 느껴지지 않는 나 자신이었다. 젠장, 어떡하지? 아직도 너무…… 잘생겼어. 분명히 말하지만 이찬휘에게는 일말의 감정도 남아 있지 않았다. 이상형의 반대말이 존재하는지는 모르겠지만, 만약 있다면 이찬휘는 이제 그것에 가까웠다. 이찬휘 같은 태도, 이찬휘 같은 표정, 이찬휘 같은 말투, 이찬휘 같은 취향, 한마디로 이찬휘 같은 바이브. 모두 내가 꺼리는 것들이었고 사람을 판단할 때 절대적으로 피하는 기준 같은 게 되었다. 나는 이제 이찬휘의 모든 것이 소름 끼치도록 싫었다. 다만 저 애의 얼굴과 몸, 그 껍데기만 빼고. 그건 아직까진, 아무리 봐도 싫어지지가 않았다. 그걸 싫어하지 못하는 나 자신만 자꾸 싫어질 뿐. 나는 누구에겐지 모르게 다급히 변명했다. 껍데기일 뿐이지만 이런 껍데기는 귀하다고. 좀처럼 쉽게 볼 수 없다고…… 그리고 다시 어딘지 모를 반대편을 향해 외쳤다. 아, 무슨 소리를 하는 거야. 난 정말 쓰레기야. 난 육신의 노예야. 제발 누가 날 좀 말려.(「편편 페스티벌」, 345~346쪽)

그가 지닌 유치함과 얕은 취향, 말투와 행동까지 모두 다 싫어하는 나이지만, 그럼에도 도저히 싫어지지 않는 것은 그가 가진 "얼굴과 몸"이다. 그러한 "껍데기"에 넘어가지 않아야 한다는 것을 알면서도 생겨나는 기쁨이라는 점에서, 이는 일종의 '길티 플레저'에 가까울지도 모르겠다. "난 정말 쓰레기"라고 여기는 자책과, 그래도 "이런 껍데기는 귀하다고" 말하는 변명 사이에서 우왕좌왕 흔들리는 것은 작품 속 주인공의 솔직한 감정이지만, 대중문화를 향유하는 우리들 대부분의 고민스러운 감각이기도 하다. 「동백꽃 필 무렵」에서 그려지고 있는 이성애 로맨스와 가족 판타지가 어떤 전형성을 재생산하리라는 것을 알면서도 그 안에서 행복을 얻고, 여성이 피해자로 대상화되고 있는 장르 서스펜스에서 어찌할 수 없는 서사적 긴장감을 느끼는 것과 비슷한 감각 말이다.

하지만 속물성이 표현되거나 작동하고 있다는 것만으로, 그러니까 무엇을 재현했다는 사실만으로 해당 텍스트를 비판하는 것은 조금 성급해 보인다. 보다 중요한 것은 무엇을 재현했는지가 아니라, 그것이 어떻게 재현되고 있는지 혹은 어떠한 서사적 배치 속에 놓여 있는지 살펴보는 일일 것이다. 「동백꽃 필 무렵」에서 그려진 황용식의 남성 캐릭터는 여성들이 결정권과 승계권을 지니고 있는 옹산을 배경으로 두고 읽혀야 하는 것처럼, 이찬휘의 외모에 대한 길티 플레저 또한 그것이 진실로 껍데기에 불과하다는 것을 여실히 깨닫게 된 서사, 그의 가르침과 상관없이 자신의

'쪼'대로 노래를 부르기 시작한 소설의 결말 등과 겹쳐서 이해되어야 하지 않을까.

한발 더 나아가면 「펀펀 페스티벌」의 구조 자체가 다른 의미의 서사적 중첩을 내포하고 있는 것 같기도 하다. 가령 연수원이라는 제한된 공간과 그 안에서 읽히는 미묘한 경쟁 감각은 특정 오디션 프로그램 등에서 곧잘 발견되는 것이다. 참가자들은 이찬휘와 내가 그랬던 것처럼 강제로 주어진 미션 아래 경쟁하며, 한정된 기회 속에서 서로 돋보이기 위해 타인을 내리눌러야만 한다. 무대의 센터와 노래의 하이라이트를 차지하려 다투면서도 자신의 일거수일투족을 누군가 지켜보며 평가하고 있다는 감각, 다시 말해 그 돋보임의 강박과 겸손의 미덕 사이에서 그들은 아슬아슬한 줄타기를 해야 한다. 이를 지켜보는 시청자들 또한 그 화려한 무대가 자본의 의도와 성 상품화를 통해 만들어진 것임을 은연중에 알고 있으면서도, 그들의 자극적인 경쟁에 흥미를 느끼고 개인의 사연에 어찌할 수 없는 공감과 연민을 느끼며, 죄책감과 기쁨을 동시에 만끽한다. 이 소설은 그 중층의 감정을 단순하게 재현하거나 비판하는 것이 아니라, 그것을 현실의 취업 경쟁 서사 속으로 끌고 들어오면서 이전과는 다른 배치의 장을 만든다. 일상과 괴리된 곳에서 안전하게 즐길 수 있었던 그 익숙한 쾌감은 무감각한 현실 속에서 낯선 질문이 되어 돌아온다. 이 같은 서사적 배치를 통해 장류진의 소설은 현실의 거친 리얼리티를 재현해 냈을 때와는 또 다른 감정의 울퉁불퉁함을 우리에게 남기는 것 같다.[2]

2 이 같은 중층적 배치 혹은 감각의 전이는 장류진의 「연수」(《창작과비평》 2019년 겨울호)에서도 일부 발견된다. 이 소설은 「도움의 손길」 등에서 나타났던 차등화된 세대 간의 대립과 그것의 일시적 화해를 다루고 있는 작품으로도 읽히지만, 가상의 공통 감각과 현실의 구체적 경험이 겹쳐 있는 작품으로 읽히기도 한다. 「연수」에서 '나'가 윗세대의 여성들과 불화를 겪는 가장 큰 원인 중의 하나는 결혼이다. 나는 비혼주의자로 묘사되는데, 주인공이 그러한 결심을 확고하게 다지게 된 것은 인터넷에서 전해지는 생생한 기혼의 삶을 미리 들여다보았기 때문이다. 한 커뮤니티

앎의 재배치와 뒤바뀌는 삶

중국 드라마 「후궁견환전」은 「옹정황제의 여인」이라는 제목으로도 잘 알려진 드라마이다. 총 76부작으로 이루어진 이 드라마는 중국 현지뿐 아니라 우리나라에서도 꽤 많은 팬덤을 거느린 작품이 되었다. 드라마는 순수했던 소녀 '견환'이 궁에 들어간 후 겪게 되는 그녀의 파란만장한 삶을 다루고 있다. 사실상 거의 모든 서사가 여성 인물들에 의해 진행되지만, 주인공 견환을 중심으로 주목해 볼 만한 남성 캐릭터가 크게 두 명 정도는 있는 것 같다.

하나는 황제인 '옹정제'이다. 그는 당대의 제왕답게 모든 권력과 권위의 중심에 서 있는 인물이다. 그의 사랑을 획득하는지 혹은 그렇지 못하는지에 따라 인물들의 품계와 지위, 삶과 운명이 결정된다. 다른 하나는 황제의 동생인 '과군왕'이다. 일찍이 왕권에서 물러난 그는 정치적 욕심은 없지만, 황제의 후궁으로 들어온 견환에게 연심을 품는 인물로 그려진다. 견환의 삶은 그 정해진 사랑과 이루어질 수 없는 사랑 사이에서 이리저리 진동한다. 외모와 성품 모두에서 서브남과 비교가 되지 않음에도, 견환은 처음 맺어진 옹정제와의 사랑을 맹목적으로 믿었고 비참하게 버림받기까지 한다. 작품 속 여인들 또한 황제의 사랑만을 갈구하다 스러져 간다. 수많은 음모와 비밀들을 최종적으로 인지하고 그에 대한 판단을 내

에서 남편의 팬티를 세탁할 때마다 미세하게 대변의 흔적이 묻어 있어 정나미가 뚝 떨어진다는 푸념 섞인 글을 보고 난 후, 나는 성인 남자의 후줄근한 트렁크 팬티를 빨아야 하는 삶이 아니라 자신의 속옷 한 장만 책임지면 되는 생을 살아가리라 굳게 결심한다. 약간은 과장되어 있을지 모르지만 미리 경험한 가상의 공통된 세대 감각이 주인공의 현실과 이후의 삶을 잠정적으로 결정하게 된 셈이다. 한편 엄마 혹은 아주머니 강사에게 나의 결정은 얕은 경험으로 내린 판단, 또는 '아기' 같은 섣부른 생각으로 느껴지는 듯하다. '연수'는 비단 운전뿐 아니라 이처럼 다양하게 갈라지는 현실의 감각들을 중첩시켜 놓은 소재가 된다. 그러한 의미에서 이 서사적 방식들은 '하이퍼리얼리즘'인 동시에 일종의 '메타리얼리즘'에 해당되는 듯싶기도 하다.

리는 자 역시 황제이다. 왕궁의 일상은 황제의 무지에 의해 지탱되고, 그의 앎에 의해 뒤바뀐다고 해도 과언이 아니다.

강화길의 소설 「음복」의 서두에는 이 "후궁들의 암투를 그린 청나라 배경의 사극"이자 "76부작짜리 중국 드라마"의 이야기가 등장한다. '나'와 '남편'은 그 드라마에 무척이나 깊이 빠져 있다. 그것은 악역 못지않게 악독한 인물로 변화하는 주인공이 마음에 들어서이기도 하고, 황제에게 버림받았던 견환이 과군왕과의 관계에서 생겨난 아이를 황제의 아이로 속이고 다시 황궁으로 복귀하는 에피소드가 스릴 넘쳐서이기도 하다. 평소 같으면 남편의 무릎을 베고 그의 말처럼 '시시한' 후궁들의 팔자를 궁금해하고 있었을 '우리'는 그날 저녁 시댁을 방문해야만 했다. 그날은 결혼 후 처음 맞이하는 남편 할아버지의 제삿날이었기 때문이다.

한데 그날따라 유독 까칠해진 '고모'가 조금씩 나의 신경을 긁는다. 평소에도 "그 집의 악역"에 해당하는 고모는 친척들의 사생활에 무례하게 침범하는 사람이자, "다른 식구들의 신경을 긁어 대는 인간"이다. 그날도 고모는 어김없이 언제 아이를 가질 거냐고 내게 무례한 질문을 던진다. 난처해진 나는 도움을 요청하는 시선을 남편에게 보내 보지만, 속 편한 그는 새집 냄새 따위나 걱정하고 있을 뿐이다. 다정한 시어머니의 중재로 상황은 일단락되나 저류에는 팽팽한 긴장감이 흐른다. 그리고 남편은 여전히 아무것도 모르는 눈치이다. 이찬휘처럼 뻔뻔한 얼굴을 하거나 옹정제처럼 권위에 찬 무지의 표정을 짓지는 않을지 몰라도, 남편의 얼굴은 "염려하다가 안심하다가, 다시 살짝 불안해하다가 고민하다가", 이내 "모든 그늘이 사라진 얼굴"로 쉽게 돌아와 버린다. 속상한 것은 내가 그러한 남편의 무심함을 좋아한다는 점이다. 그늘지지 않은 밝은 성품과, 무슨 일이 있어도 괜찮다며 나를 위로해 줄 것 같은 그의 선한 둔감함은 내가 남편을 사랑하는 이유이기도 하다.[3]

그의 무심함과는 별개로 시어머니와 고모 사이에는 모종의 긴장감이 계속된다. 그리고 그 미묘한 감각은 '베트남 참전', '할머니', '토마토 고기찜', '제사' 등 할아버지와 관련된 대화 소재를 중심으로 포착되곤 한다. 남편에 대한 뾰족한 말들을 이어 가는 고모를 보면서 나는 어렴풋이 알아차린다. "고모는 내 남편을 미워했다. 그리고 남편은 그걸 몰랐다." 사건은 방에서 나온 할머니가 갑작스레 내게 숟가락을 던지면서 발생한다. 치매에 걸렸다던 할머니는 마치 나를 알아보는 듯한 눈빛을 하고는 상을 뒤엎었고, 제발 꺼지라며 애타게 소리를 지른다. 할머니를 달래는 고모의 대화를 들으며, 나는 할머니의 시선과 숟가락이 겨냥했던 사람이 내가 아니라 내 옆의 누군가였음을 깨닫게 된다. 그 사람은 전쟁 통에 죽을까 봐 마음을 졸이며 할머니가 기다렸던 사람, 집에 돌아와서는 아내가 차려 놓은 밥상엔 손도 대지 않던 사람, 부러 아내가 만들 수 없는 이상한 음식만 며느리에게 해 달라고 말하던 사람, 그 기름진 이국의 음식을 먹다가 성인병에 걸려 죽었음에도 매년 제사상마다 그 음식이 올라오도록 만드는 사람이다. 할머니의 수저는 제사상을 찾아온 그이의 묘한 기척을 향해 있었을 수도 있고, 놀라울 정도로 할아버지를 닮은 얼굴을 하고 먹성 좋게 토마토 고기찜을 먹고 있던 남편을 향해 있었을 수도 있다.

"엄마, 이제 정우 집에 가야 돼."

그러나 할머니는 남편의 손을 놓지 않았다. 계속 잡고 있었다. 조금 전에 그랬던 것처럼 남편을 찬찬히 바라보았다. 그 시선은 어딘가 서글퍼 보

3 인아영은 황정은의 「파묘」에 등장하는 한만수와 강화길의 「음복」에 등장하는 남편을 '모르는 남자들'이라 칭하며, 그들의 무지가 젠더 권력의 위계와 깊숙하게 연관되어 있음을 정확히 지적한다. 남편의 무지에 대한 나의 사랑은 낭만의 일종이라기보다는, "기울어진 사회 속에서 한 명의 여성으로서 살아가기 위해 구조적인 조건을 직시하는 시선"에 가깝다고 논자는 이야기한다. 자세한 논의는 인아영, 「눈물, 진정성, 윤리 — 한국문학의 착한 남자들」, 《문학동네》 2019년 겨울호, 96~102쪽 참조.

이기도 했고, 잔인해 보이기도 했다.

그녀는 그를 알아보았을까.

고모가 할머니의 손을 살짝 잡아당기며 말했다. "엄마, 이제 그만해. 괜찮아요. 괜찮아."

그 순간 할머니가 고모에게 소리를 질렀다.

"야, 너 정원이 재수 시키지 마라. 주제를 알아야지. 지가 무슨 약대를 간다고."

나는 숨을 멈췄다. 시간이 멈춘 것만 같았다. 어떻게 해야 할지 알 수 없었다. 민망하고 부끄럽고, 괴로웠다. 그때 시아버지가 못 들은 척 고개를 돌리는 모습이 눈에 들어왔다. 나는 고개를 푹 숙였다. 더는 아무것도 보고 싶지 않았다. 그러나, 어느새 할머니가 고모의 손을 다시 꽉 잡고 있는 걸 보았다. 있는 힘을 다해 아주 힘껏. 나는 도저히 그 광경을 견딜 수 없어서 재빨리 남편에게 속삭였다. 나가자. 어서 우리집으로 돌아가자. 그런데 그가 움직이지 않았다. 왜 그러는 거야? 나는 남편을 올려다봤다. 그가 참담한 표정으로 자신의 할머니를 쳐다보고 있었다. 방금 들은 말을 믿지 못하는 것 같았다. 심하게 충격을 받은 듯 그 자리에 굳어 있었다. 바로 그 순간에서야, 나는 알아차렸다.

너, 아무것도 몰랐구나.(「음복」, 384~385쪽)

할머니는 증오하던 할아버지를 닮은 남편의 손을 붙잡은 채 놓아주지 않고, 그 복잡하고 서글픈 심정을 짐작한 고모는 할머니의 손을 자꾸만 떼어 내려 한다. 화가 난 할머니는 고모의 딸 '정원'이를 향해 크게 악담을 퍼붓는다. 그 순간 안정되어 가던 분위기는 삽시간에 사라지고 나는 시간이 멈춰 버린 것 같은 느낌을 받는다. 저류에 흐르던 팽팽한 진실이 팡 터지듯 바깥으로 삐져나온 그 순간, 두 남자의 반응은 사뭇 갈라진다. 시아버지는 으레 그렇다는 듯 "못 들은 척 고개를 돌리"고 할머니의 말을 모른 척한다. 반면 남편은 "방금 들은 말을 믿지 못하는 것"처럼 "참담한 표정으로 자신의 할머니를 쳐다"본다. 이미 무언가를 알고 있던 시아버지는 바깥으로 빠져나온 실재 한 조각을 다시 묻어 두려 하고, 할머니의 괴이한 말과 행동이 드라마를 흉내 내는 것이라 여겨 왔던 남편은 처음 알게 된 진실로 인해 커다란 충격에 빠진다. 그러니까 이곳엔 진실을 알고도 짐짓 모른 척해 온 남자와, 그것을 처음으로 알게 된 남자가 존재하는 셈이다.

지젝은 『시차적 관점』이라는 저서에서, 이 같은 자각의 순간에 관해 흥미로운 사유를 제공한다.[4] 그는 이디스 워튼의 소설 『순수의 시대』를 사례로 든다. 소설의 주인공인 '뉴랜드 아처'는 뉴욕 상류층 가문의 딸 '메이 웰랜드'와 결혼한 사이이다. 동시에 그는 '엘렌 올렌스카' 백작 부인에게 오래도록 연심을 품어 왔다. 아처와 올렌스카의 금지된 사랑은 그의 결혼 생활이 유지되는 동안 끝내 이루어지지 못한다. 세월이 흘러 아내가 세상을 떠나자, 아처는 그동안 숨겨 왔던 사랑을 적극적으로 드러내기 위해 올렌스카를 찾아간다. 하지만 그들의 만남은 결국 실패로 돌아가고 마는데, 그것은 아처가 자신의 아들에게 어떤 사실을 듣게 되었기 때문이다. 아처의 아내는 생전에 이미 그의 비밀스런 사랑을 알고 있었다. 아처에게 진실로 충격적인 것은 자신이 아무것도 몰랐다는 사실뿐만 아니라, 자신의 무지를 다른 사람들이 애써 숨기고 있었다는 사실을 그가 깨닫게 되었다는 점이다. 평온한 생활과 체면의 유지를 위해 아내가 속은 척해 왔다는 진실[5]을 알게 되었을 때, "너는 나를 파악하고 있다고 생각하겠지만, 나는

4 슬라보예 지젝, 김서영 옮김, 『시차적 관점』(마티, 2009), 273~274쪽.

5 허윤은 여성 독자들이 생존을 위한 방패로서 여성성의 가면을 수행하는 것이라고 말하며, 그때 진실로 속고 있는 쪽은 과연 누구인지 질문을 던진다. 허윤, 「로맨스 대신 페미니즘을!」, 『문학은 위험하다』(민음사, 2019), 201쪽.

그런 너의 시선을 다시 파악하고 있"(382쪽)다는 것을 자각했을 때, 그의 삶과 과거는 이전과는 전혀 다른 모습으로 재배열될 수밖에 없다.

이 논의를 잠시 빌려 본다면, 인용된 「음복」의 장면과 「후궁견환전」 결말부의 서사는 기이하게 겹치는 듯싶다. 황제가 죽어 가는 마지막 순간에 견환은 자신의 아이가 실은 다른 이와의 결실이었음을 밝힌다. 그것이 최대의 복수인 까닭은 그 사실을 알게 되는 순간 황제의 삶과 사랑 전체가 일순간에 무의미한 것으로 뒤바뀌기 때문일 것이다. 그리고 「음복」의 남편 또한 지금껏 알고 있던 앎의 경제가 전환되는 순간에 직면해 있다. 너는 여태 무지해도 되는 삶을 살았다는 사실, 너는 까마득하게 속고 있었다는 사실, 네가 악역이라는 것을 너 말고는 모두가 알고 있었지만 아닌 척 연기를 해 왔다는 사실, 거짓된 드라마가 실은 무엇보다 진실에 가까웠다는 사실, 막장 드라마의 서스펜스가 실은 너의 무탈한 삶을 지탱하고 있었다는 사실이 밝혀지는 순간, 시시한 중국 드라마와 평범한 일상은 이 소설의 서사적 재배치 속에서 낯선 텍스트로 다시 재현된다. 하지만 자각 이후에도 여전히 남편은 무지한 이로 살아가려는 듯하다. 그것은 미세한 앎의 균열 이후에 재탄생되었다는 점에서, 순수한 무지라기보다는 어쩌면 '무지에의 욕망'[6]에 가까울지도 모르겠다. 누군가의 말처럼 우리는 무언가를 알기 이전으로, 그 무지했던 과거로 다시 돌아갈 순 없을 것 같다. 소설은 이미 질문을 던졌다. 이제는 우리가 선택할 차례이다.

6 강지희, 「아무도 죽지 않는 문학을 위하여」, 《문학동네》 2019년 겨울호, 5쪽.

근래의 시적 주체들에게서 나타나는 동물-언어

1　고통을 감각하는 동물-식량

데이비드 포스터 월리스는 「랍스터를 생각해 봐」라는 글에서 식재료로서의 '랍스터'가 어떻게 변화되어 왔는지를 서술하고 있다.[1] 초기 개척 시절의 미국에서 랍스터는 감옥의 수감자들에게 일주일에 한 번 이상 먹이는 것이 법으로 금지된 재료였다. 그것은 비싼 식대나 세금 문제가 아니라 랍스터를 먹이는 것이 당시에는 너무나도 가혹한 일로 여겨졌기 때문이다. 당대 사람들에게 해변 지천에 널브러진 랍스터를 먹이는 일은 마치 쥐의 사체를 먹이는 것처럼 비인도적인 일로 받아들여졌다고 한다. 지금은 비교적 고급 음식 재료라는 인식이 통용되고 있으나, 랍스터는 미국 원주민들에게는 '벌레'라는 이름으로 불렸고 불과 100여 년 전만 하더라도 사료와 유사한 취급을 받는 동물이었다.

월리스는 미국 동부 해안 지역에서 10만 명에 가까운 사람들이 운집

1　데이비드 포스터 월리스, 김명남 옮김, 「랍스터를 생각해 봐」, 『재밌다고들 하지만 나는 두 번 다시 하지 않을 일』(바다출판사, 2018), 303~335쪽.

했던 한 랍스터 축제의 세목을 묘사한다. 그중 가장 인상적인 부분은 랍스터의 요리법을 그리는 장면이다. 요리의 싱싱함을 위해 물이 끓고 있는 거대한 솥 안에 식재료들이 산 채로 들어가고, 랍스터들은 뜨거운 증기에 몸이 닿자마자 솥 입구에 집게발을 걸치고 끓는 물에 빠지지 않으려 안간힘을 쓴다. 억지로 집어넣고 뚜껑을 닫으면 그들은 뚜껑을 밀어내거나 솥 옆면을 치며 거세게 발버둥을 친다. 월리스에 따르면 바닷가재를 반복해서 삶아야 하는 요리사들 중 일부는 이 같은 랍스터들의 반응을 피하려 요리가 시작될 때마다 타이머를 준비하고, 그들이 더 이상 버둥거리지 않는 35초에서 45초를 지나 주방으로 돌아온다고 한다. 랍스터들의 필사적인 반응은 수없이 요리를 반복하는 이들에게도 쉽사리 견디기 힘든 종류의 것인 듯싶다.

비교적 최근 중국에서는 룽샤 요리의 식재료였던 민물 가재가 자신의 집게발을 스스로 자르고 뜨거운 훠궈 냄비에서 탈출하는 영상이 화제가 된 적이 있었다.[2] 통증을 인식하는 대뇌피질이 부재하여 통증을 느낄 능력이 없다는 주장과 갑각류 또한 고등 신경계를 보유하고 있어 반사 반응 이상의 고통을 느낄 수 있다는 주장들 사이의 진위 여부는 잠시 차치하더라도, 스스로의 신체를 절단하면서까지 뜨거운 냄비에서 벗어나고자 발버둥 치는 한 생명체의 모습에서 우리는 어떤 감응이나 연민을 느낄 수밖에 없다. 실제로 영국에서는 스위스, 뉴질랜드 등에 이어 살아 있는 바닷가재를 끓는 물에 넣어 조리하는 것을 법적으로 금하는 논의가 행해지고 있다. 브렉시트 이후 개정 중인 해당 법안은 십각목과 두족류의 인지 능력을 인정하고 그들이 고통을 느낀다는 전제 아래 만들어지고 있다.

이처럼 주로 척추동물에 한정되어 있는 것이라 여겨졌던 고통의 능력과 동물권은 여러 나라들에서 보다 많은 개체로 확대되는 추세이다. 이때

2 오원석, 「집게발 끊고 냄비 탈출한 가재 고통…英 "랍스터 삶지 말라"」, 《중앙일보》, 2021. 7. 15.

초점이 '고통'에 맞춰지는 까닭은 어떤 개체에 도덕적 지위를 부여할 때 가장 우선시되는 요소 중 하나가 바로 고통에의 감응력[3]이기 때문일 것이다. 고통을 느낄 수 있는 감응력이 있고 동시에 그 개체의 고통에 인간이 정서적으로 감응할 수 있다면, 해당 존재들에게 고통을 주지 않거나 최소화할 수 있는 방안을 강구해야 한다는 것이 변화된 동물권 옹호론자들의 논리이다.[4] 이러한 문제의식을 지닌 근래의 몇몇 시적 주체들은 특정 동물의 고통과 구체적인 삶의 과정이 부재하는 것처럼 느껴지는 것은 그들의 선천적인 능력 문제가 아니라 "우리의 인지 능력과 감각 기관의 한계와 무능"[5] 때문임을 지적하며, 매끈한 식용육으로 가공되는 동안 소거되어 버리는 동물들의 목소리와 서사를 되살리려 노력한다.[6]

> 바다가 한없이 네 곁을 유영하고 너에게 내려앉으면,
> 너에겐 눈물이 생긴다.
> 파도는 묽어진다.
> 자신들이 할 수 없는 것을 알기에.

3 최훈, 『동물을 위한 윤리학』(사월의책, 2015), 185쪽.

4 이는 편안함과 고통을 느낄 수 있는 '지각력(sentience)'에 근거해 동물의 권리를 옹호하는 피터 싱어의 논리와도 일맥상통한다. 그의 주장은 개별적인 권리 주체를 지닌 '개체'로서 동물을 바라본다는 점에서 자유주의적 동물 담론에 해당한다고 윤성복은 말한다. 윤성복, 「동물 그리고 경합하는 동물 담론들」, 《문화과학》 76호(문화과학사, 2013), 68쪽.

5 강하라 외, 이동시 엮음, 『절멸』(워크룸프레스, 2021), 3쪽.

6 나희덕은 이 글에 인용된 김선오의 작품 외에도 김복희, 김유림, 문보영, 유계영, 유이우 등 주로 "젊은 여성 시인들의 시에서 인간과 동물에 대한 관계론적 사유와 생태적 감수성이 잘 나타"나는 사실에 주목하며, 이들의 시가 "세대적, 젠더적 특성"과 함께 "'채식/육식'의 문제를 중심으로 한 윤리적 실천"과도 밀접하게 연관되어 논의되어야 함을 지적한다. 나희덕, 「인간-동물의 관계론적 사유와 시적 감수성—2010년대 한국 시를 중심으로」, 《문학과환경》 20호(2)(문학과환경학회, 2021), 77쪽.

인간이 된 소년*은 돼지 도매 가게의 견습공이 되었다.

이미 소시지용으로 가공된 아빠와 형은 냉동 칸 깊은 곳에 숨겨 두었다. 기도는 생을 바꿀 것이라 되뇌면서.

소년이 자신의 몸집보다 큰 돈육의 어깨 부위를 길게 뜯어 손질하면,

붉은색은 흐르다 멈추어 자신의 믿음을 보여 주었다.

믿는다는 건 말할 수 있다는 것이었기에.

옆 가게 주인에게 목이 잘린 생선이 자신이 돌아갈 곳을 물어보았을 때,

포대는 스스로를 함박눈이라 생각했다. 가로세로 날실로 타자의 생을 감싸 안으며.

우리가 쌓이면 네가 나를 덮어 너는 숨을 쉴 수 있게 될지 모를 거라고.[7]

* 가공육 절단 기기로 온몸이 갈리려 하는 순간, 신의 도움을 통해 돼지에서 인간으로 변한 소년.

"돼지를 먹는다"보다 "돼지고기를 먹는다"가 더 고급 문장으로 취급되는 이유는 그 말이 당장의 식사가 실제로 살아 있던 동물의 사체를 먹는 야만적 행위와 완전히 일치한다는 사실을, 그로부터 비롯되는 근원적인 양심의 가책을 지우기 때문이다. "고기를 먹는다"는 문장 속에는 오로지 먹기 위해 동물을 탄생시키고 고통 속에 살게 하다 죽인 뒤 가공하는 과정 모두가 은폐되어 있다. 고기라는 단어 자체가 도축의 현장으로부터 인간의 눈을 가리고 동물의 피 냄새로부터 인간의 코를 막기 위해 존재하는 말이라는 것. 고기에는 동물이 부재한다.[8]

7 정선율, 「파란색은 사랑하는 시간이었다 6」 부분, 《현대시》 2019년 10월호.

8 김선오, 「비주류 천사들」 부분, 『나이트 사커』(아침달, 2020).

위 시편에는 "인간이 된 소년"의 이야기가 실려 있다. 시적 정황으로 미루어 보건대 인간으로 변하기 전 소년의 종은 돼지였던 듯하다. 가공육 절단기에 온몸이 갈리려 하는 절체절명의 순간 그는 신에게 도움을 청했고, 기도가 하늘에 닿았는지 그는 인간으로 변해 목숨을 건지게 되었다. 동물의 모습에서 인간으로 화한 신화 서사시의 이야기는 축복이나 새로운 탄생의 이미지로 그려지는 경우가 많다. 인내와 시련을 거쳐 사람으로 재탄생한 여러 건국 신화들 속에서, 인간으로의 변신은 축생의 업을 벗어나는 성스럽고 기이한 변화로 종종 인식되곤 한다.

하지만 소년의 변신은 그러한 낭만적인 신화와는 거리가 멀어 보인다. 가족을 구출하려는 숭고한 목적으로 "돼지 도매 가게의 견습공"이 된 그가 목도한 현실은 "이미 소시지용으로 가공된 아빠와 형"이다. 이때의 동물은 어떤 우화나 상징의 대상이 아니라, 잔인하게도 잘게 다져진 식육 덩어리에 지나지 않는다. 자신의 몸집보다 큰 돈육의 살점을 뜯으며 동족을 손질하고 있는 소년의 모습은 비극적인 우화를 넘어 다소 처참해 보이기까지 한다. 그럼에도 소년에겐 어떤 믿음이 남아 있다. 기도를 들은 신이 자신의 삶을 극적으로 구제해 주었던 것처럼 아빠와 형 또한 되살아날 수 있다고 그는 믿고 있는 듯하다. "기도는 생을 바꿀 것이라 되뇌"는 소년은 "냉동 칸 깊은 곳에 숨겨" 둔 그들이 다시 숨을 쉬게 되리라 여기며 묵묵히 다른 고기들을 손질한다.

아래의 시는 보다 직접적으로 '고기'라는 단어가 은폐하고 있는 동물 육체의 구체성에 집중한다. 생략된 전반부에서 시적 주체는 양파, 감자, 미역 등을 사례를 거론하며 유독 동물에 대해서만 식재료가 되기 이전과 이후의 이름을 다르게 지칭하는 기표가 덧붙는 일에 의심을 표한다. 소, 닭, 돼지 뒤에 굳이 고기라는 단어를 덧붙이는 것은 "동물의 사체를 먹는 야만적 행위"와 "그로부터 비롯되는 근원적인 양심의 가책"을 숨기기 위해서라고 그는 말한다. 식용육이 되기 위해 길러졌던 시간과 도축될 당시의 피 냄새, 고통스러운 동물의 목소리 등은 고기라는 온건하고 모호한 기표의 벽에 막혀 그것을 소비하는 이들에게 직접 감각되지 못한다.

자크 랑시에르는 『불화』에서 인간의 '말'과 동물의 '목소리'에 관해 언급한 적이 있다. 그는 아리스토텔레스의 『정치학』을 빌려 오면서 인간들에게는 말이 주어지지만, 동물들에게 허락되는 것은 오직 목소리뿐이라고 이야기한다.[9] 인간의 말은 공동체 속에 무언가를 명시(manifeste)하고 기입되는 반면, 동물의 목소리는 쾌감과 고통을 표시(indique)할 뿐 인간의 말로서 인지되지 못한다. 즉 동물들의 '목소리'는 몸에서 새어 나오는 무의미한 신음에 불과하기에 인간들의 '말'처럼 인식과 관념 속에 존재하는 명료한 언어가 되지 못한다는 것이다. 이러한 관점에서 본다면 인용된 위 시의 풍경은 다소 절망적이기까지 하다. 소년의 표현처럼 "믿는다는 건 말할 수 있다는 것"이기에, 인간의 '말'이 아닌 '고통'의 신음만을 내뱉었을 형과 아빠의 목소리나 "자신이 돌아갈 곳"을 묻는 "목이 잘린 생선"의 질문은 아마 누구에게도 가닿지 못했을 듯싶다. 세계 속에 기입되지 못하고 사라지는 염원들 앞에서 이 시의 발화자가 할 수 있는 일이란, 그 처참한 풍경을 흰 "함박눈"이나 "포대" 자루처럼 잠시 덮어 주는 일에 불과하다. 그것은 수전 손태그의 언급처럼 인간 주체의 발화자가 지닌 특권적 향유이자 고통의 이미지를 미학적으로 소비하는 일일지도 모른다. 하지만 그렇게 "가로세로 날실로 타자의 생을 감싸 안으"면, 소년에게 일어났던 기적처럼 그들도 다시 "숨을 쉴 수 있게 될지 모"르기에 시 속의 화자는 고통의 신음으로 끝났을 어떤 존재들의 삶을 구체화하며 핏빛 풍경 위에 금세 사라질 믿음 하나를 다시금 살며시 얹어 놓는다.

9 자크 랑시에르, 진태원 옮김, 『불화』(길, 2015), 23~24쪽.

2 비대칭적 반려 관계

근래의 문학 텍스트들 중 동물과 관련된 또 다른 사유의 기회를 제공하는 작품으로 안보윤의 「밤은 내가 가질게」[10]라는 소설이 있다. 이 작품의 서사적 축은 크게 두 가지이다. 첫 번째는 '나'의 친언니에 관한 이야기이다. '언니'는 "불행을 끌어당기는 자기장 같은" 사람으로 묘사된다. 끊임없이 사람을 믿다가 배신을 당하고 약속처럼 버림받으며 살아온 언니는 여행지에서 우연히 만난 사람의 집에서 식모살이를 하거나, 사랑하던 남자에게 속아 사금융에서 돈을 끌어다 쓰거나, 다단계 사업체 또는 사이비 종교에 빠지는 삶을 34년 동안 되풀이해 온 사람이다. 그런 언니가 어느 날 이삿짐과 함께 나의 집에 찾아온다. 부동산이 엄마의 명의로 되어 있는 탓에 나는 언니와의 동거를 차마 거절하지 못한다. 나의 애인과 유기견 보호 센터에 봉사 활동을 다녀온 언니는 안락사를 앞둔 개 '밤톨이'를 입양하겠다는 뜻을 밝힌다. 인간에게 버림받았으면서도 "또 사람을 믿고 온몸을 내던지"는 "개라는 생물"과, 늘 실패했던 연민의 감정으로 또다시 책임지지 못할 존재를 떠맡으려 하는 언니를 보며 나는 "이 개도 언니도 정말 개 같은 성질을 가졌"다고 생각한다.

또 하나의 서사 축은 '나'가 근무하는 어린이집의 이야기이다. 그곳에는 끔찍한 가정 폭력을 경험했던 '주승'이라는 아이와, 그 아이에게 사무적으로 대하는 나를 못마땅하게 여기는 '나무반' 보조 교사가 등장한다. 주승이의 보호자 때문에 매번 늦은 퇴근을 해야 했던 나무반 보조 교사는 결국 주임 교사인 나에게 도움을 요청한다. 나는 한 시간 반이나 늦게 나타난 주승이 할아버지에게 내일부턴 어린이집에서 아이를 받아 주지 않

10 안보윤, 「밤은 내가 가질게」, 《자음과모음》 2020년 겨울호. 이후 『밤은 내가 가질게』(문학동네, 2023) 수록.

겠다고 단호하게 말하며, 멈칫거리는 나무반 보조 교사의 손을 붙잡고 매정히 그곳을 떠난다. "밤은 내가 가질게."라며 아픔을 겪은 존재의 어두움을 떠안으려 하는 언니와, 안쓰러운 사연을 지니고 있는 아이 앞에서 머뭇거리는 나무반 보조 교사는 분명 선량하고 상냥한 사람들일 것이다. 하지만 세상에는 공평한 선악의 총량이 존재한다고 여기는 나의 생각처럼, 그들이 선함을 행사하며 "다만 선한 사람"으로 남을 수 있었던 것은 이면에서 악역을 도맡고 그 무책임한 선행의 뒤처리를 하던 주인공이 존재했기 때문이다.

그리고 마지막으로 선악을 수행하는 주체들이 도덕의 옳고 그름을 다투는 동안, 까만 눈으로 그들을 응시하며 자신의 처지를 기다리고 있던 주승이와 밤톨이에게로 논의의 초점을 옮겨 볼 수도 있을 듯싶다. 진은영은 『문학의 아토포스』에서 해나 아렌트를 인용하며 난민과 노예의 사례를 언급한 바 있다.[11] 선한 주인을 만난 노예는 따스한 보살핌을 받고 악독한 주인을 만난 노예는 매를 맞거나 굶어 죽을 수 있는 것처럼, 우연한 은총에 기대어야 하는 존재들에겐 자신의 삶을 결정할 권리가 부재한다고 논자는 말한다. 이 은유적인 논리를 참조한다면 우리는 학대를 행한 이들의 악행에 분노하고 방치를 당한 여린 존재들의 고통에 인간적인 연민을 느끼기 이전에, 돌봄을 행하는 이들의 우연적인 성품에 의해 그 존재들의 삶이 결정되고 마는 비대칭적 관계와 이곳의 구조적인 조건에 대해 먼저 질문을 던져 봐야 할 듯싶다.

여기에서 초점을 맞추고 싶은 부분은 돌봄 혹은 입양을 매개로 성립되는 인간과 동물 주-객체의 비대칭적 관계이다. 우리나라 2000만 가구 중 1인 가구의 숫자는 2인, 3인, 또는 4인 이상의 가구들 숫자를 넘어선 지 오래고, 이처럼 원자화된 1인 가구와 '입양'을 통해 결합되는 반려동물

11 진은영, 「소통, 그 불가능성의 가능성」, 『문학의 아토포스』(그린비, 2014), 271~306쪽 참조.

과의 관계 형태는 이제는 새로운 가정을 이루는 한 방식처럼 보이기도 한다. 부모와 자식 사이에 이루어지는 전통적인 양육 관계는 혈연이라는 불가피성으로 맺어진 관계이자 양육자의 전폭적 희생으로 성립되는 관계이지만, 동시에 그것은 지금 기르는 존재가 미래의 나를 봉양하거나 사후를 기억해 줄 수 있다는 점에서 일부분 돌봄의 교환으로 맺어진 관계이기도 할 것이다. 반면 인간과 반려동물의 관계에서 돌봄은 수명 등의 종적 차등과 한계 탓에 (정서의 교감을 제한 의식주와 관련된 양육에 한해서는) 일방향적으로 행해질 수밖에 없다. 그것은 물리적 대가를 바라지 않는 돌봄이라는 점에서 무조건적이고 주체적인 사랑이지만, 관계의 선택과 강도 등을 대부분 인간의 선의에 기대고 있다는 점에서는 여전히 비대칭적이다.

어떤 대상을 향한 무한한 사랑은 종종 태양을 바라보는 해바라기에 빗대지곤 한다. 물론 그것은 비유에 불과하지만 때로 현실은 메타포를 넘어설 정도로 맹목적이어서 우리에게 기이한 감응을 준다. 가로등 불빛을 향해 부단히 몸을 부딪치는 각다귀들처럼, 인간의 돌봄에 대응하는 무조건적이고 비대칭적인 사랑을 끊임없이 증명하는 동물로서 아마도 개만 한 종은 없을 것이다. 근래 앤솔러지 시집의 일종으로 발간된 『나 개 있음에 감사하오』는 그런 반려종을 향한 시인들의 헌사를 묶은 책이다. 아래는 해당 시집을 기획한 유계영 시인의 서문에 해당하는 글이다.

> 그렇게 개는 인간 '대신' 우주로 갔다. 인간보다 '먼저' 우주에 갔다는 의미이기도 하다. 물론 이 두 가지 의미 모두 라이카가 원했던 것은 아니었으나…… 꼬리는 흔들고 있었을 것이다. 그것이 행복하기 때문인지 슬프기 때문인지는 인간이 알 수 없는, 라이카만이 간직한 진실이다. (중략) 개와 함께 산책 나가본 인간이라면 알 것이다. 개가 앞장서서 저만치 간 다음 뒤돌아 띄우는 눈빛을. '여기까진 안전해. 와도 좋아'하고. 개들은 항상 그런 식이다. 우리를 지켜주려고 한다. 부드럽고 귀여운 주제에.[12]

인용문에 등장하는 '라이카'는 우주로 떠났던 최초의 개다. 잘 알려진 라이카라는 이름은 사실 품종명이고, 실제 이름은 '쿠드리야브카'였다고 한다. 입양되었던 집에서 버려져 모스크바의 거리를 떠돌던 그 개는 우연찮게 한 연구원의 눈에 띄어 항공 연구소에서 생활하게 되었다. 라이카는 다른 개들보다 더 영리했고 더 사람을 잘 따른 탓에 최초의 우주견으로 선정되었다. "그렇게 개는 인간 '대신'" 혹은 "인간보다 '먼저' 우주에 갔다". 아마도 "꼬리는 흔들고 있었을 것이다". 개의 꼬리야말로 숨길 수 없는 마음의 발현이자 인간을 향한 사랑의 표현인 것으로 알려져 있으니, 탑승 직전까지 환영하듯 꼬리를 흔드는 라이카를 보며 연구원들은 일말의 죄스러움을 덜어 냈을지도 모르겠다. 그러나 어쩌면 그 꼬리는 라이카의 마음과는 상관없는 종의 명령이었거나, 인간이 미워지려고 하는 마음을 바꾸기 위한 필사적인 노력 같은 것은 아니었을까. 한 시인의 표현대로 "그 개는 죽어서도 꼬리를 흔"[13]들고 있었을 것이다.

먹을 것을 주고, 씻겨 주고, 산책을 데리고 나가 주는 까닭에 우리는 이따금 개를 인간이 보살펴 주어야 하는 아기 같은 존재들로, 조금 차갑게 말하자면 인간에 빌붙어 살아가도록 진화된 동물의 하나로 여기는 경향이 있다. 하지만 시인은 정작 "우리를 지켜 주려고 하"는 쪽은 개일 것이라고 단호히 말한다. 인간과 산책을 나선 개들은 정찰을 맡은 척후병처럼 우리 대신 길을 나선다. 인간보다 먼저 우주로 정찰을 나섰던 라이카처럼, 저만치 앞서다 뒤를 돌아본 후 "여기까진 안전해. 와도 좋아."라며 목줄만큼의 안전거리를 동반자에게 허락해 준다. 늘 해를 바라보는 것처럼 인간을 향해 있는 개의 일방향적인 시선 때문에 쉽게 알아차리지 못하지

12 유계영, 「시답고 개다운」 부분, 『나 개 있음에 감사하오』(아침달, 2019).

13 민구, 「나는 환생을 믿지 않아」, 같은 책.

만, 정작 길게 늘어진 목줄의 그림자에 기대어 그들을 쫓아가는 쪽은 우리라고 시인은 여기는 듯싶다.

이 같은 관계의 비대칭성에 더해 또 하나 덧붙일 수 있는 이 시집의 특색이라면 각 시인들과 반려견의 사진, 인연이 얽힌 산문, 그리고 시를 나란히 배치해 둔 구성일 것이다. 가령 아래에 인용된 임솔아 시인의 작품 「예의」에는 '깜지'라는 개의 임종을 함께 지켜보는 한 가족의 이야기가 그려진다.

> 명절처럼 한 사람씩 모여들었다
> 식구들은 자꾸 자리에서 일어났다
>
> 마실 물을 가져다주었고
> 따뜻하게 덮어줄 담요를 가져다주었다
> 개를 위할수록 개는 혼자가 되었다
>
> 개는 헐떡였다
> 헐떡거리지만 웃는 것 같았다
> 주섬주섬 카펫 바깥으로 기어가 오줌을 쌌고
> 그 위에 쓰러졌다
>
> 온 가족이 둘러앉았다
> 식구들은 번갈아 머리를 받쳐주었다
> 어린 개가 죽어가는 걸 지켜보고 있었다
>
> 잘 가 깜지야 가라고 하지마 얘가 들어
> 먼저 자 출근해야잖아 같이 기다릴 거야 같이 뭐를 기다리는데?

눈을 감겨줄래 손 치워 숨을 못 쉬잖아 죽었잖아

사랑하는 목숨이 숨을 거두는 동안
우리는 충분히 우스꽝스러웠다

개의 시체를 토마토 상자에 넣고
차가운 데에 두자며 현관으로 옮겼다
식구들은 옹기종기 누워 잠을 청했다[14]

"명절처럼 한 사람씩 모여들어" 둘러앉은 가족들 사이에서, 깜지는 웃는 듯 헐떡이다 "카펫 바깥으로 기어가 오줌을 쌌고/ 그 위에 쓰러"져 이내 천천히 죽어 간다. 이 비극적이고 엄숙한 장면 앞에서, 죽음을 지켜보는 가족들의 모습은 어딘가 부산스럽고 산만해 보인다. "잘 가"라는 작별 인사를 건네는 이와 "가라고 하지 마, 얘가 들어"라고 말하며 타박을 놓는 이, 잠을 자지 않고 "같이 기다릴 거"라는 이와 "같이 뭐를 기다리는데?"라고 말하며 언성을 높이는 이가 한곳에 모여 있다.

사체는 찬 곳에 두어야 하지 않을까 생각한 그들은 토마토 상자에 담긴 깜지를 현관에 두고, 곁에 "옹기종기 누워 잠을 청"한다. 다소 우스꽝스러운 그들의 모습이 어딘가 아릿하게 다가오는 것은, 함께했던 작은 목숨의 첫 죽음 앞에서 서툴지만 각자의 방식으로 예의를 다하고 있기 때문일 것이다. 뒤이은 페이지에는 형제인 반지, 꼭지와 깜지가 엎드려 찍힌 사진이 놓여 있다. 형제 중에서 가장 못생겼던 깜지는 자신을 낳아 준 어미보다 한 해 앞서 세상을 떠났지만, 형제 중에서 제일 먼저 문지방을 넘을 정도로 용감했다고 시인은 적고 있다.

14 임솔아, 「예의」, 같은 책.

시적 대상의 구체적 사례와 실제의 이미지가 시의 완성도를 보장해 주는 것은 아닐 테지만, 그것들과 나란히 놓인 시 텍스트가 단독으로 읽혔을 때와는 다른 감각을 선사한다는 사실을 부인하긴 어렵다. 유계영 시인은 언급된 책의 서문 「시답고 개다운」에서 이 시집이 묶이게 된 계기에 대해 이야기를 꺼낸다. 우연히 한 시인이 개 옆에서 활짝 웃고 있는 사진을 보았고, 문예지 프로필 사진에서 봐 오던 심각한 표정이나 슬프고 얼룩덜룩하던 그의 시와는 너무나도 다른 그 모습이 오래도록 기억에 남았다고 시인은 말한다. 이 같은 '시'와 '시 아닌 것' 사이의 낙차, 안온한 지면의 기표와 그것을 방해하는 실감의 개입이 해당 시집을 읽으며 느껴지는 낯선 감동의 원인 중 하나일 것이다. 그리고 이는 많은 동물-시가 "미학적으로는 큰 의의가 있지만" "실제 동물에 관한 이해를 돕지는 않"고 실제 "동물의 삶이나 고통은 그러한 동물 표상 바깥에 있"[15]는지도 모른다는 둔중한 문제 제기의 합당한 반례로 제시될 수 있을 듯하다.

3　외부성(externality)과 외밀성(extimacy) 사이의 동물-언어

동물이 시적 소재로 등장하거나 동물의 목소리를 활용하는 작품들에 대해, 인간 외부의 목소리를 끌고 들어와 혼종의 시적 언어를 생성하고 있다는 분석과 논의는 그동안 다수 축적되어 왔다. 대표적으로 고봉준은 「포스트휴먼 담론과 '인간-이후' 한국 시의 한 가능성 — 김혜순의 『피어라 돼지』(2016)와 『날개 환상통』(2019)에 대한 포스트-휴먼적 읽기」에서 20세기 후반 인문학은 '타자' 개념을 중심으로 재편되어 왔으며 특히나 최근에는 동물에 대한 부당한 존재론적 차이에 기초하고 있는 근대적 인

15　박동억, 「황야는 어떻게 증언하는가: 2010년대 현대시의 동물 표상」, 《시작》 2020년 봄호, 28쪽.

간 개념의 대타 항으로서 '완전한 타자'라고 말할 수 있는 동물이 주요 쟁점이 되고 있다고 말한다.[16]

이처럼 '외부성'을 지닌 이질적인 존재와의 결합으로 인간 이후의 형상을 그리는 포스트휴먼적 논의는 우리에게 그리 낯선 것은 아니다. 잘 알려진 도나 해러웨이의 선언문에서도 익히 드러나듯 사이보그, 반려종과의 결합은 기계 및 동물과의 단순한 접촉만을 지칭하는 것이 아니라, '키메라'의 비유처럼 인간 고유의 물성을 다른 종으로 뒤바꾸는 존재론적 변화의 의미까지 일정 부분 담고 있다.[17] 유사한 맥락에서 종종 거론되는 들뢰즈·과타리의 '동물-되기'라는 개념 역시 동물로의 변용을 통해 이른바 정상적인 인간의 언어가 지각할 수 없는 어떤 양태가 되기를 꿈꾼다. 동시에 그것은 가족, 국가 등 근대의 체계가 만들어 놓은 구속을 분열시키고 전에 없던 새로운 존재의 생성을 추구한다.[18] 낯선 외부의 언어를 들

16 고봉준, 「포스트휴먼 담론과 '인간 - 이후' 한국 시의 한 가능성 — 김혜순의 『피어라 돼지』(2016)와 『날개 환상통』(2019)에 대한 포스트 - 휴먼적 읽기」, 《국어국문학》 193호(국어국문학회, 2020), 65쪽.

17 도나 해러웨이, 황희선 옮김, 『해러웨이 선언문 — 인간과 동물과 사이보그에 관한 전복적 사유』(책세상, 2019), 20쪽.

18 들뢰즈·과타리는 '동물-되기'뿐 아니라 '여성 - 되기', '아이 - 되기', '바이러스 - 되기', '분자-되기'까지 나아갈 것을 주장한다. 오이디푸스 체계로 불리는 '영토화(territorialisation)'의 시도들에 포획되지 않아야 하며, 지속적인 '탈영토화(deterritorialisation)'를 통해 변이의 선을 그려 나가야 한다고 말한다. 더 자세한 논의는 질 들뢰즈·펠릭스 과타리, 김재인 옮김, 「1730년 — 강렬하게 - 되기, 동물 - 되기, 지각 불가능하게 - 되기」, 『천개의 고원』(새물결, 2001) 참조.
동물과 관련하여 자주 거론되는 철학적 논의로는 자크 데리다와 조르주 아감벤의 논의가 있을 것이다. 데리다는 자신이 기르는 고양이와의 구체적인 사례를 통해 인간-주체를 바라보는 동물-타자의 형상을 이야기하며, 아감벤은 인간과 동물의 이분법 사이에 존재하는 예외적 공간의 가능성을 주장한다. Jacques Derrida, *The Animal That Therefore I Am*(New York: Fordham University Press, 2008)과 Giorgio Agamben, *The Open: Man and Animal*(California: Stanford University Press, 2004) 참조. 황정아는 아감벤의 논의를 인간과 동물을 가르는 인간학적 기계의 '작동 중지'로, 데리다의 논의를 동물기계론이 기대는 인간과 동물 경계의 '복잡화'로

여와 시의 영역을 넓히는 일이 현대시의 미학적 소임 중 하나라는 사실을 떠올려 본다면, 인간 외부에 놓인 언어로서 동물의 감각이 시와 접합되는 것은 어쩌면 당연한 일일 것이다.

새 인간을 하나 사 왔다 동묘앞 새 시장에서 새 인간을 판다는 소문을 들었다 내가 원하는 바로 그 새처럼 우는 법을 배운 새 인간이 동묘앞 새 시장에 매물로 나올 거라는 소식이었다 날개가 있지만 날 수 없고 곤충과는 달리 머리 가슴 배로 구성되지 아니하였으며 다족류가 아니며 두 쌍의 팔다리를 지녔고 갈퀴는 성장 환경에 따라 생겨날 수도 있고 영영 생기지 아니할 수도 있고 큰 소리로 웃지 않으며 달라지지 않으며 먹어선 안 될 것들이 많아 병들기 쉽지만 청결한 잠자리를 유지해 주면 동반 인간의 반평생 가까이 살고 평생에 단 한 번 번식하며 때에 따라 번식하지 않는 경우가 있다는 것이다 인어를 키운다는 녀석들에게 보란 듯이 내 새 인간을 말해 주고 싶었으니까 나는

(중략)

새 인간을 하나 사러 동묘앞에 걸어갔다 새 인간을 재울 깨끗한 잠자리를 만들어야 해서 아침은 굶고 현금을 준비해 가는 것도 잊지 않았다 흥정을 대비해 프로처럼 보이는 주머니가 많이 달린 조끼를 입고 목장갑을 끼고 마스크를 하는 것도 잊지 않았다 나의 새 인간

나의 새 인간이 되어 주세요 나는 인사말을 연습했다 내가 원하는 바로

축약해 설명한다. 언뜻 상반된 작업처럼 보이는 그들의 논의는 인간과 동물의 구분 혹은 경계를 핵심으로 두고 이를 문제화하는 것을 목표로 삼는다는 점에서 일치한다고 논자는 말한다. 구체적인 논의는 황정아, 「동물과 인간의 '(부)적절한' 경계 — 아감벤과 데리다의 동물 담론을 중심으로」, 《안과밖: 영미문학연구》 43(영미문학연구회, 2017), 79~101쪽 참조.

그 새 인간의 잠든 모습이 보일 것만 같고 새 인간이 잠든 동안 내가 할 수 있는 일들 방바닥을 조용히 닦는 것 옷을 개키는 것 새 인간이 입을 잠옷을 수선하기 위해 돈을 벌러 나가는 것 그래서 무슨 일을 해야 새 인간과 더 오래 함께 있을 수 있을까 궁리하면서 나는 동묘앞으로 향했다[19]

위 시편에 등장하는 새 인간은 기묘한 모습을 하고 있다. 그것은 "곤충과는 달리 머리 가슴 배로 구성되지 아니하였"고, "다족류가 아니며" 사람처럼 "두 쌍의 팔다리를 지녔"다. "갈퀴"는 생기지 않을 수도 있고, 핵심적인 "날개" 역시 내가 잠든 동안에만 펼쳐지기에 육안으로 확인은 불가능한 것 같다. 이런 모습은 일견 인간과 별다른 차이가 없어 보이기도 하지만, 그럼에도 나는 그 생명체가 새 인간이라는 확신을 지니고 있으며 "인어를 키운다는 녀석들에게 보란 듯이" 새 인간을 자랑하고 싶어 한다.

나는 새 인간에게 "전염병처럼/ 인간이 옮는 것"[20]을 방지하기 위해, "청결한 잠자리"를 마련해 주고 "먹어선 안 될 것들"을 가려 준다. 아마도 나는 사랑하는 나의 새 인간이 본연의 비-인간성을 상실하지 않도록 보호하며, 그것과 반평생 가까이 살아가려 하는 듯싶다. 중의적으로 읽히는 '새 인간'이라는 시어처럼 이 작품 속의 시적 주체는 새로운 존재의 아름다움을 곁에 두고 저 자신도 다른 형식의 삶을 살아가길 꿈꾸는 듯하다. 이는 인간이 아닌 존재들로 인간의 규범과 정상성을 되묻고 그 경계를 넘어서면서 그들과 공존하는 삶의 형식을 창출하려는 시도, 그러한 "공현존의 감각을 토대로" "인간과 비인간의 동등한 관계성에 대해 근본적으로 성찰하"[21]려는 최근 논의들의 맥락과 그 궤를 같이한다.

19 김복희, 「새 인간」 부분, 『내가 사랑하는 나의 새 인간』(민음사, 2018).

20 김복희, 「손발을 씻고」, 같은 책.

다만 위 시편이 어딘가 꺼림칙한 여운을 남기는 것은 새로운 종의 배치를 꿈꾸는 나와 새 인간 사이의 관계가 여전히 현실의 자장 안에 놓여 있는 것 같다는 점이다. 자신과 함께해 달라는 "인사말을 연습"하는 모습이나 그 존재가 으깨질까 두려워 식은땀을 흘리는 모습에서 분명 새로운 반려 존재를 소중히 여기는 나의 마음이 드러나긴 하나, 그와 함께하기를 선택하고 수행하는 일 대부분은 여전히 나의 의사에 달려 있는 듯하다. 이러한 비대칭적인 관점에서 볼 때 새 인간은 내가 만끽하려는 아름다운 피사체의 일종으로 보이기도 한다. 무엇보다 나는 그를 구매의 대상으로만 접할 수 있다. "흥정을 대비해 프로처럼 보이는" 옷차림을 하고 "현금을 준비해" 동묘앞 '시장'에서 새 인간을 구입하는 나의 모습은 물질적인 대상을 향한 소유욕의 실현으로 읽히기도 한다. 외부 존재의 틈입에도 불구하고 인간의 근본적인 관계와 사회적 조건은 쉽사리 변하지 않고, 오히려 그 내밀하고 부끄러운 현실만 더욱 환기되는 듯한 이 찜찜한 감각은 아래의 작품에서도 잘 드러난다.

윷놀이 말하는 거야? 그것은 네가 던진 질문에 내가 내놓은 답 너는 아니라고 말한다 그러면 브레멘 음악대를 말하는 것이냐고 묻자 그것도 아니라고

오늘 저녁에 무엇을 먹으면 좋을지 물어보는 것이었다

사랑은 무엇일까
고기는 사랑이라는 말도 있다지만

21 김보경, 「인간의 가장자리로 걷기 — 여성, 동물, 기계」, 《문학과사회》 2020년 여름호, 431쪽.

사랑은 무엇일까

저기 지나가는 개는 주인도 없이 목줄만 끌고 어디론가 향하는데

(중략)

사랑하는 개가 없어졌어요
하얗고 사랑스러운 그런 개인데요

한국의 것과는 전혀 다른 빛과 공기 속에서 창백하고 표정 없는 얼굴의
아이가 외국어로 말하고 있었다 나는 공포에 사로잡혔고

“거기는 양이 맛있대!”

너에게서 메시지가 도착했다[22]

위 시편의 ‘나’는 누군가와 통화를 하고 있다. 대화는 전화기 너머에 있는 ‘너’의 뜬금없는 질문으로 시작된 것 같다. 너는 작품의 제목인 “소 양 돼지 닭”의 목록을 나열하며 질문을 던지고, 나는 너와 선문답과도 같은 대화를 이어 간다. 나는 그것이 “윷놀이”라든가 “브레멘 음악대”를 뜻하는 것이냐고 묻지만, 너는 모두 아니라고 답한다. 나는 이러한 대화가 국제전화를 사용하면서까지 해야 할 이야기인지 잠시 회의가 들기도 한다. 너는 담담히 답한다. “오늘 저녁에 무엇을 먹으면 좋을지 물어보는 것이었다”고. 네가 말한 질문은 저녁 메뉴의 리스트, 다시 말해 식용 가능한

22 황인찬, 「소 양 돼지 닭」 부분, 『사랑을 위한 되풀이』(창비, 2019).

고기의 목록들이었고 그때 내 앞엔 "주인도 없이 목줄만 끌고 어디론가 향하는" 개 한 마리가 지나간다.

윷놀이처럼 무감각하게 나열된 소, 양, 돼지, 닭의 식용 목록에 '개' 하나가 무심히 추가된다 하더라도 평소의 나라면 크게 거부감을 느끼지 않았을지도 모른다. 한데 "고기는 사랑이라는 말"을 떠올리고 있는 내 앞에서, 대뜸 "사랑하는 개"를 찾는 아이의 말과 표정은 불현듯 섬뜩하게 다가온다. 앞쪽의 사랑이 익명으로 뭉뚱그려져 있는 식용 재료에 대한 선호인데 반해, 뒤쪽의 사랑은 삶을 함께한 개별적 존재를 향한 마음에 가깝다. 아마도 내가 "공포에 사로잡혔"던 까닭은 무감했던 그 일상의 단어와 풍경이 갑작스레 낯설게 느껴졌기 때문일 것이다. 그러니 불쑥 개입한 감각과의 시차적 대면은 "한국의 것과는 전혀 다른 빛과 공기 속에서" "창백하고 표정 없는" "외국어"의 형태로 느껴질 수밖에 없다. 이 시는 이 낯설고 어지러운 정적 위에 "거기는 양이 맛있대!"라며 반갑게 외치는 너의 문자 메시지를 겹쳐 놓은 채 기이한 여운을 남기며 마무리된다.

고기에 대한 '사랑'과 반려동물에 대한 '사랑'을 별다른 의심 없이 같은 단어로 사용하며 살아가던 위의 시적 주체들의 모습이 어딘가 낯설고 공포스럽게 느껴졌던 것은 그것이 외국의 생소한 풍경을 묘사해서라기보다는, 광기의 비약을 지우고 태연하게 일상을 영위하는 이곳의 실체를 일순간 드러냈기 때문일 것이다. 이처럼 어떤 동물-시의 언어는 인간 바깥의 이질성을 드러내는 시도이기도 하지만, 동시에 인간이 지니고 있는 사유 구조 내부의 허상과 광기를 외밀하게[23] 돌이켜 보려는 시적 작업들이기도 하다.

23 '외밀하다(ex-timate)'라는 단어는 '외부(ex-)'라는 뜻과 '내밀하다(intimate)'라는 뜻이 합쳐진 단어이다. 언뜻 모순적으로 보이는 이 단어는, 외부적인 것처럼 보이는 요소가 실은 내부를 지탱하는 중핵이라는 것을 의미한다.

소녀는 마스크를 벗지 않는다

1

메르스가 확산되기 이전 즈음의 일이다. 녹번동에서 종로를 향해 가는 702번 버스에서, 마스크를 쓴 대여섯 명의 사람들을 보았다. 그때까지만 해도 마스크를 끼고 다니는 것에 대해 유난을 부린다는 인식이 조금쯤은 있었던 듯싶다. 의아했던 것은 당시 마스크를 착용한 이들이 모두 어린 혹은 젊은 여성들이었다는 점이다. 그것은 물론 우연의 일치였을 테지만, 유행하는 아이템처럼 귀에 걸쳐진 그녀들의 흰 마스크는 일상의 색채 속에서 유달리 도드라졌다. 얼마 후 강남역 인근의 노래방에서 한 여성이 살해되는 비극적인 사건이 발생했다. 많은 사람들이 그 참혹한 죽음을 슬퍼했다. 눈길을 끌었던 것은 추모 행렬에 동참했던 여성들 중 적지 않은 수가 마스크를 끼고 있었다는 점이다. 의문은 기시감처럼 떠올랐다. 왜 그녀들은 마스크를 쓰고 있는가? 물론 그것은 질병과 시선의 우연한 폭력을 막아 내기 위한 최소한의 자구책이었을 것이지만, 조금 다른 대답을 위해서는 다소 긴 우회로가 필요할 것 같았다.

2

근대 이전의 시에서 근대시로 전환되는 과도기의 시작점에 육당 최남선의 「해에게서 소년에게」가 있다. 그는 《소년》 창간호 권두에 해당 작품을 실었다. 어쩌면 그에게 근대의 기획은 소년의 기획이었다고 말할 수도 있을 것이다. 그는 근대의 미래상을 소년의 무한한 가능성에 겹쳐 보려 했다. 프로이트는 「토템과 터부」에서 소년들이 어른이 되기 위해서는 아버지를 죽이고 그 살점을 나누어 먹어야 한다고 이야기했다. 아버지를 해친 환희와 죄책감을 동시에 경험한 소년들은 그 유대감을 바탕으로 새로운 사회를 형성한다는 것이다. 서양 문화권에서는 프랑스혁명이 상징적인 사례가 될 수 있다. 루이 16세라는 봉건적인 아버지를 청산한 후에야 벽안의 소년들은 근대라는 이름의 어른으로 자리매김할 수 있었다.

그러나 전근대와 근대의 전환기에서 우리의 소년들은 스스로 아버지를 죽이지 못했다. 일제의 폭력에 의해 살해당한 부친의 주검만을 얻었을 따름이다. 폭력적인 새아버지에 의해 죽여야 할 라이오스를 상실해 버린 오이디푸스들은 영영 어른이 되지 못할 위험에 처했다. 미래를 향한 충만한 가능성과 설렘으로 시작된 근대적 소년의 기획이 의도와는 달리 소년을 벗어날 가능성을 처음부터 봉쇄당하는 절망에 빠져 버린 셈이다.[1] 이 기형적인 소년의 탄생 곁에서 소녀는 과연 어떤 모습을 하고 있었을까?

소녀(少女)는 확실(確實)히 누구의 사진(寫眞)인가보다. 언제든지 잠잫

1 최남선을 앞세워 근대적 주체들의 고아 의식을 분석한 논의로는 김홍중, 「한국 모더니티의 기원적 풍경」, 《사회와이론》 7호(한국이론사회학회, 2005) 참조. 한편 이 글과 비슷한 문제의식과 방법론으로 나홍진의 작품 세계를 분석한 논의로는 조대한, 「여성 탈환을 위한 소년들의 추격과 도주 — 나홍진의 「추격자」, 「황해」, 「곡성」을 중심으로」, 《대중서사연구》 24권 1호(대중서사학회, 2018) 참조.

고 있다.

소녀는 때때로 복통(腹痛)이난다. 누가 연필(鉛筆)로 작난을한 까닭이다. 연필은 유독(有毒)하다. 그럴 때마다 소녀는 탄환(彈丸)을 삼킨사람처럼 창백(蒼白)하고는 한다.

소녀는 또 때때로 각혈(咯血)한다. (중략) 내활자(活字)에소녀의 살결내음새가 섞여있다. 내제본(製本)에소녀의 인두자죽이 남아있다. 이것만은 어떤강렬(强烈)한 향수(香水)로도 헷갈니게 하는수는없을 —

사람들은 그 소녀를 내(妻)처라고해서 비난(非難)하였다. 듣기싫다. 거즛말이다. 정말이소녀를 본 놈은 하나도없다.

그러나 소녀는 누구든지의 처가아니면 안된다. 내자궁(子宮)가운데 소녀는 무엇인지를 낳어 놓았으니 — 그러나 나는 아즉그것을 분만(分娩)하지는 않었다. 이런소름끼치는 지식(智識)을 내여버리지않고야 — 그렇다는 것이 — 체내(體內)에 먹어들어오는 연탄(鉛彈)처럼 나를 부식(腐蝕)시켜버리고야 말 것이다.

나는 이소녀를 화장(火葬)해버리고 그만두었다. 내비공(鼻孔)으로 조희탈 때 나는 그런 내음새가 어느때까지라도 저회(低徊)하면서 살아지려들지 않았다.[2]

이상이 누구인가? 어린 시절 타의에 의해 친아버지를 잃어버린 사람

2 이상, 「소녀」 부분, 《조광》, 1939. 2; 김주현, 『증보 정본 이상 문학 전집 1_시』(소명출판, 2009), 134~135쪽.

이다. 그는 죽여야 하는 아버지를 빼앗겨 끝내 어른이 되지 못한 '아해'들의 대표 주자이다. 그가 바라본 소녀는 누군가에게 "연필로 작난"을 당한다. 이 때문에 소녀는 "복통"이 나거나 "또 때때로 각혈"을 하기도 한다. '피'라는 소재와 무언가를 "삼킨" 소녀의 모습은 어쩔 수 없이 성적인 이미지를 떠올리게 한다. 짐작건대 연필의 장난은 소녀를 쿡쿡 찌르는 행동의 일종일 것이다. 중요한 것은 찌르는 행위 그 자체가 아니라 찌르는 사물의 종류이다. 뾰족한 것들의 수많은 선택항 중에서 시인은 왜 하필 연필을 택했을까. 그것은 연필이 글씨를 적는 도구이기도 하지만 그의 부친을 상징적으로 살해한 범인의 이름이기 때문이었는지도 모른다. 어린 김해경을 양자로 들여 친아버지의 자리를 없앤 백부의 이름이 바로 김연필(金演弼)이었다. 연필에 의한 상처를 지니고 있는 이상은 그렇기에 어떤 아픔을 소녀와 공유하고 있는 듯하다. 소녀의 고통을 일부나마 이해하는 유일한 소년인 그는 소녀를 비난하는 사람들에게 억울함을 담아 외친다. "거즛말이다. 정말이소녀를 본 놈은 하나도없다."

이와 같은 공감과 연민에도 불구하고 소년이 소녀에게 느끼는 또 하나의 감정은 공포이다. 소년의 정체성의 "자궁가운데 소녀는 무엇인지를 낳어 놓았"다. 그는 이 잉태에 "소름끼치"도록 두려움을 느낀다. 이와 관련하여 앞서 살펴본 프로이트의 가설을 재음미해 볼 필요가 있다. '아버지를 죽인 후에야 소년은 어른이 된다'는 그의 진술 속엔 어딘가 미진한 구석이 남아 있다. '아버지를 죽였다'는 행위와 '어른이 되었다'는 평가 사이의 관계는 인과관계라기보다는 선후 관계에 가깝다. 소년은 살부(殺父) 이후 어른이 되었다는 사후적 명명을 받았을 뿐, 어른이 되겠다는 목적으로 아버지를 살해한 것은 아니다. 실상 「토템과 터부」를 보다 자세히 살펴보면, 소년의 살인은 어른이 되기 위해서가 아니라 소녀를 되찾아오기 위해 행해진다. 그가 친부 살해를 저지른 근본적인 원인은 아버지가 모든 소녀들을 독점하고 소년을 무리에서 내쫓았기 때문이다. 부친 살해는 소녀를 둘러싼 수컷들의 쟁탈전에서 부수적으로 초래된 사건으로 그려진다. 소년과 아버지의 대립 구도 바깥에서 부산물처럼 존재하는 것 같던 소녀가 실은 그 구조를 작동시키는 내밀한 원동력이었던 셈이다. 그렇다면 프로이트의 가설은 다음과 같이 수정되어야 하지 않을까. '소녀를 되찾은 후에야 소년은 어른이 된다.'

그런데 이상의 소년들은 되찾아야 할 소녀를 잃어버렸다. 아니 정확히 말하자면 그것은 잃어버릴 대상을 다시 잃어버린 것이다. 아버지의 독점 이후 소녀는 상실의 대상이자 되찾을 목표물이었으나, 독점적 부군의 타살 이후 소년들은 상실의 대상 자체를 상실했다. 잃어버린 누군가도 되찾을 무엇도 없는 목적지를 상실한 근대의 미로 위에서 이상의 아해들이 행했던 일은 막다른 골목을 공포에 휩싸여 질주하거나 되찾을 수 없는 소녀를 비난하는 일이었다. '연필'로 상징되는 근대의 급작스런 폭력은 소년과 소녀가 함께 겪은 아픔이자, 시대의 우연이 선물한 불가피한 고통이었을 것이다. 그러나 소년은 그 고통과 공포의 책임을 소녀에게 전가하고 그녀를 불신하기 시작한다. 연필에 찔리고 탄환을 삼켜 더럽혀진 소녀는 "체내에 먹어들어오는 연탄처럼" 소년을 "부식시켜버리고야 말 것"이다. "연필은 유독"하기 때문이다. 소년은 근대적 폭력과 그로 인해 기형적으로 형성될 수밖에 없었던 자기 정체성의 불안을 소녀의 탓으로 돌리고, 끝내 그녀를 "화장해버리고" 만다.

「의심의 소녀」라는 작품으로 등단한 김명순이라는 여인이 있다. 그녀가 문단에 올라선 1917년이 이광수의 선구적 소설인 『무정』이 발표된 해임을 감안했을 때, 그녀는 '최초'라는 수식어가 붙을 만한 시대를 살아간 여성 작가이다. 최초의 본격적인 문학 동인지인 《창조》의 동인으로 활동하기도 했다. 그녀는 문단의 중심에서 주목받는 삶을 살았을 법하지만, 실상 일본으로 도망치듯 건너간 후 생활고와 정신병에 시달리다 비참한 일생을 마감했다. 당시 주목받았던 것은 그녀의 작품보다는 그녀와 관계된

뒷소문들이었다. 일본에서 유학 중이던 그녀가 이응준 소위에게 성폭행을 당한 사건이 신문 매체를 통해 세간에 노출된다. 이 사건 때문에 김명순은 자살 시도를 했고 몸담았던 여학교는 그녀를 제적 처리했다. 이응준은 훗날 대한민국의 초대 육군참모총장이 되었다. 당대의 사람들이 그녀에게 어떤 가치판단을 내렸는지 쉽게 단언할 수는 없지만, 기생 출신의 어머니에게서 태어나 근대적 포즈를 취하며 자유연애를 주창하던 그녀를 이질적인 존재로 여겼음은 틀림없는 것 같다. 김명순은 폭력의 피해자임과 동시에 그 자체로 의심받는 소녀의 전형이었다.

의심과 불신의 그녀를 "활자"로 박제하려는 시도들이 이어졌다. 김기진은 「김명순 씨에 대한 공개장」에서, 그녀가 "히스테리"적이고 "문학 중독"이 된 이유는 "처녀 때에 강제로 남성에게 정벌을 받았"[3]기 때문이라고 썼다. 김동인은 김명순의 필명인 김탄실을 한 글자만 바꾸어 쓴 소설 『김연실전』에서, 그녀를 성적으로 타락한 신여성으로 묘사했다. 그 "제본"들 속에는 의심받고 낙인찍힌 "소녀의 인두자죽이 남아있다". 믿지 못할 소녀를 집단 살해함으로써만 자신들의 정체성을 규정할 수 있었던 근대 소년들의 처량한 흔적이 남아 있다. 그러나 종이와 활자로 박제된 소녀는 쉽사리 사라지지 않는다. 그녀는 "어떤강렬한 향수로도" 지울 수 없는 "살결내음새"가 되어 소년의 곁에 되돌아온다. 뒤늦게 태워 버린 후에도 "조희탈 때 나는 그런 내음새가" 되어 "어느때까지라도 저회[4]하면서 살아지려들지않"는다.

3 김기진, 「김명순 씨에 대한 공개장」, 《신여성》, 1924년. 11월호.

4 머리를 숙이고 사색에 잠겨 서성거림, 맴돌거나 선회함, 낮은 곳으로부터의 회귀 등.

3

소녀의 이름이 문학의 장에 다시 떠오른 것은 '문학소녀'라는 명칭과 함께이다. 대체로 문학소녀란 문학을 사랑하고 문학 창작에 뜻이 있으며, 문학적 분위기를 좋아하는 낭만적인 소녀를 일컫는다. 다만 문학청년의 준말인 문청(文靑)이 예비 문학인의 어감을 어느 정도 지니고 있는 데 반해, 문학소녀는 철없던 과거의 순수함이나 이루지 못했던 꿈의 뉘앙스를 풍기는 단어에 가깝다.[5] 그녀들은 이유 모를 웃음과 울음이 터져 나오는 불완전한 시절의 표상이자, 감상적 혹은 대중적인 문학을 향유하는 집단의 기호로 간주되었다. 저류에 잠재되어 있던 어린 소녀들이 전면으로 부상한 것은 조금 더 시간이 흐른 뒤의 일이다.

> 소년이 손을 열어 보여준 건 칼이었다. 분홍색 손바닥 위로 슬몃 피가 비쳤다. "연필이나 깎지 그러니?" 소녀는 분명히
>
> 비웃었다. 소녀는 뚫어지게 소년을 응시했다.

> 여자애에게 위로를 받아본 일이 있었던가? 생각나지 않는다. 어떤 것에도 놀라지 않는 여자애가 무서웠다. 소년은 소녀의 집에 놀러 가보지 못했다. 소년도 소녀를 초대한 일이 없었다. 그렇지만 해수욕장의 모래밭에 누워 있는 소녀와,

5 정미지는 이루지 못한 꿈이나 과거의 기억으로 호출되는 '문학소녀'의 정체성에 의문을 던진다. 논자는 1960년대의 문학소녀가 예비 현모양처를 규범화하는 단어이자 남성 중심의 지배 질서가 만든 미달의 표상이었음을 지적하며, 당시의 문학소녀는 미성숙한 존재가 아닌 남성 체제에 균열을 시도했던 욕망의 주체였음을 주장한다. 보다 자세한 논의는 정미지, 「불온한 '문학소녀'들과 '여학생 문학'의 좌표 — 1960년대 독서의 성별화와 교양의 위계」, 『문학을 부수는 문학들』(민음사, 2018) 참조.

볼록한 가슴에 얹어주는 뜨거운 모래에 대해 상상하는 일은 즐겁다. 생일 파티 같은 것은 부유한 초등학생들이나 하는 짓이다. "아무한테나 손을 벌리진 않겠지?" 소녀는 똑똑하다.

소년은 히, 웃으며 천천히 손을 오무렸다. 손가락과 함께 칼이 사라져 갔다.[6]

소년이 소녀에게 "손을 열어 보여 준 건" 분명 "칼이었다". 손바닥을 펼치며 소년은 내심 소녀가 놀라길 바랐을지도 모르지만 그녀의 반응은 무덤덤하다. 소년은 이런 소녀가 익숙하지 않다. "칼"을 보여 주면 응당 두려워하는 반응을 보여야 하는데, 소녀는 "어떤 것에도 놀라지 않"고 오히려 그를 "비웃"는다. 이상의 소년에게 치명적인 위해를 가했던 '연필'과 그 기억을 깎아 냈던 자기 수세적 공격성의 '칼'은 이 소녀에게 한낱 조롱거리에 불과하다. 그녀는 소년의 손바닥에 놓인 칼을 비웃듯 바라보며 다음과 같이 말한다. 그걸로 "연필이나 깎지 그러니?"

본디 소녀는 "언제든지 잠잫고 있"어야 하는 "누구의 사진"(이상, 「소녀」)이자, 소년의 시선을 맞이하는 피사체에 불과했는지도 모른다. 그러나 이제는 반대로 "소녀"가 "뚫어지게 소년을 응시"한다. 일방적인 시선의 객체인 줄만 알았던 무언가가 사실은 그 렌즈 너머를 통해 나를 쳐다보고 있다는 것을 느꼈을 때, 자신도 어떤 응시의 대상으로 전락할 수 있다는 것을 자각했을 때, 소년이 느끼는 감정은 공포일 것이다.[7] 소년의 오래된

6 김행숙, 「칼 — 사춘기 3」, 『사춘기』(문학과지성사, 2003).

7 다리안 리더는 『모나리자 훔치기』에서 재미있는 사례를 들고 있다. 많은 승객들이 출퇴근길에 다른 승객들을 쳐다보며 시간을 때우는데, 그 시선의 대상이 나와 눈을 마주치거나 나를 응시하고 있다고 자각하는 순간 나는 커다란 불안감을 느낀다고 한다. 어떤 대상을 바라본다는 것은 특권

감각에 동조하는 이들은 이런 소녀에게 "무서"움을 느낄 수밖에 없다.

소녀와 공포의 결합은 어딘지 익숙한 장르 문법 같기도 하다. 대중적으로 잘 알려진 작품 중 「여고괴담」이라는 영화가 있다. 1998년에 개봉한 이 작품은 일시적으로 맥이 중단되었던 한국 공포영화의 부활을 알린 작품이다. 당시 호러 장르의 영화로서는 드문 흥행 성적을 기록하며 속편이 연달아 제작되기도 했다. 오래전부터 구전되던 소설 「장화홍련전」은 김행숙의 『사춘기』가 출간되던 해 「장화, 홍련」이라는 이름으로 각색되어 스크린에 걸렸다. 한국 공포영화의 관객 동원 기록을 갈아치운 이 작품 또한 소녀 자매의 이야기를 다루고 있다. 김행숙 역시 『사춘기』에서 소녀들의 목소리와 귀신들의 발화에 귀를 기울인다. 이 시집 속에는 「사춘기」와 「귀신 이야기」라는 제목의 연작시가 각각 여섯 편과 여덟 편씩 수록되어 있다. 대중문화의 징후성과 시인의 민감한 감각을 신뢰해 볼 수 있다면, 이 시대의 사회적 저변의 곳곳에서는 소녀-귀신들이 출현한 셈이다.[8]

이전과 달리 피가 나는 쪽은 오히려 소년이다. 소년의 "분홍색 손바닥 위로 슬몃 피가 비쳤다". 상처가 난 소년의 손바닥을 바라보며 소녀는 "아무한테나 손을 벌리진 않겠지?"라고 되묻는다. 그러자 소년은 쑥스럽

이고 그 역(逆)은 나에게 익숙하지 않은 두려움으로 다가오기 때문이다. 다리안 리더, 박소현 옮김, 『모나리자 훔치기』(새물결, 2010), 76~77쪽.

8 보이지 않던 소녀들이 사회의 저변 곳곳에서 포착되기 시작했다는 것은 그녀들을 억누르던 소년들의 시각적 억압이 헐거워졌기 때문일 것이다. 그녀들을 억누르고 배제했던 폭압적 기제들은 왜 이 시기에 정상적으로 기능하지 못했던 것일까? 손쉬운 답은 소년들의 억압을 지탱해 준 축들이 무너졌다는 답변일 것이다. 근대를 지탱하던 두 축을 크게 국민국가와 자본주의라고 할 수 있다면, 그 축들은 정상적으로 어른이 되지 못했던 소년이 의사(擬似)-어른의 흉내를 내기 위해 디디고 서 있던 두 개의 버팀목들이었다. 1990년대 말 국가 경제 위기를 기점으로 소년의 축들이 무너져 내렸다. 한편 송아름은 「여고괴담」을 비롯한 이 시기의 공포영화를 1990년대 말의 사회적 불안과 맞물려 해석한다. 송아름, 「1990년대의 불안과 「여고괴담」의 공포」, 《한국극예술연구》 34호(한국극예술학회, 2011) 참조.

게 웃으며 "손을 오무"린다. '피', '벌리다', '오므리다'라는 어휘들은 어른 흉내를 내던 소년이 소녀에게 발화하던 언어들이다. 손을 다리로 치환하면 의미는 더욱 명확해진다. 하지만 그 단어들은 이제 소년의 몫이 되었고 그는 의기소침해졌다. 삶의 목적을 상실한 막다른 공포 속에서 골목을 내달리기라도 했던 이상의 아해들과 달리, 이 소년들은 제자리에 멈춰 섰다. 그들은 더 이상 질주하려 하지 않는다. 충격을 받은 소년들은 부푼 어른의 예복을 벗어던지고 아버지의 가장(假裝)을 그만둔다. "난 달리지 않을 거야. 달려가서 누군가를 만나고 덜컥, 아빠가 되고 싶지 않아."(김행숙, 「오늘 밤에도」)

주저앉은 소년이 할 수 있는 일이라고는 "모래밭에 누워 있는 소녀"의 "볼록한 가슴"과 그 가슴에 "얹어 주는 뜨거운 모래"를 상상하는 따위의 일뿐이다. 왜 하필 '모래'일까? 그것은 모래가 깔린 해변이 소녀의 적나라한 육체를 떠올릴 수 있는 손쉬운 공간이기 때문이지만, 모래와 여성이라는 소재가 어딘지 익숙한 상상적 모티프를 자극하기 때문이기도 하다. 여기에 낯익은 이야기 한 편을 겹쳐 보자. 아베 코보의 『모래의 여자』라는 작품이 있다. 소설의 주인공은 곤충 채집을 하러 어느 지방에 갔다가 모래 구덩이에 떨어진다. 잠에서 깨어난 그는 영문도 모른 채 구덩이 속에 갇혀 매일 모래를 퍼 날라야 하는 상황에 처한다. 이런 상황은 다분히 카프카적이다. 어느 날 문득 불안한 꿈에서 깨어났을 때 불가항력적으로 맞이해야 했던 세계의 폭력이라는 점에서 그렇고, 스스로의 죄목을 사후에 구축해야 하는 이유 모를 형벌이라는 점에서도 그렇다.

그가 기댈 수 있는 유일한 존재는 같은 모래 구덩이 속의 여인뿐이다. 그가 화를 내고, 애원을 하고, 협박을 해도 그녀는 모든 것을 받아 주며 묵묵히 모래를 퍼 나른다. 그렇기에 소년이 모래의 여인을 "상상하는 일은 즐"거울 수밖에 없다. 정체성을 거세당한 사막의 고목이 다시 그 싹을 틔울 때까지 그녀는 담담하게 곁을 지키고 서 있어 줄 것이기 때문이다. "모래바람 부는 여자들의 내부"에는 소년들이 "알을 까고 나온 탄생의 껍질과 죽음의 잔해가 탄피처럼 가득 쌓여 있다".[9]

그러나 이 작품에서 정말로 눈여겨보아야 할 것은 말없이 모래를 퍼 나르는 그녀의 몸짓이다. 우연한 세계의 모래 구덩이 속에 함께 매몰된 소년은 "이래서야 오로지 모래를 치우기 위해서 살고 있는 것이나 다름없는 꼴"[10]이라고 외치며 소녀를 비난한다. 소년은 자신의 삶에 다른 의미들을 부여하려 애쓴다. 이때 소녀는 그의 논리와 상관없이 덤덤하게 모래를 퍼 나르며 자신의 행위를 되풀이한다. 무의미의 폭력으로부터 도피하기 위해 또 다른 정체성을 환상적으로 구성하려는 소년의 손쉬운 유혹이 곁에 있지만, 소녀는 그것을 거절하고 고집스레 자신의 선택을 반복할 뿐이다.[11]

9 최승자, 「여성에 관하여」, 『즐거운 일기(日記)』(문학과지성사, 1984), 49쪽.

10 아베 코보, 김난주 옮김, 『모래의 여자』(민음사, 2001), 43쪽.

11 이 같은 소녀의 고집스러운 제스처에서 안티고네가 떠오르는 것은 당연한 수순일 것이다. 여기에서는 비슷한 사례로 폴 클로델의 작품인 「인질(L'Otage)」을 언급하기로 한다. 「인질」의 주인공 시뉴는 어느 날 그녀가 사는 영지(領地)로 교황이 피신해 온다. 그녀는 교황을 보호하려 하지만 튀르뤼르가 교황을 체포하려 한다. 튀르뤼르는 시뉴가 경멸하는 자이며 그녀의 부모를 죽인 원수이다. 그는 교황을 체포하지 않는 대가로 시뉴에게 결혼을 제안한다. 시뉴에게는 이미 사랑하는 연인이 있지만, 그녀는 자신을 희생하며 튀르뤼르와 결혼한다. 1년 뒤, 그녀가 사랑하는 연인이 튀르뤼르를 찾아온다. 사랑하는 연인과 증오하는 남편은 서로 총격전을 벌인다. 이때 의아하게도 시뉴는 튀르뤼르에게 향하는 총탄을 대신 맞아 그를 보호한다. 치명상을 입은 시뉴를 품에 안고 튀르뤼르는 왜 자신을 구했는지 필사적으로 묻는다. 하지만 그녀는 고개를 젓는 것처럼 얼굴을 찡그려 경련을 일으킬 뿐, 결국 대답을 거부하고 죽는다. 역시 주목해야 할 것은 튀르뤼르의 질문을 거부하는 시뉴의 경련적 제스처이다. 미친 듯이 이유를 묻는 그의 요구와 대면하여 그녀는 고개를 젓는 듯이 얼굴을 찡그렸을 뿐이다. 시뉴는 마지막 순간까지 고집스레 대답을 거절하며 튀르뤼르가 원하는 언어적인 해명에 포섭되지 않는다. 더욱 자세한 내용은 알렌카 주판치치, 이성민 옮김, 『실재의 윤리』(도서출판 b, 2004), 321~341쪽 참조.

4

아파, 당분간 너 못 만나

그런데도 방으로 들이닥치면 어떻게 해, 쩝쩝거리면서 왜 내가 먹던 어제 식빵을 먹고 있어, 룸메는 집에 올라갔지 방학이니까, 나는 이제부터 스터디에 갈 거야 그러니까

좀 가, 냄새나니까 좀 가

내 침대에 들어가서는 자는 척하고 있구나 그렇게도 입지 말라는 늘어난 면 티를 입고서, 굴욕 플레이가 더는 싫어서 너를 만났지 스쿨버스에 캐리어 올려줄 사람이 없어서 너를 만났어 일주일 전부터 너에게 들려주고 싶었던 이야기, 기어이 마구 해버렸다 넌 이불 밑에서 번민광처럼 중얼거렸지

내가 시험 떨어졌다고 이러는 거니?

한 번 더 떨어져서 다섯 번 채워, 그다음엔 어디 국토대장정 같은 데라도 갔다 와 거기 가면 울면서 어른이 된대

그러지 말랬지 그런 마이너스 사고방식

갑자기 뛰쳐나와 네가 나를 안아버렸다 내 머리카락에 코를 파묻고 훌쩍였어 나도 몰래 스르르 가랑이가 벌어졌지만 딱 1분간만 키스해주었지 그리고 떨쳐냈다

책상 위의 교정기를 이빨에 끼우고 너를 내려다봤어, 때릴 거야 때려버릴 거야, 고개를 흔들다가 이번 방학이 끝날 때까지만 참기로 했어.[12]

소녀라는 명칭이 미성숙한 어린 여성 혹은 어른의 질서 안으로 완전히 편입되지 못한 여자아이들의 범역적인 지칭인 데 반해, '숙녀'는 정신적·물질적으로 수준 높은 생활을 영위하며 일정한 교양이 몸에 밴 성인 여성을 가리킨다. 위 시편이 실린 시집 『숙녀의 기분』은 소녀와 숙녀 사이 어딘가에 놓인 여성들의 발화로 채워져 있다. 유명 연예인 설리가 해당 시집을 들고 있는 공항 사진이 인터넷상에서 퍼지는 바람에, 이 책은 일명 '설리 시집'이라는 이름으로 알려지기도 했다. 손에 직접 들려 있던 사진으로 미루어 보아 그 시집은 이동 중에 끼고 읽었던 것일 수도 있고, 공항 내 조공이 일상화된 아이돌 팬덤 문화를 떠올려 볼 때 팬들로부터 선물 받은 시집일 수도 있겠다. 어느 쪽이든 그녀의 이미지와 숙녀라는 호칭은 묘하게 서로 조응하는 것이 사실이다.

아역 배우이자 아이돌 그룹 출신인 설리는 스타의 성장 과정을 대중이 함께 바라본 케이스이다. 그 과정에서 흔히 사용되는 '정변'이라는 단어 속엔 자신들이 상상하는 모습대로, 즉 어린 소녀에서 아름다운 숙녀로 대상 연예인이 성장해 주길 바라는 욕망이 일정 부분 담겨 있다. 하지만 정작 뭇사람들의 입방아에 자주 오르내렸던 그녀의 이미지는 래퍼 최자의 여자 친구였다. 최자의 예명이 남성의 커다란 성기를 의미한다는 것은 예전부터 잘 알려진 사실이었다. 일부 대중들은 14살 연하의 여성과 만나는 힙합 뮤지션에게는 승리자의 호칭을 붙였고, 자신들의 기대대로 성장하지 않은 숙녀에게는 성적 루머와 대상화의 시선을 덧씌웠다. 여러 차례 게시된 그녀의 노브라 사진은 정숙한 숙녀의 상을 원하는 이들에게 커다

12 박상수, 「기숙사 커플」, 『숙녀의 기분』(문학동네, 2013).

란 원성을 사기도 했다. 그렇다면 설리는 예쁜 소녀-숙녀의 틀을 부수길 바라는 이들의 응원을 한 몸에 받았을 것 같은데, 실상은 마냥 그렇지도 않다. 그녀는 롤리타 콘셉트가 분명해 보이는 사진들을 수차례 공개하며 오히려 많은 이들의 비난을 받았다. 스스로가 남성적 눈길의 피사체임을 너무나도 잘 인지하고 있는 이 숙녀는 그 시선의 역전에만 힘쓰는 것이 아니라, 본인의 모습이 예쁘게 찍힐 카메라의 각도에 골몰하기도 한다. 그녀는 자신을 비난하는 모든 이들에게 SNS 계정을 통해 다음과 같은 식으로 답했다. '적당히 하고 내 예쁜 얼굴이나 보렴.'

위의 시 「기숙사 커플」에 등장하는 '나' 역시 언뜻 교양 있고 아름다운 숙녀가 되길 바라는 것처럼 보인다. 숙녀가 지켜야 하는 품격과 교양은 지배적인 남성의 시선으로 재단된 격식이라는 점에서 일방적인 강요일 듯싶지만, 그 틀을 자발적으로 원하는 소녀들도 있다. 그녀들은 자신들이 구축해 놓은 커뮤니티와 담론 체계 안에서 숙녀로 편입되기 위해 노력을 기울인다. 숙녀들은 신사들이 만들어 놓은 안온한 틀 속에서 만족감을 느끼며 그 시스템의 바깥으로 튕겨져 나오는 것에 대해 수치심을 느낀다. 그렇기에 비록 "냄새나"는 남자 친구이지만, 숙녀의 경계 밖으로 쫓겨나는 "굴욕 플레이"가 싫어서 인내하며 만난다. 레이디에게 "스쿨버스에 캐리어 올려 줄 사람"은 필수적이기 때문이다. 그녀들은 숙녀가 아닌 굴욕이 싫어서, 그다지 사랑하지 않는 그와 사귀는 굴욕을 감내한다.

그러나 일단 숙녀가 되고 보니 파트너의 상태가 자못 심각하다. 자신을 레이디로 만들어 주는 이 기사는 갑옷 대신 "늘어난 면 티"를 입고 있다. 그는 "내 침대에 들어가서" 잠을 자고 "내가 먹던 어제 식빵"을 먹으며, 심지어 냄새까지 난다. 소녀는 그의 초라한 실태를 목격하고 자신이 몸담으려 하는 숙녀의 형상에 회의를 느낀다. 숙녀와 탈-숙녀라는 이중의 욕망 사이에서 그녀는 흔들리는 듯 보인다. 주목해 봐야 할 지점은 그녀가 선택한 마지막 행위이다. 나는 "이번 방학이 끝날 때까지만" 너의 만행을

“참기로” 결정하며, “책상 위의 교정기를” 다시 “이빨에 끼”운다. 일반적으로 교정기란 아름다움의 미래 가치를 위해 참기 어려운 아픔과 “키스”도 쉽지 않은 불편을 감내하는 기구이다. 그 교정될 미의 기준은 사회적으로 요구되는 숙녀의 가치 속에 포함되어 있는 것 같다. 결국 이 소녀는 숙녀로 거듭나기 위해 현재의 굴욕을 인내하기로 결정한 것일까.

함돈균 평론가는 시집 『숙녀의 기분』에서 소녀의 ‘교정기’에 관해 언급한 적이 있다. 그는 이 교정기가 일종의 희곡적 ‘마스크’와 같다고 이야기했다. 그것은 세계를 뒤흔들어 놓는 쾌걸 조로의 마스크와 달리 사회의 시선에 스스로를 교정하는 수세적이고 방어적인 도구이자, 주체적 자발성과 사회적 강제성의 충돌 가운데서 착종된 모호한 욕망의 사물이라는 것이다. 정확한 그의 분석을 참조하며 논의를 조금 더 진행시켜 보자. 이 소녀를 향한 비판적 논의들은 크게 두 가지일 것이다. 하나는 다소 일차원적인데, 요약하자면 ‘왜 이랬다 저랬다 하느냐’는 식의 비난이다. 즉 숙녀의 안온한 울타리 안쪽과 그 바깥을 필요에 따라 넘나드는 이중적 행태에 대한 비판이다. 하지만 사회적 억압과 개인의 의지 사이에서 일생 동안 흔들리는 것이 대부분의 주체의 삶이라는 사실을 떠올려 보면, 이러한 비판은 다소 가혹하거나 편집증적인 듯싶다. 일관성을 근거로 소녀의 행동을 무화하려는 다소 저의가 의심스러운 이러한 비난과 진지하게 대결하고자 하는 것은 물론 아니다.

맞닥뜨려야 할 논의는 반박하기 어려운 두 번째의 비판이다. 사회의 억압을 개인이 이겨 내는 일이 쉽진 않을지라도, ‘숙녀’로 대변되는 젠더적 강압을 돌파하여 진정한 자신의 아름다움을 찾아야 한다는 주장이 바로 그것이다. 이는 당위적으로 너무나도 올발라 보인다. 하지만 사회라는 대타자의 오염과 억압으로부터 자유로운 나의 진정한 아름다움은 과연 발견 가능한 것일까. 자주 언급되는 사례처럼 내가 애초부터 핑크색을 좋아했던 것인지 혹은 젠더적인 주입에 의해 좋아하게 된 것인지 과거를 거슬러 진정한 나의 취향을 찾아낼 수 있는 방법은 아마도 없을 듯하다. 주체의 자기 인식은 처음부터 사회로의 편입 이후에 탄생되는 것이기 때문이다. 주체가 억압되고 소외되어 있다는 말보다 정확한 표현은 억압과 소외의 이름이 곧 주체라는 말일 것이다. 그렇다면 보다 전복적인 쪽은 강제된 사회의 요구 바깥에 존재하는 진실한 나를 찾아가자는 주장보다는, 나라는 실체가 실은 타인의 욕망으로 채워진 텅 빈 형식에 불과하다는 자각과 선언이 아닐까? 소녀가 쓴 마스크는 사회적 억압 너머에 있을 나의 이상적인 얼굴이 아니라, 그 가면 아래 자신의 모습이 텅 비어 있다는 것을 나타내는 표지이자 연극에 불과한 스스로의 삶을 그럼에도 계속해 보겠다는 고집의 표식이다.[13] 물론 이러한 삶의 태도를 지닌 채 걸어가는 일은 어딘가에 기대어 나아갈 때보다 훨씬 힘든 여정일 것이다. 자신의 걸음걸이가 옳다고 보증해 줄 어떠한 이념과 실체도 없는 불안과 고독 속에서, 공허한 자신의 모습을 온전히 스스로의 책임으로 채우며 걸어 나가야 하는 길이기 때문이다. 하지만 아무것도 아닐 때에야 진실로 소녀는 무엇이든 될 수 있는 것이 아닐까.

13 조운 콥젝은 '멜로드라마'를 사례로 이와 비슷한 설명을 한다. 일반적인 관념과 달리 멜로드라마는 현실을 초월하는 이상이나 꿈을 그리는 것이 아니라, 도리어 그와 같은 이상이 세계 속에선 결코 존재하지 않는다는 사실을 가리킨다. 무의미한 세계를 향한 불평의 양상은 남녀가 각기 다른데, 남성들은 척박하고 비속한 형태로 세계를 재현하는 반면 여성들은 '모조적(inauthentic)'이고 가면적인 방식으로 세계를 재현한다. 멜로드라마는 의미가 결여되어 있고 어떤 지탱물도 지니지 못한 세계에 대응하는 여성의 불평을 상징한다. 물론 이때의 남성과 여성은 라캉의 성차 공식이 나타내듯 생물학적인 구별이라기보다는 언어적 구분에 가깝다. 조운 콥젝, 김소연 외 옮김, 『여자가 없다고 상상해 봐』(도서출판 b, 2015), 196~197쪽.

5

어렸을 적 빨간 마스크를 낀 여자에 대한 괴담이 돌곤 했다. 그녀의 마스크 안에는 흉측하게 찢어진 입이 있다고 했다. 그 여자와 마주치면 '나 예뻐?'라는 질문을 받게 된다. '예쁘다'고 대답하면 똑같이 해 준다며 입을 찢고, '못생겼다'고 대답하면 화내면서 입을 찢는다고 했다. 두려웠던 것은 그녀의 마스크 속에 무엇이 있는지 알 수 없다는 점이었지만, 그보다 더욱 무서웠던 것은 말로는 도저히 어찌해 볼 수 없는 그녀의 행동이었다. 이 괴담 속엔 오랜 시간 흔들리고 요동쳐 왔음에도 끝끝내 포섭되지 않았던 소녀에 대한 두려움이 일정 부분 녹아 있는 것 같다.

고집스레 마스크를 선택한 소녀는 소년의 체계 내에서 이해되지 않는 공백의 표지이다. 소년이 오염시킨 변덕의 형상이나 무한히 환대받는 타자로서가 아니라, 아무것도 아닌 공란의 존재로서 그러하다. 공백을 감각할 수 있는 유일한 순간은 그것이 존재할 가림막 너머를 상상할 때뿐이지 않을까. 따라서 소녀의 얼굴에 걸쳐진 그 얄팍한 가림막은 유형의 무언가를 가리는 것이 아니라 무형의 소녀를 드러내는 것이다. 이념적 포섭과 의미론적 회유에도 불구하고 소녀는 끝내 마스크를 벗지 않는다. 소녀의 귀에 걸린 두 줄의 끈은 그녀의 고집을 지탱하는 불안한 고리이자 아무것도 아닌 현재의 자신을 끊임없이 유예하려는 텅 빈 몸짓이다. 왜 그녀들은 마스크를 쓰고 있는가? 그들만이 지금 여기에서 아무것도 아닐 수 있는 가능성을 지니고 있기 때문이다.

사회적 재난과 미학적 주체의 대응

니콜라스 시라디는 '재난'이 예측할 수 없는 신의 영역에서, 통제 가능한 인간 사회의 영역으로 넘어오게 된 중요한 계기 중 하나로 리스본 대지진을 꼽는다.[1] 1700년대 유럽의 가장 신실했던 도시 리스본을 단 3분 만에 끔찍한 폐허로 만든 그 참사는 당시 유럽 사회의 고질적인 병폐들이 고스란히 드러나는 사건이었고, 연이은 재건 과정에서 근대적인 의미의 재난 관련 제도들이 만들어졌다고 그는 말한다. 그의 주장에 따른다면 리스본 대지진 이후 서구 사회의 재난은 유한자의 무능을 자각하게 하는 신의 섭리나 분노가 아니라, 인간의 주체적인 자유 의지로 접근할 수 있는 사회적인 사건으로 변모하게 되었다.

현재에 이르러 사회적 재난이라 함은 기상재해나 지질재해 같은 자연적 재난과는 조금 다르게, 제도적 미비나 기술상의 부주의로 일어나는 화재, 폭발, 환경오염, 통신 마비, 전염병 확산 등을 통틀어 일컫는 단어이다. 뿐만 아니라 그것은 금융 위기로 초래되는 전방위적인 경제 피해, 폭력을 독점한 국가에 의해 발발되는 전쟁이나 집단 학살까지도 포함될 수

1 니콜라스 시라디, 강경이 옮김, 『운명의 날』(에코의 서재, 2009).

있는 광범위한 개념이다. 물론 '쓰나미'라는 자연 재난으로 시작되어 '방사능 유출' 등의 인적 재난으로 확대된 후쿠시마의 사례처럼, 기술이 고도로 발달된 현대사회에서 그 양쪽은 종종 복합적으로 일어나기도 한다.[2]

근래 한국문학이 가장 첨예하게 반응했던 사회적 재난으로는 세월호 참사를 거론해 볼 수 있을 것이다. 세월호 사건은 앞서 언급된 사례들처럼 국가의 직접적인 폭력에 의해 생성된 재난은 아니지만, 제도적 안전망의 미비로 발생한 사건이자 국민의 생명을 보호해야 하는 국가가 본연의 의무를 성실히 수행하지 못해 희생자가 늘어나게 된 사건이었다는 점에서 사회적 재난의 일종으로 분류될 수 있다.[3] 피해자의 상당수가 사회적 보호가 필요한 고등학생들이었다는 사실은 그 참사가 일으킨 정서적 충격과 반응의 강도를 유다른 것으로 만들기도 했다.

현재의 코로나 팬데믹 또한 구성원들의 사회적 관계와 접촉에 의해 발생한다는 점, 국가 간 보건 체계와 시민 의식의 수준에 따라 그 확산의 양상이 뚜렷하게 달라진다는 점, 신천지나 이태원의 사례에서 체감되었듯 특정한 집단이나 타인들을 대하는 사회의 정동이 선명히 드러나게 된다는 점 등에서 사회적 재난의 성립 요건을 갖춘 현상임이 분명해 보인다.[4] 이 범사회적 질병이 여타의 재난들과 구분되는 특징은 여러 가지가 있겠

2 박승현, 「'재난 인문학 정립'을 위한 인문학의 함의와 역할에 대한 분석」, 《인문학연구》 59호(조선대학교 인문학연구원, 2020), 65쪽.

3 이성혁, 「최근 한국 시에 나타난 증언 시의 시학 — 사회적 재난에 대한 한국 시의 대응 양상들」, 《어문론집》 75호(중앙어문학회, 2018), 261쪽.

4 물론 재난안전법에 따라 '자연 재난'과 '사회 재난'이 구분되는 이유는 피해의 책임 범위 때문일 것이다. 천재지변과 같은 자연 재난은 국가가 나서서 폭넓게 피해를 지원하지만, 책임 소재를 가려야 하는 사회 재난의 경우 정부가 우선적으로 나서서 그것을 수습한다 하더라도 구상권 청구 등의 사후 조치가 수반된다. 한동오·김미화, 「코로나19는 천재지변? 사회적 재난?」, YTN, 2020. 2. 3.

지만, 특히나 그것이 지닌 지속성이 아닐까 싶다. 도미니크 바뱅에 따르면, 재난은 TV의 정규 프로그램이 재난 방송으로 전환되었을 때 체감되는 정도의 '일상성의 일탈'로 정의된다. 재난 소식에 잠시 동안 놀라고 감화되긴 하나 얼마 지나지 않아 복구된 정규 편성 프로그램에 시청자들이 다시 빠지게 되는 것처럼, 우리들에겐 재난을 빠르게 망각하는 경향이 있음을 바뱅은 지적한다.[5]

"내가 이만큼 울어 줬으니 너는 이제 그만 울라"[6]라고 말했던 김애란 소설의 한 문장처럼, 우리들 중 누군가는 아이를 잃은 불가항력의 슬픔에 마주한 사람들에게조차 약간의 피로와 짜증을 섞으며 일상으로의 복귀와 애도의 중지를 종용하기도 했다. 다소 야속하게 느껴지는 반응이긴 하나, 그것은 그만큼 재난이 야기하는 감정의 충격이 예외적이고 한시적이라는 방증일 것이다. 하지만 이제는 하루가 멀다 하고 울리게 된 재난 문자처럼, 이 전염병은 우리의 일상을 재난의 상시 상태로 바꾸어 놓을 만큼 오래도록 지속되고 있다. 이는 최근의 팬데믹에 대한 아감벤 본인의 규정처럼 '예외 상태의 정상화'[7]라고 지칭될 수도 있을 것이다.

이러한 재난에 응답하는 문학의 대응 양상을 크게 두 가지 정도로 양분해 볼 수 있을 것 같다. 하나는 재난의 치유화이다. 그것은 정서적 회복이라고 부를 수도 있을 텐데, 이와 관련하여 논의해 볼 만한 개념으로 '리질리언스(resilience)'라는 용어가 있다. 다시 뛰어오른다는 뜻의 라틴어 'resilio'에서 유래된 것으로 알려진 이 글자는 복원력, 회복 탄력성의 의미로 번역되는 단어이다. 물리학에서는 외부의 힘에 의해 변형된 물체가

5 도미니크 바뱅, 양영란 옮김, 『포스트휴먼과의 만남』(궁리, 2007), 219~220쪽.

6 김애란, 「입동」, 『바깥은 여름』(문학동네, 2017), 36쪽.

7 박이대승, 「예외 상태의 정상화, 혹은 예외로서의 정상 — 팬데믹 이후의 법과 국가」, 《문학과사회》 2020년 가을호, 42쪽.

스프링처럼 다시 본래의 상태로 되돌아가려는 성질을 뜻하기도 하며, 교각이나 빌딩 등의 구조물이 외부의 충격 이후 작동 가능한 상태로 복원되는 공학적인 능력의 의미로도 활용된다.

우리에겐 다소 낯선 단어일 수도 있으나, 이를 사회생태학적인 맥락에 적용하는 학자들은 공동체에 모종의 재난과 위기가 닥쳤을 때 그 충격에 대응하고 불안정성을 극복하여 시스템을 회복하는 집단적 역량의 의미로 해당 용어를 제법 널리 사용하고 있다.[8] '재난에의 탄성력'이라고 부를 만한 리질리언스라는 개념은 특정 공동체가 위기를 타파하고 본래의 시스템으로 복원되는 것뿐 아니라, 충격의 자리를 돌아보고 그 동요를 흡수해 이전과는 다른 항체를 지닌 시스템으로 나아가는 일까지를 포함하기도 한다. 1년이 넘는 시간 동안 코로나19를 겪어 온 우리는 각자의 공동체가 지니고 있는 재난 탄성력의 정도에 따라 이후 사회의 양상이 얼마만큼 다르게 흘러가는지를, 선진국의 민낯과 스스로의 강약점을 목도하며 새삼 체감한 바 있다.

사회가 받은 예외적 충격을 완화시키는 이 같은 탄력성과 회복성의 논리는 문학 분야에서 그리 생경한 것은 아니다. 정서적인 기능에만 집중한다면 아리스토텔레스 또한 『시학』에서, 고귀한 인물의 등락이 그려진 비극을 통해 승화되고 치유되는 감정의 정화 작용을 이야기하기도 했다. 동양의 경우를 보면 『예기』라는 경전에선 죽은 이를 부르는 초혼 과정을 사회 내 체제로 마련하고 그 세부적인 절차를 기록해 두기도 했다. 이는 보

8 리질리언스 개념이 생태학에서 본격적으로 사용되기 시작한 것은 1973년 홀링의 논문 "Resilience and Stability of Ecological Systems"이다. 이후 워커와 솔트(*Resilience Thinking: Sustaining Ecosystems and People in a Changing World*(Washington, D.C., USA: Island Press, 2006)), 폴케("Resilience: The emergence of a perspective for social-ecological systems analyses", *Global Environmental Change* 16(3): 253~267, 2006) 등 여러 학자들의 논의에 의해 정교화되고 있는 개념이다.

편적이고 광범위한 슬픔이 사회적으로 파괴적인 기능을 수행할 수 있다는 것을 당시에도 이미 인지하고 있었음을 보여 주는 사례이다. 김윤식은 그러한 감정적 재난의 파괴 기능을 제도적인 장치로 순화시키는 것이 문학의 역할[9]이라고 주장했다.

두 번째로 가능한 대응은 재난의 미학화이다. 이는 일상의 항상성을 파괴하는 재난의 특성을 문학의 메타포로 적극 활용하는 일일 것이다. 특히나 이 재난을 질병에 한정한다면 그 친연성은 더욱 커진다. 잘 알려져 있듯 낭만주의의 영향을 받은 문학작품 내에서 질병은 아름다움의 알레고리로 손쉽게 연결되곤 한다. '결핵'이나 '신경증'과 같은 증상을 대표적인 사례로 꼽아 볼 수 있다. 결핵은 고독하고 섬세한 주체를 함의하는 낭만적인 은유로, 히스테리 등의 신경증은 그 뒤틀리고 파괴적인 성격 탓에 무언가를 창조해 내는 예술가적 주체의 증상으로 받아들여지곤 했다.[10]

진은영은 칸트의 『판단력 비판』을 인용하면서 아름다움을 느끼는 미감의 공통감각은 다른 어떠한 능력도 입법의 상위 능력으로 지배력을 행사하지 않는 자유로운 조화와 일치의 능력이라 말하며, 이러한 아름다움의 감각은 유기체의 상태가 조화롭게 구성될 때 생겨나는 쾌의 느낌과 유사하다고 주장한다.[11] 안토니오 다마지오 또한 주체의 형성 과정과 관련해 그 출발점에 느낌이 놓여 있다고 언급했다. 좀 더 편안하고 '좋은 느낌'의 상태를 향해 스스로를 상향 조절해 나가는 '유기체의 항상성'이 박테

9 김윤식, 『한국 근대문학 사상 비판』(일지사, 1978), 147쪽.

10 이수영은 일본의 영향을 깊이 받은 한국 근대문학의 형성 과정에서 병리적인 특성을 보이는 주체의 양상을 흥미롭게 살핀다. 이수영, 「한국 근대문학의 형성과 미적 감각의 병리성」, 《민족문학사연구》 26호(민족문학사연구소, 2004) 참조.

11 진은영, 「시, 아름다움, 질병: 문학적 감염과 치유에 대하여」, 《인문언어》 14호(2)(이화인문과학원, 2012), 66쪽.

리아에서 고등생물까지 모두 발견되는 생명의 근본적인 메커니즘이라는 것이다.[12]

이 같은 유기체의 관점에서 질병을 바라본다면 그것은 조화가 방해받거나 해체된 '반미학' 상태에 가까울 것이고, 그를 추종하는 미학적 주체들은 편안한 느낌을 추구하라는 종의 명령이 아닌 자기를 파괴할 것만 같은 불안하고 복잡한 감정에 시선을 돌린 채 '비정상적 상태'로 스스로를 정체화하려는 존재들일 것이다.[13] 이때의 질병은 정상적인 사회 시스템과 반대되는 "사회적 일탈 행위"[14]의 은유로 취급된다. 그 항상성을 파괴하는 질병과 곧바로 등치되는 문학은 세계의 작동을 망가트리는 "치명적인 진실의 바이러스"[15]이자, 관습적인 상징 질서가 지배하는 이 세계를 넘어서려는 '죽음 충동'의 일종으로 미학화된다.

이 글은 최근 시인들이 발화하고 있는 몇몇 시편들의 세목을 살펴보고 그 안에서 반복되고 있는 재난의 상상력은 무엇인지, 또 새롭게 읽힐 징후들은 어떤 것들이 있는지 성글게나마 논의해 보려는 글이다.

운석이 떨어지고

거실 바닥이 패였다

12 안토니오 다마지오, 임지원·고현석 옮김, 『느낌의 진화』(아르테, 2019), 40쪽.

13 물론 이 낭만화된 주체들을 향한 비판적인 시선 또한 분명히 존재한다. 다카다 리에코는 질병의 비유를 통해 자신들을 자학적인 이류 지식인으로 간주함으로써 체제 비판적인 예술가의 위치에서 있었던 일본 엘리트 남성 동맹의 허상을 날카로이 비판한다. 자세한 논의는 다카다 리에코, 김경원 옮김, 『문학가라는 병』(이마, 2017) 참조.

14 수전 손태그, 이재원 옮김, 『은유로서의 질병』(이후, 2002), 86쪽.

15 신형철, 『몰락의 에티카』(문학동네, 2008), 18쪽.

원한 적 없는 모양으로

별이네
선물이야
집 바깥에 선 외계인들이 웅성거렸다

옮길 수 없는 돌이었다
가만히 보고 있으면 두려워진다
손바닥을 댔다가도 몇 발짝 떨어져서 의심해 보았다
별이라고

소원을 빌었던 적을 셀 수 없었다
누구에게로 어디로 갔는지도 알 수 없는

길 잃은 기도들은 별을 희망했는데
이젠 뭐
우주의 미아로

잘 살아갈 테지
여기면서 내심 묘지를 만들었다
바라는 것을 묻고 십자가를 세우고 그 위에 밥을 눌러 삼켰다[16]

2021년에 첫 작품을 발표하기 시작한 신이인 시인의 작품이다. 내용

16 신이인, 「불시착」 부분, 《릿터》 2021년 4/5월호. 이후 시집 『검은 머리 짐승 사전』(민음사, 2023) 수록.

을 살펴보면 우선 가장 먼저 눈에 들어오는 것은 갑작스레 운석이 떨어진 시적 상황이다. 거실 바닥을 움푹 패어 놓은 커다란 돌 한 덩이가 불시착해 있고, 그것의 정체를 알 수 없는 '나'는 "손바닥을 댔다가도 몇 발짝 떨어져서 의심"의 시선을 보낸다. 이 흥미로운 운석의 알레고리는 생략된 시의 후반부와 함께 여러 의미로 해석이 가능하겠지만 원한 적이 없음에도 나의 내밀한 공간을 파괴하고 있다는 점, 의지대로 치워 낼 수도 없다는 점, 그것을 "가만히 보고 있으면 두려워진다"는 점 등에서 재난의 존재나 상황에 관한 비유로도 읽힌다.

빛나고 멋있어 보였던 먼 하늘의 운석은 가까이 내 삶을 침범해 오는 순간 부담스럽고 낯선 존재로 화한다. 한데 나는 거실 한복판을 부수고 들어온 운석의 흔적을 폐허처럼 그대로 내버려 둔다. 도리어 무언가를 기념하듯 "십자가를 세우고" "묘지를 만들"어 그 위에서 밥을 먹는다. 회색 먼지처럼 뭉쳐 있는 운석의 잔해를 앞에 두고 밥을 눌러 삼키는 이 장면은 모종의 사건이 일어난 자리에서 슬픔과 회한을 꾹꾹 누르며 일상을 살아가는 누군가의 모습처럼 느껴져 읽는 이의 마음을 담담하게 울린다.

인용된 부분에서 특별히 주목해 볼 만한 요소는 '시차'이다. 운석은 내가 한때 셀 수도 없이 소원을 빌었던 갈망의 대상이었으나 과거의 소원은 이뤄지지 않았고, 나의 "길 잃은 기도"는 "누구에게로 어디로 갔는지도 알 수 없는" "우주의 미아"가 되었다. 그리고 별처럼 반짝이던 그 소원은 내가 "원한 적 없는 모양으로", 원한 적 없는 지금에서야 뒤늦게 도착한 불청객이 되고 말았다. 하늘에서 반짝이던 별이 어떤 꿈이나 소망에 대한 은유라고 한다면, 지금 거실에 추락한 이 운석은 체념한 채 현실의 삶을 살아가고 있는 나에게 뜬금없이 다가와 일상을 뒤흔드는 과거의 무언가로도 읽힌다. '별'이라고 혹은 '선물'이라고 웅성거리는 주변 이들의 참견과는 달리, 이제 나에게 그것은 열기가 다한 과거의 흔적에 불과한 것 같다. 그러니 나에게 운석은 객관적인 질료와 본질적인 특성의 차이 탓이 아니라, 불시착이라는 제목처럼 순전히 제때를 맞추지 못한 시차의 어긋남 때문에 재난으로 다가오게 된 듯싶다.

그곳은
우리가 커다란 새를 감추어 둔 곳
마지막까지 잊어 둔 곳
떨어져나온 자*의 자식들이 침묵의 철책을 치고
조상의 조상이 그 할머니의 할머니에게서 들었다는
돌들이 곧게 절망을 세우고
그 뒤에 다시 노을과 나무 기둥을 허락한 곳
달이 차고 기울고 다시 차고 기울어 350마일을 걷고
버려진 자동차들과 무너져내린 콘크리트 벽 부서진 타일 조각
팔이 없는 인형과 사람이 없는 마을을 지나
물고기가 살지 않는 호수를 건너고
물이 없는 강을 지나면 다다르는 곳
강철의 근골을 가진 거대한 둥지

(중략)

우리가 그곳에 도착했을 때
내 마음이 네 언저리에 닿았을 때
불이 켜지는 것이 나라는 것을 알았을 때
발을 멈추고 손바닥을 펴자, 출발할 때 손에 쥐었던 타일 조각이 그대로 남아 뾰족한 끝으로 그곳을 가리킬 때
우리는 가시철조망에 볼이 뜯기는 줄도 모른 채
둥지 안으로 발을 들인다

멀리서 한 발씩 다가오는 정전처럼
가시 끝에서 중력을 향해 기우는 핏방울처럼

* '카자흐'는 터키어로 '떨어져나와 자유를 취한 자'라는 뜻이다. 현재 카자흐스탄 사막의 버려진 격납고에는 구소련의 마지막 우주왕복선 '부란(Buran)'이 먼지를 맞으며 방치되어 있다.[17]

게재된 문예지 지면을 20쪽가량 차지할 정도로 방대한 분량으로 구성되었기에 상당 부분 잘라 내 인용할 수밖에 없는 시편이다. 위는 작품의 서두와 결말의 일부에 해당한다. 이 작품의 첫 구절은 나바호족 원주민의 노래이다. 각주에도 설명되어 있듯, 작품의 표제인 'Long walk'는 원주민 섬멸 작전에 의해 강제로 사회적인 집단 이주를 당한 나바호족의 일원들이 뉴멕시코 사막까지 맨발로 걸어야 했던 '머나먼 여정' 그 자체를 의미한다.

처음 등장하는 것은 '둥지'라고 불리는 장소이다. 그곳은 "버려진 자동차들", "무너져내린 콘크리트 벽", "침묵의 철책" 등 세계의 문명이 멈춘 듯한 종말의 풍경들을 지나면 닿을 수 있는 "강철의 근골을 가진 거대한 둥지"이다. 오래전 "할머니의 할머니에게서 들었다는" 언급으로 미루어 보아 그곳의 탄생은 이미 몇 세대 이전의 사건인 듯싶다. 이 구형의 강철 이미지는 작품 속에서 두 번 정도 차용되어 등장한다. 하나는 '아르카'라는 이름의 방호벽으로서 1986년 무너진 체르노빌의 원전을 다시 덮은 3만 6천 톤의 강철 돔이고, 다른 하나는 소련의 마지막 우주왕복선 '부란'이 방치되어 있는 반구의 격납고이다. 그러니까 한쪽이 과거 인류의 끔찍

17 이원석, 「Long walk」 부분, 《문학동네》 2020년 여름호. 이후 『엔딩과 랜딩』(문학동네, 2022) 수록.

한 실수를 봉인해 둔 곳이라면, 다른 한쪽은 미래를 향했던 인류의 낡은 꿈이 방치된 곳인 셈이다.

제목만큼 기다란 발자취를 그리고 있는 이 시편은 나바호 원주민들의 여정과 소련의 조각난 흔적으로 시작되어, 유인원의 언어능력 연구를 위해 인간 생활을 하다 결국 철창 속에 방치된 챈텍, 외계 생명체에게 전달될 골든 레코드를 싣고 아직도 성간 우주 내 자신의 위치를 알려 오고 있는 보이저 1호, 히로시마에 떨어졌던 원자폭탄 'Little Boy'와 프로이트가 열어 보았던 불쌍한 꼬마 한스의 기억들을 지나, 2017년 자신들만의 언어를 사용하여 대화를 나눈 AI 챗봇, 과거의 기억을 메모리로 업로드하려는 무녀, 업로드된 인간의 뇌를 삭제한 '편안한 잠'이라는 단체와 그것을 살인죄로서 금지한 2058년의 국가기관, 2067년에 홀로 살아남아 우리에서 풀려난 마지막 코끼리 조지의 이야기들을 덧대어 놓는다.

그리고 미래와 과거가 교차하는 이 기다란 이야기는 원을 그리듯이 다시 처음의 강철 둥지로 돌아온다. 결국 "우리가 그곳에 도착했을 때" 맞이하게 된 미래는 약속된 종말의 풍경이다. 나바호 원주민들의 자리를 빼앗은 터에서 시작된 자본 축적의 그릇된 첫걸음처럼, 혹은 봉인해 두었던 끔찍한 과거의 재난의 씨앗이 예정된 미래가 되어 발아한 것처럼, "출발할 때 손에 쥐었던 타일 조각이 그대로 남아 뾰족한 끝으로 그곳을 가리"키듯 처음부터 방치된 과거를 향하고 있었던 실패한 미래의 나침반처럼, 그것은 작품 내 '우리'에게 이미 예견된 미래의 풍경이었고 인류가 걸어온 머나먼 여정 역시 변함없는 실패의 제자리걸음이었던 것으로 보인다. 이처럼 지금 이곳에 남겨진 미래가 잠시 파국이 미뤄진 "유예의 시간"일 뿐이라면, 그 "잠시 미뤄 둔 종말"(「Long walk」)의 반복 앞에서 우리는 공허함과 쓸쓸함 외에 무엇을 건져 올릴 수 있을까.

나는 아직 시작되지 않은 커튼콜, 목이 잘린 곰 모양 젤리, 51년째 뒤집혀 있는 책상과 의자, 그는 멈춰 서서 그녀의 뒷모습을 바라본다. 밤의 겨울이었고 더는 첼로 연주가 들리지 않았다. 사랑이라 불리는 사람과 미래에 읽게 될 편지, 거짓된 채식주의자

어느 라디오에서

모든 사건과 시간과 공간이 종료될 거라는 이야기를 들었다 울진 않았다

그녀가 다시 걷기 시작한다. 그는 걷지 않는다. 그는 멀어지는 발자국을 바라본다.

폭발하는 도시, 가라앉는 사람들과 사람들의 신념

샹들리에가 좌우로 요동친다

눈발이 조금 흩날리는데[18]

하늘엔 눈발이 흩날리고, 지진이라도 일어난 듯 천장에 매달린 샹들리에는 좌우로 요동을 친다. 사람들은 해수면 혹은 지면 밑으로 가라앉고 도시는 폭발한다. "시간과 공간이 종료"되어 버린 듯한 이 재난의 풍경은 양안다의 시집 『백야의 소문으로 영원히』에서 종종 목격 가능한 세계의 모습이다. 사방으로 건물들이 붕괴되는 장면이나(「If we live together」), 폭염과 폭설 아래 도시가 무너지고 수많은 필름이 쏟아지며 사람들이 익사하는 장면(「테이블 데스」) 등이 그러하다. 주목해 봐야 하는 것은 「애프터쇼크」라는 제목처럼 그 풍경들이 재난 이후에 다시 반복되는 재난의 이미지로 그려진다는 점이다. 이는 참사 이후를 살아가는 이의 현실감각이 반영된 것일 수도 있지만, 미래의 참화를 미리 바라본 자의 시간 감각이

18 양안다, 「애프터쇼크」 부분, 『백야의 소문으로 영원히』(민음사, 2018). 이후 언급되는 양안다의 작품들은 모두 같은 책에서 가져왔다.

배어 있는 것처럼 느껴지기도 한다. 실제 시집 속에는 이전에 바라본 참혹한 장면들이 미래를 예견한 '데자뷔'처럼 반복적으로 나타난다. 예컨대 "덤프트럭에 치인" "쥐인지 참새인지 모를 납작한 사체"를 목격한 장면이 "어제였거나" 혹은 "십 년 뒤의 일"(「우연오차」)인 것처럼 느껴지고, "사랑하는 일, 버림받을 일", "자식을 낳아서 낳고 낳다가" "나는 죽고 너는 나보다 하루를 더 살다 죽는 그런 내용"의 영화가 "우리를 향한 예언"(「저 멀리 미래에게 애증을」)으로 다가오기도 한다.

시집의 해설을 쓴 박상수 평론가는 이 같은 시간의 이미지들을, 불가항력적인 현실을 살아가는 이가 느끼는 붕괴된 미래의 감각이라고 이야기했다. 그는 저항할 수 없는 현실 이후를 애써 예지하려는 양안다 시의 수행적 가능성에 주목하며, '불가항력 이후, 예지하기를 멈추지 않을 것'이라는 문구로 시인의 시적 세계를 규정했다. 시어를 빌려 완성된 이 정확한 정의에 기대어, 그것의 시간적 순서를 거꾸로 읽는 독해를 덧붙여 보는 것은 어떨까? 그러니까 불가항력적인 현실 이후의 예지가 아니라, 선재하는 재앙적 미래에 대한 예지가 도리어 현실의 불가항력을 생성시켰다는 방식으로 말이다.

예를 들면 「여진」에서는 "교실이 흔들리"고 "창문에 금이 가고 있"는 세계의 모습이 그려진다. 이 재난은 너와 내가 함께 느낀 "징조"이자, 이미 꾸었던 "어젯밤 꿈"이다. 이 세계 속의 시간은 현재에서 미래로 흘러가는 것이 아니라, 미래에서 현재를 향해 거꾸로 흐르는 것 같다. "너의 손목 위에선 초침이 거꾸로 돌고 있었다". 재난의 미래는 어제의 꿈속에서 먼저 상영되었고, 현실은 뒤를 잇는 여진처럼 그 장면을 재생한다.

> 네가 기약 없는 슬픔에 대해 적으면
> 나는 너의 그 모습을 녹음하고 촬영하고 그리겠지만

우린 우리가 만든 기록물 속에 갇혀 슬픔만 느끼게 될 거야
죽지 않고 죽음에 빠지게 될 거야

—「결국 모두가 삼인칭」 부분

극장에서 옆을 보면 옆모습이 낯설다 관객들은 영화 보는 연기를 하는 중이다
스크린 속 개 한 마리가 누군가와 눈을 마주치고 사라진다

극장에선 조용히 해야 한다 팝콘과 콜라 사이를 반복적으로 움직일 것
저 관객은 누군가의 삶에서 주연일지 조연일지 고민을 하면서

—「공원을 떠도는 개의 눈빛은 누가 기록하나」 부분

미래의 재난들은 꿈뿐만 아니라 영화 등의 기록물을 통해서도 상영된다. 위 작품 속의 시적 주체들은 예언처럼 만들어진 그 "기록물 속에 갇혀" 있는 것처럼 보인다. 그들은 기록물 속에서 경험한 감각만을 느낄 수 있다. 따라서 그들이 현실 속에서 느끼는 감각은 기록물의 대리 체현에 불과하다. '미래의 책'이 상영되는 스크린을 바라보며, 그들은 자신의 모습을 '연기'하듯 삶을 살아간다. 혹자는 이 시적 주체들의 리얼리티에 대해 의문을 제기할 수도 있겠으나, 작품이 현실에 뿌리를 내린 강도와 시적인 성취도가 늘 비례해야 하는 것은 아니다. 무엇보다 영상을 통한 경험이 현실의 경험을 압도하는 주체들에게는 오히려 이러한 방식의 재현이 더욱 핍진한 것이 아닐까.[19]

19 영상 기록물이 이 시집의 상상력에 커다란 비중을 차지하는 것은 부인할 수 없는 사실인 듯하다. 지면의 한계상 모두 언급하지는 못하지만, 일례로 「밝은 성」에 묘사된 세계의 풍경은 신카이 마코토의 애니메이션 「너의 이름은.」과 상당 부분 겹쳐진다. 밤, 침대, 꿈속을 매개로 서로의 시간

앞서 상영되는 재난의 미래와 그에 연극처럼 덧붙는 현실을 설명하기 위해 '전미래(Le Futur Antérieur)' 시제라는 개념을 잠시 끌어와 보자. 전미래 시제란 프랑스어에서 사용되는 시제의 명칭인데, 미래보다 앞서 발생하는 미래를 뜻한다. 알랭 바디우는 이 개념을 자신의 철학적 논의에서 사용한 적이 있다. 그는 주체의 실천적 가능성을 설명하는 용도로 이를 활용했다. 전미래에 무언가가 발생할 것이라는 주체의 믿음 혹은 선언이 새로운 진리 사건을 만들어 나간다는 것이 그의 주장이다. 이러한 진취적인 미래의 뉘앙스를 시인의 발화에서 전혀 읽어 낼 수 없는 것은 아니나, 앞선 시편들에서 이미 발생한 것으로 간주되어 상영되는 근미래의 주된 정서는 어쩔 수 없이 재난과 파국에 가까운 듯싶다. 참혹한 풍경을 전미래로 앞당겨 경험함으로써 이 세계의 시적 주체들이 얻게 되는 이득은 과연 무엇일까.

어림짐작을 해 본다면 예지몽과도 같이 구현된 세계의 반복 속에서 그들은 일종의 안도감을 얻는 것 같다. 시인은 다음과 같이 말한다. "나는 이상한 것을 너무나 많이 봐서 면역이 되었는지도 몰라"(「자각몽」). 이미 최악의 상황은 발생했다는 사실, 애초부터 나는 아무것도 기대하지 않았다는 사실이 어떤 주체들에게는 삶의 위안이 되기도 한다. 그들은 적극적으로 미래의 가능성을 당겨 와 선취한다기보다는, 파국으로 흘러가고 재현될 자신들의 미래를 지켜볼 뿐이다. 그것은 일인칭의 '내가' 살아가는 삶이 아니라, 삼인칭의 '나를' 바라보며 살아가는 삶의 방식에 가깝다. 그 속엔 대상에 불과한 나 자신을 그저 지켜보기만 해야 한다는 우울감과, 그냥 지켜보기만 해도 된다는 안도감이 묘하게 뒤섞여 있는 듯하다. 무력하

을 공유한다는 점, 재난의 모티프가 작품의 중심에 있다는 점, 서로의 이름을 부르는 순간 두 존재가 하나로 묶인다는 점, 미래의 상대방이 말을 건네는 장면이 등장한다는 점 등에서 의도 여부와 무관하게 「밝은 성」은 「너의 이름은.」을 매우 아름답게 오마주한 작품으로 읽힌다.

지만 그래서 아름다운 이 슬픔을 위해 시인은 다음과 같이 기도한다. "일인칭이 사라져서 스스로 끝을 예감할 수도 없이 슬프고 슬프고 슬플 수 있다면 제발"(「저 멀리 미래에게 애증을」).

슬라보예 지젝은 장 피에르 뒤피의 글을 인용하면서, 종말이 예견된 미래가 바꿀 수 있는 시간에 대해 이야기한 적이 있다. 뒤피는 이를 '기획의 시간'이라고 지칭한다. 그는 미래의 멸망과 파국을 인류의 불가피한 운명으로 인식해야 한다고 주장한다. 그것은 역사의 시간성을 파괴하는 행위이자 선형적인 시간의 지평 안에서 생각할 수 없는 자기 자신의 가능성을 소급적으로 선택하는 일이라고 지젝은 덧붙인다. 새로운 것의 출현이 과거의 양태와 진술들을 새롭게 배치하듯, 미래에 대한 달라진 인식들이 방치되었던 미래의 과거(현재)를 뒤바꿀 수 있다는 것이다. 최악의 공멸을 막을 수 있다는 희망적인 예견은 기존의 인식과 시간에 아무런 변화도 가져오지 못하는 태도에 불과하므로, 상시화된 재난을 운명으로 받아들이는 태도야말로 지금 우리에게 필요한 기획이라고 그는 주장한다. 이 논지를 잠시 빌린다면, "자기 자신을 미래로 추월함으로써" 그것이 "이미 여기 존재하는 것처럼 행동"[20]하는 전미래의 시적 주체들은 운명이 결정되어 버린 듯한 미래의 이미지들을 통해 파국을 향해 가는 자신들의 현재를 다시 써 나가려 하고 있는 것은 아닐까.

20 슬라보예 지젝, 박정수 옮김, 『잃어버린 대의를 옹호하며』(그린비, 2009), 690쪽. 지젝은 서구의 붕괴를 예견했던 비관주의자들의 사례를 든다. 비관주의자들은 공산주의의 위협에 대응할 만한 윤리적 강인함도 결단의 용기도 지니지 못한 서구 체제가 파국을 맞이할 것이라는 절망스러운 운명을 믿고 있었다. 그러나 정작 역사 속에서 가파른 몰락의 길을 걸어간 것은 소련 및 동구권 세력이었다. 그는 이 비관주의자들의 태도야말로 서구 대신 공산주의가 붕괴하게 된 실제적인 원인이라고 말한다. 그들이 행한 비관주의적인 예견 자체가 그에 맞서는 행위를 조직해 예정된 운명을 뒤바꾸었거나 혹은 지연시켰다는 것이다.

‘나’의 응답

2000년대 시를 경유한 일인칭의 진폭

응답 #1

‘응답’이라는 키워드 앞에서 내가 비평적으로 응할 수 있는 것들은 무엇인지 고민했다. 자연스레 최근의 여러 시의적인 평문들이 떠올랐고 그 어느 곳에 접속하더라도 나름의 의미는 있었을 것이다. 하지만 감당하기 버거운 이야기로 서두를 꺼내는 것보다는 우선 나의 서투른 혼잣말에 대화를 걸어 준 소중한 목소리에 확실하게 답을 한 뒤, 이를 바탕으로 논의를 확장해 나가는 것이 올바른 수순이라고 생각했다. 발표한 지 약간은 시간이 지난 「일인칭의 역습, 그리고 시」라는 원고에 진지하게 말을 건네 준 몇몇 글들이 있었다. 우선 김행숙 시인의 글이다. 첫 시집들을 모아 다루는 해당 글에서, 그는 내면의 발현이 두드러지는 어떤 시적 경향을 가리켜 ‘마음의 시학’이라는 이름을 붙인다. 사회학자 김홍중의 논의를 참조하여 마음을 선택하고 독해하려는 시대의 한 현상을 짚어 낸 후, 이를 시적 화자의 성격과 연루시키며 텍스트의 세목을 차분히 분석해 나간다. 그 과정에서 김행숙은 ‘일인칭 화자’와 관련된 나의 설핀 질의를 스스로에게 되돌리며 이 응답이 시작될 수 있었던 뜻깊은 자문을 하나 남겨 주었는데, 일부분을 여기 인용해 본다.

> 첫 시집을 쓰던 무렵에 나는 '일인칭 화자'로 시를 쓰는 걸 어려워했고 또한 꺼렸다. '일인칭 화자'에 스며들어 있는 '전통'의 압력을 벗어나고 싶었기 때문일 것이다. 지금 돌이켜 보면 '나'를 벗어나고자 했던 것은 아니다. 전통적인 '일인칭 화자의 내면'이 오히려 '나의 것' 같지 않았다. 나의 고유성이 아니라 나의 타자성에서 시적 발화의 욕망이 끓어올랐는데, '일인칭'으로 '일인칭 화자의 전통'을 돌파하는 게 어려웠던 것이다. 그때 나는 '일인칭의 새로움'을 나의 질문으로 끌어안지 않았고 못했다. 세 번째 시집 『타인의 의미』를 쓰던 무렵, 문득 나는 내가 '일인칭 화자'의 억압에서 풀려나 일인칭을 꽤 자주 사용하고 있다는 것을 깨닫고 새삼스럽게 놀랐던 기억이 있다. 그때도 역시 막연했지만 미래의 비평가로부터 바로 이 질문을 받았던 것이다. 나의 타자성과 타인의 타자성이 교차하고 비껴 나는 지점에서 '시적인 것'을 찾고 있었는데, 때문에 일단 문법적으로도 일인칭을 더 이상 피할 수 없었고, '어떤 일인칭인가'라는 질문을 내게 돌려야 했다.[1]

위 인용문에서 언급된 시인의 첫 시집은 2003년에 출간된 『사춘기』(문학과지성사, 2003)이다. "아이들이 울고, 여자들이 웃고, 귀신들은 흘러간다"라고 적힌 해설의 첫 문장처럼, 이 시집 속엔 나에게서 멀리 떨어진 듯한 낯선 타자들의 목소리가 유령처럼 공존하고 있다. 시인이 모종의 징후를 예민하게 선취해 발화한 것이든 혹은 당대의 분위기에 상호 영향을 받은 것이든 간에 당시에는 분명 '나'에 대한, 정확히 말하자면 강고한 일인칭 '서정적 자아'에 대한 미학적 반감이 만연해 있었던 것 같다. 잘 알려져 있듯 '미래파'(권혁웅), '뉴웨이브'(신형철), '다른 서정'(이장욱) 등 당시

1 김행숙, 「이 계절의 시집에서 주운 열쇠어들 2」, 《문학동네》 2020년 여름호, 413쪽.

의 새로운 시적 경향에 이름 붙은 비평적 언명들엔 기본적으로 완고한 '나'의 독백으로 구축되는 시 세계에 대한 거부와 변화하는 시적 주체를 향한 미학적 환영이 자리 잡고 있었다.[2] 시인이 첫 시집을 쓰던 무렵 "'일인칭 화자'로 시를 쓰는 걸 어려워했고 또한 꺼렸다."라고 말한 곤경 속엔 그런 내외의 변화된 분위기가 직간접적으로 반영되어 있었던 듯싶기도 하다.

세 번째 시집이 쓰이고 발표될 즈음 시인은 유무형의 억압에서 풀려나 일인칭을 어려움 없이 그리고 꽤 자주 사용하게 되었다고 말한다. 아마도 그것은 체화된 오랜 고민 끝에 이뤄 낸 시인의 주관적 성취일 것이다. 신형철 평론가는 2000년대 시의 유산을 논하는 글의 도입부에서 김행숙 시인의 '사춘기'와 '귀신 이야기' 연작시를 그 대표적인 첫 사례로 언급한다.[3] 그가 말하는 가장 결정적인 유산이란 한국 시가 '시인(일인칭)의 내면 고백으로서의 시'라는 통념으로부터 자유로워졌다는 것, 누구도 될 수 있고 무엇이든 말할 수 있는 위조 신분증을 얻었다는 것이다. 2000년대의 시를 통과한 이후 단순히 '나'에게서 멀리 벗어나는 발화들만으로는 더 이상의 시적 새로움을 획득하지 못한다면, 강력하게 작동하던 일인칭의

2 '미래파' 의제를 제출했던 권혁웅의 『시론』(문학동네, 2010)이 '새로운 시학을 정립하기 위한 전제'로서 '주체'를 첫 번째 장의 주제로 내걸었다는 점은 이를 여실히 보여 준다. 정신분석학적 방법론에 상당 부분을 기대고 있는 이 주체의 시학 속에는 그를 포함해 당시 치열하게 논의에 참여했던 이들의 미학적 성과가 충실하게 담겨 있다. 물론 이와 관련된 날카로운 비판적 논의들도 이미 여럿 제출된 바 있다. 김홍중과 심보선은 「실재에의 열정에 대한 열정: 미래파의 시와 시학」(《문화와사회》 4권, 2008)에서 당시 한국 시의 미학이 개별 작품들 내에서 발현된 실재의 열정이었다기보다는, 작품 외부의 타인들이 주체가 되어 만든 '실재의 열정에 대한 열정'에 가까웠다고 지적한다. 이 논의를 이어받은 인아영은 「눈물, 진정성, 윤리—한국문학의 착한 남자들」(《문학동네》 2019년 겨울호)에서 실재를 꿈꿨던 당대 문학의 '진정성'이 시인들보다는 평론가들이 추구했던 가치였는지도 모른다고 말하며, 그 미학을 향유하고 형성한 주체들이 젠더·계급·미학적으로 특권화되어 있었음을 뼈아프게 짚어 내고 있다.

3 신형철, 「2000년대 시의 유산과 그 상속자들—2010년대의 시를 읽는 하나의 시각」, 《창작과비평》 2013년 봄호.

억압으로부터 벗어나 이제는 자유로이 '나'를 사용하게 되었다면, 그것은 논자의 표현대로 어떤 시인들이 승리한 것이고 시적 언어의 확장이라는 점에서도 그 평가는 지극히 온당해 보인다. 한데 여기에서는 보다 근본적인 질문이 필요할 것 같다. 왜 하필 일인칭이었을까? 시에서 일인칭이 대체 무엇이기에 당시의 발화자들은 '나'에게서 그토록 벗어나려 애를 썼던 것인가?

관련된 문제의식을 성실히 이어 온 신형철 평론가의 논의를 계속해서 참조해 볼 수 있을 듯하다. 김행숙 시인의 두 번째 시집 해설의 서론 격으로 쓰였다고 밝힌 글에서, 그는 근대화된 시의 일인칭을 논의한 적이 있다.[4] 그는 가라타니 고진을 인용하면서 근대소설의 리얼리즘을 가능하게 하고 작품에 입체적인 깊이를 부여한 것이 '삼인칭'의 서술이었다면, 시에서는 그에 해당하는 근대적 요소가 '일인칭'의 발화였다고 말한다. 즉 근대 회화가 원근법으로 세계를 바라보는 소실점을 도입함으로써 평면 위에 입체성을 부여할 수 있었던 것처럼, 소설은 '삼인칭 객관 묘사'를 통해 이차원의 지면에 현실의 깊이를 축조했고 시는 '데카르트적 일인칭'을 통해 세계를 재구성하는 근대적 소실점을 획득했다는 것이다. '나'의 렌즈로 자신만의 새로운 시적 세계를 만들어 낸다('세계의 자아화')는 점에서, 이는 우리가 익히 알고 있는 전형적인 '서정적 자아'의 작동 방식이기도 하다. 그러니 2000년대의 어떤 시들이 다른 방식의 서정을 꿈꿨다고 한다면, 그때의 시적 발화들은 필연적이게도 완고한 일인칭의 발화에서 최대한 멀리 탈주한 목소리를 담아내거나, 그 전통적 서정의 "'도원'을 무너뜨리기 위한 세계의 습격이 시작되는 풍경"[5]을 그릴 수밖에 없었을 것이다.

4 신형철, 「미니마 퍼스펙티비아—2000년대 시의 어떤 경향」, 《문학과사회》 2007년 가을호.

5 이장욱, 「꽃들은 세상을 버리고—다른 서정들」, 《창작과비평》 2005년 여름호, 71쪽.

응답 #2

논의를 조금 더 진전시키기 위해서는 또 다른 비평적 응답을 가져와야 할 것 같다. 양경언 평론가 또한 지난가을 한 문예지에서 나의 서투른 글에 대해 세심한 비판적 피드백을 남겨 주었다. 그의 문제의식의 핵심은 시의 일인칭을 '단일한 자아'가 아닌 '관계적 자아'로 바라봐야 한다는 것이었다. 일인칭의 목소리를 시인의 전기적인 상황과 연관시키며 현실과 매개된 것으로 독해하는 일은 자칫 현실을 제한된 형태로 묶어 둘 뿐 아니라, '나'의 목소리를 단일한 의미로 한정 지을 여지가 있다고 논자는 지적한다. 그러한 독해는 작품이 지닌 잠재적 충격의 강도를 약화시키고 희미해졌던 일인칭의 권위를 다시 붙잡게 될 위험을 안고 있다는 우려를 표하기도 한다.

> 최근 시에 등장하는 '나'의 목소리를 다양한 관계 속에서 적극적으로 형성되어 가는 것으로 들을 때, 일인칭 '나'는 비대해진 자의식을 과시하는 독백이 아니라 세상과의 지속적인 대화 속에서 삶의 독특한 순간을 발견해 나가는 역할을 맡는다. 독자는 그런 '나'를 통해 익히 알고 있는 현실을 만나는 대신, 안다고 생각해 왔던 현실이 끝내 장악하지 못했던 '시적 순간'을 창조적으로 겪으면서 주어진 현실 너머까지 닿을 수 있는 여정에 오르게 된다. 한창 회자되었던 '일인칭의 역습'이라는 말 대신(시의 '일인칭'은 사실 '이인칭'일 수도, '삼인칭'일 수도 있으며, 시는 '나'라는 겹겹의 목소리를 통해 주어진 현실 너머 저 멀리까지 독자를 데려간다고 말하는 이 글에서, '일인칭'이 '공격'할 세계는 없다) '나'의 숱한 '연습'으로 형성되는 시적 순간을 읽어 보자고, 이 글은 말하는 것이다.[6]

6 양경언, 「나의 모험—최근 시의 '나'들이 만들어 내는 자장들」, 《문학3》 2020년 3호, 47쪽.

양경언 평론가의 표현대로 일인칭의 '나'는 다양한 관계와의 적극적인 수행 안에서 형성된다. 앞서 언급된 김행숙 시인의 말을 빌리자면 그것은 '나눠 쓰는 인칭'에 가까울 것이다. 그런 의미에서 일인칭을 '나'의 숱한 '연습'으로 독해하자는 위 글의 논지는 충분히 설득력 있게 다가온다. 제대로 전달되지 못한 글을 스스로 설명하는 일이 다소 부끄럽긴 하나 미흡했던 졸고 역시 일인칭의 그런 다양한 양태를 조망하려 했던 글이었다. 지면 속 묵독의 언어에 이질적인 현실의 목소리를 덧붙이는 독해를 제안하기도 했지만, 동시에 "텅 비어 있는 나를 구성하고 수행해 나가는 유일한 실체"로서의 시 쓰기와 그렇게 "새로이 덧붙는 글쓰기와 발화를 통해 얼마든지 소급적으로 재배치되거나 재창조될 수 있"[7]는 '나'의 모습까지도 어설프게나마 아울러 보는 이야기였다.

무엇보다 굳이 '역습'이라는 표현을 사용했던 것은, 앞서 이장욱 시인의 글에서 언급되었던 일군의 시인들의 '습격'을 떠올리며 그 일인칭의 논의를 비판적으로 계승하려는 취지에 가까웠다. 당연하게도 그때의 목표는 완고하고 단일한 자아의 시적 세계를 복원하는 것이 아니라, "문장의 주어인 '나'와 그 문장을 쓰는 '나' 사이의 간극"[8]을 한껏 벌려 두었던 세계를 다시 논의해 보자는 것이었다. 전위의 원심력을 빌미로 일인칭의 '나'로부터 멀리 나아갔던 '다양한 삼인칭들의 형상'과 혼종적인 '위조 신분증'의 세계는 분명 이전의 한국 시에서는 볼 수 없었던 존재들을 시의 발화자로 등장시키며 아름다움의 미개척지를 확장시켰고, 당시에 읽었던 어떤 작품과 해석들은 나에게도 여전히 매혹적인 전범으로 남아 있다. 하지만 낯선 아름다움을 빌미로 행해진 일부의 억압과 폭력적인 사건들을

7 조대한, 「일인칭의 역습, 그리고 시」, 《문학과사회 하이픈》 2019년 가을호, 105~111쪽.

8 신형철 「전복을 전복하는 전복 — 2000년대 한국 시의 뉴웨이브」, 《실천문학》 2006년 겨울호, 114쪽.

지나쳐 온 뒤 나 역시도 그 폭력의 재생산의 미필적인 향유자이자 방관자로서 참여했던 것은 아닌지, 이전의 시에서 발화되었던 '나'와 지금의 '나'가 어느 지점에서 달라지고 있는지를 돌아보게 되었던 것 같다.[9] 이는 2000년대의 미학적 경향과 분절되는 시편들을 선구적으로 포착하여 "자신을 면밀하게 내보이기 위해서 오늘날의 현실에 좀 더 발랄하고 적극적으로 조응"[10]하고 있다는 언급을 남겼던 양경언 평론가의 문제의식과도 일맥상통하는 부분이 있다.

그러니 일인칭의 위치를 다시 짚어 보자는 최근의 비평적 제안[11]은 서

9 그렇기에 "섹슈얼리티에 대한 문제의식과 관련해서 적지 않은 한계가 있"고 "최근 비평가들이 지적하고 있는 문학주의의 강화에 기여한 측면 역시 부인할 수 없"지만, "현재의 일인칭 글쓰기에 대한 논의는, 미래파 담론 때 제기되었던 다양한 시학적 논의의 한계와 대결하는 과정에서 정치해져야 한다."(강동호, 「비평의 시간 — 김봉곤 사건 '이후'의 비평」, 《문학과사회》 2020년 겨울호, 422~423쪽)라는 강동호 평론가의 언급은 매우 중요하게 다뤄져야 한다. 물론 여러 우려 섞인 지적처럼 그 과거와의 만남이 반복되는 구조의 틀 안에서 현재의 수행성을 소거할 위험 또한 늘 경계해야 할 듯싶다.

10 양경언, 「작은 것들의 정치성—2010년대 시가 '안녕'을 묻는 방식」, 《창작과비평》 2014년 봄호, 345쪽.

11 물론 이는 소설 장르에서 보다 활발히 논의되었다. 한국 소설의 징후를 예리하게 포착한 박혜진의 「증언소설, 기록소설, 오토(auto)소설」(《크릿터》 1호(민음사, 2019))과 노태훈의 「'나'로부터 다시 시작하는 문학사」(《문학들》 2018년 가을호)를 대표적인 사례로 꼽아 볼 수 있겠다. 나 역시 요즘 비평 포럼의 멤버들과 함께 2019년에 열린 제7차 포럼의 테마를 '일인칭의 역습'으로 설정한 뒤 관련 행사를 꾸린 적이 있었다. 초대된 패널들은 각기 흥미로운 지점들을 짚어 주었는데, 가령 인아영 평론가는 최근의 한국 소설을 수많은 '나'들의 'TMI(Too Much Information)'가 풍성하게 경합하는 각축장으로 설정하고, 퀴어 서사의 자기 정체화 과정, 세월호 참사 이후 발화의 곤경, 페미니즘 리부트와 맞물리는 폭력의 재현에 관한 고민 등을 이야기해 주었다. 소유정 평론가는 여성 및 퀴어 서사가 '나'에 대한 쓰기라는 점에서 공명하는 부분이 있다고 말하며, 타자를 경유하는 '나-되기'의 도정이 소설 바깥의 '우리-되기'로 나아갈 수 있는 가능성에 대해 짚어 주었다. 한편 김건형 평론가는 퀴어 서사에 나타나는 '나'의 문제들이 주로 진정성 혹은 고통에만 집중되었음을 날카롭게 지적하며, 김봉곤과 박상영의 연이은 작품들 안에서 형성되고 있는 소설 속 '나'의 연속체에 논의의 초점을 맞추어 주었다.

정적 자아로 구축된 단일한 소실점으로의 회귀를 뜻하거나 시인의 의도를 찾아 나가는 독해를 행하자는 의미가 물론 아니라, 과도하게 멀어졌던 혹은 희미해졌던 '나'에 대해 의심스러운 시선을 보내며 다시 일인칭의 위치와 효과를 재고해 보려는 시도에 가깝다. '나'라고 하는 존재가 시를 발화하는 행위 주체의 수행에 의해 생성되는 구성물이자 연속체임에 동의한다면, 2000년대의 미학적 분투가 실로 공허한 이론적 논의가 아니라 어떠한 윤리를 확보하기 위한 노력의 일환이었다고 믿는다면, 그 시적 수행의 결과들로 생성되었던 실존적 '나'에 대해 질문을 던지고 책임감을 지우는 일은 자유로운 발화를 억압하는 것이 아니라 새로이 구성될 시적 주체의 유효함을 진심으로 믿는 일이 아닐까? 물론 그것은 시를 쓰고 발화하는 '나'를 향한 질문임과 동시에 "실제 유효한 억압으로 작동하고 있음에도 무해한 가상의 세계로 간주되던 시의 진실"[12]을 겨냥하는 질문이기도 하다.[13]

양경언 평론가의 글은 개별적인 응답 이전에 보다 커다란 문제의식을 배면에 두고 시작되었다고 생각한다. 아마도 그것은 다른 국면에 접어든 일인칭 '나'에 대한 새로운 문제의식이었던 듯싶다. 가령 다소 민감한 논제이긴 하나, 2020년 하반기에 김봉곤 소설가와 관련되어 불거졌던 일련의 사건들을 떠올려 볼 수 있을 것 같다. 김봉곤의 작품에 대한 비평과 유의미한 사후적 논의들은 이미 여럿 제출되었으나, 앞서 언급된 논의에 초

12 조대한, 「겹쳐진 세계에서 분투하는 시인들」, 《창작과비평》 2020년 여름호, 61쪽.

13 이와 관련하여 인아영 평론가의 글 「문학은 억압한다」(《문학동네》 2019년 봄호)는 여러모로 변곡점에 놓인 선언이었던 것 같다. 인아영은 김현의 유명한 비평적 테제인 '문학은 억압하지 않는다.'를 재전유하며, 쓸모없음의 쓸모를 주창했던 문학과 그 역설적 아름다움의 후광 아래 가려졌던 모종의 유효성과 억압들에 대해 질문을 던진다. 물론 그것은 당대의 특수한 사회적 맥락 속에서 제출되었던 김현의 기념비적인 테제의 결함보다는, 그 매혹적인 문장에 오랫동안 기대어 온 우리의 관성을 향한 질문에 더 가까웠던 듯하다.

점을 맞추어 돌이켜 본다면 '오토 픽션'을 향한 비평적 환영은 소설 '쓰기'와 '나'의 매개성에 기인했던 것처럼 보인다. 물론 공적으로 커밍아웃을 행한 퀴어 소설가의 현전이 적지 않은 요인으로 작용했을 터이지만, 자신의 삶을 다시 쓰고 고쳐 나가면서 새로이 구성되던 실존적 '나'의 유효함과 둘 사이의 좁혀진 거리감에 커다란 비평적 환호를 받았던 것 같다.

도식적이나마 정리해 보자. 일인칭 문장의 주어인 '나'와 그 문장을 쓰는 '나' 사이의 '거리'에 초점을 맞추어 범박하게 축약해 본다면, 극단으로 멀어졌던 두 일인칭(2000년대의 미학적 성과) 사이의 거리는 여러 계기와 사건들을 거치며 다시 좁혀졌다.(2010년대 후반기의 오토 픽션 등)[14] 그리고 지금 그 좁아진 간격에서 분기점에 해당하는 사건이 발생한 것은 아닐까. 소설의 '나'와 실존적인 '나' 사이에서 실질적인 매개와 효력이 발생할 수 있다면, 당연하게도 그것은 상호 관계 속에서 형성되는 퀴어 수행성과 같은 긍정적인 방식뿐 아니라 금번 사례처럼 누군가의 삶에 피해와 부정적인 영향력을 끼칠 수 있는 방식으로도 작동할 수 있었을 것이다. 이를 뒤늦게 자각한 우리에게 필요한 것은 한 작가에게 모든 책임을 지우고 그

14 물론 시의 일인칭을 논의하는 와중에 소설의 일인칭을 끌고 들어오는 것은 서정과 서사 장르의 차이만큼이나 거리가 먼 이야기일 수도 있다. 하지만 애초에 이 글의 문제의식이 그러하듯, 일인칭을 서술의 시점뿐 아니라 작가-화자(혹은 작가-서술자) 사이의 매개성의 문제로 바라본다면 여전히 논의의 접점은 있다고 판단된다. 일례로 한국 현대시 화자 연구의 기틀을 마련한 것으로 평가되는 김준오의 『시론』(문장, 1982)은 시모어 채트먼의 서사 이론을 참조해 시적 의사소통의 과정을 모형화하기도 했다. 그는 채트먼의 'Real author(실제 작가)—Implied author(내포 작가)—Narrator(서술자)—Narratee(피화자)—Implied reader(내포 독자)—Real reader(실제 독자)'의 구도를 '실제 시인—함축적 시인—현상적 화자—현상적 청자—함축적 독자—실제 독자'의 형식으로 변용해 사용한 바 있다. 이를 포함하여 복잡한 화자의 인접 개념들을 일목요연하게 논의한 글로는 정끝별, 「현대시 화자(persona) 교육에 관한 시학적 연구」, 《한국문예비평연구》 35집(한국현대문예비평학회, 2011) 참조. 현대시의 화자와 화법에 집중하여 여러 시 텍스트를 정치하게 분석한 최근 논의로는 이현승, 『얼굴의 탄생—한국 현대시의 화자 연구』(파란, 2020) 참조.

를 말끔히 도려내는 것으로 사태를 마무리 짓는 일이 아니라, 무언가를 쓰고 살아가는 이중적 삶의 매개에 대한 혹은 "'일인칭'의 자기 서술과 '일인분'의 실존적 선언 사이의 거리"[15]에 대한 논의를 다시 시작하는 일이 아닐까.[16]

그렇다면 다음 질문은 '나'의 변화를(최소한 '나'의 변화를 읽고자 하는 욕망을) 추동했던 원인을 향해야 한다. 무엇이 두 일인칭의 거리를 늘어나게, 또는 좁아지게 만들었는가? 앞서 언급된 글에서 신형철은 문학사적 분석을 통해 하나의 실마리를 제공한다. 2000년대 들어 일인칭 내면 고백의 시가 급작스럽게 지겨워졌던 것처럼 어느 시기에 이르러 개개인의 미학적 취향이 집합적으로 유의미하게 변화했다면, 그것은 어떤 사회·정치적인 조건이 (무)의식적인 매개로 작동하여 그 미학적인 혁신을 추동했을 것이라고 그는 주장한다. 이를 테면 "'나'라는 존재가 단지 1표 이상도 이하도 아닌 존재라는 환멸과 권태가 시에서 일인칭 '나'에 대한 탐구를 진부하게 만"들었고, 그러한 2000년대의 대의 불충분성과 대의 불가능성의 정치적 조건이 "일인칭의 빈자리"에 "다양한 삼인칭들의 형상"[17]이 밀고 들어온 직간접적인 원인이 되었다는 것이다. 그의 신중한 논의를 받아들인다면, 최근 실존적인 '나'와 부쩍 가까워진 일인칭 발화의 어떤 경향은 2015년 이후의 페미니즘 리부트, 촛불 집회 등 불완전하나마 실현되었던

15 김건형, 「「2020, 퀴어 역학—曆學·力學·譯學」을 위한 설계 노트 1」, 《문학동네》 2020년 겨울호, 228쪽.

16 노태훈 평론가는 다음과 같이 쓴다. "세계를 일인칭으로 그려 내는 것, 당사자로서 발화하는 것"은 "자기 검열의 기제를 강화하는 방식이 아니라 더 큰 가능성의 영역을 확보"하는 방식으로 이뤄져야 한다. 노태훈, 「자신에 대해 쓰면서 자아에 대한 믿음을 잃지 않는 것」, 《자음과모음》 2020년 가을호, 5쪽.

17 신형철, 「2000년대 시의 유산과 그 상속자들—2010년대의 시를 읽는 하나의 시각」, 《창작과비평》 2013년 봄호, 374쪽.

대의 가능성의 경험, 손쉽게 합의되었던 '우리'라는 정체성의 허위를 목도한 여러 '나'들의 집합적인 자각, 이를 거치며 재구성된 젠더·계급 등의 정치적 조건과 일정 부분 맞닿아 있을지도 모르겠다.

응답 #3

2000년대 시의 발화들이 언급된 유무형의 사회·정치적 조건 아래 발현된 것이라면, '미래파'와 약간의 시차를 두고 제출되었던 '시와 정치' 논의를 자연스레 떠올려 볼 수 있을 것이다. 다만 일인칭 '나'의 관점에서 본다면 2000년대의 근거리에서 발생했던 두 비평적 논의 사이에는 생각보다 커다란 간극이 놓여 있는 듯도 싶다. 한쪽이 일인칭의 '나'로부터 최대한 멀리 달아나는 원심을 택했다면, 다른 한쪽은 '나' 속에 내재해 있는 어떤 불일치에 오래도록 머무른 채 질문을 시작했다. 진은영의 기념비적인 입론은 미학과 정치 사이에 던져진 것이기도 하지만, 달리 보면 "노동자들의 투쟁을 지지하며 성명서에 이름을 올리거나 지지 방문을 하고 정치적 이슈"로 싸우는 '나'와 "자신의 독특한 음조로 새로운 노래"[18]를 부르는 '나'의 균열 사이에 놓여 있었던 것이기도 하다. 이와 관련하여 최근 발표된 민경환 평론가의 글은 주목을 요한다. 민경환은 2000년대의 미학적 유산을 재검토하는 글을 통해 당시의 '뉴웨이브'가 두 항목 사이에서, 그러니까 서정적 자아의 환영을 배격하는 "모더니즘(매체 자체의 속성에 대한 탐구)" 시와 삶-예술 사이의 거리를 좁히려 했던 "아방가르드(삶과 예술의 통합)"[19] 시 사이에서 진동하고 있었음을 정확히 지적한다.

여기까지 오면 논지는 조금 더 명료해진다. 전자가 시라는 '매체'의 미

18 진은영, 「감각적인 것의 분배」, 《창작과비평》 2008년 겨울호, 69쪽.

학에 집중하여 시점으로의 일인칭을 타파하고 한없이 삼인칭에 근사하는 '나'로 나아갔다면, 후자는 전자의 미학적인 성과의 지평 위에 실존적 '삶'을 살아가는 일인칭의 '나'를 도입하여 고민을 한층 더 복합적으로 만들었다.[20] 그러니 김행숙 시인이 "'일인칭'으로 '일인칭 화자의 전통'을 돌파하는 게 어려웠"[21]다고 말한 것은 솔직하면서도 명료한 곤궁의 표현이었던 것 같다. 그것은 '나'에게서 멀어지는 시적 돌파에 '나'를 활용하는 일의 모순된 곤혹이자, 조금 더 나아가자면 ('나'에게서 멀어지며 발견한) 미학적 가능성을 실존적 삶의 주파수와 맞춰 나가는 일의 어려움이기도 하기 때문이다.

그런 곤경을 몸소 돌파하려 했던 시인이었기에, 주민현의 첫 시집 『킬트, 그리고 퀼트』(문학동네, 2020)와 마주하여 진은영이 자꾸만 떠올랐다고 말한 그의 언급은 꽤나 흥미롭게 읽힌다. 그것은 단순히 주민현의 시가 정치적인 메시지를 세련된 시적 언어로 표현하고 있기 때문만은 아닐 것이다. 김행숙은 주민현의 시적 주체가 딛고 있는 '여성의 자리'가 이미

19 민경환, 「우리에게 허락되지 않은 역사의 이중 맹검이 여전히 우리를 부른다」, 《문학동네》 2020년 가을호, 79쪽.

20 민경환 평론가는 이를 '객관'(삼인칭)과 '주관'(일인칭)의 이중 구도로 읽어 낸다. 이 글 역시 그에 동의하며 쓰였지만, 또 다른 관점에서 보면 두 비평적 입장은 오히려 주관적인 미학의 윤리와 객관적인 정치성(혹은 공공성) 사이의 길항으로 읽히기도 한다. 이와 관련하여서는 『문학의 아토포스』(그린비, 2014)에서 제기되었던 '윤리'의 무력함과 가능성에 대한 진은영과 신형철의 상반된 언급, 시적 주체의 운동성과 입체성에 달리 주목했던 양경언(「이제 되었다니 그럴 리가」, 《문학과사회》 2015년 겨울호)과 박상수(「발칙한 아이들의 모험에서 일상 재건의 윤리적 책임감으로—2010년대 시와 시비평에 관하여」, 《창작과비평》 2017년 봄호)의 논박, 시인과 시민 사이의 주체성을 논의했던 최근 송종원의 글(「시인과 시민, 어떻게 만날 것인가」, 《창작과비평》 2020년 겨울호) 등 여러 유의미했던 논의들이 떠오르지만, 이에 대한 응답은 또 다른 지면을 기약해야 할 듯싶다.

21 김행숙, 앞의 글, 413쪽.

'정치적인 것'이라고 말하며, 그 주체에게 '시적인 것'과 '정치적인 것'은 떼어 내기가 불가능할 정도로 뒤얽혀 있다고 이야기한다. 나는 그의 언급을 들으며 사례로 거론되었던 작품 외에도 「철새와 엽총」, 「오늘 우리의 식탁이 멈춘다면」, 「복선과 은유」 등의 시편들이 떠오르기도 했는데, 앞선 일인칭의 논의에 집중한다면 다음과 같은 시를 잠시 가져올 수도 있겠다.

> 내리는 눈을 보고서 너는
>
> 임종이 우리의 가까이에 있다
> 소설에 그렇게 썼다
>
> 아무도 죽지 않았는데
> 네 소설 속에서 흰 천이 흔들리고 임종이 생기고
> 그보다 더 오랜 시간이 지나서 주인공은
>
> 새로 지어지는 맞은편 건물을 덮은 파란 천을 바라보며 흰 천이 흔들리고 임종을 바라보았던 순간을 기억할 것이다
>
> 그런 순간에 우리는
> 갈등이란 아름답구나,
> 갈등의 아름다움을 체험하고 되고
>
> 창밖에 눈이 그친다
> 흰 천이 바람에 흔들린다
> 이렇게 내내 서 있어도 될까

이렇게 오래 사람인 척해도 될까

우리는 계속 사람인 척한다.
너는 소설을 쓴다.

— 주민현, 「사건과 갈등」 부분

생략된 위 시편의 전반부에는 소설을 쓰며 '갈등'에 대해 고민하는 '너'의 이야기가 나온다. 이를 한 발짝 떨어져 지켜보는 듯한 '나'는 언뜻 '너'의 고민에 무관심한 것처럼 보인다. 창밖으로 내리는 하얀 눈을 보고 '너'는 문득 "임종이 우리의 가까이에 있다"라는 문장을 소설에 쓴다. '너'와 '나'의 삶엔 별다른 사건이 일어난 적 없고 실제로도 "아무도 죽지 않았"지만, 허구의 소설 속에는 죽음 위에 덮이는 흰 천처럼 임박한 죽음이 깔린다. 훗날 주인공은 이 순간을 기억하며 술회하고, 그런 주인공을 읽으며 '우리'는 "갈등의 아름다움을 체험"하게 된다.

이 시는 여러 방식으로 읽히겠지만 작품 내 '주인공', 소설을 쓰는 '너', 그들을 지켜보는 '나'의 구도를 '인물', '화자(혹은 서술자)', '(내포)작가'의 은유로 읽어 볼 수도 있을 듯싶다. 실제로는 소설적 갈등이라 불릴 만한 어떠한 사건도 경험해 보지 못한 '너'가 가까이 다가온 죽음에 대해 쓰고, 소설의 '주인공'은 임종과 얽힌 기억과 감정을 소급적으로 떠올리며, 그의 기억과 감정을 바라보는 '너'와 '나'는 이전에는 경험해 보지 못했던 갈등의 아름다움을 체험한다. 눈과 흰 천의 이미지를 매개로 희미하게 중첩되어 있는 이 삶과 허구의 격자들은 '너'와 '나'가 경험한 것을 작품 위에 재현하는 방식으로 구성되는 것 같지는 않다. 도리어 '나'와 '너'가 읽고 쓴 가상적 연속체의 문장과 정동들이 '우리' 삶의 새로운 경험을 생성시키는 방식으로 작동하는 듯하다. 혹자는 리얼리티와 핍진합의 부족을 거론할 수도 있겠고 누군가는 타자화된 '나'를 바라보는 시선에 익숙한 영상 세대의 특수함을 이야기할 수도 있겠지만, 어찌 됐든 허구의 쓰기와 실존적 삶이 중첩되어 있는 이들의 방식은 '내가' 살아가는 것임과 동시에 삼인칭에 가까운 '나를' 살아가는 삶의 방식인 듯싶다.[22] 민경환 평론가가 앞선 글에서, 2000년대 '뉴웨이브'의 상반된 목표였던 '객관'(삼인칭)과 '주관'(일인칭)을 주민현이 다른 방식으로 획득했다고 말했던 것은 이런 사례로도 이해될 수 있을 것이다.

습격 혹은 역습이라 이름 붙은 '나'의 진폭들이 있었다. 2000년대의 '나'가 위계의 소실점을 제거하고 혼종적인 존재들의 내재성이 각축을 벌이는 '평면의 시학'을 선취했다면, 최근 어떤 '나'들의 발화는 그 매끈한 평면에 실존적인 삶의 레이어들을 겹쳐 또 다른 격자의 표면을 만들어 보려 했던 것 같다. 그것은 삼인칭으로 뻗어 나갔던 시적 주체를 다시 단순화하려 한다기보다는, 그 다면적인 시적 주체가 만들어 낸 윤리적·정치적 가능성들을 '나'의 삶 쪽으로 가져오려는 움직임에 가까운 듯하다. 일부의 신중한 우려처럼 문학의 다양성과 자유로움을 가로막을지도 모르는 위험을 늘 경계해야겠지만, 삶과 문학에 매개되어 있는 '나'를 함께 바라보려는 그 시도야말로 오히려 문학과 언어의 힘을 믿는 방식이지 않을까. 또한 진실로 삶에 '감각을 분배'하려 했던 한 시인의 끈질겼던 고투를, 돌이킬 수 없는 잘못을 저질렀으나 그럼에도 삶과 소설을 함께 써 보려 노력했던 한 소설가의 진심과 과오를 바로 마주하는 일이 아닐까. 아직은 '나'를 조금 더 물고 늘어져야 할 때이다.

22 '나를' 바라보며 그 실패와 파국을 재현하는 삶을 살아가는 시적 주체의 불가항력적 우울함과 안도감을 논의한 글로는, 양안다의 시집 『백야의 소문으로 영원히』(민음사, 2018)를 다룬 「나, 사라지거나 혹은 증식하거나」, 《문학과사회》 2019년 봄호 참조.

반복은 우리를 어느 곳으로 이끄는가

유진목 시집 『작가의 탄생』

「러시아 인형처럼」이라는 작품이 있다. 일종의 '타임 루프(time loop)'를 다룬 이 드라마에서 주인공 '나디아'는 자신의 서른여섯 번째 생일날을 맞아 갖은 죽음을 경험한다. 택시에 치여서, 계단에서 굴러서, 맨홀에 빠져서 죽음에 이른 나디아는 누군가 주기적으로 화장실 문을 두드리는 드라마의 첫 장면으로 돌아가 리셋된 삶을 다시 시작한다. 반복되는 시공간 속에 갇힌 이유를 탐색하던 나디아는 그 원인이 엄마와의 기억과 연관되어 있음을 발견한다. 어렸을 적 나디아의 엄마는 누구보다 딸을 사랑했지만, 지쳐 버린 스스로의 삶을 감당하지 못하고 광기 어린 행동을 보였다. 그런 엄마를 방치하여 간접적으로 죽음에 이르게 만들었다는 죄의식이 나디아를 어떤 시공간에 갇히게 만들었고, 애써 잊고 있던 그 기억과 죄책감을 대면하면서 서사의 실마리는 풀려 나간다. 대개 이러한 타임 루프물들은 답안지를 풀어 나가듯 오답의 선택지를 하나하나 지워 나가며 진행되곤 하는데, 그 속엔 불가역적인 시간에 대한 혹은 되풀이할 수 없는 과거를 향한 갈망이 일정 부분 배어 있는 듯하다.

언뜻 이 시집 역시 '탄생'이라는 단어의 일반적인 어감과는 사뭇 달리 과거의 후회스러운 삶의 장면들을 누차 되새김질하고 있는 것처럼 보인다. 새로이 시작된 생의 모습이 마음에 들지 않아 "삶을 끝내고 싶다면 얼른 끝내"고, "그런 다음 다시 시작해"[1] 보자는 말을 천연덕스레 건네기도 한다. 그렇다면 그 과거 속의 존재들은 뚜껑을 열어도 열어도 비슷한 모습만이 반복되는 러시아 인형 마트료시카처럼, 조금씩 변주되는 자기 실패와 회한의 겹으로 만들어진 형상에 불과한 것일까? 대답은 성급한 일이지만 일단 그 반복이 집요하리만치 계속되는 것은 사실인 것 같고, 그것은 크게 다음의 세 가지 층위에서 발생하는 듯하다.

문장 단위의 반복

아가 엄마야 문 좀 열어 다오 엄마가 해 줄 말이 있어 왔어

내가 여기 있는 걸 아는 사람은 나뿐인데

아가 엄마야 문 좀 열어 다오 밖은 너무 춥구나

내가 여기 있는 걸 아는 사람은 나뿐인데

—「한밤중에 엄마는 문을 두드리며 말한다」 부분

하나는 문장 혹은 구절의 층위에서의 반복이다. 인용된 위 시편에는 문을 열어 달라고 호소하는 '엄마'의 목소리와 주거지를 들킨 누군가의 내밀한 독백이 함께 담겨 있다. 1연과 2연을 한 쌍으로 하는 이 같은 배치는 작품의 처음부터 끝까지 계속되는데, 총 10연으로 이뤄진 이 시는 그

1 유진목, 『작가의 탄생』(민음사, 2020), 23쪽. 이하 인용 시 작품명과 쪽수만 표시한다.

러니까 한 쌍의 호소와 독백을 다섯 차례나 연이어 반복하고 있는 셈이다. 시적 정황상 짝수 연의 발화는 엄마의 또 다른 목소리라기보다는, 엄마로부터 도망친 '나'의 숨죽인 독백처럼 들린다. 흥미로운 것은 나의 발화들이 완전히 똑같은 내용을 후렴구처럼 되풀이하고 있는 데 반해, 홀수 연의 발화들은 조금씩 그 길이가 줄어들고 있다는 점이다. 문 바깥에서 추위에 떨고 있는 엄마의 목소리는 조금씩 수그러들다 "아가"라는 짧은 부름만 남기고 이내 사라지는 듯하다. 이때의 반복은 한밤중에 문을 두드리며 나를 부르는 엄마의 강박적인 모습과 형식적으로 직접 닿아 있다. "해 줄 말이 있어 왔"다는 유령 같은 엄마의 호소는 그녀를 떨치고 홀로 도망쳤다는 죄책감 때문인지 나를 얽매는 주문처럼 느껴지기도 한다.

유사한 시적 반복을 「누란」에서도 찾아볼 수 있다. 앞에서의 작품과 달리 이 시편에서 끊임없이 말을 건네는 쪽은 엄마가 아닌 '나'이다. 나는 아이처럼 엄마를 부르며, 사람들이 모두 자신을 싫어하는 것 같다는 투정 섞인 토로와 질문을 한다. "맛있는 것"만 먹고, "가고 싶은 곳"에 가고, "하고 싶은 것"들을 다 하면서 살지 못했다는 엄마의 대답 속엔, 아이가 자신과는 다른 삶을 살길 바라는 희망과 그럼에도 자신과 비슷한 삶을 살 것만 같은 불안이 혼재되어 있는 듯싶다. 시의 후반부에서 내가 엄마를 버린 것을 알고 있느냐는 질문에 엄마는 담담히 이미 알고 있었다는 대답을 한다. "엄마도 그랬어?/ 엄마도 그랬어"라는 반복된 문답들은 엄마에게서 딸로 이어지는 이 위태로운 누적과 계승이 애초부터 깨진 채 이어질 수밖에 없음을 시사하는 듯하다. 그러니 이 시집 속에서 과거 존재들의 발화가 끝없이 반복되고 있다고 한다면, 그 문장들은 자신을 만들어 준 이들 그리고 자신의 탄생을 위해 죽여야만 했던 이들을 언어화하고 해명하기 위해 쓰이지 않았을까. '나'는 그 불가해함에 "엄마"라는 이름을 붙이려고, "이걸 무어라 부르"는지 묻는 "신에게 대답하려고/ 이 시를 쓴다"(「인간은 머리를 조아리며 죽음에게로 간다」).

작품 단위의 반복

어머니는 절대로 아버지와 같은 사람이 되어서는 안 된다고 여러 번 당부했었다. 거리에는 매일 똑같은 사람들이 쏟아져 나왔다. 모두 어떻게 살고 있을까. 혹시 아버지가 돌아가신 것은 아닌지 아니면 그저 내가 그리워서인지 어머니가 나를 찾는다는 소식이 있었지만 다시는 집에 돌아가지 않았다.

잠이 오지 않는 밤에는 언제까지나

식탁 위에 올려 둔 물컵이 있고

빈 잔에 물을 채우다 나는 잠이 든다.

—「작가의 탄생」, 23~24쪽 부분

1.

나의 총은 1980년에 마지막으로 발사되었다. 총알은 배 한가운데 정확히 왼편의 삼분의 일 지점을 뚫고 나갔다. (중략)

2.

나는 아이를 가졌고 이듬해 3월 셋째 날부터 진통이 시작되었다. 나흘을 앓다 죽은 아이를 배 속에서 꺼내어 묻고 아침이 올 때까지 엎드려 울었다. (중략)

3.

나의 아이는 불행히 살겠지만 언젠가 스스로 불행을 극복할 것이라 생각했다. 나를 닮아 사람을 멀리하고 늙은 개를 아끼면서 언제까지나 함께 살 수 없다는 것을 알았을 때 상처받을 것도 생각했다. (중략)

4.

그러나 나에게는 아이가 쓴 글을 읽을 수 있을 거라는 희망이 있었다. 내가 얼마나 많은 사람을 죽이고 살아남았는지 아이에게는 말하지 않을 것이었다. 너에게 주는 총이 네 아비를 죽인 총이라는 것도 말하지 않을 것이었다. (중략)

5.

늙은 개는 그것이 무엇인지 모르고 그랬을 것이다. (중략)

어쩌면 나를 죽이고 늙은 개와 사랑하며 살아가는 것도 좋았다.

그리하여 총알은 배 한가운데 정확히 삼분의 일 지점을 뚫고 나갔다. 늙은 개는 미지근한 내장을 몇 점 주워 먹고 부엌으로 돌아가 잠이 들었다. (중략)

6.

나의 총은 1980년에 마지막으로 발사되었다.

아이는 무럭무럭 자라나 글을 배우고 어느 날 문을 닫고 들어가 자신이 생각한 것을 오래도록 쓰고 있다. 나도 늙은 개도 죽지 않고 맞이하는 어느 아름다운 날의 일이었다.

—「작가의 탄생」, 13~17쪽 부분

다른 하나는 작품들 사이의 반복이다. 이 시집에는 이따금 쌍둥이 같은 존재들이 등장할 뿐만 아니라(「로즈와 마리」, 「이인」, 「동인」), 표제작인 「작가의 탄생」처럼 동일한 제목의 작품들이 여러 차례 반복된다. 인용된 첫 번째 시편을 보면 '어머니'가 절대로 닮지 말라고 말했던 '나'의 '아버지' 이야기가 나온다. 아버지는 언제나 방 안에 앉아 신문을 뒤적이며 내게 물심부름을 시키는 사람이다. 어느 날 나는 아버지의 빈 컵을 식탁에 올려 두고 불현듯이 그 집을 떠난다. 나는 무심한 아버지 곁에 어머니를 홀로 남겨 둔 채 아무도 모르는 곳에서 살아가고 있다. 두고 온 시공간에 늘 매어 있는 나는 아버지와 어머니의 목소리가 들려오는 듯한 조용한 밤이면, 식탁 위에 올려 둔 빈 잔에 물을 채우는 풍경을 되뇌다가 잠이 들곤 한다.

동명의 아래쪽 시편은 시집의 맨 앞에 위치한 작품이다. 총 6장으로 이뤄진 시의 서두를 보면 1980년의 '나'는 누군가에게 총을 쏘았고, 총알은 그 사람의 배를 뚫고 지나갔다. 모종의 유비로 이어진 듯한 2장에서 나는 낳기도 전에 "죽은 아이를 배 속에서 꺼내어 묻고 아침이 올 때까지 엎드려 울었다." 이후에는 아이가 살아 있었으면 가능했을지도 모를 모습들이 애틋하게 그려지는 것처럼 보인다. 그런데 돌연 6장에 서술된 "무럭무럭 자라"난 아이의 모습은 이 시편을 처음부터 다시 읽게 만든다. 처음과 끝에 반복적으로 명시된 바에 따르면 총은 분명히 "1980년에 마지막으로 발사"된 것이 맞고, "네 아비를 죽인 총"이라는 표현으로 미루어 짐작하건대 그것은 아이의 생물학적 아버지를 향해 있었던 것 같다. 여전히 불명료한 것은 2장과 6장의 서술이다. 죽은 아이를 땅에 묻었다는 진술과 건강하게 자라나 "자신이 생각한 것을 오래도록 쓰고 있"는 아이의 모습 사이엔 논리적으로 양립할 수 없는 모순된 간극이 놓여 있다. 그렇다면 이 시편의 각 장들은 선형적으로 긴밀하게 이어진 이야기라기보다는, 가능했던 삶의 순간들이 조각조각 나뉘어 배치된 장면들에 가깝지 않을까.

파편적인 가능태들의 반복과 새로운 삶의 탄생 사이에서 주목해 봐야 할 것은 '나'와 '아이' 옆에 머물고 있는 '개'라는 존재이다. 해당 작품뿐 아니라 시집 전체에서 개, 혹은 그것으로 추정되는 형상을 한 이의 모습은 심심치 않게 등장한다. 가령 네 편의 「파로키」 연작에 묘사된 '파로키' 역시 목줄을 하고 있는 존재로 그려진다. 사람들은 파로키를 "불안의 근원"이자 "분열의 씨앗"(「파로키」, 22쪽)이라고 이야기하지만, 나에게 그는 삶을 함께하는 동반자 이상의 존재이다. 나는 "어미를 보고 따르는 새끼처럼"(「파로키」, 18쪽) 파로키의 삶의 방식을 배우고 그와 발맞추어 살아간다. 흥미로운 것은 내가 파로키를 처음 만나던 순간의 풍경이다. 누군가의 무덤이 파헤쳐지고 사체는 몸통만 겨우 남아 있는 그로테스크한 장면에서, "네가 엄마를 먹었니?"(「파로키」, 34쪽)라는 끔찍한 질문은 파로키와의 첫 만남과 겹쳐지며 묘한 배덕감을 낳는다.

반복되었던 앞의 작품들을 겹쳐 읽어 본다면 이때의 '개'는 어머니의 동반자로서 아버지의 흔적을 없애는 데 일조한 존재이자, 동시에 살점을 주워 먹음으로써 그들의 일부를 기이하게 계승하고 있는 존재인 듯하다. '해 줄 말'이 있다며 문을 두드리던 엄마의 전언이 나의 삶의 지침이자 저주로 작동했던 것처럼, 엄마의 죽음 이후에도 유령처럼 남아 있는 그 '개'의 존재에게서 나는 채무와 유산을 이중적으로 상속하고 있는 것 같다. 여기에 「로스빙」이라는 연작시의 시적 풍경을 덧붙여 볼 수도 있다. '로스빙'은 명확하게 "꿈에서 온 개"(「로스빙」, 41쪽)라고 명명되는데, 아버지의 무덤 옆에서 나를 기다리고 있던 로스빙은 그와 어머니의 삶을 반추하듯 나에게 보여 준다. 나와 나란히 걷던 로스빙은 긴 여정 끝에 구슬 하나를 땅에 묻는다. "우리는 곧 원래 있던 곳으로 돌아갈 것"이지만 그 구슬만은 "이번 생에서 얻은 것"(「로스빙」, 47쪽)이라고, 리셋이 되듯 처음으로 돌아갈 테지만 이번 회차의 반복된 실패를 통해 뒤에 어떤 씨앗을 남기게 될 것이라고 로스빙은 이야기한다.

연작(聯作)은 하나의 주제 아래 여러 개의 작품을 잇달아 짓는 일을 말할 것이다. 그것은 연속된 시리즈를 만들려는 형식적인 작업이기도 하지만, 단발로 완결되지 않을 잉여의 이야기가 있을 때 또는 발화를 덧붙여야 하는 필수적인 연유가 있을 때 행해지는 수행이기도 하다. 연이어 만들어지는 그 작품들을 존재의 탄생에 빗댈 수 있다면, 앞선 작품들 속에 등장하는 '나' 역시 '어머니'에게 잉여의 당위를 유산으로서 부여받은 연쇄적 존재라고 말할 수도 있을 듯싶다. 그러한 관점에서 본다면 연속체 내 각각의 삶의 조각들은 과거의 패턴을 계승하는 유사한 변주에 불과할 뿐일지도 모른다. 하지만 들뢰즈의 말을 잠시 빌린다면, 능동적인 행위의 반복을 가능케 하는 것 역시 그 낱낱의 '작은 자아'들일 것이다. 어쩌면 시인은 다양하게 조각난 그 과거들의 실패와 반복만이 "어느 아름다운 날"의 풍경과 새로운 존재의 탄생을 이끌어 내는 유일한 길이라고 믿고 있는 것은 아닐까.

동일한 시공간에서 수많은 과거의 선택지를 반복하는 타임 루프물의 문법은 현재의 문제를 해결하는 열쇠가 과거에 숨겨져 있다는 나이브한 장르적 관습을 답습하는 것일지도 모르지만, 과거의 조각들의 반복과 누적만이 훗날의 차이를 만들어 낼 수 있다는 관점에서는 꽤나 정확한 지점을 겨냥하고 있었던 것 같다.

시집 단위의 반복

정희와 순화가 동이 터 오는 부둣가에 앉아 소주를 마시고 있다.

리순화 언니야. 내가 얼마 전에 교회에 갔었거든.
윤정희 교회? 무슨 교회?

리순화 거기 무슨 이주자들 모임이 있다대. 그래서 가 봤지.

윤정희 근데?

리순화 거기 목사님이 좀 희한하대.

윤정희 뭐가?

리순화 하나님한테 좋은 거 달라고 기도하지 말라더라.

윤정희 그럼 뭐 한다고 교회를 간다니?

리순화 예수님이 태어났을 때 마구간에 있었잖아? 근데도 군말 없이 거기서 최선을 다해 살았다대? 하나님한테 좋은 거 달라고 한 적 없대.

윤정희 그 사람은 빵 하나 가지고 먹을 거 계속 만들고 그러지 않았니? 나도 그런 능력 있으면 좋겠다. 우리 같은 사람들이 계속 해서 태어나는 것이 지옥이 아니고 뭐겠니. 우리 고생하는 거에 대면 택도 없다.

리순화 그치. 택도 없지.

윤정희 그럼 무슨 기도를 하라니?

리순화 죄를 사하여 달라고?

윤정희 죄? 무슨 죄?

리순화 몰라.

윤정희 지금부터 너는 내 말 잘 들으라. 그 집에서 당장 나오라. 아니면 너가 죽어야지 끝난다.

리순화 언니야. 죽으면 다 끝나면 좋겠는데 그다음에도 자꾸 뭐가 있다고 그런다 그 사람들.

—「식물원」 부분

그리고 마지막은 시집들 사이의 겹침이다. 유진목 시인의 이전 활동을 함께해 온 이들이라면, 첫 시집 『연애의 책』에 실린 「리의 세계」라는 시편을 기억할지도 모르겠다. 위에 인용된 「식물원」에는 「리의 세계」 전문이 거의 그대로 담겨 있다. 대화에 참여하고 있는 '순화'는 아마도 다른 나라에서 한국으로 이주해 온 해외 동포인 것 같다. 순화는 자신보다 한참 나이가 많고 매사에 무심했던 '종태'와 살아가다, 성적 폭력과 냉대를 더 이상 견디지 못하고 그의 집에서 도망친다. 위의 부둣가 장면은 도망쳐 홀로 지내던 순화가 마음을 나눌 상대를 만나 자신의 이야기를 건네는 장면이다. 매 구절마다 행갈이가 나뉘어져 다소 모호하던 전작은 이 작품에 이르러 극본의 일부로 화했고, 잠재태로만 존재하던 '리'의 세계는 반복과 변주를 거치며 '리순화'의 구체적인 삶이 담긴 시나리오의 대사로 재탄생했다.

또한 위 시편은 두 번째 시집 『식물원』과 같은 제목을 공유하는 작품이기도 하다. 해당 시집은 독특하게도 빼곡한 숫자들로만 목차가 이루어져 있는데 그 안에는 수열처럼 증식해가는 수많은 생의 서사가 교차된다. 그 끄트머리에는 죽고 또 죽어도 다시 태어나는 한 존재의 이야기가 그려져 있다. 수많은 여성의 삶을 미리 경험한 '그'는 한 번은 태어나자마자 죽었고 다른 한 번은 태어나기도 전에 죽었다. 기이한 힘에 이끌려 다시 태어나는 일을 기다리고 있는 그에겐 또 다른 비참한 죽음이 기다리고 있을 것만 같다. 그리고 새로운 생을 꿈꾸며 도망쳤던 '순화' 역시 결말에 이르러 '종태'에게 죽임을 당한다. "계속해서 태어나는 것이 지옥"인 존재들, "죽으면 다 끝나면 좋겠는" 사람들에게 종결 뒤에 무수한 생의 연속이 기다리고 있다는 말을 전해도 되는 것일까. 이곳이 끝난 "그다음에도 자꾸 뭐가 있다"는 것, 영원한 죽음 없이 끔찍한 삶이 지겹도록 반복되리라는 사실은 어떤 이들에겐 신의 축복만큼이나 지독한 저주가 아닐까.

그럼에도 "나는 내가 살았으면 좋겠다"(시인의 말)라고 말하는 시인은 그 모진 저주를 감내하려는 것 같다. 아니 정확히 말하자면 그는 생의 틈새를 열어젖히기 위해 어떻게든 그 한없는 죽음을 반복해 낼 것이다. 그리고 훗날 우리는 마트료시카처럼 계속되는 너절한 생의 이면들 끝에서 시인이 건져 올린 이질적인 존재의 풍경 하나를 마주하게 될지도 모를 일이다.

2부

김수영의 시와 김현의 편파적 사심에 부치는 글

김현 평론가에 관해서라면 어떤 말을 꺼내야 할까. 김현은 김수영과 관련된 한 산문에서 이렇게 썼다. "그가 (……) 1968년에 죽은 것이 내 잘못은 아니다. 그것은 그의 운명이다."[1] 다소 매정하게 들릴 수도 있는 말이지만, 또 슬프게도 정확한 표현인 듯하다. 김현이 김수영에게 지녔던 이론적 투쟁심이나 이후 『거대한 뿌리』로 이어졌던 빛나는 해석과는 무관하게, 김수영 자신의 가난과 운명은 당대의 평론가였던 김현의 공과와는 하등 상관없는 것이었다. 일부나마 1960년대를 함께했던 문인들의 관계가 그러할진대, 하물며 1990년에 세상을 떠난 한 평론가의 삶과 운명이 현재의 나와 구체적인 접점이 있을 리 없다. 그것 역시 나와는 별개의 것이다. 그렇다고 까마득한 후속 세대의 평론가로서 그의 이론적 고투에 대해 긴 췌언을 덧붙이기에는 허락된 지면의 분량이나 성격이 허락하지 않을 듯싶다. 하여 이 글은 김현 평론가에 관한, 정확히는 그가 남긴 글 일부에 관한 개인적인 추체험을 고백하며 그를 기리는 짧은 글이다.

1 김현, 「김수영을 찾아서」, 『상상력과 인간/시인을 찾아서』(문학과지성사, 1991), 392쪽. 이하 인용 시 쪽수만 표기한다.

시나 소설을 창작하려는 이들뿐 아니라 평론을 쓰려는 사람들에게도 으레 매혹적인 전범으로 남았던 저자나 텍스트가 있다. 다소 치기 어린 학부 시절, 여러 고전 중에서 반복하여 읽어도 쉽게 마모되지 않는 매혹을 줬던 비평가는 내겐 아마도 발터 베냐민과 김현이었던 것 같다. 우울한 파리를 사랑하긴 했으나 기본적으로 독일 철학과 유대주의 신학을 자신의 기반으로 삼았던 베냐민과, 역시나 말라르메와 바슐라르를 사랑했던 불문학자이긴 했으나 1960~1980년대의 한국문학을 비평하며 활동했던 김현 사이에서 어떤 공통점을 느꼈는지는 미지수이다. 다소 모호하긴 하지만 당시의 내게 그들의 비평은 건조하다기보다는 다소 축축하게 느껴지는 지점이 있었다. 이제 와 생각해 보건대 그것은 해당 비평가들의 분석과 문장이 지닌 어떤 단독적인 주관성 때문이 아니었을까 싶다. 그 비평에는 이론적인 날카로움과 더불어서, 그들이 분석하는 시편들처럼 단숨에 소진되지 않는 모호한 매력이 있었던 것 같다. 그때의 나는 원텍스트보다 베냐민과 김현이 바라본 해석적 틀과 시각을 통해, 보들레르를 접했고 한국의 시인들을 읽었다.

김현의 글을 또다시 만나게 된 것은 비교적 최근의 일이다. 대학원에 들어와 여러 학형들과 함께 김현 전집을 한 권 한 권 읽을 기회가 생겼다. 오랜만에 다시 읽게 된 텍스트가 반갑기도 했고, 그동안 중요한 주제론 위주로 드문드문 편식하여 읽어 왔던 김현의 글을 처음부터 훑어보게 되는 기회가 즐거워 기꺼이 함께하기로 했다. 여러 평론을 읽어 가면서 우연찮게도 가장 먼저 눈에 들어온 것은 '시인을 찾아서'라는 연재물이었다. 1974년 잡지《심상》에 매월 한 편씩 연재되었던 이 글들 속엔 김춘수, 김수영, 김종삼 등의 짧은 시인론이 실려 있다. 그중 앞서 언급한 김수영과 관련된 글에는 아래와 같은 대목이 있다.

월평이 과연 무엇을 다룰 수 있을 것인가라는 측면에서 보면 그는 옳지 않았다. 대체적으로 시를 읽는 사람이라면 누구나 느끼는 것이겠지만 시가 발표될 때마다 따로 그것을 읽어서 좋은 시인이 있고 시집으로 그것이 묶여졌을 때 함께 읽어야 그 진면목을 알 수 있는 시인이 있다. 그것을 생각하면 월평에서는 한 시인의 시인다움이나 시적 가능성보다는 한 시인의 모습을 가장 올바르게 전해 줄 수 있는 시를 독자들에게 이해시킬 수밖에 없다. 월평은 하나의 가교에 지나기 않기 때문이다. 사견을 더욱 진술해도 괜찮다면, 나는 월평은 문화부의 전문기자가 담당해야 한다고 생각한다. 죽을 때에야 필자가 갈리는 그런 월평이다. 그런 월평이 많아야 비평가는 안심하고 '그의' 생각을 개진할 수 있다.(396쪽)

위 언급이 나온 맥락은 이렇다. 신문의 문예란이 지금보다 크게 활성화되어 있었던 1968년경, 당시 《조선일보》의 월평은 김현, 박두진, 김수영의 세 사람이 합평을 한 결과를 발표해 내놓는 방식으로 진행되었다고 한다. 그때마다 김현은 김수영과 논쟁을 벌였다고 고백한다. 김수영은 매번 김현의 월평이 지나치게 형식 위주라고 비판했다. 김현은 자신의 글과 접근 방법이 시의 완결성을 전제하고 있다는 점을 인정하면서도, 월평이라는 매체적 조건을 고려하지 않은 그에 대한 나름의 항변이자 반박으로서 위와 같은 말을 했다.

이 글을 읽을 때쯤 나는 월평이나 계간평 등의 밀린 마감에 허덕이며 고민과 회의에 빠져 있었던 것 같다. 우선 그것은 개별 시편들의 매력이나 완성도보다는, 평론가로서 할 수 있는 말들에 맞추어서 각 작품을 추출하고 편집하는 작업에 개인적인 죄책감이 들어서였다. 그리고 무엇보다 문예지의 계간평이나 월평이라는 시스템 자체에 대한 고민이 있었다. 소영현 평론가가 "계간지를 존속시키기 위한 청탁"이자 "제도로서 유지되고 있을 뿐"인 "좀비 비평"[2]을 이야기했던 것처럼, 이 월평 혹은 계간평 등의 지면이 그 순기능에도 불구하고 종종 제도적인 관습이나 관성으로 배치되어 있다는 느낌을 완전히 떨쳐 내기 힘들었기 때문이다. 누군가 나의 글을 찾아 주었다는 순수한 감격과 최근 발표된 작품들을 함께 따라 읽고 있다는 충만한 즐거움에 글을 써 나가다가도, 남을 글이 아니니 너무 소모되지 말라고 말해 주던 주변 사람들의 조언들은 진심으로 나를 걱정해 주는 말이었기에 더욱 슬프게 다가오곤 했다.

그래서였을까. 김현의 다른 글에서 자주 보이는 이론적 치열함도 아름다운 문장의 수사도 느껴지지 않는 위 구절에서 나는 홀로 마음이 움직였다. 그의 말대로 많은 문예지의 지면에서 낱낱의 작품으로 시를 대면하는 감각과, 시집의 물성과 함께 집합체로서의 시를 마주하는 감각은 분명히 별개의 감각들이다. 따라서 그에게 월평이란 한 시인의 모습을 온전히 보여 줄 수 있는 어떤 단면들을 꺼내어, 그것을 읽는 이에게 전달하는 가교의 역할에 가까웠던 것 같다. 누구보다 활발하게 현장 비평을 행해 오던 그였기에 월평에 관해 가볍게 언급했던 말일 수도 있지만, 고전 텍스트처럼 느껴지던 그의 글에서 부분적이나마 실체적인 공명점을 찾게 되어서, 또 1974년에 월마다 연재된 '시인을 찾아서'가 한 명의 시인론에 가까운 새로운 형식을 선보인 것은 이 1968년의 월평에 관한 고민 이후 그가 택한 나름의 돌파구와 해답이었던 것만 같아서 새삼 기뻤다.

시와 시인에 대한 김현의 생각을 들여다보기 위해, 그와 김수영이 벌였던 월평에 관한 논박을 조금만 더 이야기해 보자. 김현이 그렇게 한 명의 시인을 고스란히 드러낼 수 있는 시를 택해 완결성 있는 형식의 글을 써내려 했던 것과는 달리, 김수영은 자신이 극복해야 할 만큼 뛰어난 작품을 만나면 그 질투가 끝나기 전까진 월평을 쓰지 않았다고 한다. "그런 사심이 가시기 전에는 비평이란 씌어지는 법이 아니"라고, 그 시인의 시를 극복하는 작품을 쓰고 나서야 "비로소 그를 비평할 수 있는 차원을 획

2 소형현, 「좀비 비평 혹은 비평의 유령」, 『올빼미의 숲』(문학과지성사, 2017), 55쪽.

듣"(397쪽)하는 것이라고 김수영은 말했다. 이러한 '사심'은 시를 창작하는 시인과 시를 해석하는 평론가의 차이인 것일까, 아니면 김수영과 김현 개인의 성향 차이인 것일까. 둘은 시적 취향에서도 완전히 대립된 성향을 지녔던 듯하다. 김수영이 그답게 쥘 쉬페르비엘과 같은 파격적인 시인을 선호한 반면, 김현은 발레리와 말라르메처럼 시적인 세련됨을 극단으로 추구한 시인들을 사랑했다. 그래서인지 김현은 김수영을 두고 다음과 같이 말했다. "그의 시와 인간을 이해하기 위한, 혹은 그를 이론적으로 굴복시킬 수 있는 힘을 기르기 위한 나의 내적 투쟁이 시작되었다."(392쪽)

김현이 누구보다 '이론적 실천'을 강조한 평론가였음은 알고 있었으나 그 이론적 투쟁이 시인을 향한 이토록 사사로운 감정과 승부욕으로 시작되기도 했다는 것이, 무엇보다 이 솔직함이 사후의 시인을 기리는 듯한 글에서 언급되었다는 것이 내게는 조금 충격적이었다. 어떤 시를 보고 그것을 넘어서는 작품을 쓰겠다는 쪽의 사심이 기형적인 것일까, 아니면 굴복이라는 표현을 꺼낼 정도로 그것을 온전히 이해하는 글을 써내겠다는 쪽의 사심이 기형적인 걸까. 김현은 다른 글에서도 종종 비슷한 면모를 보인다. 김춘수와 김수영을 비교하며 서로 대립되는 두 사람의 시와 시론을 언급할 때도, 그는 "김춘수 씨의 단정한 어조·멋냄·미식 취향(美食趣向)에 비하면 김수영 씨의 술·폭언·자기 옹호는 대단한 대조를 이룬다"며, "극단적으로 대립되는 시론을 제시한 두 시인들의 삶 역시 그렇게 대조적"[3]임을 지적한다. 물론 그렇다고 해서 김현이 시인의 삶과 시 작품을 등치시키는 단순한 관점을 견지한 것은 아니다. 그는 기초적인 혹은 일차원적인 정신분석적 해석을 경계하며, "견강부회하지 않기 위해서는 작품에 나타난 바에 의거하는 길밖엔 없다."[4]라고 늘 강조했다. 그러니까 그의 편파적 사심은 철저히 시 텍스트를 경유해서 발생한 셈이다.

3 김현, 「김춘수를 찾아서」, 같은 책, 389쪽.

실제로 김현이 역겨움을 느꼈다던 김수영의 일면 또한 「전향기」를 읽은 후 생겨난 감정이었다. 그리고 김현은 깨알만 한 글씨보다 더 작게 시를 쓰는 「이 한국문학사」의 김수영과, 비겁한 민주주의에게 안심하라고 말하는 「H」의 김수영과, 언론의 자유 대신 설렁탕집 주인과 싸우는 「어느 날 고궁을 나오면서」의 김수영을 몇 년 동안 읽고 나서야 그에게 가지고 있던 오해를 내려놓았다고 한다. 아니 사실 그마저도 김수영에 대한 것이 아니라, 「전향기」를 경유하여 읽었던 그 김수영에 대한 오해를 풀었다고 보는 편이 정확할 것이다. "내가 「전향기」를 읽었을 때, 그것은 그의 자기 위악처럼 느껴졌다. (……) 그러나 1965년경부터 나는 그가 그러한 그 자신을 우울하게 반성하고 있다는 것을 보여 주는 시편들에 접할 수 있게 되었다."(397~398쪽)라는 표현이라든가 "자기 학대가 무엇을 의미하는지 깨닫게 된 나는 그의 전향을 소시민의 자기 위악적 제스처라고 생각하지 않기로 하였다."(399쪽)라는 표현은 그렇기에 꽤나 증상적이다. 시를 이해함으로써 그를 이해하겠다는 김현의 사심은 이러한 방식으로 이뤄진 것일까. 아마도 나는 그의 이론적인 치열함 못지않은 이토록 강렬한 주관성에, 달리 말하자면 그 자신의 사사로움을 정당화하기 위해 이론적으로 쌓아 나가는 그 '편파적 보편성'의 작업 전체에 매혹되었던 것인지도 모르겠다.

김현이 김수영을 그리는 글의 마지막은 이렇게 끝난다. 그는 김수영의 여동생이자 《현대문학》의 편집장이었던 김수명을 만나 그의 시에서 자주 반복되었던 '슬픔'과 '설움'이라는 시어에 관해 듣는다. 김현은 그가 실로 슬퍼한 것은 무엇이었는지 질문을 던지고는, 지하에 묻힌 시인은 말이 없다며 글을 끝맺는다. 김현이 왜 이런 방식으로 글을 끝맺었는지 정확한 이유는 알 길이 없지만, 어쩌면 그것은 슬픔과 설움이라는 김수영의 시어

4 김현, 「상상력의 두 경향」, 같은 책, 84쪽.

를 통해야만 그를 향한 스스로의 슬픔을 읽어 낼 수 있었기 때문은 아니었을까. 물론 지하에 있는 평론가 또한 아무 말이 없다. 그의 시를 거쳐야만 치열하게, 미워하고, 대립하고, 인정하고, 끝내 이해했던 시인의 애도를 끝마칠 수 있었던 한 평론가의 사사로운 마음 하나를 본다.

가장 특별한 순간의 시집

윤동주 시집 『하늘과 바람과 별과 시』

한국문학사를 돌이켜 보면 셀 수 없을 정도로 많은 시집들이 각자의 사연을 담고 세상 바깥으로 나왔을 테지만, 윤동주의 이 시집만큼 가파른 운명의 등락을 겪은 시집도 드물 것이다. 잘 알려진 것처럼 『하늘과 바람과 별과 시』는 윤동주가 연희전문학교 졸업을 앞두고 있었던 1941년 겨울에 묶은 시집이다. 윤동주는 자필로 세 권의 필사본을 만들어 하나는 자기 것으로 하고, 나머지는 스승 이양하와 친우 정병욱에게 선물했다. 다행히 정병욱에게 준 한 권이 남아 있어, 윤동주의 시집은 세상의 빛을 볼 수 있었다. 정병욱의 누이동생 정덕희의 증언에 따르면, 그 시집은 오빠가 학병으로 끌려가 있는 동안 귀중품을 숨겨 놓던 마루 밑 비밀 공간 안에 보관되어 있었다고 한다.[1]

시집의 생명을 이어 준 것이 정병욱이라면, 그것을 처음 세상에 알린 것은 강처중의 공이었다. 강처중은 연희전문학교를 졸업한 후 경향신문에서 기자 일을 하고 있었다. 윤동주의 사후 그는 경향신문 지면에 친구의 유고 시를 소개했다. 그 작품에는 당시 신문의 주필이었던 정지용의

1 송우혜, 『윤동주 평전』(서정시학, 2016), 467쪽.

글이 함께 실렸다. 1948년 1월 윤동주의 3주기에 맞추어 『하늘과 바람과 별과 시』가 정식으로 출간되었는데, 정음사에서 발간된 이 시집의 서문과 발문을 맡은 이가 바로 정지용과 강처중이다. 다만 이 시집은 윤동주가 직접 묶은 자필 시집보다 좀 더 확장된 것이라는 점에서 주의를 요한다. 정음사에서 출간된 『하늘과 바람과 별과 시』 초판본은 총 3부로 이루어져 있다. 1부에 실린 시편들이 윤동주가 직접 만든 시집의 작품들이다. 2부는 일본 유학 시절 윤동주가 강처중에게 편지로 써서 보냈던 작품들이고, 3부는 「간」, 「참회록」 등 우리에게도 잘 알려진 윤동주의 유고 작품들로 구성되어 있다.

이들은 모두 윤동주의 창작물이 분명하고 편편이 뛰어난 작품들로 이뤄져 있어, 시집으로 함께 묶이는 일에 크게 문제가 있는 것은 아니다. 다만 이 초판본 시집이 윤동주가 세상에 내보이고 싶었던 시집과 완전히 일치하는가 하는 점에 대해서는 생각해 볼 여지가 있다. 더욱 문제가 되는 것은 이후 증보되어 출간된 또 다른 시집이다. 1955년 2월, 윤동주 10주기를 기념하여 많은 작품들이 새로이 더해진 『하늘과 바람과 별과 시』 재판본이 다시 정음사에서 출간된다. 이 시집은 크게 5부로 구성되어 있으며, 앞서 발간된 초판본의 작품에 더해 윤동주의 습작 노트, 산문 등이 추가로 삽입되어 있다.[2]

시인이 작품을 발표하는 일에는 선택과 배제의 의사가 개입된다. 따

2 유성호에 따르면, 이 시집의 5부 구성은 『정지용 시집』의 구성을 그대로 따른 것이라고 한다. 재판본 시집의 편집에 참여한 동생 윤일주와 친우 정병욱은, 윤동주가 동경했던 정지용의 시집의 편제를 참조해 시집을 만들었다. 『정지용 시집』은 각각 1부 최근작, 2부 초기 시편, 3부 동요 및 동시, 4부 신앙시, 5부 산문시의 구성으로 이루어져 있다. 이를 참조한 『하늘과 바람과 별과 시』 재판본은 1부 자필 시, 2부 동경 시편, 3부 연대가 기입되지 않은 작품들, 4부 동요, 5부 산문으로 구성되어 있다. 더욱 자세한 논의는 유성호, 「세 권의 『하늘과 바람과 별과 時』」, 《한국시학연구》 51호(한국시학회, 2017) 참조.

라서 발표의 의사가 있었던 작품과 그렇지 않은 작품은 세밀히 구분되어야 할 필요가 있다. 특히나 습작 노트에 남겨진 작품들은 윤동주 시의 원형적 형상을 살펴볼 수 있다는 점에서 매우 중요한 연구 자료이자 텍스트이지만, 윤동주의 시 세계를 평가하는 자료로 사용하기엔 미흡한 부분이 많다. 정작 시인은 퇴고와 정제를 거치지 않은 그 원고들이 세상 바깥으로 나오기를 바라지 않았을지도 모르겠다. 무엇보다 어떤 작품들이 모두 작가 본인의 것이라 할지라도, 그것이 하나의 시집으로 묶일 수 있느냐의 문제는 또 별개의 것이다. 특히 윤동주처럼 작품들 간의 배열, 상응, 흐름까지 섬세하게 고려한 시인의 시집이라면 더더욱 그렇다. 그러므로 조금 보수적으로 판단해 본다면, 윤동주의 의사가 반영된 '시집'으로서의 『하늘과 바람과 별과 시』는 그가 직접 선택하고 묶었던 19편의 작품에만 붙여 주어야 하는 이름이 아닐까.

> 죽는 날까지 하늘을 우르러
> 한점 부끄럼이 없기를,
> 잎새에 이는 바람에도
> 나는 괴로워했다.
> 별을 노래하는 마음으로
> 모든 죽어가는 것을 사랑해야지
> 그리고 나한테 주어진 길을
> 걸어가야겠다.
>
> 오늘밤에도 별이 바람에 스치운다.

위 시편은 「서시」라는 제목으로 잘 알려진 윤동주의 작품이다. 정음사에서 출간된 초판본과 윤동주가 원고지에 정서했던 자필본은 일부 맞춤

법의 차이가 있긴 하나 내용은 같다. 다만 초판 시집에는 '서시'라는 표기가 달려 있는 반면, 자필 시집에는 아무런 표시도 되어 있지 않다. 이 작품엔 본래 어떠한 제목도 달려 있지 않았으나, 초판본 출간 당시 맨 앞에 있는 시라는 의미에서 기재된 '서시'라는 표기가 이후 마치 제목처럼 통용되어 버렸다. 어쨌든 윤동주가 제일 앞에 놓아둔 이 작품은 여러모로 시집의 서두를 장식할 만한 작품인 듯하다. 작품 속에 등장하는 '부끄러움', '괴로움', '별을 노래하는 마음', '죽어 가는 것에 대한 사랑' 등은 『하늘과 바람과 별과 시』 전체를 관통하는 키워드라고 말해도 크게 틀리지 않다.

하지만 정작 이 시편은 죽어 가는 모든 것을 사랑하겠다는 다짐이나 자신에게 주어진 길을 묵묵히 걸어가야겠다는 의지의 표현으로 마무리되지 않는다. 부러 한 줄 여백을 둔 시의 마지막 문장은 "오늘밤에도 별이 바람에 스치운다."라는 표현으로 끝을 맺는다. '별'은 이 시집 내내 일관되게 나타나는 어떤 이상, 아름다움, 꿈 등으로 선명히 읽히고, '바람'은 "잎새에 이는 바람"에서도 알 수 있듯 그 꿈을 좌절시키는 힘이자 유한한 실존적 존재의 한계 등으로 읽힌다. 그러니까 이 시는 희망적인 다짐이나 경건한 의지 표명으로 마무리되는 것이 아니라, 그 후에도 여전히 내게 멀리 떨어져 있는 이상과 그것을 좌절시키는 현실의 풍경 하나를 보여 주는 것으로 종결되는 셈이다. 이 같은 시적 긴장은 해당 작품뿐 아니라 시집 전체의 완성도를 높이는 데에도 크게 기여하는 듯싶다.

「서시」와 여러모로 짝을 이루는 시는 시집의 끄트머리에 위치한 「별 헤는 밤」일 것이다. 이 작품 속에서 나는 여전히 어두운 하늘의 별을 헤며 꿈과 아름다움을 노래하고 있다. 그러나 별이 아스라이 멀 듯, 아름다운 것들은 아직 내게 멀기만 하다. 그 별빛 아래에서 나는 자신의 이름을 흙 위에 끼적거려 보고는 어딘가 부끄러운 마음이 들어 이내 그것을 덮어 버린다. 밤을 새워 우는 벌레는 부끄러운 자신의 이름을 슬퍼하기 때문이라고 시인은 적는다. 최초의 육필 원고는 이 문장들 다음에 '1941년 11월

5일'이라는 탈고 일자를 적은 후 완결된다. 하지만 우리가 알고 있는 「별 헤는 밤」에는 다음과 같은 문장이 추가되어야 한다. "그러나 겨울이 지나고 나의 별에도 봄이 오면/ 무덤 우에 파란 잔디가 피어나듯이/ 내 이름자 묻힌 언덕 우에도/ 자랑처럼 풀이 무성할게외다."

이 구절에 얽힌 사연은 정병욱의 증언을 통해 잘 알려져 있다. 그는 최초의 「별 헤는 밤」 원고를 보고 어딘지 마무리가 허한 느낌이 든다는 감상을 윤동주에게 전했다. 윤동주는 그 감상을 듣고 난 후 정병욱에게 선물한 『하늘과 바람과 별과 시』에 마지막 네 줄을 추가했다고 한다. 확실히 위의 문장들이 추가된 이후 시는 조금 더 희망차게 완결된다. 다만 개인적으로는 조금 아쉬운 느낌이 든다. 별빛 아래에서 자신의 이름을 희미하게 적어 보는 모습만으로도, 또한 그것이 부끄러워 금세 흙을 덮어 버리는 풍경만으로도 윤동주의 『하늘과 바람과 별과 시』는 충분히 아름답게 마무리될 수 있지 않았을까. 희망찬 다짐만으로 쉬이 종료되지 않았던 「서시」처럼 「별 헤는 밤」도 그렇게 끝나면 좋지 않았을까 하는 개인적인 아쉬움이 있다. 아마도 그것은 내가 좋아하는 윤동주의 모습이 그러한 쓸쓸함, 부끄러움, 조심스러움 등에 가깝기 때문일 것이다. 시편 내내 '~ㅂ니다'로 조심스레 종결되던 어미가, 갑작스레 자신감에 찬 듯한 '~게외다'로 끝나는 것도 그 이질적인 느낌에 한몫했던 듯싶다. 물론 이는 어디까지나 주관적인 감상일 뿐, 시집 전체적으로 본다면 정서적 성장을 이룬 마무리라는 점에서 좋은 완결인 것 같다.

이 같은 점층적 과정과 흐름을 보여 주는 시편들은 시집 내에서 더러 발견된다. 가령 차례차례 실려 있는 「태초의 아침」, 「또 태초의 아침」, 「새벽이 올 때까지」, 「무서운 시간」, 「십자가」는 모두 윤동주의 신앙과 관련된 시편들이다. 문익환과 윤일주의 증언에 따르면, 윤동주는 연희전문학교 3학년 시절, 신앙에 깊은 회의를 느꼈다 한다.[3] 꾸준히 습작을 이어 오던 그는 그해 말까지 1년이 넘도록 시를 쓰지 못했다. 그러다 이듬해 초

2월부터 5월 사이, 「태초의 아침」을 포함한 5편의 종교 시편들을 연달아 써낸다. 이 연이은 작품들 속에는 어린 꽃으로 피어난 윤동주에서부터 꽃처럼 피어나는 피를 조용히 흘리겠다고 다짐하는 윤동주에 이르기까지, 그의 신앙의 탄생, 고민, 다짐의 흐름들이 뚜렷이 담겨 있다.

몇 년 전 『하늘과 바람과 별과 시』의 복간 시집이 커다란 인기를 끈 적이 있었다. 윤동주의 일대기를 다룬 영화의 개봉 시기가 맞물려서이기도 했을 것이다. 어찌 됐든 그 덕분에 해당 년도 한국 시집의 전체 판매량은 전년 대비 500퍼센트 정도 상승했다고 한다. 그의 시가 이처럼 오래도록 사랑받는 까닭은, 친일 혹은 반공 이데올로기 등에 휘말리기도 전에 사라져 영원한 청년으로 남아 버린 그의 비극적인 생애 때문이기도 하겠지만, 아름다움을 꿈꾸고 현실에 고뇌하며 부끄러워했던 한 인간의 삶과 흔적이 고스란히 남아 있는 그의 시의 투명함 때문이기도 할 것이다. 이토록 자신의 삶과 시를 밀접하게 일치시키며 성장해 나간 시인의 사례는 이제 다시는 찾아보기 힘들지도 모르겠다. 그런 점에서 『하늘과 바람과 별과 시』는 한국 시사에서 미학적으로 가장 뛰어난 시집이라고 말할 수 없을지는 몰라도, 가장 특별하게 빛났던 순간의 시집이라고 말할 수 있을 것 같다.

3 송우혜, 앞의 책, 260~261쪽.

'책임 없는 아름다움'

서정주의 시

어쩌면 삶은 시달림이 아닐까. 현생이 고통의 연속이라는 불교의 가르침을 받아들인다면, 삶의 다종다양한 고통의 양상들과 가장 잘 연결되는 술어 중 하나가 바로 '시달리다'이기 때문이다. 우리는 격무에 시달리고 박봉에 시달리며 번민에 시달리고 병마에 시달린다. 이 단어는 어감상 순우리말일 듯싶지만, 실제로는 한자 '시다림(尸茶林)'에서 유래한 것으로 알려져 있다. 시다림이라는 한자는 산스크리트어 '쉬타바나(śīta-vana)'의 음차에 해당한다.[1] 이는 옛 인도 왕국 마가다국의 북쪽에 위치했던 숲을 가리키는 이름이다. 이 숲은 죽은 이들을 내다 버리는 곳이자 그 시체들의 풍장이 치러지는 일종의 공동묘지였다. 일부 죄수들의 거주지까지 겸하게 된 그곳은 범죄, 질병, 죽음, 공포 등이 뒤섞인 현세의 작은 지옥이었다.

속세의 고통을 압축해 놓은 듯한 그곳에 고행을 원하는 구도자들이 찾아오기 시작했다. 그 숲에서 의식과 설법을 행하는 승려들은 '시다림 법사(尸茶林法師)'라는 이름으로 불렸다. 그들이 행하던 법식은 신라, 고려,

1 박호석, 『불교에서 유래한 상용어 지명 사전』(불광출판사, 2011), 278쪽.

조선을 지나 현재에도 여전히 남아 있다. 그렇게 잔존한 '시달리다'라는 단어 속엔 수행자들이 겪었던 각종 고통과 그것을 감내했던 삶의 태도 등이 고스란히 녹아들어 있는 셈이다. 일부일 뿐이지만 이는 불교적 사유와 경험이 우리가 무의식적으로 사용하는 일상의 단어에까지 영향력을 미치고 있음을 잘 보여 주는 사례이다. 그리고 그런 불교적 언어와 상상력을 시의 극한까지 끌고 간 한 시인이 있다.

> 서녘에서 부러오는 바람 속에는
> 오갈피 상나무와
> 개가죽 방구와
> 나의 여자의 열두발 상무 상무.
>
> 노루야 암노루야 홰냥노루야
> 늬발톱에 상채기와
> 퉁수ㅅ소리와
>
> 서서 우는 눈먼 사람
> 자는 관세음.
>
> 서녘에서 부러오는 바람속에는
> 한바다의 정신ㅅ병과
> 징역시간과

위에 인용한 시편은 1940년《문장》에 발표된 서정주의 「서풍부」 전문이다. 그의 시를 다루려 할 때마다 걸리게 되는 문턱은 자연인 서정주의 행적일 것이다. 아름다운 시와 아름답지 못했던 그의 삶의 불일치는 매번 어떤 실망감을 자아내곤 한다. 이 글에서 서정주 시의 미학성을 이용해 그의 삶의 태도를 정당화하려는 의도는 전혀 없다. 오히려 시와 삶의 어긋남이 한 시인의 작품 세계 일부를 해명해 줄지도 모른다는 약간의 기대만 있을 뿐이다.

이 시편은 제목 그대로 서쪽에서 부는 바람을 노래한 작품이다. 사실 '서풍부(Ode to the West Wind)'는 영국 낭만파 시인 퍼시 셸리의 동명 작품으로 더 유명한 이름이다.[2] 셸리 시의 "겨울이 오면, 봄 또한 멀지 않으리.(If Winter comes, can Spring be far behind?)"라는 마지막 문장은 자주 인용되는 구절이다. 이때의 서풍은 차가운 현실 너머에 존재하는 따스한 희망으로 선명하게 읽힌다. 일견 서정주의 서풍 역시 비슷한 맥락으로 이해될 법도 하다. 그의 작품 전반에서 서쪽이라는 방향성이 지니고 있는 의미를 떠올려 본다면 더욱 그렇다. 그곳은 '달'님이 머무는 곳이자 '진달래 꽃비'가 나리는 곳이다.[3] 불교에서 서방정토(西方淨土)는 서쪽으로 십만억 불토를 나아가면 닿을 수 있는 아미타불의 정토이자 극락세계인데, 일반적으로 서정주의 서쪽 역시 이러한 이상향의 이미지를 담고 있다.

하지만 작품을 조금 더 자세히 들여다보면 사정은 다소 달라진다. "서녘에서 부러오는 바람" 속에서 느껴지는 것들이 현실 저편의 이상적 세계에 속한 것들이라고 말하기엔 무리가 있는 듯하다. 그것들은 우선 "오갈피 상나무", "개가죽 방구", "나의 여자의 열두발 상무", "해냥노루", "발톱"

2 '노래(ōidē)'라는 그리스어에서 유래한 '오드(ode)'는 운율을 지닌 장중한 서정시를 뜻한다. '송가(頌歌)'나 '부(賦)' 등으로 번역된다. 한편 부는 『시경』에서 시의 내용에 따라 분류된 여섯 가지 항목 중 하나인데, 『문심조룡(文心雕龍)』을 저술한 유협은 이를 '아름다운 채색을 펼치고 무늬를 이룩하여 사물을 묘사하고 뜻을 표현하는 것'이라고 정의했다.

3 『법화경』에서는 부처와 함께하는 상서로운 징조로 축복의 꽃비가 내리는 '우화서(雨花瑞)'를 언급하고 있다. 이 같은 풍경은 불국토를 상징하기도 한다. 부처에게 꽃을 뿌리는 '산화공덕(散花功德)' 역시 비슷한 정경의 이미지를 그리고 있다.

의 "상채기", "통수ㅅ소리" 등이다. "오갈피 상나무"는 시인의 다른 작품에서도 반복되듯 오갈피 향나무의 구어적 표현인 듯싶다.[4] "방구"는 북이나 소고와 비슷한 농악의 타악기이고 주로 얇은 개가죽을 덧씌워 만들어진다. "열두발 상무" 역시 농악에 쓰이는 상모이다. "상채기"는 아마도 생채기일 텐데, 하필이면 "홰냥노루" 발톱의 상처이다. "노루야 암노루야 홰냥노루야"라는 점층적 호명과 단어의 어감에서 유추할 수 있듯, "홰냥"은 비속어 '화냥'을 의미하는 것 같다. 여기에 퉁소 소리가 겹쳐 흐른다. 이 시어들의 의미망을 명확히 규정하기는 어려우나, 그것들이 냄새든 소리든 통각이든 선명한 육체적 감각성을 띠고 있음은 분명해 보인다. 그리고 그 감각은 현실 너머 서쪽 피안의 속성과 잘 어울리지 않는 것이 사실이다.

이 시편이 현실의 육체적 감각들로 채워진 것이라면, 여러 부처와 보살의 형상 중에서 시인이 "관세음"보살을 택한 것은 일관성이 있어 보인다. 관음 역시 내세보다는 현실 세계에 적을 둔 보살이기 때문이다. 『관음삼매경』에 따르면, 관음은 석가보다 먼저 성불한 부처이나 고통에 시달리는 중생을 구제하기 위해 보살의 몸으로 현세에 남았다고 전해진다. 다만 이 작품에서는 그 관세음보살마저 조금 달리 그려진다. 고통에 울부짖는 중생이 자신의 이름을 부르기만 해도 곧바로 그 음성을 듣고 중생을 구원하리라던 관음은 이제 본인이 "우는" 얼굴을 하고 있다. 세상의 모든 소리를 본다는 이름에 걸맞지 않게 그는 "눈먼 사람"이 되었고, 스스로의 서원을 망각한 채 잠을 "자는" 중이다. 이처럼 「서풍부」에는 불교적 상상력으로 구성된 영원의 상과 그것을 현실로 끌어내리는 몸의 감각이 서로 부딪

4 서정주의 네 번째 시집 『신라초』에는 「오갈피나무 향나무」라는 작품이 실려 있다. 이때의 오갈피나무는 "오시는 님 문전(門前)에" 놓여 임을 환대하는 시적 소재로 사용된다. 한편 김춘수 또한 「눈물」이라는 시에서 오갈피나무를 반복해 그렸다. "밤에 보는 오갈피나무,/ 오갈피나무의 아랫도리가 젖어 있다."라는 구절 등에서 미루어 짐작하건대 이 작품의 오갈피나무는 성적인 육체성의 이미지로 차용된 듯하다. 김춘수는 서정주의 「서풍부」와 동일한 제목의 시를 남기기도 했다.

치며 호응하고 있다. 그 불일치의 감각은 현세의 시간을 "징역시간"으로 간주하는 서정주 초기 시의 유폐 의식에서 비롯된 것인지도 모른다.[5] 종교적으로는 다소 불경스럽게 느껴질 수도 있으나, 이 작품이 지닌 독특한 미학이 그 충돌과 모순의 감각으로 성취되었다는 사실은 부인하기 어렵다.

물론 이러한 시적 긴장은 『화사집』 이후 『귀촉도』와 『신라초』를 거치며 점차 수그러드는 경향을 보였고, 『동천』에 이르러 대부분 해소된 듯 보인다. 그의 시가 단순히 현실성을 상실하게 되었다는 것이 아니라, 현실의 모순을 소거한 만큼의 다른 아름다움을 얻게 되었다는 이야기이다. 표제작 「동천」은 그 절정에 있는 작품이다. 그는 육체적 시달림의 불을 꺼트리는 대신 겨울 하늘처럼 맑은 정신의 순결함을 획득했다. 서정주는 기존의 부족 방언이 다다르지 못한 미답의 경지를 개척했고, 현실과 무관했던 그의 시를 닮은 '책임 없는 아름다움'[6]을 얻었다.

5 김옥성은 『화사집』에서 발견되는 유폐감이 일차적으로는 기독교의 절대 타자 앞에서 느끼는 감정이나, 서정주 초기 시의 시적 주체들은 그것을 거부하고 자력적인 초월을 도모하는 양상을 보인다고 이야기한다. 김옥성, 『한국 현대시의 전통과 불교적 시학』(새미, 2006), 162~177쪽 참조.

6 황현산, 『말과 시간의 깊이』(문학과지성사, 2002), 476쪽.

이상과 카프카의 서로 다른 '변신'

근대의 효용이 다해 가는 것 같은 현재에 이르러 '근대'라는 시대의 정신은 부정적인 것으로 인식되거나 극복해야 하는 것으로 간주되는 경향이 있다. 우리 시대는 저물어 가는 근대의 황혼기에 서 있는 듯 보이기도 한다.[1] 하지만 이상이 태어났던 20세기 초의 조선에서 '근대'라는 것은 새로운 시대정신 혹은 도래하는 희망 같은 것을 일정 부분 담고 있었을 것이다. 이상의 텍스트를 근대로부터의 탈주로 읽어 내든 근대를 향한 내파

1 물론 이와 다른 견해를 가진 이들도 많다. 대표적으로 하버마스는 '근대'라는 이름으로 시작된 기획이 실패하거나 끝나 가는 것이 아니라, 아직 미완성인 상태에 불과하다는 의견을 피력한다. 그에 따르면 '체계(System)'는 기능적으로 작동하는 사회의 행정·경제 체제들을 의미하고, '생활세계(Lebenswelt)'는 그것들에 정당성을 부여해 주는 문화적인 배경 혹은 맥락들을 의미한다. 근대의 합리적인 '체계'들은 인식, 도덕, 교육, 문화 등의 합리성들을 기반으로 성립될 수 있었다. 하지만 자본주의 제도와 행정적 체계들이 스스로의 기반이 되었던 생활세계를 역으로 침투하고 식민화한다는 데서 근대의 역설과 폐해가 발생한다. 하버마스는 이성 그 자체를 도구적인 것으로 폄하할 것이 아니라, 체계의 논리가 생활세계의 영역을 향해 무비판적으로 확장되는 이성의 기능주의적 성격을 비판해야 한다고 주장한다. 생활세계의 정당성을 근거로 체계가 작동할 수 있도록, 동시에 문화의 성찰이 일상 혹은 제도로 전환될 수 있도록, 그것들을 논의할 수 있는 합리적 의사소통의 영역이 닫히지 않아야 함을 강조한다. 위르겐 하버마스, 이진우 옮김, 『현대성의 철학적 담론』(문예출판사, 2002), 391~423쪽.

과정으로 이해하든 그 텍스트가 철저히 근대적 인식론을 기반으로 하여 출발했고, 그의 시와 소설 역시 근대의 인식론적 맥락을 바탕으로 이해되어야 한다는 사실에는 이견의 여지가 크게 없을 듯하다.

근대의 인식론을 설명하는 방법은 무수히 많겠지만, 갈릴레이가 최초로 선언한 '기계적 확실성'으로 그 인식론의 시작을 설명할 수도 있겠다.[2] 그것은 인간의 '이성'을 통해 세상을 명확하게 설명할 수 있다는 맹목적인 믿음과 확신에 가깝다. 그러한 사고 과정은 비인간 존재-동물을 대하는 인간의 인식 또한 전근대의 그것과 다르게 만들었다. 동물에 대한 인간의 인식이 전근대적인 것에서 점차 근대적인 것으로 전환된 것이라기보다는, 근대적 인식의 급작스러운 개입과 변화가 근대 이전의 것들을 다시 배치하고 규명했다고 보는 쪽이 옳을 것이다.[3] 근대가 인간 본연의 무대였던 만큼 근대의 무대 위에서 인간과 동물은 별개의 것으로 인식되는 경향이 강했고, 따라서 근대 이전의 인간과 동물은 상대적으로 경계가 모호했던 것으로 전제되었다.

근대 이전의 인간이 자신의 몸을 동물로 바꿔 간다는 것은 '이해'의 일종이었다. 문명 이전의 사람에게 자연 상태의 동물은 온전히 이해하지 못하는 존재였을 것이다. 동물은 사람의 능력을 뛰어넘는 모습을 보여 주기도 하고, 때때로 사람에게 위협적인 존재가 되기도 했다. 그 몰이해의 동

2 이마무라 히토시, 이수정 옮김, 『근대성의 구조』(민음사, 1999), 112쪽.

3 이처럼 근대라는 것이 서사적인 연속성을 통해 탄생한 것이 아니라 급작스러운 충격과 사후적 재구성을 통해 탄생했다는 논리는 우리의 근대 문학사에도 적용해 볼 수 있다. 유성호는 한국 '근대시'가 '개화가사 → 창가 → 신체시 → 근대 자유시'의 내적 발전으로 형성되었다는 가설에 의문을 제기한다. 그것은 서사적 혹은 민족주의적 충동에 기반을 두고 만들어진 설명이라는 것이다. 연구자에 따르면 '근대시'는 근대적 시가 양식의 침입과 혼재를 거쳐, 1920년대 동인지 시대를 맞으면서야 본격적으로 그 싹을 틔우기 시작했다. 자세한 논의는 유성호, 「근대시 형성 과정의 제 문제」, 《한국시가연구》 37호(한국시가학회, 2014), 85~108쪽 참조.

물을 알아 가는 최초의 방식이 그것을 닮아 가는 방법이었다. 모방 혹은 미메시스라고도 부를 수 있을 이 방식은 알 수 없는 동물의 강인함을 자신의 신체에 구현하고자 하는 인간의 전략이었다. 여러 문화권에서 등장하는 동물의 토템은 그 구체적인 사례가 될 수 있다.[4] 무엇을 닮아 간다는 것은 나와 무엇을 구분하는 인식이 생긴다는 것이다. 인간은 변신이라는 중간적 매개 항을 통해 동물을 이해하게 되었고, 동시에 스스로를 동물과 구분할 수 있게 되었다. 다시 말해 변신은 동물과 인간의 경계를 가르는 행위이자 사건이었다.[5] 다수의 건국·창세신화 속에서 반복적으로 등장하는 변신의 모티프는, 동물의 영역에서 인간의 영역으로 넘어가는 표지석의 역할을 맡고 있는 것처럼 보인다.

이 시기에 나타나는 인간과 동물의 변신을 크게 구분해 본다면 두 종류가 있다. 하나는 인간이 동물로 변하는 형태이고, 다른 하나는 거꾸로 동물이 인간으로 변하는 형태이다. 전자의 변신은 대개 동물의 능력을 자신이 처한 상황에 이용하는 영웅적 인간의 형상으로 그려진다. 우리에게 잘 알려진 건국신화 중 주몽 신화에는, 주몽의 아버지로 알려진 해모수가 하백의 시험에 맞서 변신술을 선보이는 장면이 나온다.[6] 다양한 동물로의

4 물론 모든 동물의 토템이 동물의 강인함을 모방하는 것은 아니다. 어떤 부족의 토템은 자신들이 주식으로 삼는 동물을 대상으로 하는 경우가 있고, 또 어떤 부족의 토템은 숭배하지 않는 동물을 대상으로 하는 경우도 있다. 클로드 레비스트로스에 따르면 토템은 유사성의 원리가 아닌 인접성의 원리로 구축된다.(류재화 옮김, 『오늘날의 토테미즘』(문학과지성사, 2012), 34쪽) 이 논의를 따른다 하더라도 토템은 인간이 자연을 이해하는 능력과 밀접한 관계가 있다.

5 최원오, 「동물/인간의 경계와 욕망, 그리고 변신」, 《비교민속학》 53호(비교민속학회, 2014), 266쪽.

6 이규보의 「동명왕 편」을 보면 아래와 같은 대목이 나온다.
君是上帝胤 그대가 상제의 아들이라면/ 神變請可試 신통한 도술을 시험해 보세
漣漪碧波中 넘실거리는 푸른 물결 속에서/ 河伯化作鯉 하백이 잉어가 되자
王尋變爲獺 왕(해모수)은 곧 수달이 되어/ 立捕不待跬 몇 걸음 가지 않고 (하백을) 잡았다
又復生兩翼 이번에는 양 날개가 돋아/ 翩然化爲雉 꿩이 되어 날아가니

변신은 자연과 동물에 대한 이해의 깊이를 드러내는 것이다. 또한 동물의 몸을 하고 있음에도 불구하고, 야수의 광기에 함몰되지 않고 인간 스스로의 의지를 유지하는 비범한 능력을 나타내는 것이기도 하다. 서양 문화권에서 이와 관련된 신화를 찾아본다면 오비디우스의 『변신 이야기』가 대표적이다. 주신(主神) 제우스는 여성에게 추파를 던지려는 스스로의 의도를 성취하기 위해, 인간 형태의 몸을 동물로 바꾸는 능력을 발휘한다.

동물이 인간의 모습으로 몸을 바꾸는 변신도 있다. 이 경우에도 변신은 어떤 능력이나 비범함을 상징한다. 변신과 관련된 이야기에 자주 등장하는 뱀, 여우, 호랑이, 너구리 등과 같은 동물들은 다른 동물들에 비해 영묘(靈妙)하다는 인식이 깔려 있다. 그들은 사람의 모습으로 둔갑해 인간들에게 도움을 주거나 해악을 끼치고, 그 존재들은 대부분의 인간들에게 경외의 대상이 된다. 동물이 인간으로 바뀌는 변신 중에는 영원히 인간의 모습으로 남는 경우도 있다. 우리나라의 대표적 건국신화인 단군신화 속에서 곰은 영구히 인간으로 변한다. 이런 경우, 인간적인 요소가 동물 내부의 본질적인 요소로 체화되어 지속적으로 상속되는 경우가 많다.[7] 이러한 경우에도 그 동물은 신성하고 비범한 존재로 취급받고는 한다. 정리해보면 근대 이전의 변신은 인간이 자연 속 동물을 이해하는 하나의 전략으

王又化神鷹 왕은 또한 매가 되어/ 搏擊何大鷙 후려치는데 그 솜씨가 억셌다
彼爲鹿而走 사슴이 되어 달아나면/ 我爲豺而趨 승냥이가 되어 쫓아갔다
河伯知有神 하백은 (해모수가) 신통한 재주 있음을 알고/ 置酒相燕喜 술자리 벌이며 서로 기뻐하였다
(위 대목은 한국고전번역원이 제공하는 한국고전종합DB의 『동국이상국집(東國李相國全集)』 제3권 고율시(古律詩) 「동명왕 편(東明王篇)」에서 가져와 다소 수정을 거쳤다.)

7 김현주, 『토테미즘의 흔적을 찾아서』(서강대 출판부, 2009), 176~177쪽. 이러한 변신의 경우 사람으로 변한 동물이 인간과 혼인하는 결말로 이어지는 사례가 많다. 우리나라의 '구렁덩덩 신선비'나 '우렁각시', 외국의 '뱀신랑 설화'나 '여우 부인' 등의 이야기가 이에 해당한다. 특히 '뱀'은 허물을 벗는다는 태생적 특성 때문에 '변신'과 관련된 국내외의 여러 설화들에 자주 등장한다.

로 시작되었다. 그것은 대상을 닮아 가는 방식이었다. 변신은 인간과 동물의 점이지대로서 양쪽을 구분 짓는 경계선이 되었다. 그 경계를 건너뛴다는 것 혹은 경계선의 양쪽을 자유롭게 오간다는 것은 비범한 능력으로 여겨졌고, 그 능력을 보이는 존재는 경탄과 경이의 대상이 되었다.[8]

근대로 접어들면서 '동물 변신'에 대한 인식은 급격히 전환된다. 완벽하게 이해할 수 없었던 자연과 동물을 오롯이 이해할 수 있게 되었다고, 인간은 생각했다. 따라서 몰이해의 흔적으로 남았던 동물적인 광기나 습성들은 배제되고 소거되기 시작했다. 동물적인 요소는 근대 인간의 울타리 안에서 사라져야만 하는 것이 되었다. 늑대 인간은 이와 관련한 재미있는 사례가 된다. 늑대로 변신하는 인간에 관한 설화는 근대 이전에도 여러 지역에서 발견되지만, 보름달을 보면 광기에 휩싸이고 은으로 만든 물건이 아니면 해를 입힐 수 없다는 식의 괴담은 근대의 시작점에서 만들어진 것으로 보인다.[9] 또한 이 시기는 마녀사냥의 전성기와 정확히 겹친다. 일반적인 생각과 다르게 마녀사냥은 중세적 광기의 산물이 아니라, 비합리적인 대상을 설정하고 소멸시키려는 근대적 결벽증의 결과였다.[10] 마

8 물론 예외의 경우도 많다. 잘 알려진 장자의 호접몽(胡蝶夢)의 경우, 인간과 동물의 경계선을 구획한다기보다는 그 경계를 흐리는 쪽에 가깝다. 그래서인지 이 사례는 인간과 자연을 하나의 관점에서 설명하려 하거나, 인간 정체성의 허상을 짚어 내려는 시도들과 맞물려 자주 등장하고는 한다.

9 다케루베 노부아키의 『판타지의 주인공들』(임희선 옮김, 들녘, 2000)에 따르면, 16세기 이전의 전근대적 늑대 인간들은 일반적인 무기로도 상처를 입힐 수 있었다고 한다. 반면 근대 초기에 등장한 늑대 인간들은 은으로 된 총탄에만 상처를 입는 것으로 그려진다. 물리적인 무력감, 통제할 수 없는 광기 등 근대 이후 인간이 배제하려 했던 동물성을 집약적으로 형상화하고 있는 존재가 이 늑대 인간이었을 수도 있다.

10 마녀사냥을 근대 초기의 사회 형성과 관련지어 설명하는 흥미로운 논의들이 있다. 실비아 페데리치의 『캘리번과 마녀』(황성원·김민철 옮김, 갈무리, 2011)와 주경철의 『마녀』(생각의 힘, 2016)를 참조.

녀들은 불가해한 미신과 동물적 광기들을 한 몸에 떠안으며, 근대라는 제의의 희생물로서 불타 사라져 갔다.

근대 이전의 변신이 인간과 동물을 가로지르는 인식의 경계선으로 작용하긴 했지만, 그 속에서 인간과 동물 양쪽은 공존하고 있었다. 자연의 영역 속 동물은 어느 정도 미지와 경탄의 대상이었다. 근대의 급작스러운 개입 이후 양쪽의 경계선이 지워졌는데, 이는 조화라기보다는 일원화라고 보아야 옳을 것이다. 자연 속 동물의 영역은 인간의 영역 안으로 편입되기 시작한다. 그 확실성의 울타리 안에 있는 동물은 이제 미지의 대상이 아니라, 통제되고 관리받아야 하는 '가축'이 되었다. 그 가축들은 인간에게 근대 이전의 불확실함과 몰이해의 시절을 상기시킨다. 그것은 "먹고 잘줄아는 屍體"의 삶이며, "오늘이 되어버린來日"[11]을 끊임없이 반복하는 암흑과 몽매의 삶이다. 그렇다면 근대적 동물로의 변신은 능력의 발현이 아니라 무지를 향한 추락에 가까울 것이다. 이 변신은 형벌과도 같기에 자의로 일어나지 않는다. 다소 범박한 축약이지만, 이해의 편의를 위해 다음과 같이 두 항목을 대립시킬 수 있을 것 같다. 근대 이전의 변신은 비교적 자의적인 변화였다. 그것은 능력의 지표였고, 그 변신의 주체는 경외의 대상인 경우가 많았다. 반면 근대적인 변신은 상대적으로 비자발적인 변화이다. 이는 일종의 시대적 형벌이고 그 벌을 받는 존재는 혐오의 대상이 되었다.

> 부부는식물처럼조용하다. 그러나식물은아니다. 아닐뿐아니라여간동물이아니다. 그래서그런지그는이귤궤짝만한방안에무슨연줄로언제부터이렇게있게되었는지도모지기억에없다. 오늘다음에오늘이있는것. 래일조금전에오늘이있는것. 이런것은영따지지않기로하고 그저 얼마든지 오늘 오늘

11 이상, 「권태」, 김주현 편, 『증보 정본 이상 문학 전집 3_수필·기타』(소명출판, 2009), 127쪽.

오늘 오늘 허릴없이눈가린마차말의동강난視야다.[12]

이상 문학의 출발점이 근대적 인식론에 기반을 두고 있다는 것을 떠올려 보았을 때, 이상의 작품 속에서 나타나는 '동물 변신' 역시 근대적 형벌의 맥락 속에 있을 것으로 추정된다. 소설 「지주회시」의 주인공인 '그'는 "오늘다음에오늘이있"고 "래일조금전에오늘이있는" 하염없는 '오늘'의 반복 속에서 살아간다. 그 삶은 가축 같은 삶이며 "눈가린마차말의동강난視야"를 가진 암흑 같은 삶이다. 근대가 약속한 명료한 미래와 확실한 내일을 망각하고, 근대 이전의 불안했던 오늘의 반복 속으로 퇴행한 삶이기 때문이다. 이런 상황은 소위 카프카적이다. 어느 날 아침 불안한 꿈에서 깨어났을 때 벌레로 변한 몸을 발견한 그레고르 잠자의 경우처럼 원치 않게 찾아온 시대적 형벌이라는 점에서 그렇고, 스스로의 죄목을 사후에 구축해야 하는 이유 모를 형벌이라는 점에서도 그렇다. 이상의 「지주회시」와 카프카의 「변신」은 여러모로 대칭을 이룬다. 그레고르 잠자의 변신이 소설의 첫 문장에서 형벌처럼 선고된 것처럼, 「지주회시」의 주인공인 '그'의 가축 같은 삶도 소설의 첫 페이지에서 형벌처럼 선언된다. 갑작스러운 형(刑)이 주어지지만 그 죄목은 명확하지 않다. '그'는 "무슨연줄로언제부터이렇게있게되었는지도모지기억에없다."

또 거미. 안해는꼭거미. 라고그는믿는다. 저것이어서도로환투를하여서거미형상을나타내었으면 — 그러나거미를총으로쏘아죽였다는이야기는들은일이없다. 보통 바로밟아죽이는데 신발신기커냥일어나기도싫다. 그러니까마찬가지다. (중략) 그래도그는안해가거미인것을잘알고있다. 가만

12 이상, 「지주회시」 부분, 김주현 편, 『증보 정본 이상 문학 전집 2_소설』(소명출판, 2009), 233쪽. 이하 같은 작품 인용 시 쪽수만 표기한다.

둔다. 그리고기껏게을러서안해 — 人거미 — 로하여금육체의자리 — (或, 틈)를주지않게한다.(234쪽)

벌을 받고 있는 이가 취할 수 있는 가장 손쉬운 행동은 자신이 받고 있는 형벌과 죄목을 다른 누군가에게 전가하는 것이다. 이제 벌을 받는 동물은 "그"가 아니라 "거미"인 "안해"이다. "그"가 가축처럼 살아가고 있는 까닭은 "기껏게을러서" 아내로 하여금 "육체의자리"를 가질 틈을 주지 않기 위해서이다. 아내는 그의 벌과 죄를 모두 짊어지는 대속(代贖)물이 되었다.

'방' 안에서 '벌레'처럼 살아가는 그레고르 잠자와, 역시 "귤궤짝만한방안에"서 '가축'처럼 연명하는 주인공은 짝을 이루는 듯 보였다. 하지만 이상의 「지주회시」와 카프카의 「변신」의 대칭은 묘하게 어긋나는데, 그 시작점은 여기부터이다. 「지주회시」의 주인공인 남편의 변신과 형벌은 '아내'의 몫으로 전가되었다. 그렇다면 벌레인 그레고르 잠자와 대칭을 이루는 것은 남편이 아니라, '거미'인 '아내'이다. 남편은 피고인에서, 동물 변신이라는 형벌을 관찰하는 목격자로 전환되었다. 아내와 같은 구도에 놓이는 것이 그레고르라면, 이제 남편과 짝을 이루는 것은 그레고르의 누이동생 그레테이다. 이해의 용이함을 위해 도식화해 보면 아래와 같다.

「변신」과 「지주회시」의 인물 구도

	「변신」	「지주회시」
범인	그레고르	아내
목격자	그레테	남편

천시받는 동물에서 벗어나기 위해 범인에서 목격자로 자신의 위치를 옮긴 남편의 방식은 근대인 전반이 취했던 전략과 비슷해 보인다. 푸코가 그의 저서 『광기의 역사』 및 『감시와 처벌』 등에서 일관되게 주장했던 것처럼, 근대인들은 동물적인 요소들을 범죄의 울타리 안에 가두었다. 그 비정상성과 광기의 감옥을 따로 떼어 두고 나서야 근대는 스스로의 이성과 깨끗함을 보증받을 수 있었다. 형벌의 대속물이 된 아내의 모습은 근대 초의 '마녀'를 떠올리게 한다. 당시 이해할 수 없었던 사건들은 모두 마녀의 탓으로 떠넘겨졌고, 그 죄를 덮어쓴 마녀들은 화형을 당했다. 불확실함, 동물성, 광기, 비위생 등을 여성적인 것과 등가로 취급하는 것은 이미 익숙한 근대적 방식이다.[13]

> 거미 — 분명히그자신이거미였다. 물뿌리처럼야외들어가는안해를빨아먹는거미가 너 자신인것을깨달아라. 내가거미다. 비린내나는입이다. (237쪽)

그런데 이상의 「지주회시」는 한 번 더 뒤틀린다. 아내를 거미로 내몰았던 남편은 이제 "야외들어가는안해를빨아먹는" "내가거미"라고 말하고 있다. 힘들게 성취했던 목격자의 지위를 버리고 다시 스스로가 범인임을 자백하고 있다. 그것은 아내를 동물로 몰아세웠던 자신의 모습 속에 오히려 동물적인 광기가 숨어 있었다는 자기 고백이다. 근대의 새벽 위에서 인간성의 토대를 쌓았던 데카르트의 '코기토'를 떠올려 보자. 데카르트는 의심할 수 없는 '코기토'라는 전제를 성립시키기 위해, 자신의 감각과 판단을 끝없이 의심했다.[14] 자신이 꿈을 꾸고 있을지도 모른다는 감각적 오

13 테오도어 아도르노·막스 호르크하이머, 김유동 옮김, 『계몽의 변증법』(문학과지성사, 2001), 368쪽.

류, 자신이 악마 혹은 광기에 의해 생각을 조종당하고 있을지도 모른다는 판단의 오류가 그것이다. 그럼에도 그 의심을 행하고 있는 나의 생각 자체는 도저히 의심할 수 없는 진실이라는 것이 데카르트의 결론이었다.

하지만 푸코는 데카르트의 '코기토'가 광기를 외부의 것으로 배제할 때만 성립될 수 있는 것이라 주장했다. 꿈과 같은 감각의 오류들은 나의 생각과 별개의 것으로 존립할 수 있지만, 광기 등과 같은 판단의 오류는 나의 생각 자체를 불가능하게 만든다는 것이다. 광기와 코기토는 양립할 수 없으며, 광기를 예외의 것으로 떼어 두고 나서야 데카르트가 코기토의 보편성을 구성할 수 있었다는 것이 푸코의 설명이다.[15] 한편 데리다는 데카르트의 '코기토'가 오히려 광기를 기반으로 성립된 것이라고 주장했다. 그것은 내가 악마 혹은 광기에 사로잡혀 있을지라도, 나의 생각 자체는 여전히 의심할 수 없다는 자신감이자 확신이라는 것이다.[16] 데카르트의 '코기토'는 광기를 예외의 것으로 설정한 뒤 구성된 것이 아니라, 자신 속에 자리 잡은 광기의 내재적 초과를 통해 성립되었다는 것이 데리다의 설명이다.

한편 지젝은 데카르트를 둘러싼 푸코와 데리다의 논쟁을 다시 해석한다. 그는 '외부성(externality)'과 '외밀성(ex-timacy)'[17]의 개념으로 푸코와 데리다를 설명한다. 데카르트의 '코기토'가 어떤 광기들을 외부의 것으로

14 르네 데카르트, 이현복 옮김, 「제일철학에 관한 성찰」, 『성찰』(문예출판사, 1997), 34~55쪽 참조.

15 미셸 푸코, 이규현 옮김, 『광기의 역사』(나남출판, 2003), 113~117쪽.

16 자크 데리다, 남수인 옮김, 「코기토와 광기의 역사」, 『글쓰기와 차이』(동문선, 2001), 92쪽.

17 지젝은 「광기의 역사 속의 코기토」에서 푸코와 데리다의 비교를 통해 '외부성'과 '외밀성'의 두 개념들을 설득력 있게 제시하고 있다. 이와 관련된 더욱 구체적인 논의들은 슬라보예 지젝, 조형준 옮김, 「광기의 역사 속의 코기토」, 『헤겔 레스토랑』(새물결, 2013), 588~643쪽 참조.

규정하며 스스로를 구축했다는 것이 푸코의 설명이라면, 데카르트의 '코기토'는 그 내부에 있는 광기의 초과를 통해서 탄생했다는 것이 데리다의 주장이다. 다시 말해 푸코는 광기를 '코기토'의 외부적인 요소로 간주하고, 데리다는 광기를 '코기토'의 외밀한 얼룩이라고 정의 내리고 있다. 이 양쪽의 주장과 지적이 설정한 두 개의 개념들은 근대를 이해하는 데 매우 중요한 관점들을 제공한다. 근대의 이성은 비이성적이고 비합리적인 것들을 배제하면서 구축되었을 수도 있지만, 내부의 비이성적인 토대 위에서 성립된 것일 수도 있다. 예컨대 아우슈비츠는 이성 외부에서 발생한 예외적인 광기일 수도 있지만, 어쩌면 근대의 계량적 이성의 내부 속에서 외밀하게 발생한 사건일 수도 있는 것이다.

그렇다면 근대의 동물적 광기는 두 번 나타난다. 그것은 동물성, 몰이해, 야만, 광기 등으로 규정된 범인들의 범주 안에서 처음으로 나타난다. 그리고 스스로를 인간성, 이성, 문명, 명료함 등으로 규정하며 외부의 범인들을 바라보는 목격자들의 집단 속에서도 광기는 한 번 더 나타난다. 기계적인 확실성으로 세계를 설명할 수 있다는 확신, 이해하지 못할 것이 사라졌다는 맹목적인 믿음의 극단 자체가 어떤 광기의 일면을 드러낸다. 범인들 안에 가두면서 소거되었다고 여긴 그 동물적 광기는 이미 자신들의 내부 속에 '외밀하게(ex-timately)' 존재하고 있었다. 따라서 「지주회시」 속 주인공에게 '아내는 거미'이고 '나는 거미'일 수밖에 없다. 근대의 동물적 광기는 거미가 아니라 "거미와거미"(238쪽)로 두 번 나타나기 때문이다. 그 광기는 근대적 인간성이 배제했던 울타리 바깥의 어둠에서 엄습할 뿐만 아니라, 스스로 확신했던 이성 내부의 극단에서 홀로코스트의 검은 얼룩을 한 번 더 묻힌다.

낯선 몸으로 속삭이기

1 혼종의 몸과 지연된 주체

첫 이야기는 이렇게 시작된다. 두 명의 이방인이 롯이라는 사람이 살고 있는 도시에 찾아온다. 롯은 먹을 것을 내어주고 그들을 자신의 집에 숨겨 준다. 도시에 살고 있는 다른 사람들은 롯에게 외인들을 내어달라 요구한다. "이끌어 내라 우리가 그들을 상관하리라.(Bring them out to us so that we can have sex with them.)"[1] 롯은 두 딸을 대신 내어주며 이방인들을 보호한다. 두 번째 이야기는 다음과 같다. 그레이스라는 여인이 외딴 마을에 찾아온다. 그녀의 따스한 마음씨와 헌신적인 노력에 힘입어 마을 사람들은 점차 그녀에게 마음을 연다. 그러나 마을에 경찰이 나타나고 그레이스를 찾는 현상수배 전단지가 붙고 난 이후부터, 마을 사람들은 변하기 시작한다. 그녀에게 개 목줄을 채우고 노동 착취와 성적 학대를 행한다. 전자는 자크 데리다가 언급한 창세기 19장의 일부분이고 후자는 라스 폰 트리에 감독의 작품「도그빌」이다. 성경의 한 구절과 영화의 한 부분을

1 『한·영 성경 전서』(대한성서공회, 1987), 23쪽.

겹쳐 보는 까닭은 두 이야기가 어딘지 낯익은 윤리적 자세와 반응을 떠오르게 하기 때문이다.

> 두 손이 나를 사육한다. 두 발이 나를 길들인다. 나는 정확하게,/ 보폭을 유지한다. 건너편의 건너편의 건너편을 향하여,/ 붉은 등이 켜지면 외로운 자들만이 읽을 수 있는 한권의 책이 되기 위해,/ 나는 걸음을 멈추었다. 여행이란,// 횡단보도에는 어울리지 않는 것./ 나의 왼발이 그의 오른발에 섞여들고 그녀의 표정에 그의 시선이 뒤섞이는 지금을,/ 세계의 끝이라고 부르자. 신발의 종류와 헤어스타일, 그리고 교우관계에 이르러서야/ 완성되는 세계. 나는 이윽고,// 남녀노소가 되었다. (중략) 이곳은 신호등이 지배하는 장소라고 말하는 것은 쉬운 일. 자동차들은 세계의 끝을 향해 질주하고/ 나는 험상궂은 표정으로도 슬픔을 표현할 수 있다./ 그녀가 주문을 외우자 푸른 등이 켜졌다. 횡단보도는 건너편의 건너편의 건너편으로,// 이어졌다. 건너간다는 것은, 얼마나 쉬운 일인가. 횡단보도의 한가운데에 이르자 누군가의 목소리를 들은 듯 모두들 잠시 걸음을 멈추었다. 몇구의 시신이 이곳에서 발생했다. 신호등이 뭐라고 말하기 어려운/ 그런 빛깔로 바뀌었다.[2]

위의 시편은 이장욱이 그리는 세계의 풍경이다. 그곳은 나, 그, 그녀의 발과 시선이 뒤섞이는 혼종의 공간이다. 그렇게 "완성되는 세계"에서 시인은 다음과 같이 선언한다. "나는 이윽고,// 남녀노소가 되었다." 나와 타인을 하나로 묶는 일반적인 명칭은 '우리'이다. 그것은 '나'를 구심점으로 하여 타자들과의 관계를 정립시키는 일인칭 복수의 문법이다. 그러나 위의 시에서 나는 구심점이 아니라 그와 그녀가 머무르는 '장소(몸)'로서만 기능하는 듯 보인다. 남녀노소의 세계를 묶어 주는 매듭은 '외로움'이라

2 이장욱, 「세계의 끝」 부분, 『생년월일』(창비, 2011).

는 흐릿한 감정일 뿐이다. 이 세계의 문법 속에서 나는 삼인칭 복수로 기능한다. 이러한 풍경은 일견 당혹스럽다. 타자와 관계 맺는 시적 주체의 윤리적 태도가 불가능할 정도로 개방되어 있기 때문이다. 여기에서 우리는 두 이야기와 하나의 시를 포개어 볼 수 있다.

세 작품 속 '롯'과 '그레이스'와 '나'는 모두 타자를 지나치게 환대한다. '롯'은 자신의 딸을 희생시키는 한이 있더라도 이방인들을 보호하려 한다. '그레이스'는 정신적·육체적 수탈을 감내하며 마을 사람들과 공존한다. '나'는 외로운 그와 그녀를 위해 기꺼이 자신의 몸을 내어준다. 일반적인 관점에서 이들의 윤리적 태도는 비정상적이다. 이토록 타인에게 개방적인 삶을 현실의 윤리적 지침으로 삼는 일은 불가능할 듯싶다. 이 불가능한 윤리적 태도에 대한 반응은 크게 세 가지 정도로 예상된다. 우선 주체들의 행동이 지극히 비상식적이므로 그 윤리적 자세를 거부하는 반응이 있을 수 있다. 이는 현실의 시각으로 미학적 주체의 태도를 판단하는 입장이다. 미학의 현실 개입 가능성이 거의 없다. 두 번째로 예술적인 텍스트에 한정하여 주체의 행위를 인정하는 반응이다. 문학의 고유한 영역을 승인하는 열린 반응이지만 현실과는 여전히 거리를 두는 입장이다. 마지막으로 미학적 주체의 불가능한 태도를 이용하여 현실적 가능성의 폭을 넓혀야 한다는 반응이 있을 수 있다. 예술을 통해 현실의 가능성을 확장하려 한다는 점에서 이 관점은 긍정적으로 보인다.

마지막 관점을 받아들인다면, 미학은 스스로 건너뛴 불가능성의 거리만큼 현실의 새로운 길을 개척하는 전위의 이정표가 될 것이다. 그렇다면 우리는 타인에게 무조건적으로 열려 있는 주체를 윤리적 이상으로 삼고 "건너편의 건너편의 건너편으로" 지속적인 전진을 이어 가면 되는 것일까? 그러나 여기에서 잠시 걸음을 멈춰야 한다. 그리고 구심점이 소멸된 주체가 타인과 맺고 있는 불가능한 태도를 이장욱 시의 윤리적 지침표로 삼아도 될 것인가에 대해 질문을 던져 봐야 한다. 그것이 비현실적이거나 그른 태도라서가 아니다. 그 불가능성이 ⓐ'당위'가 아닌 ⓑ'조건'의 영역에 속하기 때문이다. 위의 시편에서 '나'는 타자를 위해 덜어 내고 ⓐ'사라져야만 하는' 존재가 아니라, 태생적으로 ⓑ'사라져 있는' 존재이다. 시인이 그린 풍경 속에서 그 존재는 근본적으로 텅 비어 있다. 애초부터 나는 "두 손"과 "두 발"에 "사육"당하는 숙주이다. 비워야만 하는 것이 아닌 본래 비워져 있는 것이라면, 나라는 '공간(몸)'이 그와 그녀로 채워져 있는 것은 당연한 일이다. 그렇다면 불가능한 쪽은 타자들로 채워지는 관계의 정립이 아니라 오히려 주체 그 자체의 옹립이 아닌가?

현실의 제약과 한계에 관한 토로는 간편하다. "이곳은 신호등이 지배하는 장소라고 말하는 것은 쉬운 일"이다. 불가능한 윤리를 자침으로 삼아 미학적 극으로 도약해 가는 방법 역시 시인에게는 어렵지 않은 일이다. "건너간다는 것은, 얼마나 쉬운 일인가." 불가능한 타자의 영역을 지속적으로 넓히며 전진해 가는 일이 하나의 미학적 강령으로 선행되었을 때, 현실은 뒤처진 거리를 좁히며 뒤따라와야 했다. 그러나 뒤를 보지 않고 달리던 시의 척후병에게 한층 더 어려운 임무가 떨어졌다. 이장욱이 일종의 역전을 시도한 것이다. 시인은 불가능하리라 여겨졌던 주체의 개방성을 목표가 아닌 전제로 전환한다. 즉 텅 비어 있는 주체와 그곳으로 관입하는 타자를 당위가 아닌 조건으로 받아들인다. 그리고 그 조건 아래 채워지지 않는 주체의 확보를 새로운 윤리적 목표로 삼는다. 끊임없이 미끄러지는 주체 또는 의미가 시인이 받아들인 시대적 조건이라면, 그가 발화하는 시의 지향은 미끄러짐이나 횡단이 아니라 "외로운 자들만이 읽을 수 있는 한권의 책이 되기 위해" "멈추"는 "걸음"에 있어야 하는 것이 아닐까.

> 드디어 외로워져서/ 밤마다 색인을 했다. 모든 명사들을 동사들을 부사들을 차례로 건너가서/ 늙어버린 당신을 만나고/ 오래되고 난해한 문장에 대해 긴 이야기를// 우리가 이것들을 해독하지 못하는 이유는 영영/ 눈이

내리고 있기 때문/ 너무 많은 글자가 허공에 겹쳐 있기 때문// 당신이 뜻하는 바가 무한히 늘어나는 것을 지옥이라고 불렀다./ (중략)/ 눈 내리는 밤이란 목차가 없고/ 제목이 없고/ 결론은 사라진// 나는 혼자 서가에 꽂혀 있었다. 누가 골목에 내놓았는지/ 꿈속의 우체통에 버렸는지/ 눈송이 하나가 내리다가 멈춘/ 딱/ 한 문장에서[3]

외로워진 나는 "눈 내리는 밤"마다 색인을 한다. 그것은 모든 명사, 동사, 부사들을 "차례로 건너가"는 작업이다. 그 끝없는 문장은 영영 해독되지 않을 것이다. 흩날리는 눈송이처럼 "너무 많은 글자가 허공에 겹쳐 있기 때문"이다. 그 속에는 어떠한 구심점도 없다. "목차가 없고/ 제목이 없고/ 결론은 사라"졌다. 끊임없이 미끄러져야 했던 수평적 주체의 횡단을 수직의 축으로 돌려놓는다면 다음과 같은 상상을 해 볼 수 있다. 우리는 어느 빌딩이나 절벽에서 떨어져 내리고 있는 눈송이들이다. 스스로를 자각한 순간부터 이미 낙하는 진행되고 있다. 공히 평등한 것은 지면에 닿는 순간이 모두에게 약속되어 있다는 사실이고, 불공평한 것은 낙하하는 빌딩의 높이가 전부 다르다는 사실이다.

추락은 곧 불가피성이다. 그 거부할 수 없는 중력 가속도에 시인이 대응하는 방법은 '순응'과 '지연'이다. 파국으로 운명 지어진 삶의 조건을 있는 그대로 받아들이는 것이 순응이라면, 그 시간을 늘리거나 멈추는 것은 지연이라고 할 수 있다. "뜻하는 바가 무한히 늘어나는" 눈보라의 "지옥"을 받아들이는 것이 순응이라면, "눈송이 하나가 내리다가 멈춘/ 딱/ 한 문장"에 머무르는 것은 지연이다. 시인에게 추락은 피할 수 없는 숙명이지만 잠시라도 중단되어야 하며, 주체는 텅 비어 있지만 채워져야만 한다. 말은 끊임없이 미끄러지지만 "그러나, 그럼에도 불구하고, 그렇

3 이장욱, 「내 인생의 책」 부분, 『영원이 아니라서 가능한』(문학과지성사, 2016).

게"(「시인의 말」, 『생년월일』) 발화되어야만 한다. 이런 방식으로 시인은 조건과 당위를 분별한다.

물론 이와 같은 윤리적 태도는 위험하다. 사소한 보편성마저 휩쓸어 버리는 시대의 파도와 "세계의 끝을 향해 질주하"는 "자동차들" 사이에서 순간의 지연을 위해 멈춰 서는 일은 자살 행위에 가깝다. 이미 "몇 구의 시신이 이곳에서 발생했다". 그러나 결국 시인은 "횡단보도의 한가운데에"서 "누군가의 목소리를 들은 듯" "잠시 걸음을 멈추"고 만다. 이러한 머뭇거림은 오래가지 못한다. 주체의 닻은 금세 떠내려가고 텅 빈 공간은 다른 존재들로 채워질 것이다. 하지만 그 산발적인 지연으로 인해 현실의 조건과 제약은 잠시나마 변화될 수 있다. 이미 "신호등이 뭐라고 말하기 어려운 그런 빛깔로 바뀌었다."

2 낯선 몸과 함께 밀고 나아가기

전위적인 미학을 담고 있는 시편들과 혁명적인 정치의 연결은 일견 자연스러워 보인다. 가령 전위적인 미학적 태도를 보이는 시적 주체는 현실 정치에서도 전복적이고 혁명적인 태도를 취할 것만 같다. 시와 정치는 밀접하게 연관되어 있는 듯하고, 언뜻 서로 손쉽게 섞일 수 있는 것처럼 느껴진다. 하지만 보다 자세히 살피다 보면, 시와 정치는 서로 관계없는 영역에 나뉘어 있는 것 같은 암담함을 느끼게도 한다. 우리는 역사적인 사례들을 통해 이를 목격하곤 했다. 파시즘에 열렬히 동조한 자들 중 적지 않은 수가 모더니즘 예술가였고, 마르크시즘에 목숨을 걸었던 이들 중 상당수는 고전적인 예술만을 사랑했다.[4] 이렇게 보면 미학과 정치는 서로

4 손쉬운 사례로 이탈리아 '미래파(futurism)'의 창시자 마리네티를 언급해 볼 수 있다. 미학적인

만날 수 없는 별개의 층위에 놓여 있는 것 같기도 하다.

이 미학과 정치의 간극을 연결해 내려는 노력이 랑시에르를 도입한 진은영의 시도였다. 말하자면 그것은 미학적인 '방법'을 정치적인 '목표'로 질적 변환시키려는 기획이었다. 미학적인 '감각'의 자율성을 위한 시, 정치적인 '분배'를 위한 시가 아니라 '감각을 분배'하려는 시이다. 그 전격적인 합치는 다소 정체되어 있던 실천적 미학의 새로운 가능성을 열었다. 하지만 담론의 쾌감에 상응하는 구체적인 입증이 뒷받침되었다고 말하기는 쉽지 않다. '문학 자체가 정치적 실천'이라는 선언은 그 자체로 아우라를 품고 있으나 말만으로 진실성을 규명하긴 어렵다.[5] 무엇보다 걱정스러운 점은 '예술'과 '사회'의 직접적 합치를 논할 때 그 사이에 매개된 '개인'은 자칫 등한시될 우려가 있다는 점이다. 미학적·정치적으로 올바른 담론의 압력 아래 개인들의 미세한 차이는 의도치 않게 소거될 여지가 있다. 가령 기존 감각의 파열을 꿈꾸는 랑시에르의 담론은 전위적인 태도를 보이는 시적 주체와 친연성을 지닐 가능성이 높다. 하지만 그와 다른 태도를 보이는 시적 주체들에게서도 별개의 실천적 가능성을 발견할 수 있다.[6]

측면에서 그는 전통의 감각을 부정하며 아방가르드 예술의 선두에 섰다. 하지만 정치적인 측면에서 그는 무솔리니 정권에 동조하고 그들의 사상을 열렬히 찬양했다.

5 소영현, 「공적 상상력과 감성적 사유」, 『올빼미의 숲』(문학과지성사, 2017), 185쪽.

6 개인이 세계 또는 타인과 마주하는 삶의 태도를 '윤리'라 부를 수 있다면, '미학'과 '정치' 사이에 놓인 개인의 윤리적 발화와 그 미세한 결들에도 귀를 기울여야 한다. 대문자 정치가 종언을 맞이한 듯한 시대 속에서 여러 담론들이 개인적 윤리라는 개념의 조탁에 힘써 온 이유는 그것이 나름대로 최대의 실천성을 띠고 있는 개념이기 때문이었다. 한편 진은영은 윤리학의 차원을 넘어서는 정치학을 이야기한다. 그녀는 노예와 주인의 사례를 언급한다. 선한 주인을 만난 노예는 비교적 인간적인 대우를 받을 수 있다. 하지만 악한 주인을 만난 노예는 채찍을 맞을 수도 있고 심지어 굶어 죽을 수도 있다. 따라서 소통의 권리 혹은 인간의 권리는 개인의 개별적이고 우연적인 특성에 기대어서는 안 된다. 그것은 윤리를 넘어 정치의 차원에서 논의되어야 한다. 더욱 자세한 논의는 진은영, 「소통, 그 불가능성의 가능성」, 『문학의 아토포스』(그린비, 2014), 271~306쪽 참조.

헌 신문지 같은 옷가지들 벗기고/ 눅눅한 요 위에 너를 날것으로 뉘고 내려다본다/ 생기 잃고 옹이진 손과 발이며/ 가는 팔다리 갈비뼈 자리들이 지쳐 보이는구나/ 미안하다/ 너를 부려 먹이를 얻고/ 여자를 안아 집을 이루었으나/ 남은 것은 진땀과 악몽의 길뿐이다/ 또다시 낯선 땅 후미진 구석에/ 순한 너를 뉘였으니/ 어찌하랴/ 좋던 날도 아주 없지는 않았다만/ 네 노고의 헐한 삯마저 치를 길 아득하다/ 차라리 이대로 너를 재워둔 채/ 가만히 떠날까도 싶어 묻는다/ 어떤가 몸이여[7]

위 시편은 내가 너에게 행하는 일련의 사과를 그리고 있다. 이때의 '나'는 비교적 명확한 주체의 인식을 지닌 존재로 읽힌다. '나'의 발화 방식은 일반적으로 인지되는 서정시의 문법 같기도 하다. 서정이란 전통적으로 주체가 외부와 만나면서 겪게 되는 경험과 그것에서 비롯되는 주체의 인지적·정서적 반응에 가장 직접적인 자기 근거를 두기 때문이다.[8] 주지하다시피 최근의 미학 혹은 철학적 논의에서는 주체를 일종의 환상으로 바라보는 경향이 강하다. '나'를 중심으로 구축되는 문법의 바깥을 발화하려는 시도들이 이미 다수 존재하기도 한다. 그것은 우월한 위치에 서 있는 서정적 주체에 대한 비판으로 작용한다. 하지만 상대적으로 안정된 주체의 입을 통해 발화되는 모든 시편들에 대해 그와 같은 비판을 하는 것은 정당한 일일까?

위의 시 속에서 내가 바라보는 너의 모습은 안쓰럽다. "가는 팔다리", "옹이진 손과 발"이 애처로이 느껴진다. 나의 사과는 너를 "뉘고 내려다보"며 행해진다. 확실히 나는 너보다 물질적 또는 시선적 우위에 서 있는

7 김사인, 「노숙」, 『가만히 좋아하는』(창비, 2006).

8 유성호, 「'서정'은 무엇인가」, 『침묵의 파문』(창비, 2002), 66쪽.

것처럼 보인다. 그렇다면 이 사과는 위계의 비대칭을 기반으로 하여 이루어진 셈이다. 열위에 있는 대상을 향한 나의 감정은 언뜻 '동정'의 일종 같기도 하다. 시인, 누추한 타인, 동정 등의 키워드를 통해 보들레르의 잘 알려진 산문시 한 편을 떠올릴 수 있다. 「가난뱅이들을 때려눕히자!」[9]라는 시편에서 그는 구걸을 요청하는 걸인에게 주먹을 휘두른다. 얼마 못 가 그는 거지에게 도리어 얻어맞는다. 안온한 물질적 혹은 사회적 조건 속에서 시인은 남루한 걸인에게 동정을 베풀 수 있을 만큼 우월하지만, 그 조건이 무의미해지는 상황이 닥친 순간 비렁뱅이에게 얻어터질 만큼 무기력하다. 해당 작품을 통해 보들레르는 자신과 거지의 상황적 위계를 허물어트리는 시적인 자각과 행동을 보여 준다. 싸움이 끝난 후 그는 거지와 기쁘게 돈을 나눠 가진다.

보들레르의 작품 속에 나타난 시적 주체의 태도를 염두에 두고 「노숙」을 다시 들여다보자. 작품 안에서 너에 대한 나의 태도를 짐작할 수 있는 직접적인 분절들은 세 군데이다. "미안하다", "어찌하랴", "가만히 떠날까도 싶"다는 부분들이다. 처음의 '미안함'은 "너를 날것으로 뉘고 내려다본" 관찰 이후 느끼게 된 감정이다. 시적 주체가 대상과 대면한 뒤 이 같은 감회에만 젖어 있었다면 시는 동정의 발로에 머물러 있었을 수도 있다. 그러나 두 번째 마디에서 시는 조금 달라진다. 나의 '어찌할 줄 모름'은 "너를 부려" 집과 먹이를 얻었던 과거와 "진땀과 악몽의 길"로 남아 있는 현재의 간격에서 발생한다. 수동적일 수 있는 동정의 감정은 나의 결여를 깨닫는 능동적 자각으로 바뀌었다. 마지막 부분에서 시는 한 번 더 굴절한다. 너를 만나 감회와 자각을 겪은 나는 '떠나려고 하는' 행동의 초입까지 다다른다. 정서에 한정되지 않고 행동의 경계까지 나아갔다는 점에서 이 변화는 실천적이다. 그리고 시의 끄트머리에 이르러 지금까지 사과

9 샤를 피에르 보들레르, 황현산 옮김, 『파리의 우울』(문학동네, 2015), 130~132쪽.

를 받던 대상이 바로 나의 '몸'이었음이 밝혀진다. 나의 익숙한 안정감은 마지막 구절에서 한순간에 낯설어진다. 더 이상 몸은 나의 명령을 따르는 부속품이 아니다. 오히려 나는 몸에 기생하는 삶을 살아왔다. 그렇다면 위의 시는 몸의 노숙이 아니라, 몸에 노숙하고 있는 나의 이야기로 읽힌다.

해당 시편에서 내가 '몸'이라는 타자를 맞이하는 윤리적 방식은 '닮아 가기'에 가깝다. 닮아 간다는 것은 오랜 시간의 침입과 마모가 동반된다는 것이다. 시에서 나를 변화시키는 동인이 단순히 타자와의 접촉에만 국한되는 것은 아니다. 너를 만나 관계 맺었던 세월, 몸을 부렸던 날들과 "좋던 날"들의 굴곡진 풍화작용이 주체의 점진적 변화의 기반을 이루고 있다. 그것은 사랑하는 부부가 서로를 닮아 가듯 나와 네가 지니고 있는 날 선 귀퉁이가 무뎌지고 닳아서 둥글게 얽히는 과정이다. 그 '닮아 가기'는 '무엇'에 닮아 가는 것보다는 '무엇과 무엇'이 서로 닮아 가는 쪽에 가깝다. 또한 닮아 가는 긴 시간 속엔 서로를 향한 끌림 못지않게 각자의 공간을 인정하는 거리감이 필요하다. 그것은 "차라리 이대로 너를 재워 둔 채" 나는 "가만히 떠날까도 싶"을 정도의 심리적 거리이다. 이것은 주체와 타자가 쉽사리 어느 한쪽으로 기울지 못하게 만들어 주는 윤리적 틈새이다. 그것은 마치 썩지 않기 위해 살며시 벌어진 대나무들 사이의 틈과 같다. 그 틈새를 통해 나와 너는 서로를 시간에 내어다 말릴 수 있는 바람길을 확보한다. 이와 같은 거리는 시인이 대상을 대하는 겸손함에 기인하는 것이고, 우리가 느끼는 어떤 감동 또한 그 겸허함에 빚을 지고 있다.

> 날이 저무는 일/ 비 오시는 일/ 바람 부는 일/ 갈잎 지고 새움 돋듯/ 누군가 가고 또 누군가 오는 일/ 때때로 그 곁에 골똘히 지켜섰기도 하는 일// '다 공부지요' 말하고 나면 좀 견딜 만해집니다.[10]

10 김사인, 「공부」 부분, 『어린 당나귀 곁에서』(창비, 2015).

"누군가 가고 또 누군가 오는" 만남과 이별이 "갈잎 지고 새움 돋"는 오랜 시간 동안 몸 안에서 닳고 닳았지만, 그것에 휩싸이거나 매몰되지 않고 "그 곁에 골똘히 지켜섰"는 겸허한 거리 두기가 "다 공부지요"라는 나직한 한마디에 함축되어 있다. 물론 '공부'라는 단어는 '나'라는 인식 주체의 연속성을 분명하게 드러낸다는 점, 발전하는 나를 전제한다는 점에서 일부 비판의 여지가 있을 수도 있다. 하지만 그것은 주체의 오만이나 환상이라기보다는 고단한 삶을 "견딜 만"한 것으로 만드는 '희망의 원리'(에른스트 블로흐)에 가깝다. 공부(工夫, 功夫)라는 시어 속에는 나와 몸이 함께 쌓은 혹은 쌓아 갈 시간에 대한 믿음이 굳건하게 깔려 있다. 완성될 것이라고 믿는 어딘가를 향해, 시인은 "천년쯤을 기약하고" "한없이 느린 배밀이로 오래오래"(「달팽이」) 나아간다.

3 분신들의 메아리

첫 번째 메모는 동그란 코안경을 낀 산타클로스 광고판 위에 붙어 있었다. 나는 나 자신과도 공통점을 갖지 못한다. 편지광 유우는 여전히 카프카적으로 방황하고 있었다. 나는 그 노란 포스트잇을 떼어 호주머니에 넣었다.[11]

앞서 살펴본 작품들은 몸을 매개로 한 시적 주체의 인식과 태도를 그려 냈다. 주체와 몸에 관한 재미있는 상징이 있는데, 그것은 바로 '변신'이다. 변신과 관련된 상상은 꽤 유서 깊어서 신화나 설화 속에는 변신이나 둔갑을 하는 존재들이 더러 등장한다. 변신이 중요한 주제로 등장하는 대

11 이제니, 「편지광 유우」 부분, 『아마도 아프리카』(창비, 2010).

표적인 고전 중에는 오비디우스의 『변신 이야기』가 있다. 그 거대한 서사시 속에서 제우스는 황소, 백조 등 여러 모습으로 몸을 바꿔 가며 여성들에게 추파를 던진다. 이때 흥미로운 것은 변신한 그의 모습을 여신인 아내 헤라조차도 쉽게 알아채지 못한다는 점이다. 헤라가 몸을 바꾼 제우스를 쉽게 알아보지 못했던 까닭은, 그의 몸에 일어난 변화가 그를 완전히 다른 존재로 만들었기 때문이다. 실제 제우스는 백조의 몸과 정체성을 지닌 채 스파르타의 왕비 레다와 관계를 가진다. 이후 레다는 알을 낳기도 한다. 이처럼 제우스의 몸에 일어났던 변화는 주체의 실질적인 변화를 일으켰다. 이는 몸과 주체가 서로 동조하고 일치했던 신화시대의 행복한 단면이다.

근대 이후의 변신이라면 역시 카프카가 떠오를 수밖에 없다. 그레고르 잠자의 변신이 제우스의 그것과 다른 점은 크게 두 가지이다. 첫 번째는 그 변이가 자의가 아니었다는 점이다. 제우스의 변신이 스스로의 욕망을 충족하는 수단이자 주신의 권능으로 사용된 데 반해, 그레고르의 변신은 어느 날 아침 원치 않는 형벌처럼 주어진다. 두 번째 중요한 차이는 여동생을 비롯한 가족들이 벌레로 변한 그를 그레고르 잠자로 인식하고 있었다는 점이다. 이는 몸이 바뀌었음에도 주체 그 자체는 변화하지 못한 근대의 슬픈 불일치이다. 일반적인 근대의 인식론 아래에서 '몸'은 더 이상 주체와 대등하게 동조하는 대상이 아니다. 크리스테바가 언급한 것처럼 근대의 주체는 몸과 관련된 실체적 요소들을 열등하고 불결한 것으로 간주하고, 그것들로부터 스스로를 분리하려 애쓴다. 그것은 청결과 위생에 따른 생리적인 이유 때문이기도 하지만, 이질적인 요소들을 배제함으로써 주체의 명료한 정체성을 구현하려는 인식론적인 이유 때문이기도 하다.

하지만 그렇게 억압되고 격리되었던 '몸'은 그레고르의 변신처럼 갑작스레 그 실물감을 드러낸다. 그것은 내 안에 통제되지 않는 무언가가 있다는 것, 나는 내가 아닌 것으로 이루어져 있을지도 모른다는 불안과 자각이다. 그렇기에 이제니가 위의 시편에서 "나 자신과도 공통점을 갖지 못"하는 "방황"은 "카프카적"이라고 말했을 때, 그것은 정확한 형용이다. 신화시대의 꿈에서 깨어난 어떤 주체들은 자신의 몸, 자신의 외밀한 타자들과 일치되지 못한다고 느낀다. 그 불일치는 그레고르 잠자가 어느 날 아침 불안한 꿈에서 깨어났을 때 발견했던 자신의 모습처럼 불현듯 주어진 시대감각이다. 그리고 이런 변신을 하는 시도 있다.

> "새는 냄새가 거의 나지 않습니다. 새는 스스로 목욕하므로 일부러 씻길 필요가 없습니다."// 나도 모르게 소리 내어 읽었다 새를/ 키우지도 않는 내가 이 책을 집어 든 것은/ 어째서였을까// "그러나 물이 사방으로 튄다면, 랩이나 비닐 같은 것으로 새장을 감싸 주는 것이 좋습니다."// 나는 긴 복도를 벗어나 거리가 젖은 것을 보았다.[12]

정확히 하자면 이것은 변신이라기보다 '분신'이라고 말해야 할 것이다. 주체와 몸, 주체와 외밀한 타자의 불일치가 시대의 증상이라면 그것에 마주하는 시적 주체의 태도가 곧 시의 윤리적 대응일 것이다. 혼종의 타자들로 가득 찬 몸 안에서 불가능한 주체를 일으켜 세우려는 끈기도, 낯선 몸과 합일하며 조금씩 나아가리라는 확고한 믿음도 지니지 못한 평범한 이들은 어떻게 해야 할까. 근래의 몇몇 주체들이 사용하는 방법 중 하나는 분신을 만드는 일이다. 분신은 나를 대신하는 가상의 몸이다. 불현듯 갸각하게 된 낯선 몸의 실물감을 직시하거나 감당하지 못하는 이들은 가상의 깨끗한 몸을 만든다. 그 분신은 어떠한 불화도 없이 있는 그대로의 나를 흉내 내어 발화한다. 황인찬이 수많은 새들의 선택항 중에서 '구

12 황인찬, 「구관조 씻기기」 부분, 『구관조 씻기기』(민음사, 2012).

관조'를 택한 이유는 그것이 사람의 말을 가장 잘 흉내 낼 수 있는 새이기 때문은 아닐까? 우리는 나르키소스와 에코의 일화를 기억한다. 물에 비친 자신의 몸과 직접적으로 접촉하거나 소통할 수 없었던 나르키소스는 자신의 목소리를 따라 하는 에코의 잔향만을 들을 수 있었다. 어쩌면 사랑하는 존재와의 교감이 불가능할 때 행할 수 있는 유일한 발화는 흉내뿐인 메아리일지도 모른다.

다시 이제니로 돌아가 보자. '카프카적' 불일치를 해결하는 그녀의 분신은 "노란 포스트잇"이다. 시인은 포스트잇이라는 가상의 몸을 앞세워 자신의 말을 건넨다. 포스트잇을 통한 말 걸기는 어딘가 기시감이 느껴지기도 한다. 김애란은 「노크하지 않는 집」에서 서로의 실체를 대면하지 않는 다섯 명의 여성이 포스트잇으로 대화하며 살아가는 이야기를 그렸다. '포스트잇'은 매우 매력적인 분신이다. 나의 모습을 숨긴다는 점에서도 그렇고 타인의 대답을 얻지 못하는 상처에서 자유롭다는 점에서도 그렇다. 그곳은 자신의 장소(몸)를 타인에게 침범당하지 않으면서 본인의 이야기를 발화할 수 있는 공간(분신)이다. 구관조와 포스트잇이라는 분신들은 주체의 익명성을 유지하면서도 주체의 이야기를 온전히 드러내는 2차적 발화자가 된다. 물론 이러한 분신은 나의 실체적인 몸이 아닐뿐더러 그것을 통한 소통은 나와 타인 간의 직접적인 교류가 아니다. 분신은 실체가 아니기에 "냄새가 거의 나지 않"고 "씻길 필요가 없"다. 그럼에도 시인은 어떤 예감을 안고 물이 퉐 때를 대비한 설명을 읽는다.

> 문에 붙어 있던 그것을 책상 위로 옮겼다 새의 주검을 옮긴 것도 아닌데// 미열을 만져본 것 같다// 들어오고 나갈 때 쳐다보면 조금씩 움직였다// 축축한 살을 밀어내며 겹눈을 뜨는 생물처럼/ 차례차례 발이 돋는// 서서히 몰아다가 한꺼번에 덮치는 것이라면 그곳의 해안을 닮았으므로 바깥은 몰려드는 발소리로 커지고 안에서 바깥을 상상하는 이후의 모든 것에

> 는// 이웃이 있다는 듯/ 이웃과 이웃으로 이루어진 마을이 있다는 듯// 이미 그것이 있었다// 그녀가 오기 전에 그녀가 오려고 하기 전에 그녀가 있다는 생각을 하기 전에[13]

예민한 감각을 지닌 어떤 주체들은 가상으로 만들어진 분신에게서 미묘한 위화감을 발견한다. 그것은 분명 움직일 수 없었던 존재들이 "쳐다보면 조금씩 움직"였던 것만 같은 위화감이다. 감당할 수 없는 몸의 실물감을 애써 외면하며 스스로 통제할 수 있는 가상의 분신을 만들었던 것인데, 도리어 그것이 "축축한 살을 밀어내며 겹눈을 뜨는 생물처럼" 혼자서 살아 움직이는 것 같이 느껴진다. 임승유는 한 발 더 나아가 내가 만들어 내기 전부터 그것이 존재하고 있었던 것은 아닌지 의심하기 시작한다. "그녀가 있다는 생각을 하기 전에" "이미 그것이 있었다"고 그녀는 생각한다. '그것(it)'은 내가 상상한 "이후"(post)에 만들어진 분신이지만, 동시에 그것은 나 이전에 "이미"(pre) 존재하고 있었다. 다시 말하자면 그것은 주체의 전략으로서 생성된 결과이지만, 오히려 주체의 전제가 되는 역설적인 결과라는 것이다.[14] 포스트잇은 시적 주체가 자신의 모습을 숨기기 위해 만들어 낸 가면이지만, 그 가면이 없었더라면 주체는 자신의 모습을 구성하고 스스로의 목소리를 발화할 수 없었을 것이다. 낯선 타자를 회피

13 임승유, 「포스트잇」, 『아이를 낳았지 나 갖고는 부족할까봐』(문학과지성사, 2015).

14 일견 모순된 생각인 듯싶지만, 우리는 비슷한 경험을 일상 속에서 으레 겪곤 한다. 가령 프랑스 속담 중엔 "입맛은 먹을수록 생긴다."라는 말이 있다. 일반적으로 우리들은 입맛이 생겨 무언가를 먹는다고 생각한다. '입맛'은 먹는 행위의 전제된 의도이자 원인이고, '먹는 것'은 입맛 때문에 파생되는 행위 또는 결과이다. 하지만 어떤 행위들은 거꾸로 스스로의 의도나 원인을 구성하기도 한다. 누구나 한 번쯤 경험해 보았듯 별다른 입맛 없이 습관적으로 먹었던 음식이 후식이나 또 다른 음식에 대한 식욕을 만들기도 것처럼, '먹는 것'은 실체화되지 않았던 '입맛'을 생성해 내곤 한다. 시인의 어법을 빌리자면 먹는 것은 입맛보다 이전에 존재하기도 한다.

하기 위해 낳은 가상의 몸이, 의도와 달리 타자를 향한 주체의 발화를 가능하게 만든 전제가 된 셈이다.

물론 그 분신들의 속삭임은 매우 미약하다. 민감한 이들이 아니면 알아차리지 못할 정도로 그 기척은 미미하다. 그것은 느꼈는지도 확신하지 못할 "새의 주검"의 "미열"만큼, 떼어 내면 금세 사라질 배면의 끈기만큼이나 희미하다. 하지만 "이웃과 이웃"으로 뭉쳐 있는 분신들의 소리는 이따금 일상의 소음을 뚫고 우리들 귀에까지 닿곤 한다. 강남역 10번 출구와 구의역 스크린도어에서 공명했던 "이웃과 이웃으로 이루어진 마을"의 메아리를 우리는 이미 목격한 바 있다. 시와 현실의 연결이 가능하다면, 그것은 이 같은 작은 속삭임에 귀를 기울일 때 시작될 수 있지 않을까. 이는 미약한 움직임이지만 개인이 "안에서 바깥을 상상하"며 내미는 손짓이자, 내밀한 시적 주체가 외밀한 타자와 겹쳐지는 발화의 시작점이기 때문이다. 이제 도시 곳곳에 붙은 시인들의 포스트잇을 좀 더 유심히 바라봐야 한다. 어느새 우리는 실체가 아닌 분신들의 메아리를 통해 "거리가 젖은 것을 보"게 될지도 모른다.

3부

도착하지 않은 사랑의 되풀이

황인찬 시집 『사랑을 위한 되풀이』

1 언젠가 세상은 영화가 될 거라던데

그런 만화영화가 있었다. 과거의 한 장면 속으로 주인공이 뚝 떨어져 이야기가 시작되는 영화. 주인공은 그 이계의 시공간 속에서 부끄러웠던 혹은 끔찍했던 지난 기억과 다시 마주친다. 모든 정보와 기억을 지닌 주인공은 되돌아온 시간을 자신에게 유리한 쪽으로 끌고 가려 하나, 주인공의 바뀐 선택과 행동 때문인지 사건의 흐름은 그가 의도한 대로 흘러가지 않는다. 그러다 이야기가 결국 새드 엔딩에 다다르면, 마치 누군가가 리셋 버튼이라도 누른 것처럼 처음의 장면이 다시 시작된다. 다만 그 뒷이야기에 대해서는 잘 기억이 나질 않는다. 흥미로운 설정이 소개되는 초반부가 지나간 뒤, 영화의 서사는 다른 에피소드로 넘어가며 이내 흐지부지되었던 것 같다. 그때 그 이야기의 주인공은 어찌 되었을까. 그는 반복되는 과거의 루프에서 빠져나와 새로운 미래의 삶을 살아가고 있을까, 아니면 아직도 같은 시간 안에 갇혀 조금씩 다른 선택지들을 곱씹고 있을까.

황인찬의 세 번째 시집 『사랑을 위한 되풀이』에서도 반복되는 세계의 풍경 하나를 꺼내 볼 수 있다. 풍경의 세목들은 매번 다르지만 그것은 대개 "어떤 여름날의 이야기"(「어두운 숲의 주변」)일 것만 같다. 그 화면에는 한여름과 어울리도록 자라난 푸른 풀과 나무들이 담겨 있기도 하고, 축제가 벌어지는 여름밤이 아스라이 그려지기도 한다. '나'는 해변의 놀이공원을 요란스럽게 만들었던 불꽃놀이를 회상하거나(「너의 살은 푸르고」), 여름의 바닷가를 산책했던 불투명한 기억의 발자국을 되짚어 나간다(「사랑과 자비)」. 한데 지난여름의 추억을 그리던 나의 시는 종종 재생 시간이 끝난 영상처럼 어느 순간 종료되곤 한다. 그 여름의 "이야기는 나도 모르는 새 끝나 버"리고, "상상 속에만 있는" "등장인물의 미래"(「사랑을 위한 되풀이」)는 끝내 상영되지 않는다. 과거에서 탈출하지 못했던 만화영화의 주인공처럼, 나는 시작과 끝이 정해진 어떤 이야기 속에 갇혀 있는 것 같다.

다 함께 모여서 방학숙제를 했지
무슨 애니메이션의 한 장면처럼

그것은 여름 내내 여러 마음이 엇갈리고, 지구의 위기까진 아니어도 마을의 위기쯤은 되는 사건을 해결한 뒤의 일

아이들이 하나의 테이블에 둘러앉아 있는
이 장면은

불안하고 섬세한 영혼의 아이들이 모험을 마치고 일상을 회복하였으며, 앞으로도 크고 작은 모험을 통해 작은 성장을 거듭해나갈 것임을 암시하는

그런 여름의 대단원이다

물론 중간에 다투기 시작한 아이들 탓에 결국 숙제는 끝내지 못할 테지만

뭐 어때, 숙제는 언제나 남아 있는 거잖아(웃음)

(중략)

그리고 기나긴 스태프롤

검은 화면을 지나면
다시 첫 장면이다

앞으로 벌어질 마음 아픈 일들을
알지 못하는 방학 직전 어느날의 교실

우리의 이야기는 이제부터 시작이야
여름을 통과하는 동안 우리는 또 어떤 성장을 할까,

그것을 궁금해하며

카메라는 천천히
여름의 푸른 하늘을 향해 움직인다

—「재생력」 부분

위 시편 속에 등장하는 아이들은 "무슨 애니메이션의 한 장면처럼" 함께 모여 여름방학 숙제를 한다. 여름이 되면 으레 삽입되는 약간의 이벤

트와 모험, 그로 인해 발생하는 인물들 사이의 엇갈리는 마음으로 이 애니메이션은 한 계절의 에피소드를 무사히 완성하는 듯하다. 박상수 평론가는 황인찬 시인의 시집 『희지의 세계』를 분석하는 글에서, '세카이계'라는 용어를 사용한 적이 있었다. 잘 알려져 있듯 그것은 주인공의 행동이나 감정이 곧바로 전 세계의 위기와 등치되는 장르적 상상력을 일컫는 말이다. 이 같은 세계관 속에서, 주인공 주변의 고난과 위기는 그의 성장 서사를 위해 안배된 장치에 가깝다. 위 작품 또한 등장인물들의 성장을 위해, "지구의 위기까진 아니어도 마을의 위기쯤은 되는 사건" 정도는 마련해 놓고 있다. 무엇보다 이 분석 틀이 매력적인 것은 시 속에서 느껴지는 기이한 시점의 전능감을 설명해 주기 때문일 것이다. "(웃음)"과 같이 괄호 속에 담긴 몇몇 표현들은 시를 통어하는 외부자의 시선을 상상케 한다. '우리'라는 대명사를 사용하는 것으로 미루어 보아 발화자는 분명 일인칭의 '나'일 텐데, 화면을 바라보며 남기는 듯한 그 코멘트들은 해당 존재가 과거의 시간에 속한 이가 아니라 사후적으로 삽입된 자임을 뚜렷이 드러낸다. 세계의 패턴과 엔딩을 모두 꿰고 있는 이 메타적 존재는 아이들의 숙제가 결국 끝나지 않을 것임을, '이 장면'이 처음부터 다시 시작될 것임을 이미 잘 알고 있는 듯하다.

하지만 이 시는 동시에 알 수 없는 무력감을 느끼게도 한다. '나'는 반복되는 장면을 속속들이 다 알고 있으나, 그 장면의 뒷이야기를 새로이 써 나가지는 못한다. 약속된 여름의 풍경과 일상이 모두 지나가면, 영화의 종결부에 들어선 듯이 "기나긴 스태프롤" 자막이 올라간다. 그리고 시는 곧 "검은 화면을 지나" "다시 첫 장면"으로 돌아간다. 거듭 재생되는 화면 속에서 우리들은 앞으로 벌어질 사건들과 마음 아픈 일들을 알지 못하는 표정으로 똑같은 무대 위에 오른다. 나와 아이들은 다시 여름을 나고 또 한 번 성장을 이룰 것이다. 그러나 프레임 안에 들어간 장면만을 재생할 수 있는 카메라처럼, 나의 시선은 이 시가 만들어 놓은 세계의 바깥과 이후에 펼쳐질 미래의 삶에까지는 가닿지 못한다. 시인의 표현대로 아마도 이것은 영화가 아닐 테지만, 이 시는 "무능한 영화가 그러하듯이" "아무것도 없는 곳을 비추"(「요가학원」)며 종결될 뿐이다. "이 시의 시점을 조금이라도 미래처럼 보이고 싶어" 다른 선택지를 곱씹었던 나에게도 어쩐지 새로운 "미래는 오지 않"(「화면보호기로서의 자연」)을 것만 같다.

2 내가 사랑한다고 말하면 다들 미안하다고 하더라

되풀이되는 이야기의 세부를 조금 더 자세히 구성해 보자. 그 속에서 느껴지는 계절감이 여름에 가깝다면, 함께 등장하는 인물들을 나의 '친척'으로 그려 봐도 좋겠다. 이 시집에는 친척들이 가득한 거실에서 리코더를 불고 있는 조카의 모습이라든가(「피리를 불자」), 대청마루에서 사촌들과 둘러앉아 혀가 얼얼해지도록 꿀을 빨고 있는 장면이라든가(「여름 오후의 꿀 빨기」), 친척들이 모두 물놀이를 하러 떠난 사이 단둘이 남은 사촌과 나눴던 어색한 대화(「생과 물」) 같은 것들이 심심치 않게 등장한다. 그런데 내가 매번 "친척에 대해 생각"할 때마다 "어쩐지 죄송해지는"(「죄송한 마음」) 마음이 드는 것은 왜일까?

「아무 해도 끼치지 않는 말차」라는 시편이 있다. 작품 속에는 제목처럼 말차가 놓여 있는 장면이 그려진다. 하얗고 작은 찻잔에는 말간 김이 피어오르고, 물 위에는 신기하게도 찻잎이 오뚝 서 있다. 하지만 "찻잎이 서면 좋은 일이 일어난다"는 일본의 미신과 달리, 그곳에서 일어난 일들은 무언가 부서지고 깨져 나간 형태에 가깝다. 그 부서짐은 두 가지 측면에서 발생한다. 하나는 실제로 찻잔이 깨져 발등이 빨갛게 데어 버린 것이고, 다른 하나는 죽음에 이른 사랑 때문에 산산이 부서져 버린 나의 기억에 관한 것이다. 나는 조각난 그 장면을 되살리기라도 하려는 것처럼,

“바닥에 흩어진 것이 모두 식고/ 다 말라 증발할 때까지 여기 한동안 머무르겠”다 말한다.

비슷한 정황이 「더 많은 것들이 있다」라는 시편에서도 발견된다. 작품 속엔 지난밤의 축제, 폭죽의 불꽃, 까마귀 울음소리, 여름에도 서늘한 다다미의 촉감 같은 것들이 담겨 있다. 한데 무슨 일이라도 일어났던 것인지 “지금은 뜨거운 물이 바닥에 쏟아져 있”고, 실내에는 나만 홀로 남겨져 있다. 아마도 그것은 내가 “죽은 사람의 차를 타고 식사를 하고”, 심지어 “죽은 사람과 입을 맞췄던” 지난밤의 기억과 이어지는 장면인 것처럼 보인다. 데이트를 했던 누군가가 어째서 죽은 사람으로 서술되는지 명확히 알 수는 없으나, 앞서의 작품을 떠올려 본다면 그것은 부서진 혹은 실패한 사랑과 관련된 감각일지도 모르겠다. 실제 이 시집에서는 죽음, 무덤, 귀신, 밤, 요괴 등의 시어들이 사랑하는 존재의 정체성과 밀접하게 맞닿아 여러 이미지로 변주된다. “사랑의 시체”(「“내가 사랑한다고 말하면 다들 미안하다고 하더라”」)는 악몽처럼 계속하여 나를 찾아온다. 죽음에 이른 그 사랑의 이미지는 무언가를 깨트려 버린 나의 잘못, 또는 이유를 알 수 없는 모종의 죄의식과 연관되어 있는 듯싶다.

아직 어두운 밤입니다

야광별이 박혀 있는 천장을 올려다보며 언제쯤 멈출 수 있을까 생각합니다 끝이 어딘지 알아야 할 텐데

알 도리는 없습니다
그래도 직전에

직전에 멈추지 않으면 안 돼요

멈추지 않으면

다 끝나버리니까

지난여름에는 해변에 흩어져 있는 발자국들을 보며 지난밤의 즐거웠던 춤과 사랑의 기억 따위를 떠올렸습니다만 지금은 좁은 침대에 누워 어깨를 움츠린 채

잠들어 있는 옆 사람을 살짝 밀어볼 뿐입니다

—「이것이 나의 최선, 그것이 나의 최악」 부분

즐거웠던 지난 일들에 대해 한참 이야기했다

폭죽 불꽃이 터져오르는 해변에서 불을 피우며 여럿이 어울려 춤을 추었던 그 밤과 다음 날 아침에 눈을 떴을 때 태풍이 찾아와 살풍경한 해변을 웃으며 걸었던 일 따위에 대해 아주 짧았고 그래서 충실했던 날들에 대해

손을 잡은 채로,
손에 매달린 아름다운 것을 서로 모르는 척하며

그렇게 그 장면은 끝난다

이제 이 시에는 바다를 떠올린다거나, 바다에서 있었던 일이 우리에게 미친 영향과 그 생활 따위에 대한 이야기가 나오지 않는다

이제 말할 수 있는 것은

그 여름과 그 바다가 완전히 끝나버렸는데도 아무것도 끝난 것이 없었다는 것에 대한 것이고

영원히 반복되는 비슷한 주말의 이미지들에 대한 것이고

내 옆에 누워 조용히 잠들어 있는 그의 얼굴을 바라보며 느끼는 소박한 기쁨과 부끄러움에 대한 것뿐

그렇게 삶이 계속되었다

—「이것이 나의 최악, 그것이 나의 최선」 부분

인용된 첫 번째 작품을 보면, 어두운 밤에 천장을 바라보며 누워 있는 '나'의 모습이 비친다. 나는 무언가를 멈춰야 한다고 거듭 다짐하는데, 그 중단의 대상이 무엇인지 명료하게 밝혀져 있진 않다. 나는 지난여름 해변에서의 "즐거웠던 춤과 사랑"을 떠올리다가, 문득 옆에 누워 있는 사람을 보며 직전에 멈춰야 한다는 생각에 다시 사로잡힌다. 이와 같은 감정의 대비와 시적 정황으로 미루어 짐작하건대, 아마도 나는 지난 계절 생겨난 묘한 감정을 이제 더 이상은 진전시키면 안 된다 생각하고 있는 듯싶다. 두 번째 작품에서도 여전히 '나'는 "폭죽 불꽃이 터져 오르는 해변에서" "여럿이 어울려 춤을 추었던 그 밤"과, 그와 함께 "해변을 웃으며 걸었던" 지난여름의 추억을 떠올리고 있다. 마찬가지로 옆자리에는 그가 누워 있다. 이 두 편의 시는 언뜻 같은 장면을 되풀이하는 듯 보이고, 나와 그 사람은 그 반복되는 시간 속에 갇혀 버린 등장인물인 것만 같다.

두 작품의 미묘한 차이를 발견하기 위해서는 양쪽의 제목을 먼저 들여다봐야 할 듯하다. 「이것이 나의 최선, 그것이 나의 최악」과 「이것이 나의 최악, 그것이 나의 최선」은 언뜻 대칭을 이루는 말장난처럼 보이고, 서술이 교차된 '이것'과 '그것'의 의미 또한 별달리 구분되지 않는 듯 느껴지

기도 한다. 그러나 두 단어가 발화 주체와 대상 사이의 거리에 따라 뜻의 차이를 보이는 지시대명사라는 점, '이것'보다는 '그것'이 나에게서 보다 멀리 떨어진 무언가를 가리킨다는 점을 고려했을 때, '그것'은 '그 여름', '그 바다', '그 밤', '그 장면' 등 지나간 과거와 한데 묶이는 지시어인 듯싶다. 시집 2부의 시작과 끝을 차지하고 있는 이 시편들의 순서가 어떤 의도 아래 배치된 것이라면, 최악에 가까웠던 과거의 기억들이 최선의 그것으로 변화한 사실에 논의의 초점을 맞춰 볼 수도 있을 것 같다. 잘못과 죄의식으로 점철되었던 부서진 과거의 기억은, 일정한 시간과 반복을 거쳐 도착한 두 번째 작품으로 인해 작은 기쁨의 이미지로 되살아났다. 죽음처럼 끝나버렸던 그 장면을 계속되는 삶으로 변화시킨 두 작품 사이의 시차와 "누적 없는 반복"(「아카이브」)은 과연 어떠한 의미일까.

3 우리의 시대는 다르다

시인이 직접 밝히고 있는 것처럼, 이 시집의 제목은 전봉건의 첫 시집 『사랑을 위한 되풀이』(1959)가 60년의 시차를 지나 다시 도착한 것이다. 동명의 표제작에서 전봉건은 산산이 부서지고 깨어진 한국전쟁의 끔찍한 시공간을 작품 안으로 끌고 들어온다. 그가 과거의 장면을 떠올리게 된 것은 오늘 이파리 같은 어린아이들을 만났기 때문이다. 전쟁 중에 태어난 것으로 짐작되는 이 아이들이야말로, 포탄보다 더 뜨겁게 불타올랐던 당시의 "사랑의 증거 그것 아니고 무엇이겠"느냐고 그는 외친다. 전후 달라진 시대의 지반과 7년의 간격을 두고 도착한 아이들의 모습이, 그의 끔찍했던 과거를 사랑의 시간으로 뒤바꾼 셈이다. 그렇다면 지금 이 시대의 지반 위에서 황인찬 시인이 달리 복원하고자 하는 조각난 기억과 사랑의 정체는 무얼까.

「우리의 시대는 다르다」라는 시의 제목은 각주에 언급되어 있듯, 2017년에 열렸던 성소수자 촛불 문화제의 표제인 "변화는 시작됐다, 우리의 시대는 다르다"에서 차용된 것이다. 시의 도입부에는 밤에 찾아와 사람의 뺨을 만지며 축복하는 "밤의 천사"가 등장한다. 한데 천사는 '나'와 '그'의 뺨을 만지고는 이내 놀라서 달아나 버린다. 달아난 이유를 명확히 알 수는 없지만, 그 천사가 사라지는 모습이 마치 "손잡고 있는 나와 그를 보자 있던 방이 사라"졌던 "서울역 근처의 모텔"에서의 기억과 겹쳐지는 것은 왜일까. 천사가 축복해 주지도, 그렇다고 요괴가 잡아가지도 않는 '나'는 사람이 아닌 것처럼 느껴진다.

각주의 정보나, 시적 정황, 종로3가 등의 기표에서 어렵지 않게 동성애와의 관련성을 떠올릴 수 있을 것이다. 그러니 당연하게도 "군대에 있는 동안 다시 써낸" 이 시는 "군대에 있는 동안 발표할 수 없던 시"이다. 그곳은 동성 간의 사랑이 법으로 금지된 장소이자, 최근까지도 동성애자를 색출하라는 지침이 통용된 곳이기도 하다. 종로까지 가는 택시 안에서 '나'는 '그'의 손을 꼭 잡은 채 "이런 일은 시로는 못 쓰겠지", 하고 자조하듯 되뇐다. '나'와 '그'가 손을 마주 잡은 일은 사랑이 될 수 없고, 시가 될 수도 없는 것 같다. 그리고 "이것이 시가 아니라고 생각한다면", 오히려 "나는 두렵지가 않"다. 시와 사랑이 금지된 그곳에서, '나'와 '그'는 현실과 괴리된 채 닮고 닮은 한 쌍의 은유처럼 영원히 박제될 수 있다.

"그러나 이것이 시라서, 그저 형편없는 시라서" '나'와 '그'의 만남은 너절한 현실과 거리의 시선을 견뎌야 하는 것 같다. '우리'를 시가 아닌 것으로 만들어 주는 외적인 제약과 낡은 조건들이 사라지면, 숭고함도 비장함도 없이 평범한 두려움과 형편없는 시만 덩그러니 남는다. 그것을 아름다운 무언가로 다시 써내는 일은 이제 온전히 '나'의 몫인 것 같다.

떡을 치는 사람들이 있습니다

요즘도 떡을 치는 사람들이 있군요

거리를 걷다보면 이런저런 이벤트를 만나는데요
오늘은 그렇네요 떡이네요

떡판 위에 올려둔 찐 찹쌀을
치고
치고
또 칩니다

(중략)

떡을 치는 아저씨들을 보며 저는 어쩐지 어릴 적 좋아했던, 다시는 볼 수 없는 삼촌이 떠올랐고요

반죽을 주무르던 샌님 같은 삼촌의 흰 손이
자꾸 생각납니다

그후로 생송편은 먹어본 가운데 가장 강렬한 콩비린내로 기억되었고요

생송편 얘기는 제 얘기가 아니고
친구가 들려준 이야기였지만

어느새 떡을 다 친 아저씨들은 한입 크기로 썬 떡에 콩고물을 묻혀 나눠 주네요

인절미는 쫄깃하고 콩고물은 고소하고
어릴 적부터 좋아했던 것만 같은 그런 맛이군요

모두 떡을 먹고 싶어서 줄을 섰습니다

(찬 바람 불어와 콩고물 흩날리며 무엇인가 깊어집니다)

—「떡을 치고도 남은 것들」 부분

위 시편 속엔 크게 두 가지 시제의 '나'가 겹쳐 있는 듯하다. 하나는 길거리에서 떡을 치는 아저씨들의 모습을 구경하는 지금의 '나'이고, 다른 하나는 어릴 적 좋아했던 삼촌과의 시간에 속해 있는 과거의 '나'이다. 이 시를 보고 어떤 감각을 분배받을지는 읽는 이에 따라 다르겠지만, "떡을 치는 아저씨들", "반죽을 주무르던" "삼촌의 흰 손", "강렬한 콩 비린내" 등은 다분히 남성 간의 사랑과 성적인 이미지를 떠오르게 만든다. 이때 두 시제 사이의 시차가 중요한 이유는, 지금의 내가 과거 기억들에 대한 감각과 평가를 사후적으로 다시 구성해 내기 때문일 것이다. 아저씨 커플의 행위를 목격한 후 그들에게서 나눠 받은 떡의 미감은 "어릴 적부터 좋아했던 것만 같은 그런 맛"을 품고 있다. 즉 용기 내어 거리 위로 드러난 누군가의 사랑 덕분에, 잊고 있었던 혹은 무의식중에 숨기고 있었던 나의 과거는 본디 좋아했던 것만 같은 기억으로 되살아난다. 시의 제목이 '남겠다', '남을 것' 등이 아니라 "남은 것"인 까닭도, 이 시가 도래하지 않은 훗날의 시간을 겨냥하고 있다기보다는 부서진 잔해로 남아 있는 과거를 향해 있기 때문은 아닐까.

피에르 바야르는 그의 저서 『예상 표절』(백선희 옮김, 여름언덕, 2010)에서 모파상과 프루스트의 이야기를 꺼낸 적이 있다. 시기적으로 분명히 먼저 글을 썼던 모파상이 그보다 나중에 글을 쓴 프루스트의 문장을 표절

했다고 바야르는 주장한다. 그가 근거로 든 것은 '부조화'였다. 보통 원작의 문장은 전체 텍스트 속에서 조화롭게 자리 잡고 있을 것이다. 반대로 완벽한 원작의 일부를 베끼고 짜깁기한 표절 작품은 대개 어딘가 얼기설기하고 엉성한 느낌을 줄 것이다. 그런데 나중에 등장한 프루스트의 문장이 서로 아름답게 조화를 이루고 있는 반면, 프루스트의 문장과 내용적으로 유사한 모파상의 문장이 자기 작품 속에서 불협화음을 이루고 있다면, 그것이 바로 과거의 모파상이 미래의 프루스트를 표절한 증거가 아니겠냐고 바야르는 주장한다.

후발 주자였던 프루스트가 모파상이 썼던 옛 문장의 불완전함을 목격한 후 그것을 보완하여 발전시켰다는 상식적인 설명 대신, 이처럼 복잡한 시간의 역전을 바야르가 이야기하는 까닭은 무엇인가? 그것은 진실로 미래를 예언한다는 주술적인 의미에서가 아니라, 훗날의 글쓰기가 겹쳐지고 나서야 앞선 텍스트가 유효해진다는 사실을 말하기 위해서였을 것이다. 부조화하고 불완전했던 과거의 문장과 텍스트들은 훗날의 글쓰기가 도착한 이후에야 비로소 의미를 부여받고 제자리를 찾기도 한다. 이를 바꿔 말해 본다면, 부서진 과거의 기억은 새로이 덧붙고 반복되는 글쓰기와 발화를 통해 얼마든지 소급적으로 복원되거나 재창조될 수 있다. 아저씨들의 새로운 사랑의 미감을 맛본 이후 죄스러웠던 혹은 잊혀졌던 나의 감각이 다시 배열된 것처럼, 황인찬 시인의 시가 도착한 이후 누군가의 과거는 분명히 이전과는 조금쯤 달라졌을 것이다. 꽃을 피우지 못하는 사랑이라고 저주받았던, 마음껏 "사랑해도 혼나지 않는 꿈"(「무화과 숲」, 『구관조 씻기기』)만을 꾸던 누군가의 시와 사랑은 이제는 소급되어 다시 읽힐 수도 있을 것이다. 진실로 우리의 시대가 달라진 것이라면, 어제의 우리 또한 달리 쓰일 것이다.

"당신이 생각할 수 있는 모든 좋은 것이 이 시에 담겨 영영 이 시로부터 탈출하지 못한다면 좋겠다"고, 그리고 "그것을 미래라고 부를 수 있다면"(「그것은 가벼운 절망이다 지루함의 하느님이다」) 좋겠다고 시인은 말했다. 어쩌면 그가 말하는 미래란 뒷날 우리를 찾아올 불분명한 시간이라기보다는, 아직 오지 않은(未來) 과거의 가능성과 미처 다 찾지 못했던 무수한 선택지를 의미하는 것은 아닐까. 영영 탈출하지 못할 그 오래된 미래 속에서, 시인은 아직 도착하지 않은 사랑을 되풀이하려는 것 같다.

당신의 안과 밖

이규리 시집 『당신은 첫눈입니까』

사람이 비밀이 없다는 것은 재산 없는 것처럼
가난하고 허전한 일이다.
— 이상, 「실화(失花)」

On the inside

일회용 상자 하나가 눈앞에 놓여 있다고 가정해 보자. 아마도 당신은 눈에 보이는 상자의 외피에 잠시 시선을 보내고는 이내 상자 안쪽의 상상적 내용물에 관심을 쏟기 시작할 것이다. 드러나 있지 않은 안쪽의 그 내용물은 숨겨져 있다는 사실 하나만으로 어떤 비교우위를 지니기도 한다. 그것은 보이지 않기 때문에, 혹은 무엇인지 아직 정해지지 않았기 때문에 획득할 수 있는 특별함일 것이다. 베냐민이 이야기한 등이 굽은 체스의 명수도, 죽지도 살지도 못하는 에르빈 슈뢰딩거의 그 고양이도, 어린 왕자가 원했던 정체 모를 작은 양도 그러한 비가시성과 불확실성의 상자 안에 영원히 살고 있다. "상상력은 판도라 상자 이상"의 것이고 "있지 않은 걸 보게 하"는 "그 환상이 언어를 가질 때 시가 된다."[1]라고 말하는 시인의 말처럼, 누군가에게 그 비가시성은 시의 원동력이 되기도 한다. 희망에 찬 기대감이든 미지에의 두려움이든 그 상자를 열 때 당신은 아직 확정되지

1 이규리, 『시의 인기척』(난다, 2019).

않았던 가능성과 잠재성을 언박싱(unboxing)하게 된다.

이 시집의 입구에는 시인이 의도적으로 가져다둔 듯한 시편 「상자」가 하나 놓여 있다. '나'는 그 일회용 상자 안에 무언가를 차곡차곡 쌓아서 눈에 잘 띄지 않는 지하실에 내려다 둔다. 그 속에 넣어 둔 것은 오래된 꿈 같기도 하고, 지난 시절 당신과의 사랑 같기도 하다. "아래층에 맡겨 둔 봄을", "아래층에 맡겨 둔 당신을", 먼지만 뿌옇게 쌓였을 "그 상자를 나는 열지 않"으려 한다. 그렇게 슬픔과 허기를 빼곡히 재우다 보면 무게를 견디지 못하고 떨어지는 꽃잎처럼 "고요히 찬 인연이 저물"고, 부피를 가득 채운 그 시간들은 시효가 만료된 지난 계절처럼 사라지는 듯하다. 그 무거워진 과거의 "상자들을 두고 그들은 떠났다". 마지막 구절의 '가능'은 여러 의미로 해석되겠지만, 앞선 의미들과 연관 지어 본다면 그것은 새로운 가능성의 부피로 읽힐 수도 있을 것 같다. 내가 묻어 둔 당신과의 시간과 함께했던 마음의 체적만큼, 나는 무언가를 새로이 시작할 또 다른 상자 하나를 얻게 된다.

「일회용 봄」에서도 비슷한 시적 모티프가 등장한다. '너'와의 지난 시간은 '나'에게 의도치 않은 상처를 남겼던 것 같다. 나는 그곳에 '일회용 밴드'를 붙인다. 신기하게도 그 밴드를 떼고 나면 너와의 힘겹고 "치사한 어제가 감쪽같이 사라"진다. 우리가 함께했던 시간은 행복했던 것만큼이나 많은 생채기를 남긴 듯하다. 날카로운 네 말의 "모서리가 몇 차례 피부를 그었던" 자리에 딱지가 가라앉고, "진물로 꾸덕꾸덕해진" 그곳에 또다시 흠집이 덧입혀진다. 하지만 그것은 상처로 남아 있을 때까지만, 새살이 돋아나 모두 "아물 때까지만 너의 이야기"이다. 당신과의 시간을 보이지 않게 덮어 주었던 아늑한 상자의 덮개처럼, 안락한 밴드가 그 상처를 살며시 가려 주고 나면 나는 더 이상 너의 흔적을 찾지 못한다. 눈에서 오랫동안 멀어진 그 시절이 모두 다 지워지면 쓸쓸해진 만큼 자유로운 계절이 다시금 다가온다. "일회용 봄이 저기 또" 시작된다.

원했던 건 그렇게 먼 곳으로 흘러가요
다 흘러가요

안 보이는 것이 이토록 다정한걸요

복면한 사람 중에 당신이 있었어요

서로 알아보지 못했으므로
기쁨이 자욱했던 것

다가갈수록 흐릿해지는 이것을
누군가 진실이라 말하기도 했어요

암전

(중략)

다시 암전

그럴수록 아무도 모르는 먼 곳으로

하

당신
그립지 않아요

—「그해 안개」 부분

그렇게나 간절히 원했던 '당신'과의 시간도, 당신과 함께 나누고자 했던 미래도 저 멀리 흘러간다. 애틋했던 그해의 기억은 뿌연 안개에 덮인 것처럼 점점 더 흐릿해지고, 서로를 향했던 날카로운 말들도 무뎌지고 닳아서 이제는 몽글하고 포근하게 나를 간질인다. 시간의 마모와 추억의 아련함으로 불투명해진 당신의 얼굴은 이제 내게 "복면한 사람"처럼 익명의 형체만 남아 있는데, 어슴푸레한 당신과 함께했던 그 시간엔 왠지 "기쁨이 자욱했던 것"만 같다. "안 보이는 것이 이토록 다정한 걸" 그때는 왜 몰랐을까. 나는 이제 정말로 당신이 "그립지 않"다. 지난겨울 속에 담겨 하얗게 김이 서린 그 시절의 이야기는 어느덧 다음 계절을 위해 "암전 위에 두어야 할 흐린" 추억이 되었고, 그 "이월하는 상자" 속 당신과 나의 모습은 "안경알을 닦을 때"(「그런 12월」)나 일순간 모습을 드러냈다 이내 다시 흐릿해진다.

한데 만약 당신과의 시간이 담긴 그 상자가 투명한 것이었다면 어찌해야 할까? 시간의 격차만큼 벌어졌던 당신과 나 사이의 온도차가 좁혀져서 김이 서렸던 그 안쪽이 훤히 보이게 된다면, 완전히 지워진 줄 알았던 상처가 새삼스레 눈앞에 모습을 드러낸다면 나는 어떻게 해야 할까. 앞서 살펴보았듯 상자가 지니는 특별한 가능성은 그 비밀과도 같은 불확실성과 비가시성에 있다. 그 가능성의 부피가 "투명하다는 건 힘이 될 수 없"고 "어떤 패도 지킬 수가 없"(「얼음 조각」)다는 뜻이다. 따로 떼어 숨겨 두려 했던 선반 위의 상자가 오히려 투명하게 나를 내려다보고 있다는 것을 느꼈을 때, 단절하고자 했던 당신의 모습이 유리 너머로 전시되고 있다는 것을 자각했을 때, 그 시절을 지우며 끊어 냈던 소거의 욕망은 이제 다가갈 수 없는 단절된 갈망으로 복잡하게 뒤엉킨다. "보고 싶지 않은 건/ 보지 않을 수 없"다는 것이고 "잊고 싶은 건 결국 잊히지 않는"(「느리게 또 느리게」)다는 것이기에, 어쩌면 안쪽에 묻어 두려 했던 당신은 내가 몰래 가닿고 싶었던 저 너머에 놓여 있었는지도 모르겠다. 안과 바깥의 위계가 뒤엉힌 그곳에서 닫아 두려 했던 당신과의 시간이 오히려 나를 가둔다. "사무치는 이름들을 부르며 닫힌" 저 문 너머로 나는 그 시절을 한 번 가두고 동시에 "또 한번 갇"(「폭설」)힌다.

부재하고 싶었어 멸하고 싶었어 저 실상으로부터

허리가 끊어질 듯 아프고 목이 가늘어지지만
나는 서서히 사라져야 한다

어떻게 죽는 방식이 사는 이유가 되었니
카펫을 적시며
왔던 곳으로 돌아가는 적막을

투명하다는 건 힘이 될 수 없지만
어떤 패도 지킬 수가 없지만

버티어온 힘으로
그러니 다시 고쳐서 말해보자

죽음이 이미 거기

있었으므로,

—「얼음 조각」 부분

"부재하고 싶었"고 "멸하고 싶었"다는 간절한 호소는 실은 내가 사라지지도, 그 대상으로부터 완전히 멀어지지도 못했음을 여실히 보여 주는 듯하다. 아늑한 다락 너머에 숨겨 둔 줄로만 알았던 당신이 얼음처럼 스스로를 비춰 보이고, 투명하게 반사된 그 빛은 다시 나의 내부를 되비추는 듯하다. 베냐민은 이 투명한 유리의 막을 비밀의 적이라고 이야기한 적이 있다. 그는 내부와 외부를 연결하는 투명한 유리창에서 사적 공간 또는 고유성이 사라진 집단 유토피아의 기술적 가능성을 찾아내고자 했던 것 같다. 그의 말을 조금 바꿔 본다면, 가두어 둔 당신의 기억을 투명하게 드러내고 있는 저 유리 상자는 '나'라는 개인의 사적 공간을 파고드는 시적 매개이기도 할 것이다. 나와 타자의 고유한 영역이 안과 바깥을 서로 공유한다는 점에서, 그것은 기억뿐 아니라 존재론에 닿아 있는 문제이기도 하다.

당신에게서 자유로워지기 위해 떼어 둔 비밀스러운 시의 상자가 오히려 나의 영역을 투명하게 좀먹는 이 역설적인 상황 속에서, 시인의 선택은 의아하게도 오히려 당신에게 한 발자국 더 다가서는 일이다. 당신이 이끄는 인력에서 멀어지기 위해 "허리가 끊어질 듯 아프고 목이 가늘어"지도록 버티던 나는 오히려 그 "버티어온 힘"을 자양분 삼아 "왔던 곳으로 돌아가는" 길을 선택한다. 그것은 출발점으로의 회귀이기도 하지만 나의 영역을 조금씩 소거하고 당신이라는 타자의 영역을 점차 늘려 간다는 점에서, 오롯한 존재론의 측면에서는 거꾸로 된 소멸의 걸음이기도 하다.

얼음처럼 투명해진 자신의 영역을 녹여 가며 나는 스스로의 죽음 속으로 한 발씩 걸어 들어간다. 아니 어쩌면 애초부터 시인에게 '나'는 "죽는 방식이 사는 이유"로 작동하는 존재일지도 모르겠다. "죽음이 이미 거기 있었"다는 표현으로 미루어 짐작하건대, 내 삶은 처음부터 당신이라는 타자를 이면에 두고 시작된 것이 아니었을까. 내게서 가장 먼 당신을 보는 것이 나의 모습을 비추는 유일한 길이라고 생각하는 시인은 그렇게 "미리 죽음을 만지는 기분"(「베이컨은 베이컨을 좋아했을까」)으로 숨겨 두었던 당신을 향해, 나의 내밀한 바깥을 향해 다시금 걸음을 옮긴다.

To the outside

그렇다면 이번에는 바깥을 이야기해 보자. 상자 안쪽에 묻어 두었던 당신의 영역이 실은 내가 가닿고자 했던 너머의 어딘가임을 깨닫고 나아가는 길, 그것은 타자에게 다가감과 동시에 근원적인 나에게로 다가가는 길이라는 점에서 존재의 역전이기도 하지만, 놓아둔 과거의 출발점이 새로운 목적지로 화한다는 점에서는 시간의 뒤바뀜이기도 할 것이다. 이같이 거꾸로 된 역행적 시간의 구성은 이규리 시인의 금번 시집에서 종종 나타나는 일이다.

예컨대 「역류성 식도염」에서는 "거꾸로 서서 내일을 본"다고 말하는 '나'의 이야기가 나온다. 내가 그렇게 물구나무서서 세상을 바라보는 까닭은 지나간 "밤의 이야기들"이 역행하듯 자꾸만 나를 찾아오기 때문이다. "당신이/ 관념이/ 아름다움이" "살아 자주 역류했다"고 나는 말한다. 저 너머에 있는 과거의 당신이 지금 이곳의 나를 찾아 역류하고, "나도 내가 아닌 곳으로 흐"르며 어제의 당신을 찾아간다. "이해할 수 없는 문과 문 사이에서 앞날을 흔들어보"는 이러한 방식은 안과 바깥의 위치를 뒤바꾸는 "역설의 방식"이라고 시인은 말한다. 「소리가 소리를 되돌리는 이유」에서도 "메아리를 되돌리"듯 자신이 온 곳으로 돌아가는 한 음성적 존재의 풍경이 그려져 있다. 자신을 만들어 낸 진원지로부터 얼마나 떠나왔는지, 지금 "왜 여기서 이러고 있는지" 알지 못한 채 그는 자신이 걸어왔던 소리 길을 되짚어 가고 있는 듯하다. 스스로가 "무얼 하는지 모르면서", 자신의 여정이 "어디까지인지 모르면서" 왜 그는 계속 "서쪽으로 향하"고 있을까. 본인의 위치와 미래가 어디쯤에 있는지도 모른 채 적막처럼 저물어가는 방향으로 향하는 발걸음을 왜 끝내 돌리지 못하는 것일까.

서풍은 서쪽으로 부는 바람 아니라

서쪽에서 불어오는 바람이라 하나

그냥 다 서풍만 같다

이파리 뒤에 숨은 열매가 말라가고 있을 때
어느 쪽으로 가느냐고 너는 물었다

마른 덩굴은 끝내 팔을 풀지 않고 생을 마쳤는데
그 안은 비어 있었고

어느 쪽으로도 갈 곳이 있지 않았다

거미는 거미를 사랑하고
벌새는 벌새를 부르고

그렇다고 뭐가 달라졌을까

말라가던 열매가 빨갰는지 어땠는지 너는 다시 물었지만
그 말도 비어 있었다

떠나는 일이야말로 서쪽이었는데

그토록 아프다 하면서 세계는 변하지 않는 것이시

꽉 낀 팔을 풀어주고

어느 쪽으로 가는지
어느 쪽에서 왔는지

꼭 다문 입술 어두워지는 문밖으로

다만 서풍이라 싶은 것이다

—「저녁의 문」 전문

위 시편에서도 자신의 정확한 위치를 알지 못하는 시적 화자가 등장한다. '나'는 자신이 "어느 쪽으로 가는지" 혹은 "어느 쪽에서 왔는지" 질문을 던져 보지만 명확한 답을 얻지는 못하는 듯하다. 내가 헤매며 서 있는 곳으로 선득한 바람이 불어오고 나는 그것을 '서풍'이라고 여긴다. 서풍이란 분명 "서쪽에서 불어오는 바람"일 텐데, 나의 등을 떠미는 그 바람은 마치 "서쪽으로 부는 바람"인 것만 같다. 아니 어딘지 알 수 없는 이곳에서 나를 스쳐 가는 모든 것들이 "다만 서풍이라 싶은 것이다". 일반적으로도 서쪽은 하강의 정서를 지닌 방위이지만, 서쪽과 바람과 시의 맥락이 결합되면 그곳은 특히나 죽음과 종결의 이미지가 강해진다. 퍼시 셸리의 것이든 김춘수의 것이든 서풍을 다룬 시편들의 대부분은 비록 그 세목은 다를지언정 죽음이나 이별을 맞이한 한 존재 혹은 세계의 전환을 노래한다.

또 불교 문화권에서 그곳은 서방정토이자 현세를 초월한 극락세계가 놓여 있는 방향이기도 하다. 그렇기에 '저녁의 문'이라는 시의 제목처럼, 서쪽 너머의 세계는 지금 이곳의 문턱을 넘어가면 닿을 수 있는 피안이자 바깥 세계를 뜻하기도 한다. 서풍이 이처럼 죽음 이후 탄생할 새로운 세계의 진입로를 향해 등을 떠미는 무형의 힘이라 할 수 있다면, 마찬가지로 존재적 소멸을 각오하고 과거의 당신에게로 다가가던 '나'의 발걸음 속에도 새로운 기대감 같은 것이 일정 부분 배어 있었는지도 모르겠다.

"이파리 뒤에 숨은 열매"를 품고 "끝내 팔을 풀지 않고 생을 마"치는 "마른 덩굴"의 바람처럼, 그 마음은 내 품속 비밀스러운 상자에 담긴 내밀한 타자를 향한 기대임과 동시에 과거에 남겨 두고 온 미래의 씨앗에 관한 소망일 것이다. 그곳엔 아직 도래하지 않은 미래의 가능성과 과거에 두고 왔던 미처 발아하지 못한 잠재성이 한데 뒤섞여 있는 것만 같다. 저녁의 문턱에 다가서듯 그 투명한 "유리창에 바싹 다가가면 내일이 일찍 올지도"(「감자는 감자 아닌 걸 생각나게 하고」) 모른다고 시인은 적는다.

하지만 그렇게 힘들게 다가간 곳 너머엔 왜인지 아무것도 존재하지 않는 것 같다. 열매를 품고 말라 가던 덩굴은 끝까지 모종의 희망을 놓지 않은 채 제 생을 마쳤는데, 실상 품에 꼭 안고 있던 "그 안은 비어 있었"다. 그 안에서 "말라가던 열매가 빨갰는지 어땠는지" 때늦은 질문을 던져 보지만, 뒤늦게 열어 본 "그 말도 비어 있"는 것은 매한가지이다. 자신을 소거하면서까지, 살아가던 세계의 소멸을 감내하면서까지 도달하려 했던 그곳에서 나는 텅 빈 공허함만을 발견한다. 바라 마지않았던 세계의 문을 여는 순간, 즉 당신과 나를 단절시켰던 그 유리창을 넘어서는 순간 그곳엔 절망스러운 공백과 고요한 적막만이 남는다.

카이사르가 집권하던 로마 공화정 말기, 절대 권력이었던 그를 살해해 로마를 온전한 공화정으로 되돌리고자 했던 사람들이 있었다. 그들이 없애고자 했던 것은 카이사르라는 독재자였지만, 그로 인해 바뀌어 가던 로마의 정치 체제이기도 했다. 그들은 카이사르의 세계를 종결시켜 자신들이 원하던 과거의 로마를 복원함과 동시에 자신들이 꿈꾸던 미래를 열어젖히려 했다. 치밀한 계획 끝에 암살은 성공했다. 그러나 이후 그들이 맞이한 세계는 본인들의 의도와는 전혀 다른 것이었다. 카이사르가 죽은 뒤 로마는 공화정의 끄트머리에서 본격적인 제정(帝政) 국가로 급격히 전환되고 만다. 암살자들이 과거에 두고 왔다 믿고 있었던 로마의 미래는 아직 열리지 않은 상자의 내용물처럼, 카이사르가 생존하던 세계의 지반 위에서만 상상 가능한 것이었다. 카이사르가 살해당하자 그 세계를 받치고 있던 기반 자체가 무너져 버렸고, 그들은 기존의 인식으로는 도저히 이해할 수 없는 새롭게 열린 세계와 맞닥뜨려야 했다. 그렇게 한 세계의 문턱을 넘어 도착한 곳이 곧 이전의 인식으로는 이해 불가능한 낯선 지반의 세계라는 점에서, 그곳은 일종의 의미의 공백 지대이기도 할 것이다.

그 세계의 전환은 칠흑같이 어두웠던 곳이 돌연 밝은 세계로 뒤바뀐 후에야, "캄캄한 데서 흰빛이 나오"는 곳으로 전환된 뒤에야, "눈멀어 얻은"(「유전」) 세계이기도 하다. 신화 속 이능의 지혜를 얻은 무수한 예언자들이 그러하듯이, 한 세계의 폐제와 다른 세계로의 상징적 개안은 그렇게 동시에 일어나는 듯하다. 그러니 투명한 상자 너머를 바라보던 '나'와 그 경계를 넘어선 이후의 '나'는 전혀 다른 존재일 수밖에 없다. 경계를 넘어서기 "조금 전의 나와 지금의 내가 같지 않"(「10시의 잎이 11시의 잎에게」)은 것처럼, 창을 넘어서기 이전에 바라보던 당신 역시 새로이 도착한 텅 빈 이곳에는 존재하지 않을 것이다. "10시의 잎이 11시의 잎에게" 이야기를 건넬 수 없는 것처럼, 그 경계 너머에 "내가 있었음과 당신이 없었음은/ 또 어떻게 말할"(「10시의 잎이 11시의 잎에게」) 수 있을까.

우리들 중 "한 사람은 문안에 있고 한 사람은 문밖에 있"(「장미를 구부렸습니다」)다. 그렇게 닫힌 문과 투명한 벽 너머로만 서로를 볼 수 있다는 건 나와 당신의 세상 사이에는 아무런 공통 지대가 없다는 뜻이기도 할 것이다. 온전히 내 소유물이 되었다고 믿은 과거의 당신은 나와 아무런 접점이 없고, 연결되었다고 여겼던 우리의 영역은 실상 철저히 분리되어 있었던 것 같다. 그런 아득한 단절 속에서 당신과 나는 어떻게 서로를 이해하고 받아들였을까, 과연 "이해란 가능한 물질일까"(「벽에서 벽으로」)? 각자의 유리벽에 남기는 서로의 입김과 손그림처럼, 아무런 접촉도 없는 단절 속에서도 서로 닿아 있다고 믿는 어떤 광기의 도약을 우린 이해라는 이름으로 부르고 있는 것이 아닐까. 나와 당신 사이에 과연 어떠한 실체가 있는지 "아득한 마음이 드는 날"이면, 나는 우리 둘 사이의 벽에 "손가락으로 금을"(「벽에서 벽으로」) 그어 본다. 아무런 연결고리도 없는 허공에 이름과 형태를 붙인 별자리같이 "그 불가능하고 아름다운 도형"(「벽에서 벽으로」)을 그리다 보면, 텅 빈 적막과 공백뿐인 우리 사이에도 희미한 흔적이 남게 될 것만 같다.

흩날리는 부질없음을 두고 누구는 첫눈이라 하고 누구는 첫눈 아니라며 다시 더듬어보는 허공, 당신은 첫눈입니까

오래 참아서 뼈가 다 부서진 말
누군가 어렵게 꺼낸다
끝까지 간 것의 모습은 희고 또 희다
종내 글썽이는 마음아 너는,

슬픔을 슬픔이라 할 수 없어
어제를 먼 곳이라 할 수 없어
더구나 허무를 허무라 할 수 없어
첫눈이었고

햇살을 우울이라 할 때도
구름을 오해라 해야 할 때도
그리고 어둠을 어둡지 않다 말할 때도
첫눈이었다

그걸 뭉쳐 고이 방안에 두었던 적이 있다

우리는 허공이라는 걸 가지고 싶었으니까
유일하게 허락된 의미였으니까

저기 풀풀 날리는 공중은 형식을 갖지 않았으니

당신은 첫눈입니까

—「당신은 첫눈입니까」 부분

위 시편의 '나' 역시 소중히 간직해 온 당신의 기억과 말들을 어딘가에 담아 둔 듯하다. 오래도록 멀어졌던 시간만큼 힘들게 되돌아온 그곳에서 나는 선반 너머의 상자를 들춰 보듯 꼭꼭 숨겨 온 그 말들을 "어렵게 꺼낸다". 그렇게 "오래 참아서 뼈가 부서진 말"들은 나의 대기와 접촉하는 순간, 당연하다는 듯 부스러지고 흩어져 허공에 흩날린다. 힘들게 마주한 저 너머 당신의 세계는 눈을 뜨지 못할 만큼 "희고 또 희다".

이내 녹아 사라질 것을 알고 있으면서 기억 속의 나와 당신을 "뭉쳐 고이 방안에 두었던 적이 있다". 닿자마자 사라질 것을 알고 있음에도 그 불가능한 축적을 꿈꾼 적 있다. 저 너머에 도착하자마자 텅 빈 공백으로 화할 당신을 알고 있었으면서도 어떤 흔적을 남겨 보려 애쓴 적 있다. 그러니 이 세계의 문턱을 넘어섰을 때, 내가 처음으로 만난 흰 눈에서 당신을 떠올린 것은 어쩌면 당연한 수순이었는지도 모른다. 그 눈은 낯선 세계에 진입한 내가 최초로 목도한 흰빛이자, 기화되어 사라진 당신이 이 세계에 애써 응결시킨 불가능한 흔적일지도 모르기 때문이다. 축적되었다 믿은 시간이 모두 무의미하게 흩어지고 나와 당신의 언어가 서로에게 닿지 않는 이 새로운 허공의 지반 위에서, 부질없이 흩날리는 저 눈송이들은 나를 찾아온 기적 같은 당신의 흔적이자 "유일하게 허락된 의미"가 아닐까. "아무도 듣지 않는 이야기를 할 수 없어서", 그럼에도 "아무도 듣지 않는 이야기를 하고 싶어서"(「모르는 새」) 나는 당신에게 닿지 못할 말을 건넨다. "당신은 첫눈입니까".

그러나 이 세계의 문을 넘어서고 나면 "어떤 발언도 이후 유효하지 않"(「사물입니까? — 에드워드 호퍼」)을 것이고, 텅 빈 그곳에서 내가 당신에게 건넨 안부는 메아리처럼 허공만을 맴돌 것이다. 그러니 아무 일 없이 반복되는 계절처럼, 다시 처음으로 되돌아가 보자. 서두에서 비밀이 없는 이의 생을 불행하다 여겼던 작가 이상은 본인의 필명조차 상자(箱)로 지어 자신의 글을 어딘가에 가둔 채 보여 주려 했다. 대표작 「날개」가 여실히 보여 주듯 골방에서 시작된 그의 글쓰기는 모조로 건축된 한 세계조차 벗어나지 못한 채 실패로 끝났던 것 같다. 아니 정확히 말하자면 그 세계에서 벗어나려 했기 때문에, 새로운 세계로의 부푼 꿈을 안고 현해탄을 건너갔기 때문에, 그는 카이사르의 암살자들이 그러했듯 기대와는 다른 세계를 만나 좌절에 빠졌고 얼마 지나지 않아 거짓말같이 짧은 생을 마감했다.

그렇게 수많은 이들을 존재의 파멸로 이끌었던 저 너머의 상자처럼, 나의 앞엔 당신이 늘 놓여 있을 것이다. 그러고는 문턱 너머에 있을 꿈같은 세계로 나를 계속 매혹할 것이다. 문제는 그 바깥에 무엇이 있을지 지금 이곳의 나는 도저히 알 수가 없다는 점이다. 비록 손에 잡힐 듯 한없이 투명해 보일지언정 이곳에서 바라본 그 너머의 세계는 어떻게 뒤바뀔지 예측할 수 없다는 점에서, 상자의 덮개를 열어젖히는 순간 이전 세계의 나를 표백할 낯선 빛이 무방비하게 쏟아져 내릴 것이라는 점에서, 그 미래에의 비가시성과 불확실성은 여전할 것이다. 엘리자베스 그로스는 바깥이라는 공간이 단순한 물리적 외부가 아니라, 안쪽의 우리가 완벽히 차지할 수 없는 불가능의 장소이자 존재의 자기 일관성을 거부하는 곳이라고 이야기했다. 그의 말을 참조한다면, 바깥이 우리에게 매혹적인 이유는 지금 이곳의 일관된 나의 존재를 위협하는 이해 불가능한 미지의 타자성이 그곳에 있기 때문일 것이다. 그 매혹(魅惑)은 단순한 호감과는 달라서 나를 파괴할 것만 같은 의혹과 불안을 동반한다. 그러니 어쩌면 나는 존재적 소멸의 위험을 무릅쓰고 당신을 사랑한 것이 아니라, 내 존재의 완전함을 좀먹는 그 불가능성의 위험 때문에 당신을 사랑할 수밖에 없었던 것이 아닐까.

그렇다면 이 시집이 옳음과 옳지 않음(「당신은 너머가 되지 못했다」), 창밖과 창 안(「사물입니까? — 에드워드 호퍼」), 문틈의 안팎(「이 불쌍한 눈」), 두 개의 문(「두 개의 문 — 르네 마그리트의」), 사하라와 툰드라(「놀라운 일, 바이러스」) 등 서로 간의 접점이 없는 영역과 화해가 불가능한 문장들의 안팎을 끊임없이 진동했던 이유 또한 이제야 설핏 이해가 간다. 그 양쪽의 세계는 각자의 영역에 도달하더라도 이미 실패와 파국이 예정되어 있는 "가능한 불가능"이자, 온전히 도달할 수 없기에 시작될 수 있는 "불가능한 가능"이기 때문에, 시인에게 두 세계는 "갈 수 없"기에 끝없이 서로 "가고 싶"(「겨울 꿈」)은 매혹적인 바깥이었을 것이다.

반가운 첫눈을 맞던 겨울이 끝나고 언젠가 당신의 흔적마저 모두 휘발된 봄의 문턱이 찾아올 것이다. 그 새로운 세계로의 진입이 언제나 "시작에 불과하다는 것", 그리고 "끝을 모른다는 것"(「그리고 겨울,」)이 늘 우리를 불안하게 만든다. 하지만 그 너머의 불안과 위험을 생의 원동력으로 삼고 있는 시인에게 잔혹하도록 일회용인 "봄은 오는 게 아니"라, 그곳을 향해 "가고 있는"(「이후」) 목적지가 아닐까. 이 계절의 문턱을 넘어서면 또 어떤 새로운 세계가 나타날지, 이후 우리의 존재는 어떻게 변해 갈지 지금 이곳에서는 도저히 알 길이 없다. 하지만 시인은 그 "불확실에게 생을 건"(「전야」) 채 보이지 않는 상자를, 두고 온 미래를, 너머에 있는 당신을 한 번 더 연다.

아직 끝나지 않은 이야기

이기리 시집 『그 웃음을 나도 좋아해』

1월의 탄생석 가넷은 라틴어 그라나투스(granátus)에 어원을 둔 말로, 씨가 많은 석류의 모습에서 그 형상을 본뜬 단어이다. 그리고 이 시집의 첫 장면 역시 석류알처럼 수많은 "모래 알갱이들이 사방에 퍼져 있"(「가넷—탄생석」)는 한 해변가의 모습을 비추는 것으로 시작된다. 그곳에는 "몸을 동그랗게 만" 채 돌 줍기에 심취해 있는 아이가 한 명 등장한다. 아이는 파도에 자연스레 마모되었을 동그랗고 부드러운 돌멩이들 대신 날카롭게 "깨진 돌 하나"를 줍는다. 아이는 소중한 보물이라도 발견한 것처럼 그 깨어진 돌을 아빠에게 건네지만, 아빠는 돌의 모양을 타박하며 아이의 손을 내친다. 홀로 남은 아이는 수많은 돌들이 가라앉아 있는 해변을 쉽사리 떠나지 못하고, "자꾸만 뒤를 돌아본다".

널따란 해안가에서 아이가 주워 들었던 그 한 조각의 돌멩이처럼, 낱낱이 흩어진 여러 시편들에서 어떤 이야기를 시작하는 것은 눈에 띈 이미지 몇몇을 길어 올려 하나의 묶음으로 만드는 일에 불과할 것이다. 그러니 아무리 텍스트에 기댄다 한들, 그것은 순간의 호흡을 흐트러트리고 고유한 시적 배열의 순간으로부터 우리를 멀어지게 만든다. 하나의 가능성을 이야기하는 것은 동시에 수많은 것들을 이야기하지 않는 것이기도 해서, 발화되어 버린 "이야기는 수많은 등장인물을 없애고"(「유리온실」) 아직 발현되지 못한 잠재적 풍경들을 그 속에 가둔다. 하지만 아이가 무언가를 집어 들지 않았다면 이 시집의 첫 장면 또한 펼쳐지지 못했을 것이기에, 그 반가운 마주침과 우연한 아름다움에 기대어 일단 첫마디를 건네 보기로 하자. 다음은 이기리 시인의 첫 시집 『그 웃음을 나도 좋아해』에서 건져 올린 몇몇의 이야기들이다.

*

처음은 "수많은 가시에 찔리는 한 사람의 이야기"(「너는 꼭 가지 않아도 돼요」)이다. 그 이야기 속엔 주로 유년 혹은 소년 시절의 '나'가 등장한다. 시편마다 조금씩 차이가 있긴 하나 그곳은 번번이 나를 괴롭히는 아이들의 소리가 가득한 세계로 그려지고, 그 괴롭힘의 구체적인 무대가 되는 곳은 대부분 학교인 듯하다. 표제작인 「그 웃음을 나도 좋아해」는 "마침내 친구 뒤통수를 샤프로 찍었다"라는 끔찍한 문장 하나로 시작된다. '마침내'라는 부사가 뒤이은 잔혹한 서술과 어울리는 이유는 나에게 가해진 주변 친구들의 괴롭힘이 그만큼 깊게 누적되었기 때문이다. 나에게 또래 친구들이란 잠들어 있는 가슴팍에 뜨거운 우유를 붓거나, 커터 칼로 손가락을 자르겠다며 나를 위협하는 존재들이다. 그 시절을 회상하는 나의 눈에 보이는 것은 "내 불알을 잡고 흔들며 웃는 아이들의 모습"이다. 시집의 제목처럼 나는 정말로 그 아이들의 웃음을 좋아할 수 있게 된 것일까. 그들과 달리 나의 웃음을 엿볼 수 있는 장면은 거의 등장하지 않지만, 내 표정이 언뜻 드러나는 유일한 대목은 "구름을 보면/ 비를 맞는 표정을 지었다"라고 말하는 시의 마지막 구절인 듯하다. 하지만 그마저도 이 끔찍했던 시절이 지나가는 것에 대한 혹은 "정말 끝날 것 같은 여름"에 대한 안도감처럼 느껴질 뿐이고, 오히려 구름의 슬픔을 미리 예감한 그 표정 속엔 어딘지 비와 울음이 뒤섞여 있는 것만 같다.

「구겨진 교실」에서도 유사한 시적 풍경이 펼쳐진다. 해당 시편 속의 '나'는 중학생이 되어서도 "플라스틱 냄비와 플라스틱 수저", "플라스틱 칼과 플라스틱 도마"를 버리지 않는 이로 그려진다. 하지만 정글에 가까워 보이는 학교는 그 소박하고 안전한 기쁨을 허락하지 않는 것 같다. 특이한 이름을 가졌다고 선생님이 자기소개를 조금 더 길게 시켰던 탓인지, 힘이 약해 보이는 짝꿍의 의자를 대신 올려 주다 아이들의 야유를 받았기 때문인지 나는 주변 친구들에게 만만한 피식자로 낙인이 찍혔고, "또래보다 작고 마른 나의 몸을 호시탐탐 노리"던 한 친구는 어느 날 "손을 포클레인처럼 구부"려 "사타구니 쪽에 팔을 쑥 집어넣고 나를 들어 올렸다". 그때 나는 친구들의 비웃음과 "보이지 않는 입꼬리들이 나를 천장까지 잡아당기는 기분"을 느껴야만 했다. 아무리 그어도 칼자국이 생기지 않는 플라스틱 칼처럼, 나는 이전까지의 세계가 무력해지는 순간이 되어서야 "비로소 중학교에 입학했"음을 실감하게 된다.

물론 이 이야기의 등장인물들이 내게 늘 적대적인 모습만 보이는 것은 아니다. 「코러스」에선 점심시간이 되면 나처럼 빈 교실에서 도시락을 먹고, 매일 같이 도서관에 앉아 있는 '너'의 모습이 그려진다. 언제나 앞서 걸려 있던 나의 외투 위에, 너는 자신의 외투를 겹쳐 걸어 두곤 했다. "나의 외투를 뒤에서 끌어안고 있는 너의 외투"가 좋아 나는 점심시간 내내 교실을 떠나지 못한다. 또 「정물화를 그리는 동안」의 너는 "미술 시간만 되면 항상 내 뒷자리에 앉는다". 데생을 하는 동안 너는 내 등에 손가락으로 이름을 적고,나는 네가 적은 이름을 조그맣게 속삭이곤 했다. 친구들의 이유 모를 폭력과 비웃음에 무방비하게 노출되었던 것처럼, 손가락 그림을 그릴 때마다 "작게 웃는 너"의 마음이 무엇을 의미하는지 아직 나는 정확히 모르는 듯싶다. 너의 웃음이 "무엇이었는지 알 수 있을" 때까지, 언젠가 "네가 듣고 싶은 말을 내가 할 수 있을 때까지" 그 이야기 속의 장면은 오래도록 반복될 것만 같다.

내가 웃음의 의미를 알아차리지 못했던 건 그런 시차적인 이유 때문이기도 하지만, 그 시절 강요되었던 전형화된 정체성에 스스로를 쉽게 일치시킬 수 없었기 때문이기도 하다. 「싱크로율」에서 드러나는 것처럼, 나는 "서 있는 다리 사이에 머리를 집어넣"으며 말뚝박기를 하던 남자아이들과 달리 공기놀이를 더 좋아하는 아이였다. 나는 종종 "브래지어를 옷 속에 숨기고 화장실로 가져"와 그것을 몰래 입어 보았다. "끈 조절은 할 줄 몰라" 허리에 속옷을 걸치고 있는 나의 "평평한 가슴"이 거울에 비칠 때면 어째서인지 "두 손을 포개"어 그 모습을 가리곤 했다. 나는 그저 "손을 잡고 싶었을 뿐인데" 그때마다 "우린 같은 성별"이라는 대답과 너의 "예고된 절교"를 받아들여야 했고, 비를 예감하듯 슬픈 표정이 드러날 것 같은 순간이면 나는 그 감정을 애써 숨겨야 했다. "숨겨야 할 표정이 생길 때마다" 내 속에 있는 "다른 얼굴들과 마구잡이로 뒤섞인" 불안정한 나를 마주해야만 했다. 그렇게 이리저리 구겨진 과거와 대면할 때면 나는 "등에 거대한 나방이 앉"(「명당을 찾아라」)아 있는 듯한 죄책감을 떨칠 수 없었고, 같은 장면 속에 있는 너와 내가 실은 완전히 다른 축을 지닌 존재들이었다는 점을 새삼 깨닫게 된다.

일전에 20년 이상의 시차를 두고 있는 모파상과 프루스트의 텍스트를 가지고 그런 이야기를 쓴 적이 있다.[1] 불완전했던 모파상의 문장이 훗날 도착한 프루스트의 문장을 거치며 다시 읽히게 된다는 피에르 바야르의 논리에 기대어, '사랑해도 혼나지 않는 꿈'만을 꾸던 한 시인의 작품을 '달라진 우리의 시대'의 작품을 통해 다시 읽어 보려는 시차적 독해의 시도였던 것 같다. 그리고 이는 한 시인의 텍스트 사이에서만 가능한 것이 아

1 이 책, 160~161쪽 참조.

니라, 서로 다른 시차를 두고 나타난 두 시인의 텍스트 사이에서도 얼마든지 발생할 수 있다. 가령 이런 작품들이다.[2]

예배가 끝나면 친구들과 모여 성경 구절을 나누었다

그날은 한 구절도 준비하지 못해 모임에서 한마디도 하지 않았다
그런 내게 이름도 모르는 친구가 사탕을 주며 웃어 주었다

서로 사랑하라는 말을 한목소리로 읽던 날이었다

두 바퀴로 달리는 공원이 초록빛으로 가득했고
친구 뒤를 따라 페달을 밟으면
우린 어느새 원을 그리고 있었다

새 신발을 신고 뜨거운 태양 아래에서 손차양을 하며
초대받은 친구 집으로 가는 길에 피어오르는 아지랑이가 풍경을 어지럽혔다

현관문을 열자
옆방에서 어떤 남자아이가 나와
내 입을 틀어막고 나를 소파에 강제로 눕혔다

분명 아무도 없다고 했는데

2 “여름/ 성경 학교에/ 갔다가// 봄에/ 돌아왔다”(황인찬, 「개종 5」, 『구관조 씻기기』, 민음사).

바지가 반쯤 벗겨졌을 때
친구가 다른 방에서 나왔다
구김살이 많은 잿빛 티셔츠를 입고 있었다

집으로 거의 다 돌아와서 본 한쪽 신발 뒤꿈치가 꺾여 있었다
산책이나 하다 들어가야 한다고 생각했다

—「여름 성경 학교」 전문

위 시편에는 여름 성경 학교에 참석한 '나'의 모습이 그려진다. 성경 구절을 준비하지 못해 모임이 끝나 가는 동안 말을 한마디도 꺼내지 않은 나에게 "사탕을 주며 웃어 주"는 한 친구가 있었다. 달콤하고 다정한 그 웃음에 이끌린 나는 "이름도 모르는 친구"의 초대에 응했고, 이내 그의 집을 방문한다. 한데 현관에 들어서자마자 나타난 어떤 남자아이가 "내 입을 틀어막고 나를 소파에 강제로 눕"힌 채 나의 바지를 벗기려 한다. "바지가 반쯤 벗겨졌을 때" 즈음 다른 방에서 나온 친구는 "구김살이 많은 잿빛 티셔츠를 입고 있었다". 이 장면은 여러 의미로 독해가 가능하겠지만 연이어 배치된 「두 개의 얼굴」 속 다정히 '뽀뽀를 하는 엄마'와 악어처럼 내 '입술에 혀를 집어넣는 엄마'의 두 모습과 겹쳐 읽어 본다면, 아무도 없다던 집에서 갑자기 나타나 내 옷을 벗기던 남자아이는 달콤한 사탕을 건네던 친구의 또 다른 얼굴로 읽히기도 한다. 웃음과 폭력이 한데 겹쳐진 이 양가적인 장면은 "서로 사랑하라는 말을 한목소리로 읽던 날"의 모습이다.

2010년에 첫 발표를 시작한 시인과 2020년에 처음으로 자신의 목소리를 전하는 한 시인의 작품을 겹쳐 보려는 건 수상자의 계보를 잇겠다거나 상호 간의 영향 관계를 탐색하려는 것이 아니라, 언급된 이기리 시인의 「여름 성경 학교」가 황인찬 시인의 "여름/ 성경 학교에/ 갔다가// 봄

에/ 돌아왔다"라는 술어들 사이에 놓인 잠재적인 이야기 하나를 끌어올려 주는 듯하기 때문이다. 일종의 프리퀄처럼 보이기도 하는 위 시편은 여백으로 남아 있던 과거의 문장들과 기이하게 상응하며, 아직 다 완료되지 않았던 그 시절의 사랑의 풍경 하나를 건져 올린다. 그 시차적 상응은 다분히 퀴어하게 읽히는 과거의 장면들뿐만 아니라, "계절이란 말보다" "계절감이란 말"[3]을 더욱 선호하는 두 시인들의 독특한 거리감 때문에 발생하는 것이기도 하다. 이야기를 서술하는 발화자의 감정은 유독 절제되어 있고, 폭력이든 호감이든 그 장면에 등장하는 나는 일인칭과 삼인칭이 뒤섞인 시선으로 사건을 술회한다. 본인의 영정 사진을 바라보고 있는 시선이나(「강물에 남은 발자국마저 떠내려가고」), 재생되는 과거의 오후를 관조하고 있는 모습(「떠올릴 만한 시절」), 자신의 감은 눈 속을 관찰하듯 헤매는 장면(「자각몽」) 등은 이 시집에서 누차 느껴지는 묘한 거리감을 더욱 두텁게 만든다.

유일한 생전 저서인 『논고』에서 비트겐슈타인은 말할 수 없는 것에 대해서는 침묵해야 한다는 유명한 마지막 문장을 남겼다. 여러 방식으로 차용되는 그의 말은 언어적 재현의 절망만을 뜻하는 것은 아닐 것이다. 같은 책에 기술된 논리적 명제와 함께 읽으면, 그 문장은 말할 수 없는 것은 보여져야 한다는 취지에 가까웠던 것 같다. 이를 바꿔 말해 본다면 어떤 순간의 이야기는 당시 '나'의 시선으로는 온전히 말해질 수 없는 것이기에, 사후에 도착한 '나'의 개입으로만 간신히 재현될 수 있다는 의미이기도 할 것이다. 그때의 상처들, 불완전한 감정들, 당시에는 도저히 이유를 알 수 없었던 누군가의 웃음들은 '나'와 '나' 사이의 묘한 시차적 거리감 속에서만 재생될 수 있다. 잃어버린 시간을 찾아 나선 프루스트의 소설이 형식적인 이유에서뿐 아니라 당위적인 측면에서도 주인공인 '나'와 작가

3 황인찬, 「유체」, 앞의 책.

인 '나'의 시점을 이리저리 넘나들어야 했던 것처럼, 맹점으로 남아 있는 그 시절을 재현하기 위해서는 나에게도 어떤 겹눈의 시선이 필요했던 것 같다. 그것은 "두 눈으로 자신의 심장을 볼 수 없"(시인의 말)는 존재들, 스스로를 관찰하는 '나'와 타인의 시선이 뒤섞인 대상으로서의 '나'를 분리할 수 없는 존재들의 태생적인 한계이기도 할 것이다. 그러니 이 이야기 속에서 느껴지는 거리감은 주체의 무기력함이라기보다는, 말할 수 없음에도 "말할 수밖에 없는 것들"과 "말하며 다시 데려오고 싶은 순간들"(「꽃과 생명」)을 어떻게든 마주하려는 이의, 그 "장면을 영원히 간직하거나/ 지워 버릴 수도 있지만/ 다시 눈을 뜨고 끝까지 다 보기로"(「일시 정지」) 결심한 이의 용기에 가깝지 않을까.

*

두 번째 이야기는 등 뒤에 놓여 있던 타인의 그림자가 모두 사라진 듯한 세계의 이야기이다. 그것이 이유 없는 악의의 비웃음이든지 또는 알 수 없는 호의의 미소이든지 간에, 나를 흔들던 친구들의 웃음소리가 소거된 그곳은 일종의 아포칼립스적인 풍경으로 다가오기도 한다. 그 적막한 세계 속에 남겨진 주인공은 인류의 마지막 생존자처럼 홀로 거리를 걷는다. 「러브 게임」에는 인적 없는 테니스장 주변을 맴돌고 있는 '나'가 등장한다. 내가 걷는 "으깨진 거리"는 재난이 시작된 '그라운드 제로'의 현장 같기도 하고, 오랜 시간의 마모 끝에 닳고 닳아 버린 세계의 끄트머리인 듯싶기도 하다. 아무도 사용하지 않는 "네트의 그물망은 절반쯤 찢어"져 있고, "오래전부터 누구도 꺼내 주지 않아 구정물을 머금고 가라앉은" 테니스공은 쓸쓸히 "배수구에 처박혀 있다". 나는 이야기의 유일한 등장인물인 것 같기는 하나, 부서진 거리의 풍경을 그저 맴돌기만 할 뿐 세계에 별다른 변화를 불러일으키지는 않는다. 밤이 찾아오면 나와는 무관하게 "야간 조명이 하나둘씩 켜"지고, 코트의 녹슨 철조망 안으로 들어가지 못하는 나는 이 세계 속에 홀로 격리되어 있는 것만 같다.

「유리온실」에서도, '나' 혼자 외따로 남겨진 듯한 투명한 유리벽의 세계가 펼쳐진다. 그곳의 풍경은 여전히 다소 비현실적이다. 진공 세계 안에 존재하는 나무들은 일말의 미동도 하지 않고, "나뭇가지들은 깨진 하늘에 생긴 실금처럼" 가늘게 손을 뻗어 배경의 일부가 되어 있다. 그곳에서 유일하게 움직임을 느낀 "나비 한 마리"조차 내가 다가가면 흰 가루로 화해 흩날리듯 사라져 버린다. 등장인물들의 역할이 모두 종료되어 그들의 레이어만을 따로 들어낸 듯한 그 세계는 마치 "다시 재생되기를 기다리고 있는" "정지된 화면처럼" 느껴지기도 한다. 그 속에서 내가 할 수 있는 일이란, 그저 배경처럼 존재하는 식물들의 가지를 꺾거나 이 이야기의 끝을 상상해 보는 따위의 일뿐이다. 뒤를 돌아본 내가 누군가의 모습을 발견해서 그를 향해 다가가려고 하면 단절된 세계에 가로막힌 나는 "어떤 벽에 부닺혀 넘어"지고, 꺾인 식물들은 뒤로 감기 버튼을 누른 양 "처음부터 다시 자라기 시작"한다.

이처럼 존재의 작동 범위가 정해진 가상적인 세계의 모습은 이 시집에서 종종 발견되는 풍경이다. 좌표평면에서 태어난 염소는 원점을 기준으로 한 자신의 목초지를 벗어나지 못하고(「염소가 사는 좌표평면의 세계」), 시간이 정지된 꽃들이 화분과 꽃병에서 자라며(「우리 집에는 식물이 없다」, 「재회」), 세상과 격리된 관람차 속의 관찰자는 둥근 축의 시선을 그려 낸다(「저녁의 대관람차」). 이 같은 이야기의 세계는 시인이 부러 만들어 낸 모종의 진공 실험실처럼 느껴지기도 한다. 타인의 웃음으로 이리저리 흔들리던 그 시절의 나를 객관적인 눈으로 바라보는 것이 실로 불가능하다면, 과거의 나를 바라보는 시선이 늘 타인의 시선으로 오염되어 있을 수밖에 없다면, 그 존재들이 소거된 멸균의 세계 속에서는 온전한 나의 모습을 발견할 수도 있지 않을까?

빈방은 파동
닫으면
더 정확한 울음을 들을 수 있다

천장을 바라본다
어디선가 변기 물을 내리고 그릇을 깨고 벽을 친다

물을 머금고 웅얼거리는 듯한 대화가 거뭇한 방을 맴돌고
이따금 고함과 비명이 두 귀를 잡아당긴다

위에서 들리는 건지 아래에서 들리는 건지 헷갈려서
문고리를 돌리다 말고 바닥에 주저앉는다

녹슨 경첩을 보고 있으면
저녁이 창문을 찢고 들어온다

—「번안곡」 부분

타인의 모습이 사라진 세계의 풍경은 위 시편에서도 계속된다. 작품 속 화자는 부러 문을 닫은 채 아무도 없는 "빈방"에 들어가 있는 듯하다. 불명료한 누군가의 목소리는 "웅얼거리는 듯한 대화"로 방 안을 맴돌 뿐이고, 이따금 들려오는 "고함과 비명" 소리 또한 그 의미를 알 수 없긴 매한가지이다. 얇은 벽, 바닥, 천장을 마주하고 있으나 직접 접촉할 수 없이 단절되어 있는 격자 구조의 아파트처럼, 이곳의 존재들은 서로의 위치조차 정확히 가늠하지 못하는 세계에서 가까운 듯 멀리 떨어져 살아가는 것

같다. 하지만 그렇게 강제적으로 분할된 각자의 진공 세계 속에서 더욱 크게 들려오는 것은 누군가의 "더 정확한 울음"이다. 타인과의 대화가 단절된 자신만의 고요한 세계 안으로 파고들면 들수록, "어디선가 변기 물을 내리고 그릇을 깨고 벽을" 치는 소리는 더욱 크게 머리를 울려 오는 듯하다. 너와 나의 세계를 가로지르는 이 얇은 온실의 벽은 서로의 접촉과 언어를 가로막기도 하지만, 동시에 서로의 세계를 울리는 진동의 매질이 되어 저 너머에 있는 존재의 체적을 선명히 드러내는 듯싶기도 하다. 몸체가 사라졌기에 더욱 진하게 남아 있는 체셔 고양이의 웃음처럼, 실체가 사라진 너의 잔향은 도리어 더 둔중하게 내 몸을 울린다.

앞서 언급된 비트겐슈타인의 주장에 따른다면, 얇은 유리막으로 분할된 너와 나의 온실은 별개의 문법과 언어를 사용하는 상호 몰이해의 영역에 놓여 있을 것이다. 하지만 명료해 보이는 그 논리적 구획은 뒤늦게 도착한 그의 후기 작업을 통해 조금 더 보충되어야 한다. 비트겐슈타인의 죽음 이후에야 출간된 『탐구』를 읽으며, 가라타니 고진은 나와 타인과의 대화는 애초부터 언어의 공통 지반이 없는 상황에서 행해지는 것이라고 이야기한다. 별개의 게임처럼 다른 규칙과 룰을 지니고 있음에도 불구하고, 우리는 서로 다른 문법의 언어를 번안하듯 받아들이고 그 어둠을 뛰어넘는 비약 속에서 불가능한 의미의 교환을 이루어 낸다는 것이다. 그의 말을 빌린다면 실제로는 아무것도 주고받지 못할 우리들 사이의 관계는 각자의 유리벽에 남긴 희미한 입김으로만, "벽돌과 벽돌 사이에"서 "서로 부딪치면서 내는 투명한 소리"와 "누구 것인지 알지 못"하는 잠깐의 "흔들림"(「더 따뜻한 차를」)으로만 환영과도 같은 실체를 쌓아 나가는 것인지도 모르겠다. 소중한 존재를 모두 다 태워 버린 후에야 그 되돌릴 수 없는 잔해를 떠나지 못하는 아이들의 모습처럼(「사랑」), 누군가를 공들여 소거하려 했던 그곳에서 우리는 역설적으로 벗어날 수 없는 타인의 흔적을 실감하게 된다. 어쩌면 처음부터 시인은 "아무도 없는 테니스장"에서 "누가 있기라도 한 것처럼"(「러브 게임」) 주고받는 그 텅 빈 랠리를 사랑이라는 이름으로 바꿔 부르고 있었던 것이 아닐까.

*

그리고 마지막은 그 시절을 함께 보냈던 당신에게 전하는 시인의 늦된 편지입니다. 그 편지 속의 '나'는 해변 위의 조약돌을 뒤적이듯 "당신의 기억을 함부로 헤집"어 "원래대로 돌려놓지 않는 사람"이기도 하고, 그 돌 하나하나에 붙인 "당신의 이름을 남들에게 함부로 말하는 사람"(「빛」)이기도 합니다. 가령 「누나에게」라는 시편에서 나는 한 시절을 함께 버텨냈던 누나에게 한 번도 써 본 적 없는 편지를 조심스레 부칩니다. "주방에서 엄마가 식칼을 쥐고 주저앉아 울었던 여름", 온 가족이 둘러앉던 식탁이 유리처럼 깨어지던 그 여름에 당신과 내가 할 수 있는 일이라곤 "영문도 모르는 싸움 한가운데 버려진 짐승 새끼들처럼" 서로의 "고개를 돌려 등을 핥"아 주는 일뿐이었던 것 같습니다. 하지만 한 번 잔금이 생겨난 마음은 "구겨진 자리"처럼 손쉽게 "원래 모습으로 돌아오지 않"(「오로라」)아서, 서로의 모난 상처를 핥아 주려 할수록 우리는 서로에게 자꾸 더 베이고 말았던 듯싶습니다. 그토록 아팠던 여름, "그러니까 우리에겐 이해보다 용서가 더 필요했습니다"(「세밑」).

파랗도록 잔인했던 여름이 지나가고 어느덧 투명한 겨울입니다. 해가 교차되는 요즈음 "오늘처럼 빈 식탁에 앉아 있으면 당신이 쌀뜨물로 끓인 누룽지를 담은 그릇을 들고 뜨거우니까 천천히, 후후 불면서 먹으라는 겨울"(「세밑」)만 자꾸 생각납니다. 시간을 멈추고 싶을 정도로 "간직하고 싶은 풍경"들 속엔 어째서 "잘 구운 토스트"(「우리 집에는 식물이 없다」)나, "꾸덕한 밥알"이 씹히던 "식혜"(「세밑」), 당신이 좋아하던 "동글동글한 도

나쓰"와 따듯한 떡국에 얹어 먹을 "알타리무와 깍두기, 배추김치와 열무 김치, 묵은지와 파김치"(「식기 전에」) 같은 것들이 함께 떠오르는 걸까요. 서로의 입김이 닿지 않는 투명한 온실 속에 제각기 격리되어 있는 우리이지만, 같은 자리에서 함께 음식을 먹을 때면 "서로의 입속으로 얼음을 넣"(「더 많은 것을 약속해 주는」)어 주듯 당신과 나의 온기가 잠시나마 뒤섞이고 있다는 묘한 착각을 하게 되는지도 모르겠습니다. 그렇게 바짝 붙어 수저를 부딪치는 소리, 음식을 씹는 소리, 후루룩 국물을 마시는 소리들로 서로의 진동을 느끼다 보면 우리가 "이 정도의 호흡, 이 정도의 박자로/ 연결되어 있구나"(「괜찮습니다」) 하는 생각에 안도감이 들고, 가까울수록 상처를 입히는 차갑고 모난 우리들의 마음도 각자의 체온으로 서로를 녹이며 조금씩 둥글어지는 듯싶기도 합니다.

> 나비가 어깨에 앉았다고 했다 괜찮다고 했다 쉬고 갈 수 있다면 좁은 어깨라도 빌려줄 수 있으니까 따뜻하다고 했다 그런 말은 심장을 더 세게 움켜쥐었다 물기 가득한 유리잔을 들고 흔들면 아직 다 녹지 않은 얼음끼리 부딪혔다 건너편에선 정원사들이 사다리를 타고 올라가 소나무를 가지치기하고 있었다 가지들이 땅에 힘없이 떨어질 때 자전거를 탄 아이들이 연달아 벨을 울리며 앞에 걸어가고 있던 연인 사이를 지나갔다 아직 있냐고 물으니 아직 있다고 했다 어떻게 생겼냐고 물었다 그냥 희다고 했다 오래 기다려 온 대답은 아니었다 날아서 등으로 갔다고 했다 그래서 어떻게 붙어 있는지 볼 수 없다고 했다 그건 둘 다 마찬가지니 상관없다고 했다 몸을 돌리면 날아갈 테니 뒤로 오라고 했는데 다가가는 것 또한 날아가게 할 거라고 했다 어쩔 수 없겠네요 가만히 앉아 너머의 풍경을 마저 구경해요
>
> —「재회」 부분

나는 아직 우리가 죽어서도 만날 수 있다고 믿습니다. 죽어서까지 나를

만나 줄 사람이 몇 명 더 있었으면 좋겠습니다. 나는 타인을 사랑하고 믿으려는 맹목적 태도를 바꾸지 못했습니다. 나를 맘껏 부려먹기를. 누군가 조금이라도 더 성장하고 행복할 수 있다면. 웃을 수 있다면. 나는 불행한 삶을 살고 있는 겁니까. 당신에게 묻고 싶습니다. 나의 웃음이 당신의 웃음이고 나의 기쁨이 당신의 기쁨이라면. 나의 말이 당신의 심장을 몇 번 더 뛰게 할 수 있다면. 나, 더 살아도 되겠습니까. 이것이 우리의 희망이기를 바랍니다. 나의 글이 당신의 글이 되지 못하더라도. 내가 나를 믿지 못하는 어려운 순간이 와도. 나는 당신을 끝까지 믿겠습니다. 당신은 부디 먼 곳에서도 잘 지내고 있기를. 우리, 또 닿을 날 있을 겁니다. 그때까지만. 이만 줄입니다.

—「더 좋은 모습으로 만나겠습니다」 부분

등 뒤를 따라다니던 어두운 나방처럼 혹은 유리온실 같은 세계에서 흰 가루를 뿌리며 흩어지던 나비처럼, 나는 어제의 당신을 마주할 때마다 내 시선이 닿지 않는 곳에 내려앉은 어떤 존재를 느끼게 되는 듯합니다. 어깨에 살포시 앉아 있었던 "작고 여린 그것이 나방이었는지 술에 취한 천사였는지"(「방생」) 나는 알 수가 없습니다. 그 존재가 어떤 표정을 짓고 있는지 "어떻게 붙어 있는지 볼 수 없"는 것처럼, 당신 역시 등 뒤에 남아 있던 나의 시선을 끝내 알아차릴 수 없으실 테지요. 그것은 스스로의 심장을 직접 대면하지 못하는 우리의 태생적 사각인 듯싶습니다. "무릎이 등에 닿을 수 없"고 "눈물을 발바닥으로 흘릴 수 없"(시인의 말)는 우리의 몸처럼, 그것은 이 세계에서 허락된 작동 범위를 벗어나는 일이고 그렇게 주어진 좌표의 축을 벗어나려고 하면 우리는 어쩔 수 없이 망가지거나 뒤틀리고 마는 존재들인 것 같습니다.

하지만 보이지 않는 당신에게 어깨를 내어줄 때마다 생겨나는 따스함 또한 제가 어찌할 수 없는 일인 듯합니다. 정체 모를 당신의 온기는 내 "심장을 더 세게 움켜쥐"고 불수의한 영혼의 박동을 조금 더 빨리 뛰게 만들곤 합니다. 혼자서는 "녹지 않은 얼음" 같은 마음을 서로의 호흡과 입김으로만 녹일 수 있다는 것은, 나의 말과 울림이 당신을 따스하게 만들 수 있다는 말이기도 할 것입니다. "나의 말이 당신의 심장을 몇 번 더 뛰게 할 수 있다면", 우리의 모난 마음을 조금이라도 둥글게 만들 수 있다면, 나는 당신에게 닿지 않을 이 안부를 몇 번이고 다시 전할 수 있을 것 같습니다.

파울 클레는 기이한 표정을 짓고 있는 어떤 천사의 그림을 그린 적 있습니다. 베냐민은 그 날개 달린 존재가 과거의 잔해들을 헤집고 있는 것이라고 말했습니다. 눈처럼 쌓인 지난날의 조각들을 붙들고 있는 그 천사의 모습처럼, 나와 당신은 각자의 해변에서 지나간 기억을 헤집으며 잠시 입김이 닿았던 우리의 이야기를 건져 올리고 있는 것인지도 모르겠습니다. 서로의 "입술 자국이 묻은 문장은 금세 재가 되어 가라앉"(「궐련」)고 말겠지만, 그 "모양도 크기도 제각각인 돌들"(「싱크로율」)은 미처 다 전하지 못한 누군가의 목소리와 끝내 마주해야만 하는 그때의 상처를, "배신자의 칼날에서 천사의 심장으로"(「계절감」) 화할 당신과 나의 사연을, "아직이라는 부사를 자주 쓰는 사람들의 이야기"(「궐련」)를 우리에게 들려줄 것입니다. 그 '아직'은 미처 다 헤아리지 못한 그 시절의 기억과 여전히 불리지 않은 당신의 이름에 덧붙는 나의 서투른 췌언일 듯싶습니다.

그러니 이 이야기는 아직 끝나지 않았습니다. 이 계절이 채 끝나기 전에 우리가 금방 다시 또 만날 수 있다면 좋겠습니다. 미처 "못다 한 이야기는 주전부리를 먹으면서 해야 하니까요"(「식기 전에」). 달콤한 서로의 입김을 나누며 얼어붙은 마음을 모두 다 녹이게 되었을 때, 서로의 "모서리들을 껴안"아도 "아프지 않은" "그런 안녕의 둘레를"(「충분한 안녕」) 지니게 될 때, 알 수 없던 그 시절 당신의 웃음을 이제는 환하게 좋아한다고 말할 수 있을 때, 비로소 나도 티 없이 맑은 미소로 당신에게 마지막 인사를 건넬 수 있을 것 같습니다. 그때까지 성급한 작별의 말은 아껴 두도록 하겠습니다. 멀리서 가까이서 "우리, 또 닿을 날 있"기를 바랍니다.

사람의 슬픔과 사랑의 그릇

유수연 시집 『기분은 노크하지 않는다』

미국의 비평가이자 연구자였던 시모어 채트먼은 헨리 제임스의 후기 소설을 분석하면서 생각과 문체 사이의 상관관계에 관해 흥미로운 언급을 남겼다. 그의 분석을 빌리면 후기 제임스 문체의 특징은 '생각의 물질화' 또는 '정신 활동의 주체화'로 요약될 수 있을 것이다. 예컨대 "당신은 충분히 당당하지 못하다.(You are not proud enough.)"라는 내용의 문장이 그의 후기 소설에서는 대부분 "당신의 자신감은 충분하지 않다.(Your pride falls short.)"라는 식으로 변주되어 사용된다. 의미상으로는 양쪽이 거의 유사한 뜻을 지니고 있으나 본디 '당신'이 차지하고 있던 주체의 자리는 문체의 변화와 함께 '당신의 자신감'이라는 명사화된 주어로 대체되었고, 이처럼 추상적인 동사들이 부러 앞으로 배치된 제임스의 문장은 '무형의(intangible)' 생각이나 마음들이 주체로 부각되는 일정한 경향과 맞닿아 있다고 채트먼은 이야기한다. 그것이 작가의 의도였든 무의식중에 발현된 것이었든, 유형의 인물들이 차지했던 주어의 자리는 후기 제임스의 문장들 속에서 이제 추상적인 무엇들의 몫이 되었고, 그때 인간은 마치 텅 빈 그릇처럼 무형의 감정들이 담기는 용기의 일종으로 전락하고 만다. 그러니까 어떤 언어의 형식들은 그것을 발화하는 존재들의 형태 없는 마음 그 자체가 되기도 하는 셈이다.

유수연 시인의 첫 번째 시집 『기분은 노크하지 않는다』(창비, 2023)에서 가장 먼저 눈에 들어오는 것은 역시나 인상적인 표지 위에 적힌 의미심장한 제목일 것이다. 앞에서의 논의를 떠올린다면 이 시집의 발화 혹은 행동 주체로 내걸린 것이 보통의 인물 화자가 아닌 불명료한 '기분'이라는 점에 주목해 볼 수 있겠다. 물론 이와 같은 수사법을 지닌 문구의 표제가 유달리 희귀한 종류의 것은 아닐 것이다. 하지만 비단 한 편의 제목뿐만 아니라 「생각 만지기」, 「생각 연습」, 「생각 나가기」 등의 의도된 연작들을 살펴보고 있노라면, 언급된 생각의 물질화나 주체화가 이 시집의 주된 특징 중 하나라는 가설을 충분히 이어 나가 볼 수 있을 듯싶다. 이 시집 속의 인물들은 자꾸만 떠오르는 '나를 버리고 싶은 생각'을 지워 버리기 위해 끊임없이 운동장을 돌거나(「믿음 조이기」), 누를수록 두텁게 자라나는 '말과 상념'들의 장소로 화하곤 한다(「생각 밝히기」). 이러한 시적 주체들은 '주체'라는 이름이 무색하게도 무언가를 스스로 발화하고 행동하는 존재라기보다는 여러 생각과 감정들에 의해 수동적으로 끌려가는 혹은 그것들을 담아내는 틀에 불과하다는 느낌을 준다. 화자의 시점과 태도, 그들이 대상을 대하는 묘한 거리감은 그와 같은 인상을 더욱 가속화한다. 몸에 "물을 채우면 물병이 된다"라고 믿기라도 하는 것처럼 시인은 "나를 담은 게 나를 말한다"(「생각 담그기」)고 스스럼없이 이야기한다.

그렇다면 우리에게 보다 중요한 것은 그런 시어들이 나타나는 양상들뿐만 아니라, 사물화된 주체들과 자기 몸을 넘어서는 생각들이 드러나게 된 연유에 관한 것이다. 어쩌다가 '나'는 무감한 감정과 사유의 그릇으로 화해 언어의 뒤편으로 밀려나야 했을까. 명료하지는 않지만 그 사정을 미약하게나마 짐작해 볼 수 있는 아름다운 시 한 편이 있다.

생각하기에 따라 달라질 수 있는 일이에요

그렇게 하지 말아야지 했는데
그대로 한 일은 사과드려요

내 안에
내 모양대로 언 얼음이 있었죠

그걸 잠시 녹이기 위해 안고 있던 거라면
조금 사랑이 될 수 있을까요

어떤 날엔 개를 맞히는 아이들을 소리 질러 쫓아내고
어떤 날엔 내가 개였으면 좋겠다고 생각했어요

그걸 맞히다니

너무 무딘 마음엔 폭력이 성취로 느껴지곤 했지요

개새끼를 게이새끼로 잘못 들어
버럭 화부터 낸 건 잘못한 일이었어요

저 새끼도 사는데 내가 왜 못 살아
삶의 이유를 찾은 것도 죄송한 일이고요

미안한 일들은 유리처럼 옮겨 놔요

품새를 연습하듯 단번에 끝낼 날이 오겠죠

그 일은 잘 해결 중이신가요
실패를 두려워하지 마시고 꼭 성공하세요

그때까진 보이는 대로 믿어 주실래요

그 일을 하러 가는 중이에요 사람의 일을 말이에요

—「유니폼」 전문

위 시편의 '나'는 무언가를 오래도록 후회하고 있는 중이다. 정황이 구체적으로 드러나는 것은 아니나 그것은 아마도 모종의 폭력과 얽혀 있는 과거인 듯싶다. 가해자로 추정되는 이와 자신의 삶을 날것으로 비교하며 "삶의 이유를 찾"았던 일들, "그렇게 하지 말아야지 했는데" 참을성 없이 "그대로 한 일"들에 대해 자책하며 화자는 사과의 말을 건넨다. 경험했던 폭력과 사건의 크기가 너무나도 충격적이었던 탓일까. 나는 누군가가 내뱉은 욕설과 주변의 난폭한 행동들에도 유다른 반응을 보이곤 한다. "개새끼를 게이새끼로 잘못 들어" "버럭 화부터" 내기도 하고, 동물을 괴롭히는 아이들의 그릇된 폭력을 목도하며 차라리 내가 그들을 맘껏 물어뜯을 수 있는 "개였으면 좋겠다고 생각"하기도 한다. 마음의 상처를 만들어 냈던 과거들, 그리고 그보다 더 오래 흉터를 간직해 온 혼자만의 시간들은 스스로를 점차 잠식해 갔고 그런 나의 "무딘 마음엔 폭력이 성취로 느껴지곤 했"다.

시집 속엔 이처럼 "꽁꽁 싸매고 가슴 깊이 숨겨" 두어 "잘 깨지지 않는 스테인리스강 그릇처럼"(「화풀이」) 단단해져 버린 마음의 응어리들, 즉각적인 용기가 없어 뒤늦게야 "그땐 그럴 수밖에 없었"(「고백」)음을 전하는 고백의 문장들이 이곳저곳에 놓여 있다. 생각할수록 스스로가 미워지는 미안한 일들과 깊게 파고들수록 곪아 가는 한없는 상념들을 마음 한구석에 조심스레 밀어 둔 채 '나'는 다른 이에게 응원의 메시지를 남김과 동시에 "사람의 일"을 행하러 거리에 나선다. 위의 시는 이렇게 마무리되고 더 이상의 정보가 등장하지 않기에 '사람의 일'이 정확히 어떠한 의미로 사용된 표현인지 알아채기는 쉽지 않다. 시집 전체로 범위를 넓혀 보면 그에 관한 언급은 두 번 정도 더 등장하는데, 그것들은 모두 '슬픔'이라는 시어와 깊게 관련되어 있다. "슬픔을 가두는 건 사람의 일이었고/ 사람을 겹겹이 쌓는 건 사랑의 일이었"(「시인의 말」)으며 "사람이기에 사람의 일을 하는 것을 슬픔이라고 불렀다"(「도리어」).

연관된 문장들을 살펴보아도 아직은 다소 그 의미가 모호한 해당 시어의 뜻을 추측해 보기 위해 시집 말미에 놓인 시인의 말의 문맥을 조금 더 참조할 수 있을 듯하다. "어떤 그릇은 그릇의 용도로 쓰이지 않"으며 "어떤 용도는 제 용도를 가둬 주기도 한다"라는 표현을 덧대어 짐작해 보건대, 시인에게 사람이라는 존재는 슬픔을 담는 그릇의 일종으로 여겨지는 듯싶다. 하지만 그것은 때로 자신의 용도를 가두는 그릇이기도 한 것 같다. 그렇다면 이런 해석도 가능하지 않을까. 삶의 고통과 상처, 참담한 설움, 슬픔이라 칭할 수밖에 없는 어찌할 수 없는 마음들에 휘둘리며 살아가는 우리는 그것들을 담아내는 텅 빈 용기에 불과하지만, 이따금 제 용도를 스스로 가둬 버릴 수도 있다는 것. 한발 더 나아가 그렇게 넘치는 슬픔을 자신의 몸에 가둔 채 평범한 일상을 살아가는 것이 곧 '사람의 일'이라는 것.

이 시의 제목이 「유니폼」인 이유 또한 그런 관점에서 충분히 겹쳐 읽어 낼 수 있을 법하다. 유니폼은 규정에 따라 정해진 통일된 의복을 뜻하기에 대개 강요된 삶의 루틴이나 개성을 억압하는 의미의 시어로 손쉽게 이해되곤 한다. 그러나 고통스러운 기억과 드러나지 않는 마음의 상처 탓에 오래도록 자신의 안으로만 침잠해 있었던 누군가에게는 그 평범한 외형과 "보이는 대로" 흘러가는 표면의 삶이 너무나도 절실하지 않을까. 어쩌면 그는 일상의 틀 안에 슬픔을 가둔 채 밥을 먹고, 출근을 하고, 사람들과 이야기를 나누며 살아가는 보통 사람의 일을 해 보고 싶었던 것은 아닐까. 이렇게 보면 '사람의 일'은 "품새를 연습하듯" 정해진 루틴의 삶을 제 몸에 습관화하는 과정처럼 보이기도 한다. "몸보다 큰 생각을 몸도 버티고 있으니까"(「생각 나가기」), 넘치려 하는 감정과 생각을 억누르고 그렇게 무감하게 지내다 보면 정말로 아무 일 없는 평화의 순간들이 찾아오기도 하니까, 조금도 "웃을 일이 없"는 퍽퍽한 삶 속에서도 시인은 애써 입꼬리를 올리며 평범하게 "웃는 걸 연습하"(「에티켓」)려는 듯하다.

이러한 '연습' 또는 '습관'과 관련하여 일찍이 헤겔 등의 철학자는 그것들이 인간의 존재 조건이자 기반에 해당한다고 주장해 왔다. 그 대표적 사례로 언급되는 것은 언어이다. 모국어를 사용하여 시를 쓰고 슬픔을 노래할 때 우리는 언어 문법의 세목들을 자세하게 의식하진 않는다. 표현을 다듬고 일부 단어와 문장들을 손보긴 하지만 외국어를 사용할 때처럼 문법적인 오류가 두려워 글 자체를 시작하지 못하는 경우는 드물다. 주술의 호응, 적합한 조사의 사용, 문장의 배치 등은 어린 시절의 반복과 연습을 거치며 이미 경험적으로 체득되어 있기 때문이다. 걷기나 달리기의 경우도 마찬가지이다. 보통의 아기들은 수천 번씩 넘어지고 나서야 겨우 걸음마를 떼는데, 이족 보행에 익숙해지는 순간 언제 그랬냐는 듯 걸음의 세부엔 거의 신경을 기울이지 않게 된다. 그러니까 습관은 강제된 반복과 훈육으로 시작된 것이 맞지만, 일정 시기가 지나면 오히려 인간의 자유로운 발화와 행동을 위한 조건이 된다는 것이 그들의 일관된 주장이다.

이에 더해 캐서린 말라부는 그렇게 습관적으로 형성되는 존재이기에 인간은 불가피하게 사라져 가는 주체일 수밖에 없다는 말을 덧붙였다. '주체'라는 것이 자신의 판단으로 생각하고 자유로이 행동하는 존재를 의미하는 데 반해 본디 습관이란 의식의 판단 없이 오랫동안 되풀이된 연습

과정에서 익혀진 기계적인 행위를 지칭하는 것이기에, '인간'이 무의식적 습관과 반복에 의해 형성되는 존재라는 앞의 논리를 받아들인다면 사람이 지닌 자발적이고 창의적인 주체성은 그 과정에서 소거되는 것이 당연한 논리적 수순일 터이다. 그렇다면 일상의 유니폼을 입은 채로 슬픔을 억누른 텅 빈 용기가 되어 '사람의 일'을 반복하는 '나'는 의사가 소실된 수동적인 존재이자, 자신이 만들어 온 습관적 허상에 완전히 동화되어 본연의 주체성을 상실해 버린 흐릿하고 무감한 주체의 표상인 것인가.

하지만 그렇게 사라져 가는 주체들은 시간을 통해 새로이 탄생하는 주체이기도 하다는 점을 말라부는 이야기했다. 연습과 습관을 그저 창의적 가능성을 지워 버리는 정형화된 행동으로 여길 수도 있겠으나, 언어 문법의 훈련과 습득을 거쳐 낯선 문장들을 창발적으로 만들어 내는 아이들의 모습처럼 그것은 현재의 특정한 반복을 통해 미래의 가능성을 소유하는 행위로 간주될 수도 있을 것이다. 마찬가지로 우리는 슬픔을 습관적으로 반복하고 학습하여 그것들로부터 자유로워진 후에야, "자신의 칫솔에 쌓이는 물때를 슬픔으로 생각할 필요 없"는 무감한 일상의 "기계"(「기계 차이」)가 되고 나서야, 새로운 감정을 위한 텅 빈 시간의 가능성을 획득할 수 있는 것이 아닐까. 그러니 슬픔을 가두던 시인의 그 연습들은 사람의 감정을 구속하는 제약인 동시에 사람으로서 자유로이 살아가고자 하는 필사적인 마음의 움직임이 아니었을까.

하지만 이런 기다란 억측에도 불구하고 여분의 의문들이 완전히 해소되는 것은 아니다. "슬픔을 가두는 건 사람의 일"이라는 표현이 지닌 역설적인 슬픔과 그로 인해 생겨나는 새로운 마음의 가능성들에 대해서는 어느 정도 수긍이 가지만, 그와 짝을 이루며 언급된 "사람을 겹겹이 쌓는 건 사랑의 일이었다"라는 문장은 여전히 그 의미가 불명확하다. '사랑'에 관해서라면 앞서 용기를 내어 거리로 나섰던 「유니폼」의 시적 화자가 다음과 같은 표현을 남겼다. "내 안에/ 내 모양대로 언 얼음이 있었죠", "그걸 잠시 녹이기 위해 안고 있던 거라면/ 조금 사랑이 될 수 있을까요". 이 같은 얼음과 물, 무언가가 녹고 흐르는 이미지의 시어들과 얽힌 사랑의 흔적은 유수연 시인의 시집 곳곳에서 포착되곤 하는데, 가령 이런 시이다.

> 너한테선 상처를 덮은 밴드 냄새가 난다
>
> 가렵지만 뜯어 보곤 했다 가만히
> 잠들어 있는 걸 알면서도
> 그 속에는 작은 점
>
> 같이 누워 결혼에 대해 얘기하던 홍천의 밤하늘
> 흰 침대보
> 잔뜩 어지러운 별자리
> 긁다 보면 모든 게 상처였다
> 흰 이불
> 얼굴까지 끌어당기고 무성한 머리칼을 만졌다
> 잠들어 있는 걸 알면서도
> 따라잡을 수 없는 얼굴
>
> 사랑도 담요로 덮으면 무엇이 들었는지 모르겠다
> 웃는 소리는 아닌데
> 눈에 든 멍을 하늘을 가져다 가리고 싶었으나
> 자꾸 손바닥 밖으로 빠져나왔다
>
> (중략)

손등에도 그게 있네
나랑 같은 오른손에 그게 있어
사실 나 죽을 만큼 힘든 적 없었다
사실일 것까지 없는데 나도 그런 적 없다
우리는

불효에 대해 생각하면
서울이 모두 불에 타도
우리는
주먹 꼭 쥔 채 버틸 것이다, 지독하게
우리는

우리는
겨울 수감자처럼
서로를 안고 생존하려 했다
그렇지, 사랑보다 고귀한 거지
녹일 수는 없어도 죽을 수는 더욱 없으니까
잘 구운 상감청자처럼
내 몸을 초과하는 마음이 너무 많아도

우주는 다 계획이 있다
잎 속에 잎이 있듯

넘쳐 날 건 없을 것이다

—「수련이 피기까지」 부분

위 시편 속의 '나'는 사랑하는 이와 함께 누워 "결혼에 대해 얘기하던" 어느 겨울날의 기억을 되새김질하고 있다. 전쟁을 암시하는 듯한 시적 표현과 '홍천'이라는 특정한 지역의 배경으로 미루어 볼 때, 이는 아마도 연인 중 누군가가 군에 복무하던 시절의 기억인 듯싶기도 하다. 다만 흰 침대보와 이불을 덮고 앞으로 함께할 미래에 대해 이야기하던 애인과의 그 시절이 단순히 애틋하고 행복한 추억으로만 서술되는 것은 아니다. 나는 너에게서 종종 "상처를 덮은 밴드 냄새"를 맡는다. 그것은 일상에의 연습과 누적된 시간의 두께로 가려져 있다 해도 온전히 지워지지 않는 너와 나 각자의 고유한 어둠인 것 같다. 차디찬 상처도 뜨거운 "사랑도 담요로 덮으면 무엇이 들었는지 모"를 것이기에 우리는 애써 그것들을 서로의 어설픈 손짓으로 가려 보려 하지만, 움켜쥐어도 자꾸만 흘러넘치는 별무리처럼 그 흉터들은 "자꾸 손바닥 밖으로 빠져나"오고 만다. "긁다 보면 모든 게 상처"가 될 너와 내가 할 수 있는 일이란 그저 서로의 상처를 맞대고 닿지 않을 미약한 온기를 전해 주는 일뿐이다.

우리는 그렇게 몸을 맞댄 "겨울 수감자처럼" "서로를 안고 생존하려고 했"다. 흉과 진물로 범벅이 될 것을 알면서도 각자의 상처를 꼭 부둥켜안은 채 한 시절을 버텨 냈던 너와 나의 모습은 사랑이라기보다는 아마 살아남는 일에 가까웠는지도 모르겠다. 흙의 표피를 파낸 흠집에 다른 이물질을 채운 뒤 "구운 상감청자처럼", 우리는 서로의 상처를 긁고 후비며 기이한 슬픔의 무늬를 만들어 왔지만 제 몸에 유배된 너와 나의 단단한 얼음을 쉽사리 "녹일 수는 없"었던 것 같다. 이처럼 시인에게 사랑이란 "제일 아팠던 말"과 가장 오래된 상처를 부딪치며 "서로를 깊숙이 찌르"(「고드름」)는 일이자, "우리의 꿈이 다르다는 것"(「애인」)과 "아무리 안아도 남의 꿈엔 갈 수 없"(「유지」)다는 것을 천천히 깨닫는 과정에 다름 아닌 듯하다. 실로 비참한 것은 그것이 서로에게 아무런 영향도 끼치지 못한다는 점이 아닐까. 우리들은 각자의 투명한 유리벽에 남긴 희미한 입김으로만, 서로의 "안과 밖"에 새긴 날선 흠집으로만 사랑의 흔적을 확인할 수 있다. 깊어질수록 고독해지는 그곳에서 "나는 나를 견디고 너는 너를 견딘다"(「애인」).

우리가 거의 물이란 걸 알게 된 후
우리가 위태로운 물풍선 같다고 생각했다

그러면 이 뱃살은 모두 슬픔일 수 있다

(중략)

사람은 왜 죽는 거야 물은 날도 있지만
사랑은 왜 죽는 거야로 들어 답하지 않았다

같이 누웠지만 등을 돌리고 자다 깨는 날
서로의 것을 만져 간신히 살아 있음을 느낀 날

가끔 차갑고 외로운 악수 같은 때가 있었다

그런 비참한 날에도 먼저 일어나
알감자 같은 너를 바라보는 게 좋았다

네가 나보다 조금 늦게 출발한 세상이다

균형아, 나는 너를 안으려 조금 기울었다

—「새로운 일상」 부분

시집의 마지막 시편이다. 작품 속의 '나'는 우리가 "위태로운 물풍선 같다"는 이야기를 꺼낸다. 언제 터질지 모르는 위태로운 슬픔들을 몸 안에 머금고 있지만 결국 서로의 마음을 뒤섞거나 나누지 못하는 자신들의 모습을 바라보며, 우리의 "뱃살은 모두 슬픔"일 거라는 자조 섞인 농담을 더한다. 우리는 매일 한 이불을 덮고 둘의 몸을 맞대며 까무룩 잠이 들지만 출렁거리는 물풍선처럼 각자 찌그러지거나 이지러지기만 할 뿐이다. 서로의 속과 심연을 나누지 못하는 우리의 관계는 "차갑고 외로운 악수"처럼 느껴지기도 한다. 그런 나에게 "사람은 왜 죽는 거야"라는 너의 질문은 "사랑은 왜 죽는 거야"라는 질문으로 겹쳐 들려온다. 발음조차 유사한 양쪽의 시어를 시인이 어떠한 함의로 사용하고자 하는지 정확히 알 수는 없지만 유한한 '사람의 끝'과 '사랑의 결말'이 비슷한 운명의 궤도를 그리게 된다는 점에서도, 이해할 수 없지만 맞이해야 하는 불가피한 파국이라는 점에서도 두 단어는 꽤나 닮아 있는 듯하다.

그러니 시인이 부러 슬픔을 가두고 무감한 일상 속에 익숙해지고자 스스로 노력했던 것은 그 이유를 알 수 없는 사랑이라는 감정에 빠지지 않기 위해서였는지도 모르겠다. 내가 어찌할 수 없는 존재에 휩쓸려 생의 둑이 무너지지 않도록, "구멍을 모두 막은" 홀로된 나의 "방 안에서" "눈물에 질식"(「화풀이로」)하지 않도록, 너의 깊은 상처와 어두운 심연에 더 이상 매혹되지 않도록 시인은 재차 다짐한다. "깊어지려 하지 말자", 그런 "깊이 없는 다짐이/ 나를 살리고 뭍으로 인도한다"(「생각 믿기」). 다만 마지막까지 조금 의아한 것은 그런 사정들을 익히 깨닫고 있는 시인이 끝까지 너를 향한 접근을 멈추지 않는다는 점일 것이다. 같이 있을수록 깊은 외로움을 체감하게 되는 "그런 비참한 날에도" 나는 그저 "너를 바라보는 게 좋았다"라고 바보처럼 되뇐다.

끝내 "다정이 가장 아픈 일이 되"고 사랑으로 새겨진 상처는 더욱 깊어지기만 하리라는 것을 알고 있음에도 "빈 페트병처럼 곧 찌그러질 듯"

한 너의 마음과 나와 닮은 듯 다르게 곪은 너의 상처 앞에서, 반드시 무감해지리라 다짐했던 시인은 너의 서툰 "포옹을 버텨 내지 못"하고 "사람의 일을 잊지 말아야겠다"(「도리어」)라는 약속 또한 지켜 내지 못한다. 그것은 사람의 일을 하며 살아가는 스스로의 일상을 위협하고 파괴하는 일이라는 점에서, 필연적인 생존의 영역이 아닌 아무런 개연성도 이유도 없는 불가해한 생의 영역에 놓인 일인 것 같다. "서로의 것을 만져 간신히 살아 있음을 느"끼는 기이한 우리의 벽 앞에서, 너와 나의 불가능한 접이지대에서, 사람과 사람이 겹쳐질 수 있다고 믿는 "그런 억지가 희망이 되는 곳"(「무력의 함」)에서 시인의 사랑은 시작되는 듯하다.

우리들의 "영혼은 빈 유리컵에 뱉은 담배 연기"(「기분은 노크하지 않는다」)에 불과하고, 변덕스러운 기분들과 흘러넘치는 슬픔들은 서로를 더욱 깊은 늪에 빠뜨릴 뿐 너와 나는 결국 벽을 두드리는 일에 실패할 것이지만, "사랑해 사랑해요 말해도 떠나갈 걸 알면서"(「윙컷」)도 시인은 한없이 너에게 간다. 예견된 실패와 상처로 수렴될 것을 알면서도 찰나의 일렁임이 시작되었던 순간, "네가 나보다 조금 늦게 출발한 세상"에서 나와 다른 모양을 지닌 "너를 안으려" 나의 삶 전부가 "조금 기울었"던 바로 그 순간, 시인의 슬픔과 사랑을 목격했던 우리들의 마음의 좌표 역시 이미 조금쯤 낯선 모양으로 그 형태를 뒤바꾸었을지도 모를 일이다.

일상과 아름다움의 단짠단짠 레시피

박상수 시집 『오늘 같이 있어』

새삼스러운 이야기이지만 시와 시집은 조금쯤 별개의 것이다. 개별 시편들의 묶음으로 시집이 구성되는 건 사실이지만, 어떻게 배치되었느냐에 따라 그것들은 색다른 효과를 발생시킬 수도 있다. 특히나 작품들 간의 배열, 형태, 상응 등에 세심히 주의를 기울이는 시인의 시집이라면 더욱 그렇다. 혹여 어떤 시인의 미필적고의 아래 방치된 시집이라 할지라도, 그 속에 나열된 시편들은 서로 부딪치거나 조응하며 단독으로 읽혔을 때와는 또 다른 리듬과 맥락을 산출한다. 마치 "플레인 요거트"(「책임감」) 하나만을 먹었을 때의 맛과, "레몬케이크"(「모르는 일」)를 맛보고 "치킨"(「일대일 컨설팅」)을 먹은 후 다시 "플레인 요거트"로 마무리할 때의 맛이 사뭇 다른 것처럼 말이다. 그러니까 이건 배치에 따라 무한히 증식하는 미감(taste)에 관한 이야기이다. 여기에서는 박상수의 시집 『오늘 같이 있어』를 음미할 수 있는 수많은 레시피 중 하나를 적어 두려 한다. 물론 여느 조리법이 그렇듯 기호에 따라 얼마든지 변경 가능하다는 편리한 추신도 덧붙인다.

어느 페이지라도 좋으니 우선 시집을 펼쳐 보자. 내용을 감상하기에 앞서 곧바로 눈에 들어온 작품의 외형만을 범박하게 살펴본다면, 그 형태는 아마도 둘 중 하나에 속할 것이다. 첫 번째 형태의 작품은 행갈이가 수차례 이뤄진 모습일 것이다. 시 속 인물의 강조된 발화마다 별도의 연이 구성된 이러한 작품 형태는 언뜻 연극의 대본이나 스크립트를 연상시킨다. 이 같은 형식을 지닌 시편들 속엔 대개 여성으로 추정되는 '나'가 등장하고, 그런 나를 둘러싼 구체적인 상황이 주어진다. 상황은 대체로 어떤 곤경에 가까우며 그 곤혹스런 순간과 직간접적으로 연관된 인물이 함께 나타나기도 한다. 한편 두 번째 형태의 작품은 하나의 단락에 가까운 모습일 것이다. 이 작품들은 행갈이를 거의 하지 않았고, 하더라도 한 번 이내가 대부분이다. 첫 번째 부류의 작품들과 달리 서사적 상황이 주어져 있지도 않다. 다른 인물의 목소리 역시 잘 드러나지 않으며, 연의 첫 호흡부터 끄트머리까지는 대부분 '나'의 단성적 독백으로 채워져 있다. 논의의 편의를 위해 첫 번째 범주의 시편들을 '일상의 희극'으로, 두 번째 범주의 시편들을 '아름다운 일인극'으로 이름 지어 보도록 하자.

1 짠내 나는 일상의 희극

우선은 일상을 다루는 시이다. 언니라는 호칭, 다양하고 디테일한 뷰티 제품들, 남성과의 성적 관계 혹은 그들의 성적 폭력 등이 드러난다는 점에서 이 시편들 속 목소리의 주인공은 여성의 성별을 지녔을 것이라 추측된다. 박상수 시인의 이전 시집 『숙녀의 기분』[1]을 애독했던 독자라면 그녀들의 목소리에서 묘한 반가움을 느낄지도 모르겠다. "얕보이는 게 싫어서 고개를 끄덕이"(「좀 아는 사이」)고, "스쿨버스에 캐리어 올려 줄 사람이 없"는 "굴욕"(「기숙사 커플」)이 싫어 남자 친구를 만들던 박상수의 '숙

1 박상수, 『숙녀의 기분』(문학동네, 2013).

녀'들은 이제는 조금 더 어른이 되어 있을까? 쉽게 확언할 수는 없지만 시간이 흐른 흔적이 일부 엿보이는 것 같기도 하다. 「24시간 열람실」, 「학생식당」, 「조별과제」, 「편입생」 등 주로 학생의 경계 안쪽에서 인정 투쟁을 벌이던 그녀들은 이제 "명함 있는 애들"(「명함 없는 애」) 무리에 끼지 못해 슬퍼하거나, 그 안으로 진입하기 위해 "오 년 전 밑바닥까지 더듬"어 "나를 소개"(「일대일 컨설팅」)하려 애쓰거나, 그 안쪽에 들어가서도 "대표님" "딸 아이 숙제까지 봐 주"는 "동기애"(「깊은 반성」)와 경쟁하며 고투를 벌이고 있다. 이전보다 약간이나마 더 사회인에 가까워진 그녀들은 공동체로의 편입을 앞에 두고 분투하는 듯 보인다.

그 진입의 문턱에서 그녀들이 맞닥뜨리는 최초의 장애물은 남자 상사이다. '남성'과 '상사'가 문제가 되는 까닭은 그 두 가지 요소가 그녀들에게 이중적인 억압과 폭력으로 작동하는 경우가 종종 발생하기 때문이다. "알바애" 송별회 날, 내 옆에 "엉덩이를 붙여 앉"아 치근덕대던 "매니저 아저씨"는 갑자기 "바지를 벗"고 자기 흉터를 가리키며 다음과 같은 충고를 던진다. "열심히 살아라, 이것들아!"(「송별회」) 한편 휴일에 직원들을 모아 "2차"로 "노래방"에 온 "황소 부장 아저씨"는 "내 손을 끌어"당겨 "부르스"를 추며 귓가에 속삭인다. "이것도 다 시험이야"(「휴일 연장 근무」). "자꾸 바람을 쐬러 가"자던 "대리님"은 "선팅 필름" 짙은 차 안에서 도망가려는 나를 붙잡고 달뜬 고백을 한다. "니가 나를, 남자로 만들어"(「오작동」).

그들의 만행이 묵인되는 일상 속에서 그녀는 공포와 분노를 동시에 느낀다. 하지만 선뜻 자신의 감정을 내보이지 못하는 이유는 그 세계의 암묵적 룰에 너무나도 잘 순응하는 주변 사람들 때문이다. 가령 「이해심」 속에 등장하는 "사장"은 "주먹 휘두르고 술 사 주"는 사람이자, "등 뒤에서 물어뜯고" 앞에서는 흐느끼며 용서를 구하는 이중인격자이다. 일견 아무도 그에게 동조하지 않을 법한데, "사회성 괴물 같은" "신입 남자애"는 사장의 술자리 고해성사에 열띠게 공감하며 "사장을 껴안"고 "사장 이마에 다가 입맞춤"을 한다. 또 「호러퀸」에서는, 부당한 대우를 받으며 회사에 다니는 내가 "후배아이"에게 이런 질문을 던진다. "너는 여기가 좋으니, 이 사람들이 좋아?" 후배는 과분한 듯이 대답한다. "그냥, 제 손으로 이런 돈 처음 벌어 봐요". 붙임성 있는 성격과 "손대지도 못할 인성까지 가"진 후배를 보며, 나는 스스로가 "배부른 사람"은 아니었는지 의심하게 된다. 신입과 후배의 '사회성'과 '인성'은 악의 없는 개인의 특성일지 모르나, 일상의 폭력과 부조리를 쉬이 발화하지 못하게 만든다는 점에서 그것은 나에게 일종의 수평적 억압으로 작동하기도 한다. 곁에 놓인 그들과 대비된 내 모습은 '프로불편러'이자 '이기주의자'로 집단 속에 비쳐진다.

정말 계속할 거야?

팔짱을 끼고 선배 네가 말했지 누가 준 배역인데 그렇게 열심이니? 아, 선배 너 뒤에 과장, 과장 뒤에 사실은 부장, 부장 뒤에는……

변기청소용 솔이나 대걸레나

잠깐 한숨을 내쉬려니까 네가 밀고 들어 왔지, 미안하다는 말도 이제 안 할게, 선배는 괄호 열고 내추럴하면서도 죄책감이 담긴 목소리로 괄호 닫고, 한 마디를 꺼냈어

모두가 네 눈치만 보고 있어 제발 그만하자

새로 온 부장 놈은 노래방 중독자, 원래 있던 과장 놈은 등산 중독자…… 겨울에, 산에 데리고 가서는 막걸리에 컵라면 먹여줘서 고맙다고, 햇빛 쏟아지는 스테인드글라스 밑에서 울며 간증해야 하니? 과장 놈아, 나는 시들

어가요 물 대신 막걸리를 먹고 내내 트림을 하도록 나는 저주받았어요

노래방보다는 등산 중독자가 그래도 훨씬 휴머니스트잖아

그래, 선배 네 말을 믿고 과장 놈한테 상담했다가 여기까지 왔지, 황소 부장 새끼 입도 손도 원래 더러운 놈이어서…… 당장 징계 위원회 블라블라 근육맨처럼 가슴을 두드렸는데 과장 놈, 왜 나만 피해 다닐까? 이젠 조직도 모르고 상하도 모르는 이기적인 애, 그게 나래

묘하게 언밸런스하네요? 나는 탁자 위에 텀블러를 내려놨어 선배 너, 우리 팀 유일한 인간, 내가 몇 살 같이 보여? 실실거리지 않은 유일한 인간, 이제는 흙탕물에 젖은 눈사람이 되었구나 조금만 움직이면 목이 잘려 떨어질까

저 동네 반찬가게도 못 가요, 아줌마가 반찬 한 개를 얹어 주는데, 이건 또 누가 시킨 건가(세상에, 농약 친 잔디를 갈아마신 것처럼 울렁거려), 회사에서 여기까지 다녀갔나……

몇 마디 쏟아내려니까 두둥, 선배 눈이 스르륵 닫혔지

아, 요즘 애들
정말 힘들다

넥타이를 풀더니
종이컵에 가래침을 뱉고, 선배는 나가 버렸어.

—「이기주의자」 부분

위 시편 속에서 나는 주변을 불편하게 만드는 사람인 것 같다. 앞서 “황소 부장”과의 “부르스” 장면을 떠올려 본다면, 아마도 나는 그와 관련된 불만을 회사 사람들에게 이야기한 듯싶다. 부당함을 바깥으로 꺼내 말할 수 있었던 것은 “선배” 덕택이다. 선배는 이 집단 속에서 내가 믿는 유일한 사람이자, 내게 “실실거리지 않은 유일한 인간”이다. 하지만 선배가 상담자로 추천했던 과장은 겉으로는 “근육맨처럼 가슴을 두드”리며 내 이야기에 울분을 토하는 척했으나, 이제는 나를 피해 다닌다. 어느새 나는 “조직도 모르고 상하도 모르는 이기적인 애”가 되어 버렸다. 공동체의 논리 속에서 과장과 부장은 하나이고, 선배도 별반 다르지 않아 보인다. 믿었던 선배는 이제 나의 불만을 몇 마디 듣지도 않고 눈을 닫은 채 말한다. “아 요즘 애들/ 정말 힘들다”.

나의 마음을 멍들게 하는 선배의 대사는 형식상 매번 행갈이가 되어 있어서, 읽는 이에게도 시각적인 자극과 연극적인 울림을 준다. “괄호 열고 내추럴하면서도 죄책감이 담긴 목소리로 괄호 닫고”와 같은 유사 지시문이나 “두둥”과 같은 마음속의 효과음 또한 작품의 극적인 느낌을 강화한다. 흥미로운 것은 형식과 주제 양쪽에서 비극적일 수 있는 이 시편이 묘하게도 비극의 인상으로 남지는 않는다는 점이다. 그 원인 중 하나는 시인의 희화적 표현 때문일 것이다. 그 위트 있는 발화들은 다소 진지하고 슬퍼진 분위기를 잠시나마 뒤틀어 놓는다. 이를테면 “나는 시들어가요 물 대신 막걸리를 먹고 내내 트림을 하도록 나는 저주받았어요” “과장 놈아”라고 외치는 장면이나, 한통속인 부장, 과장, 선배를 보며 “변기청소용 솔이나 대걸레나”라며 툴툴거리는 장면 등이 그렇다.

‘웃픔’이라고 축약하고 싶은 이 시대적 정서 속에는 언뜻 풍자와 해학의 감각이 엿보이는 것 같기도 하다. 함돈균 평론가는 시집 『숙녀의 기분』에서 박상수 시의 이러한 미학에 관해 언급한 적이 있다. 그것은 현실을 뒤집을 전복적 에너지를 내포하고 있지도 않고 현실을 향한 화해의 제스처 역시 지니고 있지 않으므로 풍자나 해학의 일종이 아니며, 오히려 우리 시대의 민낯을 드러내는 희극적 언설에 가깝다고 그는 이야기했다. 그리고 그의 진단은 정확해 보인다. 웃어야 할지 울어야 할지 알 수 없는 그녀들의 웃픈 표현은 웃음이라는 가면으로 슬픈 일상을 가리려는 것이 아니라, 가면 뒤에 가려진 어떤 진실을 드러내는 데 목적이 있는 것 같다. 그것은 가면의 겉모습과 그 속의 민낯이 실은 똑같은 얼굴이라는 사실, 우스꽝스러운 가면이 벗겨진 우리의 일상 역시 한 토막의 농담이자 희극에 불과하다는 사실이다.

덧붙여 이 시가 비극적이지 않은 또 다른 원인은 인식 과정의 방향 차이 때문일 수도 있다. 고전적인 측면에서 비극은 공동체에 잘못이나 실수를 저지른 개인이 몰락해 가는 과정을 보여 준다. 그 잘못이 인간의 존재론적 유한함에서 유래하든 혹은 개인의 유다른 성격에서 비롯되든지 간에, 공동체에 저지른 자신의 잘못을 인식하고 그 섭리 속에 포섭되는 결말이 일반적인 비극의 진행 과정이다. 하지만 위의 시편에서 나타나는 극적 과정은 정반대여서, 이제 잘못을 저지른 쪽은 내가 아닌 내가 속한 집단이다. 자각은 공동체에 저지른 나의 죄를 깨닫는 순간이 아니라, 그들이 자신들의 죄를 모두 알고 있었다는 사실을 내가 인식하는 순간 발생한다. 선배가 "넥타이를 풀"고 "종이컵에 가래침을 밸"으며 문을 나서는 순간, 그들의 공동체와 내가 완전히 분리되어 있다는 것을 깨닫는 순간 나를 짓누르던 세계의 무게는 헐거워지고 엄숙했던 일상의 분위기는 어딘가 우스운 것으로 뒤바뀌게 된다.

2 달콤하고 아름다운 일인극

이제는 일상에서 다소 비켜난 아름다움을 다룬 시를 살펴보자. 이 범주의 시편들은 형태적으로도 그렇지만, 내용적으로도 앞서 언급된 작품들과 일정 부분 차이를 보인다. 우선 선명하던 타인의 대사들이 사라졌고, 그 속엔 모노톤에 가까운 나의 독백만이 남았다. 「모노드라마」를 보면 "TV를 소리없이 켜놓고 커튼을 치고, 숨만 쉬"며 살아가는 내가 등장한다. 다른 이들과 이야기를 나누지 않아 나는 "오래 입이 쓰"다. "옆집은 비어가고" "골목길엔 아무도 없"으며, "껴안지도 못할 화분들만 늘어" 간다. 내가 놓인 그곳의 풍경은 계절로 치자면 조용한 겨울밤에 가까운 듯싶다. 그곳에서 나는 "아무것도 빼앗기기 싫어서 입을 지운 채 앙금을 만"든다. "팥앙금, 밤앙금"(「넌 왜 말이 없니?」) 발음하다 보면 자연스레 입은 다물어지고 앙금의 달콤함만 조용히 마음속에 침잠한다. 나는 누구의 "얼굴도 없는 겨울", 아무도 "없는 것이 구원인 날들을 견디며"(「12월」), "나라는 집으로 드나들던 모든 나쁜 영혼이 다 떠나버리기를"(「극야(極夜)」) 기다리고 있다.

그래서인지 이 시편들 속에서 등장하는 타인은 실체를 지닌 존재라기보다 내 목소리와 상상력으로 주조된 무언가에 가까운 듯싶다. 예컨대 「외동딸」에서 나는 일상의 아픔을 달래기 위해 "닫힌 성운에서 치료받는 중이"다. 그곳의 시간과 "지구의 시간은 다르다". 그곳의 시간은 일상으로부터 벗어난 별과 아름다움의 시간이다. 세상 속에서 나는 '외동딸'처럼 홀로 내던져져 있었지만, 상상 속에서만큼은 "거대한 문어군과 악수하"며 "우리의 시간"을 향유한다. 세계 안쪽으로 편입되지 못했던 나는 아름다운 일인극 속에서나마 너와 닿는 상상을 하는 듯하다. 「독수리 성운의 캐치볼」에서 나는 홀로 "외발자전거를 타면"서도, 그 여정의 바퀴 자국으로 이어진 "가느다란 실이 너에게 갈 때까지 고개를 기울여 간지러운 이야기를 흘려보내"려 한다. 나는 찬연한 별의 구름 속에서 너에게 닿을지도 확신할 수 없는 캐치볼을 던진다. 그것은 "진공 유리병에 밀봉된 채" 홀로 은하 위를 흘러가는 시간이자, 그럼에도 "누군가 나에게 미안하다고 말해주는 것, 그 하염없는 사과를 받으며 두 손에 얼굴을 파묻고 끄덕여보고 싶은 것"을 간절한 "소원"(「24시간 커피숍」)으로 여기는 시간인 것 같다.

> 그릴 위에선 양배추 크림스튜가 끓고, 우유랑 생크림이랑 치즈스톡을 넣고 살짝 더 끓이다가, 법랑 컵에 담아내지 괜찮아 장갑이 두툼하니까, 호호 불다가 멍하다가, 밤하늘을 올려다보다가, 아무 말도 안 하다가 다시 생각난 듯 늦게 먹어도 좋지, 잘라둔 식빵을 담가먹어도 좋고, 눈은, 어쩌면 눈은 더 올 것 같아 트레일러도 캠핑카도 모두 잠들고, 낼 아침이면 생수통도 뚱뚱하게 얼겠지 모닥불이 꺼지면 우린 밤새 텐트 속에 있을 거야 헤드랜턴을 켠 채 서로에게 편지를 적어 주고, 이따금 문을 열어 대기에 가득한 눈송이 냄새를 맡을 거지, 밤새도록 문패도 만들고 네가 가져온 수제 캔들도 밝혀둘 거지, 큰 불 대신 작은 불을 건드리며 손가락끼리 노닥일 거지, 모닥불에서 꺼내온 넓적 돌은 수건으로 돌돌 말아 같이 껴안기로 하자, 먼저 잠든 사람을 들여다보다가, 그 속눈썹에 살살 입김을 불어보기도 하지, 이마에 닿은 물방울에 놀라 텐트 문을 열면 아침에는 세상이 바뀌어 있겠지 신발은 사라지고 긴 발자국이 멀리 숲속까지 이어져 있을 때, 그 길을 따라 바람만 불고 있을 때, 저 멀리서 작은 눈사람이 입김을 쏟으며 돌아올 때, 그 사람이 나를 향해 손을 흔들면 나는 그만 문을 닫고 살짝 울고 말 거지.
>
> —「리폼 캠핑」 부분

눈앞엔 "모닥불"이 피어 있고, "그릴 위에선 양배추 크림스튜가 끓고" 있는 어느 숲속의 밤이다. 시 속의 나는 누군가와 캠핑을 온 듯하다. 멍하니 "밤하늘"을 올려다보는 밤, 아무 말도 하지 않고 "법랑 컵"에 담긴 스튜를 불어 마셔도 좋은 그런 밤이다. 나는 너와 "밤새 텐트 속에"서 "편지를 적어 주고", "모닥불에서 꺼내온 넓적 돌"과 함께 서로를 껴안으며 체온을 나눌 것이다. 서로의 얼굴을 바라보며 "속눈썹에 살살 입김을 불어보기도" 할 것이다. 상상만으로도 포근하고 아름다운 겨울밤의 정경이다. 하지만 너무나도 완벽한 이 풍경이 사라질 것만 같은 예감이 드는 것은 왜일까. 그것은 우선 나의 어투 때문이다. '~ㄹ 거지'라는 종결어미의 반복된 사용은 그 다짐이나 전망이 마냥 이뤄지지만은 않을 것 같은 불안감을 은근스레 풍긴다. 또한 "사라질 땐 흔적도 안 남기는 그런 사람"(「리폼 캠핑」)이 되리라던 너의 말, 아침이면 사라질 너의 "신발", 사라졌던 네가 돌아온다면 "문을 닫고 살짝 울고 말 거"라는 나의 예감 등은 완벽한 너와의 시간이 곧 사라질지도 모른다는 위기감을 한층 부추긴다. 이 밤이 지나면 "아침에는 세상이 바뀌어 있"을 것이다. 지금 아름다운 "밤의 골목에 나는 파묻혀 있"지만, 이 밤이 끝나면 "일요일의 꿈이 풀어"(「내가 보이니」)지듯 내 밤의 독백도 끝날 것이다. 그러곤 마주하기 싫은 월요일의 아침처럼, 갑작스런 일상의 소음이 다가올 것이다.

고요하고 아름다운 지금 이 순간을 계속 유예하고 싶은 나의 마음은 시의 형태에서도 간접적으로 드러난다. 이 작품은 처음부터 끝까지 행갈이가 사용되지 않았고, 마침표 또한 마지막 문장이 끝나는 순간에만 사용되었다. 일반적으로 시 중간중간의 행갈이나 마침표는 문장의 호흡 변화, 새로운 전개 등을 위해 사용되곤 하는데, 별다른 굴곡 없이 쉼표로 잇대어진 해당 시의 형식은 동일한 층위의 호흡과 문장이 계속 이어지고 있다는 느낌을 준다. 끝날 듯 끝날 듯 끝나지 않는 이러한 쉼표의 연속은, 일상에서 비켜난 아름다운 일요일 밤의 꿈을 조금이라도 더 연장하고 싶은 나의 바람과 상응하는 듯 보인다. 그리고 이러한 형식은 아름다운 일인극의 시편들 대부분에서 공통으로 반복되는 형태적 특징이다. 하지만 지연되던 마침표는 시의 끄트머리에 이르러 결국 찍히고 만다. 아폴리네르의 『알코올』 이후의 어떤 시인들에게는 작품 끝의 마침표가 한 세계의 종결을 의미한다고 말할 수 있다면, 내가 유예하려 했던 아름다운 겨울밤의 시간은 마침표와 함께 끝나 버린 것 같다. "나는 밤을 닮고 싶지만 결국 밤이 될 순 없"었고, 끝내고 싶지 않던 "눈 내리는 밤"(「잃어버린 시간들의 밤」)의 기억은 일상의 호흡 아래 점차 희미해져 갈 것이다.

3 꼭 껴안고 먹는 밥

앞서 살펴본 일상과 아름다움의 교차를 통해 박상수의 시집은 자신만의 독특한 미감을 자아낸다. 첫 번째 형태의 시편들을 연이어 읽으며 수월해졌던 독서의 호흡은 두 번째 형태의 시편이 교차되는 순간 상대적으로 빡빡해진다. 가벼웠던 희화적 표현과 희극적 세계 또한 묘하게 진중한 아름다움으로 대체된다. 외로움의 감각 역시 다소 변주된다. '일상의 희극'에서 느꼈던 외로움이 내가 세계로부터 분리될 때의 감각에 가까운 반면, '아름다운 일인극' 속에서 느꼈던 외로움은 아름다움으로부터의 단절 또는 그것의 실체 없음의 감각이었다. 고요한 12월의 겨울밤은 계속 이어질 수 없고, 상상과 독백 속의 너는 "털 없는 두 발 사람"(「12월 31일」)의 온기를 내게 전해 줄 수 없다.

별개의 시간처럼 보이는 양쪽이 일시적으로 겹쳐지는 때는 흥미롭게도 음식을 매개로 하는 순간이다. "핫 잉글리쉬 머핀"(「대결」), "시럽이랑 생크림까지 가득 올려"진 "톨 사이즈 커피"(「모르는 일」), "생강절임 돼지고기", "문어모양 소시지", "설탕이랑 간장을 넣고" 만든 "계란말이"(「해열」) 등 미처 다 열거하지 못할 맛있고 달콤한 음식을 먹을 때면 일상의 소음은 잠시나마 멈춘다. 마치 아름답지 못한 삶도 "이런 음식을 먹으니까 다 용서"(「호러 2」)가 되는 것처럼 말이다. 실제로 아름다움을 뜻하는 한자 '미(美)'는 '양(羊)' 자와 '대(大)' 자가 합쳐져 만들어진 회의 문자이다. 두 가지의 뜻이 결합된 이 글자는 크고 살진 양이 먹기 좋고 맛있다는 뜻에서, 아름답다는 뜻으로 그 의미가 확장된 글자이다. 칸트 역시 『판단력 비판』에서 아름다움을 판단하는 요소이자 근거로서의 '미각'을 논의한 바 있다.

둘이서 칠인 분은 먹었나 봐, 된장국에 공기밥까지 먹으려다 그건 못 했지 너는 젓가락을 덜덜 떨며 말했다 못 살아, 왜 이것밖에 못 먹는 거야…… 맘대로 되는 게 하나도 없구나…… 그니까, 먹은 것보다 못 먹은 게 무한이라서 무한 리필인 건가, 나도 같이 울었어

모공들이 다 열려버려서, 우린 기름종이를 나누어 가졌지 립밤도 다시 발랐어 그래도 한 정거장쯤은 걸을까? 미안해 얘들아, 천국에 못간 돼지들, 걔네들이 아직도 붙어 있나 봐, 밤거리를 걸었지만 숨이 차서, 반 정거장도 못 걸었지, 포기하자 다 포기하고, 택시를 잡아타자

불빛 찬란한 밤거리
이렇게 달릴 때가 제일 빛나지
다들 걸어가는데 우리만 달려가니까
우리만 앞으로 나가는 것 같으니까

연두부처럼 맘이 풀려서는 내가 물었어

무슨 생각해?
음, 구역질나게 배부르고, ……멍해서, 좋다는 생각

멍한 것 뒤에는 더 멍한 게 있을까 아님 아무 것도 없는 걸까, 뭐가 더 좋은 걸까? 우리는 계속 달렸지 입을 벌리고 차창 바람을 먹으며, 에코처럼, 네가 물었어

넌 무슨 생각 하는데?
아까 남긴 고기 생각

내릴 때가 되니까 네가 붙어 앉았지, 길게, 한숨을 내쉬고는 뭐라고 속삭였어 분홍색 면봉이 귓바퀴를 들락날락, 근데 무슨 말인지 안 들리잖아, 내 손을 잡고, 빤히 보면서, 네 입술이 움직였지

가지 마
오늘
같이 있자.

—「무한 리필」 부분

위 시편에서 나는 너와 고깃집에 방문한 듯하다. 나와 너는 "둘이서 칠 인 분"의 목살과 삼겹살을 구워 먹는다. 실은 "된장국에 공기밥까지" 추가로 먹고 싶지만 배가 차서 더 이상 먹지 못한다. 식욕을 따라가지 못해 "이것밖에 못 먹는" 몸이 조금 슬프기까지 하다. 맛있는 음식이 일상을 잠시나마 멈추게 만드는 아름다움의 유일한 파편들이라면, 그 행복함을 "무한"히 늘리고 싶은 마음은 당연한 것일지도 모른다. 일요일의 꿈이 점차 사라지듯 배는 점점 차오르고 그 시간도 끝내 멈추고 말겠지만, "아까 남긴 고기 생각"을 하다 보면 행복이 조금쯤 유예되는 듯싶기도 하다.

쳇바퀴 도는 일상 속에서 내가 느끼는 상쾌함이란 고작 그 속을 남들보다 조금 빠르게 돌고 있을 때 느끼는 속도감뿐이다. "다들 걸어가는데 우리만 달려가니까" 마치 "우리만 앞으로 나가는 것 같"은 우월감이 생긴다. 물론 그것은 조금 더 빠른 제자리걸음일 뿐이라는 점에서, 일상이 여전히 희극적이라는 사실은 변함이 없다. 하지만 그 "구역질나게 배부"른

속도감과 "멍한" 마음이 세계의 시간을 잠시 무화시키는 것 또한 사실이다. 밥과 아름다움에 취해 "연두부처럼 맘이 풀려"진 너와 나는 일상의 타인에게서 받은 아픔을 잠시 망각하고, 다음과 같이 용기 내어 속삭인다. 우리 "오늘/ 같이 있자."

'음식을 먹는 일'과 '타인과 같이 있는 일'을 연관 지어 이야기한 이는 발터 베냐민이었다. 그는 음식을 남과 같이 나누어 먹을 때만 음식 본연의 의미가 발생한다고 보았다. 함께 밥을 먹는 일은 생존을 위한 물질적 기능을 넘어서 인간적인 의미의 결속을 가능하게 한다고 그는 말했다. 그의 관점에서 본다면 '혼밥'은 집단으로부터 일탈하는 개인의 문제가 아니라, 음식의 최소한마저 쉽게 즐길 수 없도록 만든 시대의 문제가 된다. "치킨"이 "눈물"나도록 "고마운" 것은 아무도 응답해 주지 않는 세계 속에서 내가 "시키면. 언제든. 오"(「명함 없는 애」)는 몇 안 되는 온기이기 때문은 아닐까.

물론 음식을 먹고 느끼는 감각은 다분히 주관적이다. 그래서 언뜻 미각은 타인과 객관적으로 공유할 수 없는 독백의 영역처럼 느껴지기도 한다. 하지만 그러한 맛을 상상하고 재현할 때만 아름다움의 공통 감각이 발생할 수 있다고 칸트는 이야기했다. 미감(taste)에서만 이기주의가 극복된다는 그의 언급을 바꿔 말하면, 우리는 음식을 먹을 때만 함께 아름다워질 수 있다. 따라서 박상수 시집에 담긴 '먹방'은 원초적 욕망에 대한 관음증적 시선이라기보다는, 나와 너의 아름다움을 공유하려는 조심스러운 속삭임에 가깝다. 일상은 외로운 희극에 불과하고 내가 꿈꾸는 아름다운 단막극 역시 금세 흩어질 테지만, 그럼에도 지금 이 시집에 담긴 "연극 한 편"을 들춰 보는 것은 어떨까. "감정을 담은 목소리로, 요즘 어때? 같이 밥 먹을까? 그렇게 말해주는 연극"(「모노 드라마」) 말이다.

아름다운 이야기의 미로[1]

우다영 소설집 『앨리스 앨리스 하고 부르면』

1

우다영의 두 번째 소설집 『앨리스 앨리스 하고 부르면』은 수많은 이야기들이 아름다운 미로처럼 얽혀 있는 책이다. 이 세계에 진입할 출입로는 여러 가지가 있겠지만, 일단 여기에서는 '은령'이라는 인물에서부터 시작해 보자. 은령은 소설집 서두에 놓인 「당신이 있던 풍경의 신과 잠들지 않는 거인」의 중심인물이다. 그리고 작품 속 서술자인 '나'의 기억의 시작점에 놓여 있는 존재이기도 하다. 내가 은령의 기억을 잊지 못하는 건 충격적인 이미지로 남아 있는 어떤 사건 때문이다. 어렸을 적 나는 부모님을 따라 정체를 알 수 없는 종교 집회에 다녔고, 그 모임에서 은령을 포함한 여러 아이들을 처음 만났다. 당시 아이들의 모임에는 선천적으로 다리와 발목의 기형을 지닌 아이가 한 명 있었다. "뭍에 나온 인어 꼬리처럼 축 늘어진 다리"를 한 그 아이는 "물속에서의 필요와 기능을 잃고 퇴화할 운명만을 기다리"(12쪽)는 듯했다. 어느 날 아이는 뭍 위로 올라온 물고기처럼

1 이 글은 우다영의 소설 형식을 빌려 각 단락이 미로처럼 얽히도록 쓰였다.

몸의 관절을 이상하게 꺾으며 발작을 일으켰고, 모두가 공포에 질려 있을 당시 침착하게 내 손을 잡으며 그 아이의 말을 들어준 이가 바로 은령이었다. 아이는 "여기에 환한 것"(14쪽)이 보인다는 이해 불가능한 말을 남긴 채 어른들에게 실려 나갔다.

나는 열일곱이 되어 다시 만난 은령에게 정체를 알 수 없던 종교의 창세기를 전해 듣는다. 태초부터 홀로 존재하던 "거인의 눈에서 어느 날 신이 태어"(21쪽)났고, 그 신은 거인의 장기를 이용하여 세계를 창조했다. 눈먼 거인은 세계를 떠받들고 있어야 하는 형벌을 받는다. 이 "눈이 멀어버린 거인"(21쪽)과 "눈에서 태어난 신"(23쪽)이라는 메타포가 중요한 것은 그것이 해당 종교의 창세 신화이기도 하지만, 작품 전반에서 형상화되고 있는 세계의 은유이기도 한 까닭이다. 실제로 이번 소설집은 시야 너머에 펼쳐져 있을 또 다른 세계의 가능성에 많은 공을 들이고 있는데, 이곳과 너머의 "두 세계가 이어져 있고" 그 경계가 "눈꺼풀 한 겹 정도일 수도 있다는 것"(146쪽)을 반복적으로 암시하고 있다. 신화 속 이능의 지혜를 얻은 무수한 예언자들이 그러하듯이, 한 세계의 폐제와 다른 세계로의 상징적 개안은 그렇게 동시에 일어나는 듯하다.

특히나 은령은 그 너머의 징조를 대표하는 인물이다. 나는 기억의 시작점뿐만 아니라 이해되지 않는 일들과 마주친 삶의 마디마다 은령의 흔적을 목격한다. 댐으로 뛰어들었던 직장 동료 김 씨의 얼굴에서 은령의 얼굴이 겹쳐 보였을 때도, 뜬금없이 은령의 이름을 부른 것이 화근이 되어 취소된 여자 친구와의 여행지에서 산불이 나 많은 사람들이 죽었다는 것을 뒤늦게 깨달았을 때도, 실수로 밟은 앵무새가 죽음에 이르자 아빠를 탓하는 아이의 무구한 물음 앞에서 은령을 떠올렸을 때에도, 나는 현실 너머에 있는 세계의 징후와 은령의 모습을 함께 마주한다. 그 기이함은 은령의 임종 장면에서 한층 더해지는데, "여기, 여기에 환한 것이……"(51쪽) 있다고 말하며 숨을 거두는 은령의 마지막 모습은 내 시작점에 놓여 있던 그 사건의 기억과 맞닿으며 서사의 선후 관계를 거꾸로 뒤집어 놓는다. "거인이 눈을 감고 꿈을 꾸기 시작했을 때 비로소 세계가 나타난" 것이고 "어쩌면 신은 거인이 꾸는 꿈일지도"(44쪽) 모른다는 은령의 말처럼, 그 '환한 것'은 한 세계의 죽음과도 같은 암전 이후 그들이 마주했던 또 다른 세계의 빛이었는지도 모르겠다. 이처럼 얇은 경계를 매개로 탄생하는 상이한 세계의 가능성은 이 소설집에 다가가는 중요한 길목 중 하나이다.

2

우다영의 두 번째 소설집 『앨리스 앨리스 하고 부르면』은 수많은 이야기들이 아름다운 미로처럼 얽혀 있는 책이다. 이 세계에 진입할 출입로는 여러 가지가 있겠지만, 일단 여기서는 '은령'과 '창모'라는 두 인물에서부터 시작해 보자. 은령과 창모는 각기 「당신이 있던 풍경의 신과 잠들지 않는 거인」과 「창모」의 중심인물이다. 첫 번째와 다섯 번째에 위치한 두 작품이 이 소설집을 물리적으로 크게 양분하고 있는 것처럼, 두 인물은 소설 세계 내의 어떤 전형성을 대표하고 있는 것 같다. 가령 은령은 작품 속에서 매우 이타적인 존재로 그려진다. "믿기 힘들 정도로 친구가 많"은 은령은 "누구의 부탁도 거절하지 않는 사람"(24쪽)이다. 사람의 마음을 이해하는 재능이 있는 은령은 모두를 다정하게 대해 주고, 도저히 해결할 수 없는 고민과 걱정들도 끈기 있게 들어 주느라 자신의 시간을 모두 소비하는 사람이기도 하다. 은령은 '선'이라는 개념을 진화론적 입장에서 바라본다. 다른 사람들을 돕는 사회가 인류라는 종 전체에 유리한 방식으로 작용해 왔을 것이고, "수억 년 동안 인간이 최선이라고 여겨 선택해 온 결과가 결국 '선'이라는 걸 의미"하게 되어 "몸과 뇌에 새겨진 메커니즘이 되었"(30쪽)을 것이라고 은령은 말한다.

반면 창모는 모종의 이기심을 대표하는 사람이다. 그는 눈에 거슬린다는 이유로 동년배를 하루 종일 철봉에 묶어 두고, 자신에게 화를 냈다는 이유로 임산부와 배 속의 아이에게 입에 담지 못할 저주를 퍼붓는 자이다. 은령이 "은령 안에 존재하는 분명한 논리와 규율", "아름다운 균형감"(27쪽)을 통해 세상을 관조하는 것과 마찬가지로, "창모의 비합리적인 행동에서"도 "논리를 발견할 수는"(170쪽) 있다. 그는 생존에 힘쓰는 야생동물처럼 "자신을 건드린 사람은 남녀노소 잘잘못에 상관없이 그저 보복해야 할 대상이 된다는 것을"(172쪽) 스스로의 준칙과 논리로 삼고 살아가는 존재이다. '선'이라고 하는 것이 개체와 종을 위한 최선의 선택이라는 은령의 관점에 따른다면 창모는 "그 긴밀한 약속에서 벗어난 사람"(177쪽)일 터이고, 오랫동안 누적되고 "검증된 것들이 주는 안전성"(175쪽)을 백안시하고 있는 그는 역설적이게도 "세상에서 자기 자신을 가장 아끼는 것처럼 굴지만 실제로는 자기 자신을 가장 함부로 훼손"(172쪽)하는 사람일 것이다.

그렇게 은령과 창모는 선과 악으로 명확히 양분되는 듯하다. 하나 서술자와 주변 인물들의 관점에서 그들을 바라본다면 둘은 동일하게 기이한 존재들임이 분명하다. 스스로를 함부로 훼손하는 창모의 방식처럼, 자기 자신을 극단적으로 타인에게 내어주는 은령의 방식 또한 비인간적이기는 매한가지이다. 그래서일까. 각 작품의 서술자들은 일시적이나마 선량한 은령을 "진짜 '악'"(33쪽)으로, 악독한 창모를 "천사"(194쪽)로 술회하기도 한다. 전자의 '나'는 이해할 수 없는 삶의 경이를 느낄 때마다 은령의 흔적을 떠올리고, 후자의 '나' 역시 온갖 끔찍하고 참혹한 장면에서 경악을 금치 못하는 생의 마디마다 창모의 모습을 떠올린다. 이해하기 힘든 비인간성의 극단에서 그들은 잠시나마 서로 겹쳐지는 것 같다. 보통의 세계 혹은 인간 사이를 진동하며 무언가를 심문하는 소설들은, 은령과 창모의 경우처럼 두 가지의 사례가 교차되었을 때 그 깊이와 울림의 폭이 배가된다. 이렇듯 복수의 텍스트를 교차시켜 나가는 서사 구조, 단일한 텍스트만 있을 때는 드러나지 않는 상호 간의 관계성은 이 소설집을 읽어 내는 중요한 포인트가 된다.

3

얇은 눈꺼풀을 경계로 한 너머의 징조를 잘 보여 주는 텍스트로 「해변 미로」라는 작품이 있다. 소설은 생존해 있는 '아라'의 이야기를 동생 '아해'가 술회하는 방식으로 시작된다. 사실 아라에게는 자신과 거의 똑같이 생긴 7개월 차의 동생이 한 명 더 있었다. '아성'이라는 이름을 지녔던 그 아이는 여러 면에서 뛰어난 재능을 지니고 있는 아이였다. 아성은 낱개의 블록만으로 완성된 구조물을 예측하고, 규칙과 패턴을 연산하며, "나란히 펼쳐 놓은 과거와 미래를 동시에 상상하는" 능력을 가진 아이였다. 그러나 아라와 아성 두 자매가 열 살이 되던 해에 방문했던 해수욕장에서 아성은 사고로 목숨을 잃고 만다. 당시 심한 천식을 앓고 있었던 아라를 돌보느라, 엄마는 선천적인 운동 능력과 뛰어난 수영 실력을 지닌 아성에게 별다른 주의를 기울이지 못했다. 생전에 몽유병 증세가 있었던 아성은 이따금 장롱 문을 열고 다른 누군가가 있다는 듯이 혹은 꿈 너머에 쌍둥이처럼 존재하는 다른 세계가 있다는 듯이 "그 안을 들여다보며 중얼중얼 무슨 말을"(88쪽) 건네곤 했다. 그 꿈과 현실의 경계선에서, 바다와 육지 사이에 놓인 해변 위에서, 아라와 아성의 운명은 엇갈렸고 결국 아성의 삶은 이면의 세계로 끌려 들어가고 만다.

이 소설집에는 아성의 경우처럼 육지와 바다의 경계에 놓인 인물들이 더러 등장한다. 앞서 살펴본 것처럼 뭍에서 바다를 갈망하듯 저 너머의 환한 세계를 바라보는 인어 같은 아이가 그려지기도 하고(「당신이 있던 풍경의 신과 잠들지 않는 거인」), "연속적으로 연결된 하나의 덩어리"이자 "특별한 의미를 가지고 멀어지며 가까워지는 세계의 경계"(229쪽)로서 물을 바라보는 소년이 나오기도 한다(「사람이 사람을 도와야죠」). 헤매거나 머물거나 떠나거나 잊어버리는 텅 빈 해변의 이야기를 들려주는 노파가 나오는가 하면(「앨리스 앨리스 하고 부르면」), "불안도, 소망도, 기대도 없는 망망대해"에서 표류하다 "고래들의 노래"(267쪽)를 듣고 스스로의 존재를 자각하는 한 남자의 이야기가 나오기도 한다(「메조와 근사」). 이처럼 바다 혹은 물의 세계는 우리가 발 딛고 서 있는 지금 이곳의 지반과는 다른 이질적인 공간이자 경계 너머에 있는 세상으로 묘사된다. "바다이며 밤이며 동시에 우주인"(100쪽) 그곳은 지금 여기의 자아와 인식으로는 도달할 수 없는 영역이므로, 얇은 눈꺼풀처럼 이곳의 시야를 막는 어떤 막이 덧씌워져야 진입할 수 있는 세계이기도 하다. 그렇기에 아라와 아성의 운명이 이리저리 엇갈리는 「해변 미로」는 표제 그 자체로 이 소설집을 함축하는 단어이기도 하다. 그곳은 다른 시공간에 존재하는 삶의 가능태들이 이리저리 뒤얽힌 무대이자, 저 너머 세계의 징후를 가장 가까이서 느낄 수 있는 바다-육지의 접촉면이기 때문이다.

물과 바다가 지금 이곳에 속한 존재의 인식으로는 닿을 수 없는 곳이자, "자아를 형성할 수 있는 과거의 기억도 미래의 꿈도 없는" "망망대해"의 영역이라 한다면, 그것은 세계에 대한 이야기일 뿐 아니라 인간 존재론에 관한 이야기이기도 할 것이다. 인지학(人智學, anthroposophy)을 주창했던 루돌프 슈타이너는 인간 존재를 바다에서 떨어져 나온 물방울에 비유한 바 있다. 그는 자아를 지닌 개별자가 바다와도 같은 우주에 속해 있는 존재라고 말하며, 눈에 보이는 감각 너머 영혼과 정신의 세계가 실재함을 인식해야 한다고 주장했다. 그의 주장은 다소 신비주의적인 뉘앙스를 띠긴 하나 눈꺼풀 너머의 세계라는 소설의 중추적인 이미지와 일정 부분 상응하는 면이 있고, 무엇보다 거인의 눈에서 탄생한 신의 모습처럼 거대한 일자로부터 떨어져 나온 단독적인 세계의 탄생을 설명하는 데 용이한 면이 있다.

세계의 경계를 넘어서는 전환 내지는 무아의 바다에서 자아가 탄생하는 이 같은 단절의 순간은 인지과학(認知科學, cognitive science)의 영역에서도 그 비슷한 이미지를 찾아볼 수 있다. 프란시스코 바렐라는 물리학 내에서 존재의 기원을 논의할 때 종종 거론되는 원시 수프를 배경으로, 독자적인 개체가 탄생하는 순간에 대해 이야기한 적이 있다. 그는 외부와 자신을 구분 짓는 일종의 '막'을 존재의 시작점에 가져다놓는다. 얇은 눈꺼풀을 사이에 두고 구분되는 소설의 세계처럼, 세포 혹은 생명체는 외부와 구분되는 희미한 막을 경계로 하여 자신만의 독자적인 세계를 탄생시킨다는 것이다. 그렇다면 대체 어떤 요인이 그 존재들에게 자신의 경계를 생성하도록 명령하는 것일까. "나를 만든 것, 나를 이루고 있는 것들은 어디에서 왔"으며, 나는 "어째서 먼지나 소음 속으로 흩어지지 않을까"(240쪽). 그 무엇이 원인이 되어 그들은 하나 된 세계로부터 빠져나와 독립적인 자아를 갖추고 '나'의 세계를 이야기하기 시작한 것일까.

4

은령과 창모의 사례처럼, 상호 교차되는 관계성을 잘 드러내는 텍스트로 「해변 미로」라는 작품이 있다. 이 소설은 여섯 개의 분절된 덩어리들로 이루어져 있고, 이는 생존해 있는 '아라'와 '아성' 버전의 이야기가 교차되는 형식으로 구성되어 있다. 아라의 이야기에서 아성은 열 살이 되던 해의 해수욕장에서 물에 빠져 목숨을 잃고, 반대로 아성이 주인공인 이야기에서 언니 아라는 가족들과 해변으로 물놀이를 다녀오는 길에 교통사고를 당해 세상을 떠난다. 이처럼 해당 소설은 하나의 선택지가 확정되었기에 미처 실현되지 못했던 또 다른 이야기들을 어조를 달리하여 교차하듯 보여 준다. 그 이야기들은 오지 않은 미래의 가능태이자, 과거에 두고 온 잠재태이기도 할 것이다.

가령 현대 물리학을 전공하는 아라는 종종 죽은 아성이 지니고 있던 천재성을 떠올리며, "자신은 아성이 살아야 하는 삶을 대신 살아가고 있다는 생각"(108쪽)을 하며 살아간다. 해외에서 열리는 이론물리학 세미나에 참석하기 위해 비행기에 탑승했던 아라는, 자신을 "아라 아성 중에 아라"(104쪽)라고 기억하는 옛 동창 기원을 만나게 되고 기다렸다는 듯 그와 사랑에 빠진다. 기원은 동생 아성과의 정체성이 겹쳐 있는 듯한 아라를 향해 "나는 너를 정확하게 기억"하며 "너는 나를 사랑하게 될 거"(134쪽)라고 선언하듯 말한다. 그리고 이 선언은 소설의 마지막 이야기로 이어지며, 아성의 임종을 지켜보는 화자의 자리에 기원을 가져다놓는다. 아성과 사랑에 빠진 채 그녀의 이야기를 기록하는 기원은 다른 시공간에 놓인 두 소설의 세계를 기이하게 연결하는 구심점이 된다.

이처럼 묘한 연결고리를 지니며 서로의 운명을 나눠 가지는 쌍둥이 같은 이야기들의 교차는 소설집 내에서 누차 반복된다. 예컨대 「앨리스 앨리스 하고 부르면」에서 등장하는 '나'는 바다를 향해 가는 마차에서 우연히 자신의 이야기 한 토막을 마부에게 들려준다. 어느 날 친구의 딸이 말에서 떨어지는 사고가 발생했는데, 아이는 안전모 대신 내가 선물한 작고 귀여운 페도라를 쓰고 있었던 탓에 일시적인 반신불수 상태에 이른다. 당시 유부남인 남자와 만나고 있던 나는 이 모든 것들이 "그동안 저지른 잘못에서 비롯된 사소한 인과들의 결과"(69쪽)라고 여긴다. 그 안타까운 사고와 자신의 부도덕한 사랑 사이에는 언뜻 아무런 인과관계가 없어 보임에도 불구하고, 나는 죽어 가는 아이가 깨어나자 그 남자를 떠나고 얼마 지나지 않아 새로운 사랑을 시작한다.

한편, 내가 새로이 만난 사람과 결혼식을 준비할 때쯤 친구의 남편이 갑작스레 자살을 한다. 딸이 사고를 당하던 날 바람을 피우고 있던 친구의 남편은 아이가 그리 된 것을 자신의 잘못이라 여겼다. 딸이 깨어나지 못했던 아흐레 동안 어떤 마음의 변화를 맞이한 그는 끝내 죽음을 선택하고 만다. 아이의 불우한 사고, 나의 선물과 결혼, 친구 남편의 불륜과 죽음이라는 세 가지 이야기는 후반부에 '나'와 쌍둥이인 양 묘사되는 '나이 든 여자'와 '아름다운 가수'의 모습처럼, 인과가 명확히 증명되지 않을 이상한 고리에 묶여 서로 연결되어 있는 듯하다.

「해변 미로」가 서로 평행선을 달리던 두 이야기의 분기와 교차를, 앞서 서술된 「앨리스 앨리스 하고 부르면」이 하나의 사건으로 인해 퍼져 나간 이야기들 간의 기이한 상응 관계를 평면 위에 펼치고 있다면, 「사람이 사람을 도와야죠」에서 진행되는 세 종류의 이야기는 입체적으로 겹쳐 있는 이야기의 구조를 다루고 있는 듯하다. 첫 번째는 한 소년과 영화감독의 이야기이다. 영화 촬영을 앞두고 있는 소년은 물에 들어가는 장면만은 한사코 찍지 않으려 한다. 감독은 아이를 설득하기 위해 이 장면에 얽힌 시나리오를 들려주는데, 그것은 불의의 사고를 당해 수영을 그만둬야 했던 한 남자가 물에 빠진 아이를 구해 삶의 의미를 되찾는다는 내용의 시나리오이다. 하지만 물속이 무언가 다른 세계임을 어렴풋이 직감하고 있는 듯한 아이는, 귀신이 자신을 물에 들어가지 못하게 말린다고 주장하며 입수를 끝내 거부한다.

두 번째는 부부와 딸의 이야기이다. 남자는 아내의 부탁으로 덧니가 난 딸을 치과로 데려가려 하지만, 귀신같이 낌새를 눈치챈 아이는 발치를 격렬히 거부한다. 간신히 치과를 다녀오는 데는 성공하나, 강제로 이가 뽑힌 아이는 그 이후 어딘가 이상해졌고 주변 이들을 점차 알아보지 못한다. "마치 한 겹 다른 차원으로 넘어가 버린 것 같"(222쪽)던 아이는 끝내 세상을 떠난다. 세 번째는 거북이라 불리는 남자와 그를 키워 준 한 아저씨의 이야기이다. 의절 관계에 있던 그들은 10년 만에 재회하지만, 쌓였던 증오심을 해소하지 못하고 이내 격렬히 다툰다. 남자는 아저씨가 잠든 모습을 바라보며 그의 아내에게 자신의 이야기를 들려준다. 그중 일부는 어떤 소년과 감독이 등장하는 영화 시나리오에 관한 것이었다. 남자가 들려주는 이 세 번째의 이야기는 첫 번째의 소년 및 감독의 이야기와 서로 겹쳐지고, 아이를 잃고 비관하는 아내를 둔 감독의 사연은 다시 두 번째의 딸을 잃은 부부의 이야기와 만나 시간을 넘어 중첩된다. 세 종류, 그리고 아홉 덩어리로 나뉘어 전혀 다른 시공간에서 서로를 바라보는 이 소설은 하나의 이야기가 다른 이야기의 다층적인 지지대로 기능하고 있다.

이 같은 입체성은 한 작품 내부에서뿐만 아니라 작품 상호 간에도 작동하곤 하는데, 일례로 '사람이 사람을 도와야죠'는 「해변 미로」의 등장인물인 기원이 해변에서 죽음을 결심했을 때 그를 삶으로 꺼내 준 멜로디이자, 기원이 아라에게 처음 말을 걸지 못하고 망설이고 있을 당시 우연히 이어폰에서 들려와 용기를 북돋아 준 곡의 이름이다. 동시에 그것은 친구에게 선물 받은 노래 악보에 아성이 붙인 곡 제목의 이름이기도 하다. 이들은 모두 "아직 눌리지 않은 건반 같은"(143쪽) 세계에 일정한 계기와 패턴을 부여하는 악보이자 표지의 역할을 수행하고 있는 듯하다. 그리고 이 같은 메타성은 소설집 바깥으로까지 닿아 있다. 우다영 소설가의 첫 번째 소설집의 표제작인 「밤의 징조와 연인들」을 기억하는 이들이라면, 이번 소설집에 담긴 「밤의 잠영」 안에서도 그와 비슷하게 반복되는 휴양지와 수영장, 튜브를 탄 '나'와 수영하는 남자 친구, 불륜 관계인 한국인 커플, 코뼈가 부러진 사내, 히든 풀 등의 풍경을 통해서 해당 소설이 전작의 한 장면을 다른 버전으로 변주하고 있음을 알아차릴 수 있을 듯싶다.

5

답하기 쉽지 않은 위 질문에 대한 실마리를 미약하게나마 찾아보기 위해서는 '인지' 혹은 '자각'이라는 행위를 면밀히 들여다봐야 할 것 같다. 앞서 언급된 인지학자와 인지과학자가 모두 보이지 않는 너머의 세계와 전체에서 떨어져 나온 개별자를 인식해야 한다고 주창했다는 점에서도, 또 외부와 스스로를 구분 짓는 존재가 탄생하는 순간과 인간 존재의 정신 작용을 다루고 있다는 점에서도, 이전 세계와 자신을 단절 짓고 새로운 세계를 탄생시키는 키워드로서 존재의 자각과 인식은 중요해 보인다.

이 소설집에서는 수많은 '자각'의 순간이 그려져 있다. 논의의 시작점이 되었던 「당신이 있던 풍경의 신과 잠들지 않는 거인」의 '은령'은 어떤 윤리적 기로에 직면하여 결정을 내리는 순간마다 "내 안에서 일어나는 신비로운 일을 깨달"(49쪽)았다고 말한다. 「앨리스 앨리스 하고 부르면」에서 젊은 부부를 보고 어린 시절의 부모님을 떠올리던 '나'는 그들이 부모의 유령과도 같은 잔상이었을지도 모른다고 되뇌며 꿈같은 세계에서 빠져나오다가, 자신이 "이미 오래전에 늙어 버렸다는 사실을 천천히 깨"(58쪽)닫는다. 「해변 미로」에서는 죽은 아성의 기대 형상으로만 살아온 아라는, 아성 이후 새로 태어난 동생 아해가 본래 자신의 모습을 가져갔고 그렇게 실은 세 존재가 쌍둥이처럼 하나로 겹쳐 있었음을 "어느 날 깨닫게 된"(133쪽)다. 이처럼 해당 소설집에는 자신과 타인에 대한 자각의 순간이 여러 차례 등장한다. 그것들은 대부분 때늦은 후회라기보다는 이전까지의 과거를 다시 배열하는 깨달음에 가깝다. "그때는 그 장면의 의미를 알지 못했고, 그 사건의 원인과 결과 같은 것들, 사람들의 마음이나 고통 같은 것들을 거의 이해하지 못했지만"(260쪽) 사후적으로 그것들의 의미와 원인과 감정의 풍경들을 재구성하는 순간이라는 점에서, 그 인식과 자각은 자신 혹은 세계를 이전까지와는 다른 것으로 뒤바꾸는 순간이기도 할 것이다.

루돌프 슈타이너 역시 새로운 세계로의 인식과 전환의 순간을 기술하고 있으나, 그 단절적 인식을 이끄는 근본적인 원인이나 인과의 근거에 대해서는 명확히 답을 하고 있지는 않은 듯하다. 이에 관하여서는 프란시스코 바렐라의 설명이 조금 더 흥미로운데, 「The Emergent Self」라는 글에서 그는 무생물의 바다에서 영혼이라고 빗댈 만한 요소가 깃들어 새로운 존재가 탄생하는 기적 같은 순간의 '원인'을 존재 그 자신에게 돌리고 있다. 앞서 설명된 것처럼 한 생명의 조직 체계는 일종의 '막'을 만들어서, 정확히는 막을 구성하는 요소들을 생산함으로써 외부 세계와 자기 자신을 경계 짓는다. 역설적인 것은 그 조직 체계가 자신이 만든 세포막에 의해 추가적인 생산을 제한 당한다는 것이다. 즉, 특정한 경계에 의해 자신의 존재를 확립하는 생명체는 동시에 그 경계를 스스로 생산하고 제한하는 기이한 '자기 생성'을 해 낸다는 것이다. 자신이 만든 결과에 의해 존재의 원인을 규정받는 이 기묘한 순환이 새로운 존재 및 단독적인 세계가 탄생하는 순간의 풍경이라고, 바렐라는 주장한다. "선후 관계에서 생겨난 최종적인 결론이 동시에 그것을 야기한 이유이며 모든 일의 기원이 되는" "뫼비우스의"(97쪽) 연결고리 속에서, 허공에서 왼발과 오른발을 서로 디디고 있는 공허한 자기 순환의 지탱 위에서 새로운 존재의 씨앗은 발아되는 것일지도 모르겠다. 그렇다면 '나'의 선택과 행위의 결과물의 집합체인 최종적인 '나'의 인식과 자각에 의해서, 이전의 '나'는 얼마든지 사후적으로 인과를 부여받을 수도 있을 것이다. 그 역설적인 자기 순환에 따라, 이전까지의 나라는 존재는 처음부터 재탄생될 수도 있을 것이다.

이처럼 실로 "내가 나인 것에는 원인과 인과가 없고, 나는 그저 무작위하게 발생한 돌연변이"(46쪽)이자 우연한 선택과 결단의 미로를 헤매다 사후적으로 생성된 존재에 불과하다면, 지금 우리는 무엇을 위해 존재하는 것일까. 우리는 대체 어디를 향해 가고 있는 것일까?

소설의 종착지인 「메조와 근사」라는 작품을 보면, '그'의 뜻밖의 죽음 앞에서 힘겨워 하는 '나'가 등장한다. 죽기 직전 그는 동남아의 여러 나라를 여행 중이라고 말하며 그곳의 풍경과 경험을 나에게 들려주었다. 하지만 그 이야기들은 모두 거짓이었고, 실상 집에서 홀로 지내던 그는 두텁게 커튼을 쳐 둔 자신의 방 안에서 스스로 목숨을 끊었다. 이유를 알 수 없는 그의 죽음과 겹쳐지는 것은 '사촌 동생'의 죽음이다. 사촌 동생은 남미의 한 여행지에서 열다섯 살 소년에게 여섯 발의 총을 맞고 세상을 떠났다. 소매치기의 현장을 목격하고 소리를 질렀다는 이유로, 그는 "그 애의 인생을 모르고, 그 애가 가진 생각과 특별함도 모르며, 그 애의 이름조차 발음할 줄 모르는 외국인 소년에게"(272쪽) 살해당해야 했다. 내가 한동안 고통을 떨쳐 낼 수 없었던 것은 잔혹한 최후를 맞이한 그들의 죽음이 슬퍼서이기도 하겠지만, 어떠한 이유도 인과도 지니고 있지 않은 이 불확실한 세계에 한없는 공포와 허망함을 느껴서이기도 할 것이다. 그때 나는 사촌 동생이 꾸었던 꿈 이야기를 떠올린다. 그는 아무런 기댈 것도 보이지 않는 캄캄한 바닷속을 죽음처럼 표류하고 있었다고 한다. 그러던 어느 순간 고래의 노랫소리가 들리기 시작했고, "그제야 사촌 동생은 자신이 살아 있다는 것을 깨달았"(267쪽)으며 동시에 자신이 "오래전에 멸종한 고대의 심해어라는 걸 천천히 기억해 냈"(267쪽)다. 사촌 동생의 새로운 '자각'은 어렸을 적 엄마가 찌른 칼이 남긴 상처와 그 위에 덧입힌 고래 문신과 뒤엉키며, 선후 관계가 어긋난 기이한 연결고리를 또 한 번 만들어 낸다.

존재의 기묘한 순환 고리와 근거 없는 자기 생성을 이야기했던 바렐라는 생물의 진화를 자연의 '표류'에 빗댄다. "진화는 차근차근 최상의 점을 향해 발전해 가는 과정"이나 거대한 계획에 의해 나아가는 과정이 아니라, "그때그때 처한 환경에 대한 최선의 대응"(18쪽)을 하며 "그리는 나선형의 궤적"(45쪽)이자 이리저리 물살을 표류하다 만들어지는 우연한 자기 생성과 적응의 과정이라는 것이다. 그의 논리를 따른다면 "모든 종의 운명"이라는 건 "내정된 목적지가 없기 때문에 무엇이 될지 알 수 없는 미래"(19쪽)이고, "생물학자가 종의 기원을 추적해 나가는 건 그 종이 지나온 역사와 순간들, 선택들, 그때그때의 우연을 담은 미로이자 지도를 살펴보는 일"(18~19쪽)에 불과할 것이다. 그렇다면 죽기 직전까지도 끝나지 않는 이야기의 미로를 엮으려 했던 그의 시도는 단순한 기만이나 도피라기보다는 표류하듯 내던져진 이 우연한 세계 속에서, 아무 이유도 없고 그 무엇도 적층되지 않는 허공 같은 존재의 기반 위에서 무언가를 쌓아 올리려는 필사적인 노력이었던 것이 아닐까.

그리고 '나' 역시 바닷속 정경을 고요히 비춰 주는 한 다큐멘터리를 보며 "그 일은 지나갔고 나는 괜찮아졌"다는 사실을, "내가 그 일로부터 빠져나왔다는 사실을 깨"(276쪽)닫는다. 그 다큐멘터리는 일본군과 미군의 격전지였던 남태평양의 바닷속을 보여 준다. 가라앉은 전쟁의 잔해만이 남은 그곳에는 "수만 년 동안 진화해 완전히 독성이 사라"(277쪽)진 해파리들이 "아름다운 나선형을 그리며"(277쪽) 평화로이 떠다닌다. "종의 다른 가능성을 모르는 무구하고 아름다운 해파리들"(277쪽)이 무해한 영혼들처럼 부유하는 이 장면이 묘한 감동을 주는 이유는 모든 폭력과 갈등이 무화된 장면을 그리고 있어서라기보다는, 수많은 실패와 미로 끝에 다다른 어떤 기적 같은 풍경을 담아내고 있어서인 듯싶다. 한없는 삶의 미로를 헤치며 다다르고자 했지만 실제로는 결코 도달해 본 적 없는 그 "세상에 존재하지 않는 수렴값"(266쪽)의 풍경을 감각하게 되었을 때, 그 기적에 근사하는 풍경이 있음을 자각하게 되었을 때 우리의 존재는 이전과는 조금쯤 달라졌을 것이고, 이 풍경에서 느끼는 어떤 감동 또한 그 자그마한 인식의 변화에 빚을 지고 있는 것 같다.

6

형태적으로도, 그리고 내용적으로도 미로처럼 얽힌 이 텍스트들의 교차는 읽는 이들로 하여금 어떤 이질감을 느끼게 한다. 은령과 창모, 혹은 아라의 아성 등의 경우처럼 그 겹쳐진 텍스트들은 단독으로 존재할 때는 감각되지 못했던 삶의 다른 가능성들을 환기할 것이고, 인간을 끈기 있게 관찰하는 서사가 대부분 그러하듯 "사람은 단순한 하나의 면이 아니라 보는 방향에 따라, 입장에 따라 전혀 다른 모양이 되는 입체"(184쪽)라는 것을 귀납적으로 증명할 것이다. 물론 이 다층적인 텍스트를 바라보는 이질적인 시선 속엔 분명 어찌할 수 없는 거리감도 배어 있을 듯싶다. '나'의 삶 이면에 놓인 또 다른 생의 가능성을 달리 회고할 수 있다는 것은 일인칭으로만 바라보던 삶을 삼인칭의 시선으로 널리 지각하게 된다는 뜻이기도 할 것이기 때문이다. 그것은 모종의 객관성의 확보이기도 하지만 밀착되어 있던 자기 삶으로부터의 탈각이기도 하다. "다음 장면을 알면 행복도 행복이 아니고 불행도 불행이 아니"(218쪽)게 되는 것처럼, 앞뒤를 알 수 없기에 지금 이 순간에만 밀착되어 있었을 욕망과 감정을 일순간 무화시킬 수도 있을 것이다. 지금 이곳의 삶이 수많은 가능성 중의 하나일 뿐이라는 그 감각은 자칫 이 세계에 발을 딛고 있는 현 존재의 체적을 텅 빈 것으로 만들지도 모른다.

하지만 이 텍스트의 교차와 중첩은 그런 이질감뿐만 아니라 기이한 동질감을 느끼게도 한다. 영화의 분절된 컷처럼 나뉘어 있는 수많은 삶의 형상들은 각기 흩어져 있을 때는 별개의 파편들이지만, 필름을 이어 붙인 영화처럼 한 편의 이야기로 그들이 연결되었을 때는 그 무질서한 미로를 잇는 무형의 끈이자 동질적인 구심점을 하나 생성하는 듯도 하다. 발터 베냐민은 「유사성론」이라는 글에서 인간이 지닌 최상의 능력 중 하나로 미메시스를 꼽은 적이 있다. 미메시스란 무언가를 모방하거나 모사하는 것이라 말할 수 있을 텐데, 이는 이질적인 대상들 사이에서 동질적인 유사성을 감각하고 포착하여 재현해 내는 능력까지도 포함하는 단어이다. 그는 점성술을 사례로 든다. 점성술은 천체 속 별자리의 배치와 우연한 인간의 운명 사이에서 인과관계로는 설명되지 않을 어떤 유비를 찾아내고, 꿈처럼 흩어질 유사성의 관계망을 포착하여 그들을 붙들어 놓는다. 점차 퇴화되기는 했지만, 그럼에도 그 능력이 가장 잘 보존되어 있는 매개는 언어일 것이라고 베냐민은 이야기한다. 그의 말을 빌린다면, 별무리처럼 흩어진 삶의 행간들 사이에 별자리가 만들어지듯 의미와 서사의 끈이 부여되고, 그 텍스트들이 "분명하게 연결되어 하나의 유기적인 성운처럼 움직이는 일"(48쪽)은 이제는 사라져 가고 있을 그 종의 능력이 희미하게나마 보존된 탓인지도 모르겠다. 어쩌면 "작은 씨앗 안에 잠들어 있"을, 그 "영원한 꿈처럼 반복될 종의 기억"(259쪽) 때문에 우리는 끝나지 않을 이야기의 미로를 헤매며 낯선 텍스트들을 그러모으고 있는 것은 아닐까.

"안으로 깊이 들어갈수록 스스로 팽창하며 복잡해지는 금색 미로"(64쪽)처럼 읽을수록 중첩되는 텍스트의 무한한 가능성에 일순간 아득함을 느끼기도 하겠지만, 그것들이 가까스로 연결되어 탄생한 하나의 세계는 우리에게 어떤 경이감을 선사하기도 한다. "지나간 실패와 위태로웠던 순간들", 한없이 명멸했던 "광대한 경우의 수가 있었다는 자각은 언제나 우리에게 삶에 대한 경외감"(139쪽)을 주기도 한다. 이곳에 재현되고 있는 수많은 삶의 가능성들은 특별할 것 없는 낱개의 파편들이라기보다는, "아닐 수도 있었던 무수한 가능성"(70쪽)을 지나쳐 온 뒤에 가까스로 탄생한 지금 이 순간의 이야기를 앞서서 지탱해 주는 근거이자 "그물처럼 이어져 있"(131쪽)는 삶의 경로가 될 것이다. 우다영의 두 번째 소설집이 매혹적인 이유는 우리가 미리 지각할 수 없는 그 미로 같은 삶의 순간들을 아름답게 그리고 충실히 그려 내고 있기 때문이다.

4부

이토록 낯설고 익숙한 세계

문보영 시집 『배틀그라운드』

한 사람을 이해하고 우리 스스로를 이해하는 일은 문학이 늘 염두에 두고 있는 것이긴 하지만, 그것은 도통 쉽지 않은 일이기도 하다. 스스로를 관찰하는 주체의 시선 속에는 언제나 대상으로서의 자신이 포함되어 있기 때문이다. 객관적인 눈으로 우리 자신을 바라보는 것은 거의 불가능한 일에 가깝다. 그 내부의 오류와 관성을 벗어나기 위해, 가끔은 바깥에서부터 접근해 보는 것도 좋은 방법이 되곤 한다. '맵'을 바꾸듯 우리를 둘러싼 지반 위에 다른 세계를 번갈아 겹쳐 놓다 보면, 이전에는 잘 보이지 않았던 인식이나 감각 같은 것들이 새로이 모습을 드러내기도 한다. 그러니까 때로는 세계의 작동을 먼저 이해하는 일이 우리를 더 잘 이해하는 방법이 되기도 하는 셈이다.

첫 시집 이후부터 문보영 시인은 낯선 세계의 풍경을 만들어 내는 데 탁월한 능력을 보여 왔다. '일기 딜리버리', '시인의 브이로그' 등의 시도들은 단순히 시뿐만 아니라, 시를 둘러싼 주변의 풍경을 새롭게 확장하기도 했던 것 같다. 두 번째 시집 『배틀그라운드』에서 형상화되어 있는 시적 세계는 동명의 게임을 기반으로 하여 만들어졌다. 하여 이 게임을 잘 알지 못하거나 플레이해 본 적 없는 독자 입장에선, 시집을 읽기 전 다소 걱정이 들 법도 하다. 하지만 시인이 밝힌 바에 따르면 자신 역시 이 게임을 직접 해 보지 않았으며, 그저 오빠가 플레이하는 모습을 뒤에서 지켜본 후 작품을 창작한 것이라 한다. 그리고 이미 충분할 정도의 설명과 각주들이 작품 속에 삽입되어 있는 까닭에, 해당 게임을 모르는 사람일지라도 커다란 장벽 없이 이 시집의 감각에 깊이 다가설 수 있다.

모든 작품과 기본 세계관을 공유하고 있는 '배틀그라운드'는 다른 '일인칭 슈팅(FPS: First-person shooter)' 게임이 으레 그러하듯, 총기를 이용해 적과 전투를 벌이는 게임이다. 다만 미묘하게 다른 점은 이 세계의 근본적인 목적이 타 플레이어를 많이 죽이는 것이 아니라, 오래도록 살아남는 데 있다는 것이다. 물론 마지막 생존자가 되는 가장 즉각적인 방법은 적을 직접 제거하는 것이겠지만, 자신의 손에 피를 묻히지 않고서 홀로 살아남는 일 또한 얼마든지 가능하다. 세계의 룰은 이러하다. 100명의 플레이어가 고립된 섬에 떨어진다. 그 섬은 여러 지역으로 나뉘어 있는데, 플레이어는 자신이 낙하할 곳을 선택할 수 있다. 본인을 빠르게 성장시킬 수 있는 훌륭한 보급품과 무기들이 많은 지역은 다른 이들과의 경쟁이 치열하지만, 그렇지 않은 곳들은 의외로 비교적 한적하다. 욕심을 조금 내려놓는다면 각 플레이어들은 구석진 자신만의 세계에서 오래도록 살아남을 수도 있다.

하지만 이 세계 속엔 손쉬운 휴식을 허락하지 않는 강제적인 시스템이 작동한다. 그것은 속칭 '원'과 '자기장'이라 불리는 것인데, 간단히 설명하면 원 안쪽은 세계가 허락한 안전지대이고 원 바깥은 자기장으로 이루어진 위험 지대이다. "원 바깥에 오래 있으면 체력이 닳고", 그렇게 계속 밖에 있으면 "결국엔 아파서 죽어 버린다"(「배틀그라운드 — 원」). 아프거나 죽지 않기 위해서는 원 안에 들어가 있어야 한다. 다만 시간이 지남에 따라 시스템이 요구하는 원의 크기는 점점 더 작아지고, 그 좁아진 원 안으로 달려가는 도중에 다른 이들과 강제적인 교전이 벌어지게 된다. 그러니 경쟁에서 살아남길 원하는 플레이어는 시스템이 제공하는 보급품을 주워 먹거나, 적군의 시체에서 자원을 강탈하여 타 플레이어보다 강해져야 한다. 이즈음에서 다음과 같은 비판이 나올 수도 있을 듯싶다. 그렇다면 이곳은 존재들과 세계의 불화가 전제되지 않은 곳, 즉 세계를 거부할 수 있는 가능성 자체가 소거된 곳이지 않은가?

푸른 자기장 앞
선을 넘지 못하는 틱 환자가 있습니다

유저들에게
손잡는 기능은 없습니다

침 뱉는 기능
기절하는 기능
그리고
뒤에서 발로 차는 기능이 있습니다

방해하는 것으로 사랑을 표현합시다

뒤로 다가가 발로 찹시다

너는 넘어지는 방식으로
세계에 포함되었습니다

—「배틀그라운드 — 송경련이 왕밍밍에 관해 쓴 첫 번째 보고서」 전문

'송경련'과 '왕밍밍'은 이 시집 내내 반복적으로 형성되고 있는 어떤 연속체이자 가상의 인물들이다. 위 시편에서는 발화자인 송경련이 '나'이고, 그가 바라보고 있는 왕밍밍이 '너'이다. 그리고 이 보고서는 내가 너에 관해 쓴 첫 번째 시인 것처럼 보인다. 나는 자기장 앞에서 "선을 넘지 못하는 틱 환자"를 한 명 발견한다. 아마도 그 환자는 왕밍밍인 듯싶다. 자기장이 주기적으로 경련적인 피해를 입히는 장소임을 떠올린다면, 아마도 너는 자기장에 갇혀 안전한 세계 안쪽으로 편입되지 못하고 있는 존재인 듯하다. 내가 너의 손을 잡고 이끌어 주고 싶어도, 이곳에서 허락된 스킨십이란 고작 "뒤에서 발로 차는" 것뿐이다. 혹은 서로에게 침을 뱉고 홀로 기절하는 정도의 행동만이 가능한 것 같다. 네게 손을 뻗으려는 나에게 이 세계는 다음과 같은 경고음을 전한다. "유저들에게/ 손잡는 기능은 없습니다".

하여 나는 네게 할 수 있는 유일한 접촉을 행하려, 너의 뒤에 다가가 너를 발로 찬다. 전장에 어울리는 기능적 행동답게 그것은 상대방을 방해하고 넘어뜨리기 위한 발차기이지만, 어찌 됐든 나는 선 앞에 머물던 너를 넘어뜨려 원 안쪽으로 진입시키는 데 성공한다. 이처럼 시스템의 의도와 무관한 혹은 시스템을 이용한 존재들의 교감은 해당 시집에서 심심치 않게 발견된다. 가령 「배틀그라운드 — 극단의 원」에서는 부조리한 원의 세계가 줄어들고 줄어들다 결국 점처럼 극단적으로 작아지고 마는데, 발 디딜 틈도 없을 듯한 그 공간은 도리어 모두가 만나는 합일의 순간으로 뒤바뀌기도 한다. 물론 이 같은 미묘한 일탈은 시스템에 순응한 채 이루어진 것일 뿐, 이 세계의 문법을 파괴하는 근본적인 의미에서의 저항은 아닐 것이다. 따라서 누군가에게는 자본과 대중의 적극적인 참여로 만들어진 이 게임의 세계를 시적으로 형상화하는 것 자체가, 시스템에 순응한 이들이 벌이는 가벼운 놀이 정도로 비칠지도 모르겠다. 체제를 거부하고 세계와 불화를 일으키는 사람이 된다는 것은 물론 가치 있고 영웅적인 일일 것이다. "누군가 날 아픈 사람으로 생각해 주는 건 좋다"고, 그럼에도 솔직하게 "난 죽고 싶지 않"고 "아프고 싶지 않다"(「배틀그라운드 — 원」)고 시인은 말한다.

구성원들을 강제하는 조건과 제약이 모두 사라지면, 과연 세계는 우리가 바라 마지않는 조화롭고 평화로운 형상에 가까워지는 것일까. 에르네스토 라클라우와 샹탈 무페는 '적대'라는 개념에 대해 이야기한 적이 있다. 그들은 평화와 혁명을 위해 제거되어야 하는 대상으로 상정되는 어떤 '적대'의 형상이, 실은 혁명의 움직임을 지속하게 하는 조건 그 자체라고 말했다. 그들은 마르크스의 비전을 사례를 든다. 마르크스는 '적대'를 해결 가능한 '소외'의 관점에 바라보았다. 그는 노동자들이 자본으로부터 혹은 자신의 노동으로부터 소외되지 않을 때, 다시 말해 소외가 모두 사라지는 순간에 도달할 때 궁극적 혁명이 완수된다고 생각했다. 하지만 마르크스는 사회의 원동력을 지속하고 혁명을 가능하게 하는 조건 자체를 없애려 했기 때문에 실패한 것이라고, 세계의 불화를 없애려는 모든 시도는 언제나 실패로 귀결된다는 사실 속에서만 존재 가능한 것이라고, 그들은 주장한다. 이 논의의 틀을 잠시 빌려 보자. 만약 우리가 세계에서 소외된 스스로를 인지하는 순간부터 이미 이 세계에 속해 있는 것이라면, "추락하지 않는 인간은 게임 참여 의사가 없는 것으로 취급"되는 이 세계에서 "추락으로 시작"(「배틀그라운드 — 사막맵」)되는 세계의 기본값을 바꿀 수 없는 것이라면, "소외되는 상황을 즐길 줄"(「배틀그라운드 — 원」) 안다고 말하는 시인은 아마도 그 불가피한 추락을 잠시의 비행으로 뒤바꾸려 하는 것일지도 모르겠다. 그것은 근본적인 의미에서의 저항이나 전복은 아닐 테지만, 벗어날 수 없는 잔인한 전장의 감각과 인식을 미묘하게 달리 배치해 놓는 시적인 전환이 아닐까.

덧붙여 시집 전체를 하나의 게임으로 묶는 다소 실험적인 이 기획은 해당 시집의 플랫폼과 유달리 잘 맞아떨어졌던 것 같다. 일반적인 시집보다 적은 분량의 작품과 별개의 테마를 내건 에세이를 싣는 이 시인선(현대문학 '핀')은, 보다 구심력 있고 색깔이 선명한 시적 세계를 가능하게 했다. 그러니까 이 시집은 구성과 내용 모두에서 다소 익숙하지 않은 세계를 담고 있다. 그 세계가 낯설게 느껴지는 이유는 무엇인지, 우리가 속해 있는 이곳과 무엇이 같고 다른지에 대해 더 많은 질문을 던져 볼 수도 있을 것 같다. 그리고 이곳과 잠시나마 겹쳐 있던 그 세계를 이해함으로써, 우리는 스스로에 대한 또 다른 이해의 겹 하나를 획득하게 될지도 모를 일이다.

그토록 사랑했던 세계

임국영 소설집 『어크로스 더 투니버스』

그때는 왜 그리 모든 것에 진심이었을까. 만화책, 아이돌, 게임, 소설 등 열과 성을 다해 빠져들었던 수많은 사랑의 선택항 중에서 지금 유독 기억에 남는 것은 PC 통신 시절에 즐겼던 한 머드 게임이다. 텍스트를 기반으로 이루어지는 머드 게임은 '바람의 나라', '리니지' 등 그래픽을 입힌 MMORPG(Massively Multiplayer Online Role-Playing Game)가 국내에 본격적으로 자리를 잡기 이전까지 나름의 성황을 누렸던 온라인게임 방식이다. 화려한 그래픽이 넘쳐 나는 지금의 관점에서 보면 글자만으로 이루어진 그 게임이 뭐가 그리도 재밌었겠냐마는, 최고의 그래픽카드는 상상력이라고 명명한 셸든 쿠퍼의 말처럼 문장과 문장 사이의 상상으로 구현된 그 세계에 나는 식음을 전폐한 채 빠져 있었다. 당시의 통신 모뎀이 전화선을 통해 데이터를 전송했던 까닭에 내가 게임을 즐겼던 초기 몇 달 동안 우리 집에는 전화벨이 울리지 못했다.

내게는 움직이는 소설 같았던 그곳이 유달리 매력적이었던 까닭은 "밀레니엄 바이러스 Y2K에 대한 공포가 전 세계를 뒤덮었"던 세기말에 어울리는 게임의 내용 때문이었겠지만, 채팅이나 길드 등 다른 유저들과 실시간으로 결합될 수 있는 여러 소통의 기능들 때문이기도 했던 것 같다. 그중 인상적인 것은 '결혼'이라는 시스템이었다. 게임마저 왜 그렇게까지 커플화에 연연했는지 의문이 들긴 하나, 그 결혼은 단순히 상징적인 의미에서가 아니라 실제 게임 기능상으로도 커다란 혜택이 부여되는 제도였다. 나는 운 좋게도 초보 시절부터 어울리던 한 유저와 결혼을 했고, 지정 성별조차 모호했던 그 세계 속에서 우리는 밤낮을 넘나들며 꽤나 친밀한 사이로 지냈다. 실제 서로의 아이디를 공유하기도 했으며, '상대방 ID'와 '사랑'이라는 단어를 조합해 각자의 비밀번호로 사용하기도 했다. 나중에는 현실에서 편지와 문자를 주고받기도 했는데, 그렇게 되기까지는 의외로 제법 오랜 시간을 주저했던 것 같다. 돌이켜 보건대 그것은 게임과 현실이 마주하면 안 될 것만 같은, 정확히는 그 세계를 통해 만난 관계가 사라질 것만 같은 두려움 때문이었던 듯싶다. 물론 이제는 이들 모두 한때 진심으로 사랑했던 아이돌의 애칭과 생일처럼, 내 비밀번호 속의 흔적으로만 남아 있을 뿐이다.

임국영의 첫 번째 소설집 『어크로스 더 투니버스』 역시 누군가에게는 한 시절의 전부와도 같았던 세계의 이야기들로 가득 채워져 있다. 그것은 「달의 요정 세일러문」, 「마법소녀 리나」, 「슬램덩크」, 「카드캡터 체리」로 시작되어 「환상게임」, 「봉신연의」, 「X」, 「강철의 연금술사」까지 나아가는 만화와 애니메이션의 세계이자, 퀸과 비틀스, 웨스트라이프와 브리트니 스피어스, 엔싱크와 백스트리트 보이즈를 아우르는 음악과 팝의 세계이며, '보글보글', '더 킹 오브 파이터즈' 등의 아케이드 게임과 '더블 드래곤', '슈퍼 마리오' 등의 가정용 비디오게임을 거쳐 '삼국지', '프린세스 메이커' '스타크래프트'의 PC 게임으로 이어지는 유구한 게임의 세계이다. 소재의 나열만으로도 선뜻 흥미로운 마음이 생겨나는 건 그 세계에 직간접적으로 연루되어 있는 개인적인 경험 때문이겠지만, "레트로가 유행"인 요즈음 추억을 소모하는 쾌감에 어느덧 익숙해져 버린 세대 안에 내가 속해 있기 때문일지도 모르겠다.

지그문트 바우만은 그의 저서 『레트로토피아』에서, 과거를 향해 가는 최근의 경향성에 대해 '실패한 낙원의 귀환'이라는 이름을 붙였다. 다소 비판적인 그의 논조를 따르자면, 레트로적 쾌감에 익숙한 이들은 미래의 꿈보다는 버려진 과거의 낙원에서 자신의 비전을 발견하는 사람들이다. 일견 이 소설집에도 그런 이들의 모습이 엿보이는 듯하다. 「추억은 보글보글」이라는 작품을 보면, 주인공 '도진'은 "과거만 비추는 망막이 이식된 것처럼 자꾸 지나간 일"만을 바라보는 인물로 그려진다. 친구 '원경'을 만나면 그는 늘 과거의 추억만을 되풀이하듯 이야기한다. 그들의 과거가 온통 게임뿐이었던 것도 맞고 "어릴 적에는 그것에 인생의 전부를 내건 것처럼 굴었"던 것도 사실이지만, 이제는 한때의 치기로 그 시절을 기억하는 원경과 달리 도진은 여전히 과거의 세계가 전부인 시간에 머물러 있다. 낯선 어른의 사회에서 방황하던 도진은 다음과 같이 말하곤 끝내 세상을 떠난다. "내가 사랑하는 것들 모두 죽어 없어진 것 같아."

위 사회학자의 우려처럼 미래, 진보, 성장에의 약속이 더 이상 유효하지 않은 시대의 지반 위에서, 우리는 더 이상은 실패하지 않으려 예측 가능한 과거의 세계로 눈을 돌리고 있는 것인지도 모르겠다. 하지만 "성장의 끝"을 맞이한 세대의 "퇴행과 도피", 그들의 안전한 유희로만 이 소설을 읽어 내는 것은 다소 선부른 일처럼 보인다. 언뜻 과거에 함몰되어 버린 듯한 도진의 사연과 달리, 「코인노래방에서」는 동성의 남자 친구를 좋아했던 과거를 이성의 연인에게 털어놓으며 당시의 감정을 지금의 관점에서 재구성하는 '나'의 이야기가 그려지기도 한다. 「어크로스 더 투니버스」는 "성장을 모두 마치고 난 뒤" 더 이상 만화에 열광하지 않게 된 '만경'의 서사이기도 하지만, 동시에 "덕질"을 "빼놓고는 자신이 성립되지 않는다는 걸" 깨달은 '수진'의 이야기이기도 하다.

그러니 이 소설은 사회로의 입사 과정에 실패한 '어른이'들의 자조적인 회고담이나 과거를 철없던 시절로만 여기는 성인들의 추억담이 아니라, 온전히 다 해명되지 않은 자신의 정체성을 위해 지금 이곳에서 다시 과거의 세계로 건너 들어가는 거꾸로 된 입사 소설로 보아야 하지 않을까. 그러한 방향으로 나아가는 소설 속 인물들에게 과거의 세계는 '나'와 단절된 흑역사의 덩어리들이라기보다는, 정체성의 연속체를 이루는 잠재태의 평면에 가까운 듯싶다. 레트로로 명명된 시대의 유행과 그 과거로의 흐름은 "내가 사랑하고 좋아했던 것"들, "내 존재의 어느 깊숙한 자리에 들어"온 것들, "나를 떠받친 마음의 가장 깊은 부분을 이루는 것들"을 "긍정받고, 당당히 표현할 수 있는 그런 시대"[1]의 기류로도 읽힐 수 있을 것 같다.

여기에서 보다 주목해야 하는 것은 과거의 '나'가 그 세계에 빠지게 된 계기에 관한 것이다. 앞서 언급된 도진이 그토록 헤어 나오지 못했던 게임의 늪에 본격적으로 빠지게 된 계기는 친구 원경과의 만남 때문이다. 「추억은 보글보글」의 서두를 보면, 혼자 게임을 하고 있는 도진의 옆자리에 자연스레 앉아 '2P' 스타트 버튼을 누르는 원경의 모습이 그려진다. "귀가 먹먹할 정도로 시끄러운 소리로 가득"하던 오락실의 소음은 "옆자리에 누가 있다는 사실만으로 모조리 음소거"가 되고, 도진은 마치 또 다른 세계로 진입한 것만 같은 기분을 느낀다. 원경의 합류는 도진의 감정적인 변화뿐 아니라 게임 시스템 자체의 변화를 이끌어 내는데, 홀로 클리어하면 매번 1인용의 엔딩만을 보여 주며 친구를 데려오라는 메시지를 반복하던 해당 게임은, 도진과 원경이 함께 플레이하자 각자의 연인을 만나 저주가 풀린 두 공룡의 엔딩과 함께 "It's "LOVE" & "FRIENDSHIP"이라는 축하 문구를 화면에 띄운다. "두 플레이어가 나란히 앉아 있도록 설계되어 있는" 이 2인용의 세계는 그것이 모험의 동료든 새로운 도전자든 커플화가 가능한 누군가를 필요로 한다. 실제 도진이 과거에 머무르는 이

1 정지우, 「무언가를 사랑하여 자신을 이루는 일」, 《언유주얼》 6호(2020).

유 역시 단순히 게임만을 위해서라기보다는, "원경을 만나서 게임을 하고 다시 내일이 되면 원경을 만났"던 "멋진 시절"과 깨끗이 해결되지 않은 두 사람의 갈등 주변에서 그가 맴돌고 있기 때문일 것이다.

이처럼 임국영의 소설들은 '세계'와 '관계'를 의도적으로 맞닿아 놓는다. 「코인노래방에서」의 주인공인 '나'가 좋아하던 '정우'와 가까워질 수 있었던 것도 두 인물들이 팝의 세계를 공유하고 있어서였고, 「어크로스 더 투니버스」에서 만경이 수진과 친해질 수 있었던 것 또한 만화영화를 둘이 함께 시청했기 때문이었다. 이 같은 세계와 관계의 교차는 소설의 형식으로도 잘 드러난다. '보글보글' 게임의 구조와 두 주인공의 관계가 교차되어 형상화되었던 것처럼, 「코인노래방에서」의 '나'는 연인이 부른 「비밀정원」의 노래 가사를 매개로 "누구에게도 내보인 적 없던" 비밀스러웠던 관계를 고백하고, 웨스트라이프의 「마이 러브(My Love)」의 가사와 당시 정우에게 느꼈던 감정을 교차하여 술회한다. 「어크로스 더 투니버스」의 경우는 보다 직접적이다. '투니버스'라는 제목처럼 만화로 구성된 세계관을 지닌 '만경'은 "똘기 떵이 호치 새초미", "드라고 요롱이 마초 미미" 와 12간지의 상호 관계성을 직관적으로 파악하는 세대의 인물로 그려진다. 그는 만화의 관점에서 주변 인물들을 바라보고 스스로의 존재적 한계를 규정짓는다. 자신은 그 세계의 주연이 될 재능이 없다고 여기는 만경이 수진을 그토록 흠모했던 이유도 그녀가 "다른 인물들과는 확연히 차이가 나는 프레임과 작화"로 묘사된 주인공 캐릭터 같았기 때문이다. 그리고 이 작품 역시 앞서의 작품들이 그러했듯 만화 주인공의 대사와 등장인물의 상황을 교차시켜 서사를 진행해 나간다. 이는 소설의 형식적인 기법이기도 하지만, 자신이 사랑했던 세계와 인물들의 관계가 뗄 수 없을 정도로 얽혀 있는 탓에 드러나는 필연적인 겹침이기도 할 것이다.

이 작품들이 탁월한 것은 만화, 음악, 게임 등의 세계관을 인물들과의 관계를 위한 수단으로만 활용하는 것이 아니라, 그 세계를 통해 이전에는 인지할 수 없었던 새로운 관계성과 사랑의 인식을 재탄생시키기도 한다는 점이다. 이를 대표하는 인물은 '수진'이다. 만경이 「달의 요정 세일러문」에서 세일러 넵튠과의 은밀한 백합(Girls' Love) 코드로 잘 알려진 "세일러 우라누스와 수진의 옆모습을 번갈아 보며" "여자? 남자?"를 고민하는 모습이나, 여성과 남성을 오가는 주인공이 등장하는 만화 「란마 1/2」의 장면을 부러 서술하는 것은 기존의 이중 젠더적인 인식으로 수렴되지 않는 수진의 모호한 정체성을 암시하는 일일 것이다. 만화 「봉신연의」를 통해 "삶에 'BL'이라는 해시태그"를 첨가하게 된 수진은 이후 새로운 관계성에 눈을 뜬다. 본래 "수진의 세계관에서 눈물조차 보이지 않던 비정하고 무감각한 남자들"이나 수진에게 무관심과 폭력을 행사하던 아버지와 오빠 같은 남자들과 달리, 새로운 세계 속의 남자들은 "서로를 아끼고 상처 입히며 절절한 애증의 마음을 품"는다. 소년 만경이 같은 만화에서 모험과 우정을 읽어 내는 것과는 사뭇 다르게 수진은 주인공들의 미묘한 기류를 적극적으로 읽어 내고, 우정으로 명명될 수밖에 없던 도진과 원경의 관계성을 "남성 간의 사랑"으로 뒤바꾸어 바라본다.[2] '사랑과 정의의

2 "야, 니네 형이랑 우리 오빠랑 사귀는 거 아니냐? 누가 공이고 수일라나. 우리 오빠가 덩치도 크고 힘이 세긴 한데…… 아니다, 또 모르는 거니까." 물론 이 같은 '공'과 '수'의 구도는 현실 속의 이중 젠더를 옹호하고 그에 관한 편견을 공고히 한다는 비판을 받기도 한다. 하지만 가상의 관계성으로 설정된 '공'과 '수'를 향유하는 이들은 현실의 이중 젠더 또한 만들어진 관념에 불과하다는 것을 충분히 인식할 수 있으며, 무엇보다 그 양쪽의 구도는 단단히 고정되어 있지 않고 다분히 유동적이다. 김효진은 「페미니즘의 시대, 보이즈 러브의 의미를 다시 묻다: 인터넷의 '탈BL' 담론을 중심으로」(《여성문학연구》 47(한국여성문학학회, 2019))에서 공수 관계는 단순히 삽입에서의 능동성과 수동성에 따라 고정된 관념이 아니며, 오히려 BL 서사는 그 관계성의 낙차를 극대화하기 위해 쓰이기도 한다고 주장한다. 이 같은 관계의 '리버스'는 고정된 이중 젠더의 구도 안에서는 불가능한 역전의 방식일 것이다. 소설 내의 상호 권력 관계에서 물리적으로 우월한 '공'의 포지션을 차지하고 있는 수진, 정우, 도진과, 상대적인 '수'의 포지션에 위치하며 스스로를 열등하다고 여기는 만경, 나, 원경의 이자 관계에서도 정작 서사 결말부의 일반론적인 우위를 차지하는 것은 '수' 쪽에 가깝다. 수진을 동경했을지언정 사랑의 감정을 품었던 것은 결코 아니었다고

이름'으로 모든 것이 성립되는 수진의 그 세계는 다른 관계의 사랑이 가능한 세계이자, 그 무한한 종류만큼 "사랑이 곧 정의"인 세계이다.

『사랑 예찬』이라는 저서를 쓴 알랭 바디우는 '사랑은 재발명되어야 한다'는 랭보의 유명한 시구를 논의의 테제로 삼으며, 하나인 '나'를 무너뜨리고 둘의 관점으로 재구성되는 세계를 탄생시킬 때 사랑은 존재하는 것이라고 주장했다. 그에게 사랑이란 '보글보글'의 숨겨진 엔딩처럼, 홀로된 세계가 사라지고 2인용의 지반으로 그것이 재구성된 이후에야 등장하는 새로운 사건일 것이다. 여기에서 보다 초점을 맞추고 싶은 단어는 '재발명'이다. '재발명'에 대응하는 원어인 'réinventer'는 한국어와 마찬가지로 전에 없던 것을 창조한다는 뜻보다는, 잊혔던 것을 재발견하고 그에 다시 새로운 가치를 부여한다는 의미에 가까운 단어이다. 이를 잠시 빌린다면, 사랑이란 훗날에 만들어질 무언가가 아니라 이미 우리에게 잠재되어 있는 것이라고 말해 볼 수도 있지 않을까. 어쩌면 과거의 우리는 지금보다 훨씬 커다란 사랑의 가능성을 품고 있었는지도 모르겠다. 모든 것에 자신을 던지고 누군가를 열렬히 사랑했던 우리는 어느 순간 평범한 어른-머글이 되기 위해 "대중적인 취향을 가장"하고 "일반인 코스프레"를 하며 살아가는 듯싶기도 하다. 그러니 이 다채로운 사랑의 세계와 덕질의 우주를 건너며 잊고 있던 감각의 세계와 그곳에 소속되어 낯선 사랑을 배

단언하는 만경은 "사랑과 정의는 이제 지긋지긋"하다며 과거의 세계를 떠나간다. 반면 만경과 달리 그 세계에 오래도록 머물러 있는 수진은 어린 시절 만경의 모습을 떠올리며 사랑이라 불릴 만한 어떤 감정과 마주한다. 「코인노래방에서」는 다른 친구를 상대할 때완 달리 '나'를 조심스럽게 대하는 정우를 보고 수진으로 짐작되는 '나'의 연인은 그가 너를 좋아했을지도 모른다는 추측을 하는데, 그 추측이 가능했던 건 만경과의 관계에서 수진의 정서적 위치가 정우와 유사하기 때문은 아닐까 싶다. 「추억은 보글보글」에서 원경은 누구보다 게임에 미쳐 있었지만, "성인이 되어 사회에서 1인분의 역할을 하고 인정을 받으면서 새로운 활력과 기쁨을 찾"아 그곳에서 빠져나온다. 이후 그는 "일방적으로 도진과의 관계를 정리하는 수순을 밟"아 간다. 반면 수진의 오빠 도진은 끝까지 과거에 머무르며 원경과의 애착적인 관계를 끊어 내지 못하는 모습을 보인다.

웠던 시절을, 모든 사랑의 형태와 모양을 상상할 수 있었던 그 마법 같은 시절을 다시 떠올려 보는 것은 어떨까. 나와 당신 사이에 숨겨져 있는 엔딩과 그 잠재된 사랑의 풍경을 우리는 아직 다 발명해 내지 못했을지도 모르니 말이다.

웃는 바위와 부끄러운 대식가 염소 이야기

유계영의 시

만약 언젠가
돌 하나가 너에게 미소 짓는 것을 본다면,
그것을 알리러 가겠니?*

먹는 내가 있습니다

사람들은 실로 대단한, 돌도 씹어 먹을 나이지 하고 찬사를 아끼지 않습니다

또 다른 사람들은 실로 범상한, 돌도 씹어 먹을 나이지 하고 심드렁해합니다 나는 으적으적 씹으며

생각합니다 사람을 녹이면 무슨 색깔일까요 염소를 고아 먹고 더 많은 염소를 위해 쓰겠다는 사람도 있었어요 찰랑거리는 나의 뿔 속에 부유물이 많은데요 손에 쥐고 있던 것들이었습니다

너 모자 크니까 빌려줘

너 손이 크니까 잡아줘

그런 이야기들이 다정합니다 더 많은 것을 먹고 더욱 많은 것을 위하려는 것 같았어요

둘 밖에 없었지만 저요? 제 손요? 자꾸 한 번 더 묻게 되는 겁니다

사람들은 두 번씩 우는 나를 대단한 염소야 하고 격려를 아끼지 않습니다 한 번 더 묻는 나를 말귀도 어두운 멍청아 하고 걷어찹니다 나는 마른 잔디를 으적으적 씹으며

별 뜻 없어요 습관이에요 부끄러워합니다

같이 바다에 갈까? 약속하면 바다로 향하는 도중에 깨어납니다

내일도 바다로 향하는 도중에 깨어나 첨벙거리며 혼자서 두 번씩 첨벙첨벙하면서

해변의 커다란 바위를 향해 찰랑거리는 뿔을 흘리고 있습니다

어쩌다 부끄러운 습관밖에 남질 않았고

먹는 내가 있습니다 커다란 바위 하나는 다 먹을 겁니다

찬사와 야유를 퍼붓던 사람들 모두 나의 건강을 염려하기 시작합니다 돌이라니 어쩌자고 그런 것을 먹으려는 거야? 죽으려는 거야? 하고 울고 있습니다 사람을 녹이면 무슨 색깔일까요

생각을 멈추지 않습니다 오래된 돌의 기억이 머리 위로 쏟아집니다

부유물이 많고 투명합니다

돌을 씹어 먹는 다른 사람이 나타날 때까지 해변에 남기로 합니다

누군가 나를 향해 미소 짓는다면

저요? 저 말이에요? 혼자 열심히 쪼개지면서요[1]

1 유계영, 「웃는 돌」, 《문학사상》 2018년 12월호. 이후 『이런 얘기는 좀 어지러운가』(문학동네,

* 외젠 기유빅, 「만약 언젠가」(『가죽이 벗겨진 소』, 이건수 옮김, 솔, 1995)에서

기유빅은 프랑스 브르타뉴 지방의 카르나크에서 태어났습니다. 바다와 인접한 이곳은 석기시대에 만들어진 커다란 선돌 수천 개가 줄지어 서 있는 열석(列石) 유적으로 유명합니다. 그래서일까요. 기유빅의 시에는 유달리 돌과 같은 자연물들이 자주 등장하곤 합니다. 그의 본명은 외젠 기유빅(Eugène Guillevic)이지만, 그는 거의 평생을 기유빅이라는 이름으로만 작품을 발표했습니다. 알려진 바에 따르면 그것은 어린 시절의 두려웠던 어머니 때문이라고 합니다. '외젠'이라는 이름만으로도 어머니가 자신을 부르던 때의 무서운 장면들이 떠올라, 기유빅은 이름과 함께 그 기억들을 덜어 내고 살았습니다. 그렇게 단출해진 이름처럼 그의 시 역시 단출한 것으로 이름이 나 있습니다. 하지만 단출해진다는 것은 무언가를 버리고 홀가분해지는 만큼 자신을 꾸미고 가려 줄 어떤 것을 잃게 된다는 의미이기도 하여서, 그의 시는 덜어 내고 남은 소박한 언어들로 투명하게 자신을 드러내야만 했던 것 같습니다. 「웃는 돌」 서두에 인용된 시편 역시 비교적 선명합니다. "만약 언젠가/ 돌 하나가 너에게 미소 짓는 것을 본다면,/ 그것을 알리러 가겠니?"

여자의 아버지는 서른 명 정도의 인부를 거느린 금광 토굴의 광주이고, 여자의 집은 가난하지 않다. 그렇지만 그게 다 무엇인가. 그래서 무엇을 할 수 있는지. 여자는 여자들을 도와 인부들의 먹거리를 준비할 뿐이다. 남을 먹이고, 자신도 먹고 나면 하루가 끝난다. 마을에는 하는 일 없이 술만 들이붓는 퇴역 광부들과, 남편이야말로 자기가 치러 마땅한 젓값이라도 되는 것처럼 군말 없이 안줏거리를 해다 바치는 부인들이 흔하다. 여자는 부모

2019) 수록.

와 이웃의 모습이 자신의 미래라는 것을 인정할 수 없다. 돌봐줄 어른들에 비해 너무 많은 아이들. 돌을 캐며 살아온 어른들의 내력을 알기라도 하는지 아이들은, 작은 돌을 큰 돌에 던지는 것만으로도 즐겁다. 둘 중 하나가 쪼개지기라도 하면 함성이 터진다.[2]

유계영은 서해 바다가 가까운 인천에서 태어났습니다. 위 작품 속 표현을 잠시 빌리자면, 시인을 '생산'한 '여자'는 돌을 캐는 마을 내 광주(鑛主)의 딸이었습니다. 가난하지는 않았지만 "먹거리를 준비"하여 "남을 먹이고, 자신도 먹고 나면 하루가 끝"나는 뻔하고 지긋지긋한 삶이 싫어, 여자는 열여덟에 집을 뛰쳐나와 서울에서 공장과 공장을 전전하는 삶을 살았습니다. 고향보다 나은 삶은 아닐지라도, 최소한 지긋지긋함을 생각할 겨를이 없는 삶이라고 여자는 생각했습니다. 그러나 수많은 불량품을 검수해 왔던 여자의 딸은 정작 '불량'으로 생산된 것 같습니다. 딸은 생각할 겨를이 없는 도시 속에서 자꾸 지나간 무언가를 생각하고, 심지어 "보이지 않는 것을 보인다고 생각"하는 시인이 되어 버렸습니다. 언젠가 돌의 미소까지도 보게 되었다고 이야기할지도 모르지요. 어쩌면 시인에게는 돌을 캐며 살아가던 광산 마을의 유전자가 격세유전된 것인지도 모르겠습니다.

돌이나 사물을 향한 관심이라는 측면에서는 기유빅과 닮은 점이 있으나, 이 시인은 단출한 미니멀리스트는 아닌 듯합니다. 도리어 「웃는 돌」 속의 '염소'인 '나'는 엄청난 대식가입니다. "돌도 씹어 먹을" 나의 식탐에 사람들은 찬사를 보냅니다. 이는 비유적인 의미가 아닌데, 정말로 나는 '커다란 바위' 하나를 다 먹으려 합니다. 주변 사람들은 걱정하며 묻습니

2 유계영, 「공장 지나도 공장」 부분, 『이제는 순수를 말할 수 있을 것 같다』(현대문학, 2018), 78~79쪽.

다. "돌이라니 어쩌자고 그런 것을 먹으려는 거야? 죽으려는 거야?" 기유빅은 돌의 웃음을 보라고 했지 먹으라고 한 적은 없는데, 이 염소는 왜 이러는 것일까요. 아마도 나는 보이지 않던 것을 감각하기 위해서 그 대상을 직접 맛보고 몸속에서 녹여 내야 하는 존재인 것 같습니다. "염소를 고아 먹고 더 많은 염소를 위해 쓰겠다는 사람"처럼, 이 염소는 사람을 녹여서 고아 먹고 사람을 더 잘 이해하게 되는 자신을 꿈꾸고 있는 듯합니다. 나는 궁금해합니다. "사람을 녹이면 무슨 색깔일까요"?

다시 생각해 본다면, 기유빅의 첫 질문은 두 가지 단계로 나뉘어 있었던 것 같습니다. 돌이 미소를 짓는 것을 보는 단계 하나, 그것을 알리러 가는 단계 또 하나. 우선 '돌의 미소를 본다는 것'은 쉽사리 보이지 않는 사물의 표정을 살피고 감각하는 일일 것입니다. 나에게 그것은 열심히 돌을 먹고 녹여 그 웃음을 직접 체화하는 것과 동일한 의미입니다. 나는 자신감에 차서 말합니다. "커다란 바위 하나는 다 먹을 겁니다", "혼자 열심히 쪼개지면서요". 쪼개진다는 것은 둘 이상으로 나뉜다는 뜻입니다만, 그 속엔 '소리 없이 입을 벌리고 웃다'라는 의미도 있습니다. 물론 속된 표현이긴 하지만요. 바위의 웃음을 닮은 나는 갈라진 실금 같은 미소를 띠게 될 것입니다. 그러니까 시인에게 '돌의 미소'는 무언가를 잔뜩 먹은 후에야 천천히 바깥으로 돋아나는 '염소의 뿔'과 비슷합니다. 그 찰랑거리는 뿔은 내가 먹은 만큼 "부유물이 많고 투명합니다".

하지만 두 번째 단계로 넘어가서, 돌의 미소를 감각하고 스스로도 돌의 웃음을 짓고 있을 내가 과연 그것을 사람들에게 알리러 갈지는 미지수입니다. 왜냐하면 나는 수줍음이 많기 때문입니다. 무언가를 먹고 무언가가 되어 사람들에게 쓸모가 있어졌을 때에도, 나는 계속 습관처럼 부끄러워합니다. 사람들은 내게 요청합니다. "너 모자 크니까 빌려줘", "너 손이 크니까 잡아줘". "그런 이야기들이 다정"하고 기쁘다고 느끼면서도, 나는 "자꾸 한 번 더 묻게" 됩니다. "저요? 제 손요?" 누군가 자신을 필요로 하고 호출해 주는 순간이 너무나도 행복하지만, 나는 혼자서 "두 번씩" 되묻는 습관을 버리지 못합니다. 사람들은 그런 내게 때로는 '찬사'를 때로는 '야유'를 보냅니다.

그럼에도 이 식탐 많은 염소는 먹고픈 사물들 앞에 계속 남아 있을 것 같습니다. 커다란 바위를 먹거나 "마른 잔디를 으적으적 씹으며", 혹은 당신의 미소를 되새김질하며 서 있을지도 모릅니다. 어딘가의 해변에서 돌의 표정을 짓고 있거나 혼자 실실 쪼개지고 있을 이상한 염소를 보게 된다면, 말을 걸어 주시기를 바랍니다. 아마 염소는 습관처럼 부끄러워하며 되물을 겁니다. "저요? 저 말이에요?" 머뭇거리고 있을 그에게 다정하게 미소 지으며, 네가 맞다고 한 번 더 끄덕여 주세요. 그러면 염소는 용기를 내어 뿔 속에 오래도록 품어 두었던 그 투명한 부유물을, 커다란 바위의 표정을, 당신도 몰랐을 당신의 미소를 우리들에게 알려 줄지도 모릅니다.

새와 인간

서이제 소설 「두개골의 안과 밖」

형식의 파격과 강렬한 파토스를 담고 있는 서이제의 「두개골의 안과 밖」은 분명 여러 가지를 논의할 수 있는 작품이겠으나, *"그해는 새의 해로 기록될 것"*이라는 소설의 첫 문장을 따라가 본다면 일단은 '새'를 둘러싼 모종의 사건들과 인물들의 기록으로 선명히 읽힌다. 그중 처음으로 전면에 등장하는 새는 '까치'이다. 실제로 이 작품의 초반부는 총을 들고 까치를 사냥하는 '나', 그들을 지켜보며 과수원에서 배를 수확하는 '나', 까치의 사체를 조사하며 그 마음과 죽음의 이유를 들여다보는 '나', 집을 짓는 까치를 바라보며 공사장에서 일을 하는 '나'의 이야기가 이리저리 뒤얽혀 있다.

"벌레가 죽기 때문에 새는 배고프"고 "새는 배고프기 때문에 배를 먹"는다는 서술로 미루어 보건대, 이 작품 속에서 까치가 사냥의 대상이 된 까닭은 농약, 비닐 등 과수를 키우기 위해 시행된 여러 수단들이 까치로 하여금 부족한 먹이 대신 인간의 과일을 쪼아 먹게 만들었기 때문인 듯싶다. 흠결 없는 상품과 매끈한 자본의 논리 안에서 까치는 "웬만한 인간 대가리보다 나은" 머리로 인간의 재산을 축내는 해수이거나, "한 마리당 몸값, 8000원"으로 교환되는 개체에 불과할 뿐이다. 그리고 이는 머릿수로 계산되어 "농작물처럼 팔리"는 외국인 노동자와, "가만히 있는데도 돈이 드"는 이 도시에서 근근이 버티며 삶을 이어 나가는 어느 일용직 노동자들의 모습과 나란히 겹쳐 서술된다. 이 같은 인간과 새의 중첩은 흉조(凶鳥) 취급을 받으면서도 건물 틈새에 꾸역꾸역 제 집을 짓는 까치들과, 건축 현장에서 매일 집 짓는 일을 하지만 정작 자신은 "집이 없어서 전전긍긍"하는 인물들의 교차 서술을 통해 더욱 도드라진다.

흉조로 전락해 버린 까치는 인간 세상의 불길한 징조(凶兆) 그 자체가 되기도 한다. 인수공통감염병으로 짐작되는 변이 바이러스가 발생한 그해, 해당 바이러스에 노출된 환자들은 원인 불명의 통증에 시달리다 결국 새로 변해 버리고 만다는 괴이한 소문이 돌기 시작한다. 근거 없는 혐오만을 내뱉던 사람들은 여러 정황 증거와 함께 실제 사람이 조류로 변화하는 모습이 담긴 충격적인 영상이 공개되자 걷잡을 수 없는 공포에 빠진다. 이전의 조류 공포증(ornithophobia)이 병균을 옮길 가능성이 있는 매개체이자 완벽히 통제할 수 없는 동물에 대한 꺼림칙함이었다면, 새 인간의 등장 이후의 공포는 내가 그런 동물로 변이될 수도 있다는 공포, "어느 날 갑자기 그냥 죽어도 되는 존재가 되어 버리는" 것에 대한 공포, 안온한 인간의 울타리 바깥으로 쫓겨나 언제든 피식자로 전락할지도 모른다는 공포에 가깝다.

반가운 손님이 찾아오는 것을 알리고 새로운 치아를 선물해 주던 길조로서의 까치는 이 근미래의 서사 속에서 이전과는 다른 위치에 놓일 새로운 인간상을 예견하는 불길한 징조로 화한다. '인간'의 자리를 뒤흔드는 듯한 이 같은 아포칼립스적 상상은 완고한 휴머니즘을 향한 비판임과 동시에 낡은 인간성의 바깥을 사유하고자 하는 시도일 것이다. 미래상을 그리는 어조에 차이가 있기는 하나, 이는 이질적인 존재와의 결합으로 인간 이후의 새로운 가능성을 꿈꾸는 최근의 포스트휴먼적 논의와도 그 맥락을 같이한다. 반려종이나 기계와의 결합을 통해 인간 고유의 물성을 다른 종으로 뒤바꾸려 하는 해러웨이의 '키메라'나, 근대 체계가 만들어 놓은 구속을 분열시키고 인간의 언어가 지각할 수 없는 어떤 양태가 되기를 꿈꾸는 들뢰즈·과타리의 '동물-되기' 등은 잘 알려진 유사한 맥락의 사유들일 것이다.

여기에서 논의를 조금 더 진전시키기 위해 살펴봐야 할 대상은 '닭'이다. 이 작품 속에서 까치 다음으로 빈번하게 등장하는 닭은 여러모로 그와 대비를 이루는 새로 그려진다. 까치가 인간의 먹이를 탐내고 다툼을 벌이는 이들이라면, 소설 속에 나오는 닭들은 처음부터 인간의 먹이로서 태어나고 길러지는 존재들이다. 금세 허물어질지언정 도심 건물 사이사이에 까치집을 지을 정도로 "도시에 적응하"게 된 까치들과는 달리, 바깥으로 날아갈 가능성 자체를 소거당한 채 "몸을 움직일 틈도 없는 케이지 안에서 살아온 닭"들은 애초부터 다른 삶의 형태를 부여받지 못한 존재들인 것 같다. 이들의 생애는 "스스로 집을 지어 살 수 있는 능력"과 "식량을 구할 수 있는 능력"을 "박탈" 당한 채 도시에 갇혀 살아가는 인간들의 삶과 보다 내밀하게 닮아 있는 듯하다.

이와 같은 대비는 특히 죽음의 형태에서 더욱 뚜렷해진다. 상대적으로 자유로이 하늘을 날아다니는 까치의 죽음은 낱낱의 개체를 쏘아 떨어트리는 방식으로 묘사되는 반면, 닭의 죽음은 집단 매몰의 방식으로 그려진다. 까치의 죽음이 외부에서 인간의 영역을 침범하는 존재에 대한 징벌에 가깝다면, 닭들의 죽음은 우리가 딛고 서 있는 지반 안쪽에 인간의 죄업들을 더욱 은밀하고 두텁게 쌓아 올리는 과정인 셈이다. 비닐하우스에서의 비인간적인 삶을 견디지 못하고 도망친 '나', 바이러스의 경로와 새의 죽음을 기록하는 '나', 그저 하루 일당을 위해 우연히 현장에 참여하게 된 '나'들이 대면하게 되는 것은 그 닭들의 죽음이 집행되는 참혹한 현장이다. "고막을 찢을 듯한" "鷄鷄鷄鷄鷄鷄鷄鷄鷄鷄鷄鷄 닭들의 울음소리"와 죽음을 목전에 둔 수십만 마리의 비명 앞에서 '나'는 손끝에 닿는 체온과 필사적인 몸부림들을 느끼면서도 어쩔 수 없이 몰살에 동참한다. 이 지옥에서 도망치고 싶다고 생각하면서 도망치는 "닭들을 마대 자루에 처넣"고, "굴착기가 버킷으로 닭을 압사시킬 수 있도록" 삐져나온 그들을 다시 "굴착기 쪽으로 내던"진다.

이 끔찍한 도살 장면은 다소 불편할 정도로 생생히 쓰여 있지만, 정작 그것을 기록하는 '나'는 그들의 고통과 죽음을 "차마 묘사할 수 없"고 "함부로 재현할 수 없"다고 여기며 자신이 써 내려간 그들의 목소리에 연달아 취소선을 긋는다. '나'가 보기에 그 기록은 인간의 문법으로 배치된 "주어, 목적어, 서술어"이자 "인간의 말로 기록된"의 공감의 문장들이기에, 구덩이에 산 채로 매장되는 닭의 고통과 처참함을 발화할 수 없고 수십만 마리의 닭들이 내지르는 비명 역시 음소거된 활자 위로 일절 전달되지 못한다. 일인칭 '나'들의 집합체로 이루어진 소설의 발화 방식은 "그렇기 때문에 쓰면 안 된다는 생각과 그럼에도 불구하고 써야 한다는 생각"의 교차가 만들어 낸 불가피한 형식이었을 것이다. 그러니 이 작품이 다소 과잉된 한자와 이미지, 시제를 넘나드는 화법, 급박한 리듬으로 진행되는 짧은 단위의 문장들로 가득 찬 것은 단순히 실험적인 목적을 위해서가 아니라, 그러한 형식이 아니면 전달되지 않는 그들의 목소리를 표현하기 위해서였을 것이다. 때로는 어떤 형식으로만 간신히 말해지는 것들이 있기 마련이다.

그렇게 새와 인간 사이의 거리를 조금씩 넘나들던 이 소설은 결말부에 이르러서야 가까스로 양쪽의 발화를 겹쳐 놓는다. 물론 그마저도 직접적인 접합이라기보다는 압사되는 닭들의 모습을 견디지 못해 펜스를 넘어 도망치는 인부와 쫓기는 새의 형상을 조심스레 맞닿아 놓았을 뿐이다. 앞서 이야기했듯 그가 총을 맞고 쓰러지는 마지막 장면이 끔찍하게 느껴지는 이유는 인간이 짐승으로 변할지도 모른다는 공포와, 안전한 울타리 바깥으로 나아가는 즉시 우리 또한 기존의 권위를 상실한 피식자로 전락할지도 모른다는 두려움 때문일 것이다. 하지만 조금 더 자세히 들여다보면 그 감정 속엔 실은 과거에 피살되었던 동물들도 죽음 앞에서는 지금 우리와 비슷한 감정을 느꼈을지도 모른다는 찜찜함이 놓여 있는 것만 같다. 다시 말해 그것은 미지의 바깥에 대한 두려움일 뿐만 아니라 지금껏 묵인해 왔던 자신의 안쪽을 들여다볼 때 느끼게 되는 불길함, '치느님'이라는 모순적이고 기만적인 이름 아래 음소거해 왔던 수십억 단위의 비명들을 새삼 상상하게 되었을 때의 섬뜩함 같은 것은 아니었을까.

니콜라 말브랑슈는 스스로를 닭이 되었다고 여기는 '광인'들에 대해 흥미로운 이야기를 남겼다. "자신을 수탉으로 감각하거나 지각"하는 이들의 "잘못은 그들의 감각에 있는 것이 아니라 판단에 있다."[1]라고 그는 말한다. 이 미치광이들의 결함은 자신을 닭이라고 '감각'하는 데서 발생하는 것이 아니라, 그 감각을 의심 없이 사실로 받아들이는 '판단' 지점에서 발생한다는 것이다. 재미있는 건 그들과 대척점에 있을 법한 소위 '정상인'들의 사유 구조가 이와 크게 다르지 않다는 점이다. 정상인들 역시 자신을 새가 아닌 인간으로 감각하고 아무런 불안의 낌새 없이 스스로를 정상으로 간주한다. 즉 그들의 자기 정체성 구축 또한 광인과 마찬가지로 감각과 판단을 손쉽게 일치시키는 어떤 광기의 비약에 기대고 있는 셈이다.

이 논의를 참조한다면 '새 인간'은 인간 바깥의 비인간적 가능성을 상상하게 만드는 단어임과 동시에 소위 정상적인 인간이 가지고 있는 사유 구조의 내밀한 허상과 광기를 역설적으로 드러내는 단어이기도 하다. 그러니 소설 「두개골의 안과 밖」은 제목이 지칭하는 것처럼 "이성으로 가득찬/ 인간 머리통"의 안과 밖 모두를 다루고 있을 수밖에 없다.[2] 그것은 이

1 Nicolas Malebranche, *Elucidations*, p. 570; 미란 보조비치, 이성민 옮김, 『암흑지점』(b, 2004), 131쪽에서 재인용.

2 '두개골'을 소재로 하여 이성의 자기 정립 과정과 외밀하게 맞닿아 있는 '내면' 및 '외면'에 관

소설이 인간 바깥에 놓인 이질적인 존재들과의 접촉과 결합을 통해 인간의 이성 그 자체를 안쪽부터 되비춰 보는 작업들이기 때문이다. 홀로코스트가 비이성적인 독재가 아닌 기술과 행정이 집약된 근대적 이성 내부의 극단에서 발생한 사건이었음을 떠올려 본다면, 현재 행해지고 있는 동물의 "대량생산"과 "예방적 살처분" 역시 합리적 시스템이라는 이름 아래 광기의 얼룩을 지우고, 별다른 의문 없이 관습적인 외형을 유지해 온 매끈한 생태 학살의 일종으로 훗날 받아들여지는 것은 아닐까.

노예, 흑인, 여성 등이 한 명의 몫을 지닌 온전한 인간으로 감각되지 못했던 시절의 인류와 오늘날의 우리는 전혀 다른 인식과 언어를 지닌 사람들일 것이다. 동물을 식량으로 대량생산하고 도축하는 지금의 우리를 완전히 다른 인간 종으로 여기는 미래 또한 언젠가 도래할지도 모른다. 이 소설은 어쩌면 "이미 늦을 대로 늦"어 버렸는지도 모를 우리들에게 새 인간으로 변화할 늦된 가능성에 대해, 구멍이 숭숭 뚫린 광기에 기대어 지탱되는 허약한 인간의 이성에 대해, "상상하지도 못할 만큼 많은 죽음들을 빌려" 살아가는 지금 우리들의 일상을 향해 둔중한 경고음을 남긴다.

해 이야기하는 철학적 논의로는 G. W. E. 헤겔, 김양순 옮김, 『정신현상학』(동서문화사, 2016), 206~232쪽 참조.

낙차

김멜라 소설 「나뭇잎이 마르고」

김멜라의 소설 「나뭇잎이 마르고」[1]에 대해서는 크게 두 종류의 독법이 가능할 것 같다. 하나는 관념론적인 혹은 형이상학적인 관점의 독해이다. 이 소설은 서사의 처음과 끝에 마른 나무의 이야기를 가져다놓는다. "무화과 나뭇잎이 마르고"라는 찬송가 구절과 작품 제목의 상호 연관 관계에서 짐작할 수 있듯, 이 메마른 나무에서 떠오르는 것은 한 종교의 복음에 기록된 일화이다. "어느 날 남자는 배가 고파 평소처럼 열매를 먹으려고 나무 앞으로 갔"으나 "나무는 잎만 무성할 뿐 열매가 없었다". 그는 열매를 맺지 못한 "나무를 저주했고 나무는 줄기가 뒤틀리며 잎이 말라붙었다". 신이 이적을 행한 이 일화는 믿음과 신앙의 관점에 따라서 여러 의미로 해석되겠지만, 소설의 주인공인 '체'가 '퀴어'와 '장애'의 정체성이 교차하는 인물임을 떠올려 본다면 작품 서두에 배치된 이 은유적인 이야기는 '재생산(reproduction)'의 맥락에서 비교적 선명하게 읽힌다. 열매를 맺지 못한, 그리고 태생적으로 바깥으로 드러날 꽃조차 피우지 못하는 이

1 김멜라, 「나뭇잎이 마르고」, 《문학동네》 2020년 겨울호. 이후 『제 꿈 꾸세요』(문학동네, 2022) 수록.

무화과나무에 대한 저주는 인류 공동체에서 장애를 소거하고자 했던 우생학적 시도와 이성애-생식의 관점에서 동성애를 바라보는 뿌리 깊은 편견의 논리에 직접적으로 맞닿아 있다.

이는 '마음씨'라는 동아리를 통해서도 잘 드러난다. 마음씨는 여타의 동아리에서 지정한 룰을 따르지 않거나 신체적으로 따르지 못해 가입을 거부당했던 '대니'와 '체'가 함께 만든 동아리이다. "기술의 눈부신 발전으로 장애인도 마음껏 운전하고 바다에서 서핑할 수 있"는 미래와 "동성결혼이 합법화되고 여자와 여자 사이에서도 아이를 낳을 수 있"는 사회를 꿈꾸며, 양귀비와 장뇌삼 씨앗을 뿌리는 이 비공식 동아리의 활동은 비록 약소할지언정 집단 내 관습과 인식의 한계를 조금씩 넓히려는 작업에 가까운 듯 보인다. 무엇보다 중요한 건 그들이 뿌린 씨앗의 위치를 기록해 두지 않고 그저 뿌리는 행위 그 자체에만 집중한다는 점이다. "열매를 맺는 일이 고달프다는 듯 꽈배기처럼 몸을 뒤틀며 자란 나무" 아래에서 자신들이 거두지도 않을 불확실한 미래를 향해 씨앗을 심는 소설의 마지막 장면은, 뿌리고 심은 대로 거두리라는 인과적 재생산의 논리를 정확하게 비틀어 재현하고 있다.

한데 이런 이야기만으로 해당 작품을 모두 설명했다고 말할 수 있을까. 위의 독법은 분명 잘 짜인 서사 구조와 상징의 면면을 해석하는 데에는 유의미하지만, 작품을 읽으며 느꼈던 어떤 감정의 세목들을 충분히 설명하지 못할뿐더러 무엇보다 '체'라는 인물을 형상화하는 일에 많은 것을 걸고 있는 이 소설의 디테일을 거의 드러내지 못한다. 그렇다면 이번에는 거꾸로 형이하학적인 구체성에 집중하는 반대 방향의 독법을 시도해 보자. 소설의 서술자인 '앙헬'이 바라본 체는 "그을린 갈색 피부"와 "겨울의 나뭇가지처럼" 여위고 "마른 몸에 언제나 짧은 머리"를 한 모습으로 그려진다. 옷과 액세서리 하나하나의 디테일을 살피고, 모든 색을 자신의 체형에 맞게 배치할 수 있는 체는 미끄럼 방지를 위해 자신의 가는 다리와는 다소 어울리지 않는 커다란 신발을 신고 다녔다.

병명이 명확히 제시되지는 않지만 낙상에 의한 뇌병변장애로 추측되는 체의 증상 중 작품 속에서 집중적으로 형상화되는 것은 우선 그녀의 보행 방식이다. 왼쪽 다리가 안쪽으로 휘어져 있는 체의 몸은 걸음을 내딛을 때마다 비스듬하게 기울어져 "그 기울기로 작은 웨이브"를 그리며 움직인다. 늘 동일한 파형과 일정한 리듬으로 걷는 그녀는 자신의 속도를 남에게 맞추려 하지 않았고, 급하게 "계단을 두 칸씩 뛰어오르거나 양발을 한 번에 떼어 점프할 순 없지만" 그 누구도 "체의 걸음 때문에 지하철을 못 타거나 버스를 놓친 적은 없었다." 움직일 때 많은 에너지를 소모하는 체의 양말은 매번 땀에 짙게 젖어 시큼한 냄새를 풍겼는데, 앙헬은 체를 떠올릴 때마다 취기 섞인 그 축축한 기운을 느끼곤 했다.

체 고유의 속도와 축축함은 그녀의 언어에서도 뚜렷이 포착된다. 입안에서 "무언가에 붙들린 듯 뻣뻣하게 곧추서 있"는 체의 혀는 한글 자음을 온전히 발음하지 못했고, 말을 하는 중간마다 고인 침을 삼키거나 튀겼다. "영어 듣기 평가처럼" 점차 익숙해져야 하는 체의 말은 그렇다고 이국의 언어처럼 다른 문법을 지녔던 것은 아니었다. "단지 한번 더 물어야 하고 알아듣는 데 시간이 걸릴 뿐"이었다. 그럼에도 체는 자신의 말을 상대방이 확실히 인지할 때까지 말을 멈추거나 지나치지 않았다. 자신만의 속도를 지닌 그 느긋하고 당당한 반복의 발화 덕분에, 앙헬뿐 아니라 소설을 읽는 우리들 또한 처음엔 다소 낯설었던 체의 말과 속도에 차츰 익숙해져 간다. 그러니 이 소설을 읽으며 느꼈던 어떤 매혹은 종교적인 은유나 형이상학적인 상징, 올바름의 관념에서 기인한다기보다는 체의 몸이 발화하는 고유한 언어의 물성, 커다란 보드화를 무게 추 삼아 지면에 발을 붙이며 걷는 그녀의 리듬과 속도감, 그 이면에 놓인 열기의 축축함에서 발생한다고 보아야 하지 않을까.

하지만 이렇게 양분된 두 가지 독법을 제시하는 정도로는 작품 여기저기에서 느껴졌던 묘한 불편함 혹은 언급된 것과는 "또 다른 종류의 축축함"들이 말끔히 해소되지는 않는 것 같다. 이를테면 술자리에서 실랑이를 벌이다가 "계단을 굴러 아래로 떨어"진 체가 앙헬 앞에서 내지른 괴성과 오줌만큼이나 선명하게 남아 있는 둘 사이의 낙차 같은 것들 말이다. 그 간극은 체가 앙헬에게 사랑을 고백하는 장면에서 보다 자세히 드러난다. 여자를 사랑하는 일이 자신의 "영혼에 새겨진 주름 같은 것"이라고 믿는 체는 "예술과 신, 그 두 가지에 관해 끝없이 이야기를 나눌 수 있는 여자"를 이상적인 반려로 여긴다. 그녀에게 "섹스는 상관없"는 일이거나 "작은 것"이다. 하지만 앙헬은 자신에겐 그 또한 중요한 일이라고 말하며 체의 고백을 거절한다. "남자였다면" 또는 "체가 좀 더 평범한 여자였다면" 다른 대답을 했을지 고민하는 앙헬의 마음속엔 이성애와 비장애의 몸을 섹슈얼리티의 원형적 가능태로 여기는 인식이 일정 부분 담겨 있는 듯싶다. 체의 신념과 삶의 태도를 존경하고 "믿음에 관해서는 오직 체뿐"이라 여기지만, 그녀가 지닌 몸의 정체성 앞에서 앙헬은 새삼 넘어설 수 없는 거리감을 체감하고야 만다.

아니 조금 더 정확히 말하자면, 체가 그런 몸을 지니고 있기 때문에 앙헬은 그녀를 믿는 것이라고 표현해야 할지도 모르겠다. 앙헬이 체와 마음껏 술을 마시고 함께 모텔을 갈 수 있는 것은 "어떤 상황이 벌어져도 체가 자신을 힘으로 제압하지는 못할 거라는 사실", 자신이 그녀보다 "힘의 우위"에 놓여 있다는 즉물적인 우월함 때문이다. "멀리, 더 크게 바라보는 체의 내면"과 "뒤틀리고 고부라진 그녀의 몸"에 대한 앙헬의 상충되는 마음은, 달리 보자면 그 모순 때문에 성립할 수 있는 것이기도 하다. 그럼 여기에서 이 소설을 읽는 우리에게 질문을 되돌려 볼 수도 있을 듯하다. 우리가 체의 일면을 바라보고 느꼈던 어떤 따스한 마음 역시 장애를 지닌 그녀가 자신만의 속도로 걷고 타인에게 늘 열려 있는 삶의 태도를 보였던 까닭에, 다시 말해 크고 높은 체의 마음과 그녀의 "물리적 조건"들이 지닌 격차 때문에 발생한 것은 아닌가? 몸의 손상과 즉물적인 조건들에 의해 야기되는 대부분의 감정들은 '정상성'을 기본값으로 두고 있는 사회적 편견에서 파생된다는 것이 일종의 상식처럼 여겨지는 요즈음, 이런 질문들은 다소 불편하게 느껴지기도 한다. 하지만 '장애'를 사회·정치학의 조건 속에서만 바라보는 관점은 이론적으로는 옳을지 몰라도 중요한 감정적 현실을 놓치게 된다는 일라이 클레어의 지적처럼,[2] 관념적인 인식과 현실의 몸 사이에 얽혀 있는 차이와 간극을 손쉽게 무화시키거나 합치시키려는 시도야말로 이후의 논의를 단순하게 만들 위험을 안고 있는지도 모른다.

그러니 체를 향한 앙헬의 믿음과 주저함에서 어떤 감동과 불편함이 동시에 느껴졌다고 한다면, 그것은 처음부터 이 소설이 우리의 독법 속에 내재된 관습적인 환대와 물리적 거리감 사이의 낙차를, 또는 올바른 마음의 형이상학과 너절한 삶의 형이하학 사이의 낙차를 그대로 드러내고 있기 때문은 아닐까.[3] 그 낙차와 불일치는 '소수자'를 재현하는 서사적 관성

2 일라이 클레어, 전혜은·제이 옮김, 『망명과 자긍심: 교차하는 퀴어 장애 정치학』(현실문화, 2020), 52쪽.

3 다시 형이상학적인 관점에서 본다면 '체'는 그러한 낙폭을 상징적으로 구현한 인물이기도 하다. 체의 '할머니'가 그녀의 존재를 하늘의 복이라 생각하여 성당에 데려가 신부에게 이름을 부여받고 이후 아기를 "바닥에 떨어뜨렸"던 사고 탓에 그녀가 지금의 장애를 겪게 되었다는 점, 소설 결말부에 등장하는 또 다른 '할머니'가 체에게 건넨 양식이 "눈이 맑아지고 가슴이 환해"지는 "천국"의 이미지로 그려진다는 점, (이 '흠' 없는 이전의 시원과 모든 '결함'이 소멸될 이후의 하늘나라 이야기는 작품 내에서 유일하게 체의 언어가 아닌 관념적인 표준어로 서술된다.) 그리고 이러한 하강과 상승의 일대기가 양쪽을 매개하는 천국의 전령이자 "천사 안에 지옥이 있"는 것으로 발음되는 '앙헬'에 의해 기록되고 있다는 점 등을 고려할 때, 어쩔 수 없이 체의 상징적 형상은 신성을 지상에 강림시킨 기독교의 메시아와 여러 방면에서 겹쳐진다. 다만 마르고 뒤틀린 모습으로 그려진 체의 존재는 "눈먼 자와 다리 저는 자를 고치고" "손이 오그라든 자의 손을 펴"게 만드는 치유와 정상화의 화신이라기보다는, 높고 커다란 마음과 병리성으로 강요되는 손상의 모순을 한 몸에 육화한 단독자의 표상으로 읽힌다. 이는 지상의 피조계에 단수의 비참한 인간 개

에도 적용이 될 듯싶다. 이 소설은 퀴어와 장애의 정체성을 지닌 인물을 형상화하는 서사에서 관습적으로 기대될 법한 진보적이고 혁명적인 뉘앙스의 요구치를 언뜻 충족하는 것처럼 보인다. 체 게바라의 표상과 "싹 다 조지고 뿌리까지 갈아엎자"는 식의 포스터 문구와 오래된 운동권 풍의 소재는 그러한 낭만성을 가속화한다. 하지만 체는 예술을 사랑하는 소수자들이 흔히 그러하듯 가난과 반자본주의를 체화한 인물로 묘사되지는 않는다. 그녀는 물질적으로 풍족할 뿐만 아니라, "봉사고 명예고 공짜로 부려먹을 생각 하지 말고 제대로 돈을 지불"하라고 단호히 외칠 정도로 낭만적 열정 페이에 강한 반감을 지닌 인물이다. 다시 말해 체는 예술을 사랑하고 나눔의 가치를 옹호하는 동시에 철저한 교환의 논리를 체득하고 있는 세대의 인물이기도 한 셈이다.

또한 이 소설은 사회적 약자를 그린 서사물에서 반복되는 박해나 곤경 등의 갈등을 명료히 바깥으로 드러내 보이지 않는다. 강아지처럼 기다리기만 하면 모든 사람들이 자신을 쓰다듬어 줄 것이라고 믿고 거리낌 없이 먼저 다가가서 마음을 건네는 따스함, 자신만의 속도로 걷고 본인의 의사가 관철될 때까지 말하고 기다릴 수 있는 느긋한 당당함, "장애인 동반 일인은 무료"라든가 "난 여자 가슴이 좋"다고 말하는 태연함 등은 그것이 너무 밝고 확신에 차 있어서 소수자의 역경과 고난으로 상정되는 어떤 어두운 기대치를 비껴 나가게 만든다. 물론 이토록 크고 단단한 체의 삶의 태도는 그렇게 걷고 말할 수 있을 때까지 그녀가 견뎠을 마음의 시행착오와 표면의 서사에서 채 드러나지 못한 여백의 시간들 덕분에 만들어진 것이

인으로 나타나 공동체뿐 아니라 신 스스로에게 버림받은(엘리 엘리 라마 사박다니: 나의 하느님, 나의 하느님, 어찌하여 나를 버리셨나이까?) 자기모순과 이중적 소외의 방식으로, 신의 케노시스를 읽어 내는 한 철학적 해석과 상통하는 듯도 하다. 자세한 논의는 슬라보예 지젝·존 밀뱅크, 박치현·배성민 옮김, 『예수는 괴물이다』(마티, 2013), 98~103쪽 참조.

겠지만, 자신이 받은 '부당한 미움'을 "사랑으로 바꾸어 되돌려주"려는 그녀의 매끈한 긍정과 낙관은 부정성의 파토스와 연민의 정동으로 울퉁불퉁하게 얽힌 퀴어, 장애 서사의 감각을 또 다른 장으로 올려놓는다.

여기까지 썼지만 사실 앞서 언급된 여러 독법들이 이 소설을 읽는 데 필수적이진 않은 것 같다. 이 소설은 앙헬이 학생회관 옥상에서 바라보던 버드나무의 풍경과 걸터앉은 소파에서 풍기던 희미한 자두 썩는 내음, 대니와 체의 입안에 남은 오이 향과 사방에서 들려오던 잎 두들기는 빗소리, 시든 풀 무더기 같은 체의 주름진 웃음과 한때 세상이 그녀처럼 웃길 바랐던 시간을 통과한 앙헬의 감정적 잔재들만으로도 이미 충분히 매혹적이다. 한 시절의 페이지를 겹쳤던 두 사람의 주름은 공주에서의 만남 이후 아마도 다른 방식으로 펼쳐지고 다시 접히지 않을까 싶다. 물론 이 모두를 두고 체는 "호 효효효효", "괘로로로로" 같은 소리를 내며 홍얼거리듯 웃을지도 모를 일이지만 말이다.

5부

열도의 부피

김금희 소설집 『오직 한 사람의 차지』

김금희 소설가의 세 번째 소설집이다. 이 책을 처음 받아 들었을 때 그리 낯설게 느껴지지 않았던 건 문예지에 먼저 발표되었던 작품들을 내가 따라 읽어 왔기 때문이겠지만, 표지 디자인의 감리 영상이라든가 작가가 직접 사인했던 면지의 보관 영상이라든가 하는 것들을 책을 받아 보기도 전에 시청했던 내 개인적인 경험 때문이기도 할 것이다. 그 외부의 감각과 기억들은 이 책의 물성과 부피를 각자의 방식으로 채우게 만드는 듯싶기도 하다. 그만큼 이 소설집은 여러 방식으로 읽히겠지만, 일단 가장 먼저 눈에 들어오는 것은 표지에도 적힌 '열도(熱度)'라는 키워드이다.

내가 문학 작품에서 처음으로 '열도'라는 단어를 목격한 것은 아마도 김수영의 시였던 것 같다. 김수영은 비교적 초기작인 「애정지둔(愛情遲鈍)」에서, "생활은 열도를 측량할 수 없"다고 썼다. 단어의 사전적 뜻은 대강 이해하고 있었으나, 시절, 사랑, 생활 등과 나란히 놓여 있는 그 시어를 구체적으로 체감하진 못했는데, 해당 단어가 꾸준히 등장하는 김금희의 소설과 전작들부터 쌓여 온 마음의 열기를 보면서 나는 그 단어의 폭을 실감하게 되었다. 초혼을 시적으로 전유한 김소월처럼, 때로 어떤 단어들은 한 명의 작가가 독점하듯 가져가 버리는 경우가 있다. 내게 열도라는 단어를 전유하고 있는 작가는 지금까진 김금희이다.

그 붉은 감정은 여러 의미로 해석되겠지만, 우선 그것은 모욕감 혹은 수치심이라고 말할 수도 있을 것 같다. 소설집의 서두를 장식한 「체스의 모든 것」을 살펴보면, 생활고에 시달리던 '국화'가 자살을 생각한 적 있었다고 고백하는 장면이 나온다. 괴로워하던 국화는 자살 상담 센터에 전화를 건다. 전화를 받은 상담원은 국화에게 절차상 주민등록번호를 물어보았는데, 일순간 국화는 이유를 알 수 없는 분노에 휩싸인다. "그 분노감은 아주 강력한 것이었고 모욕을 동반했다."(31쪽) 그때 무슨 이유에서인지 국화는 '노아 선배'의 이야기를 떠올렸다고 한다. 선배는 유학 시절 일하던 농장에서 도둑 누명을 썼다. 좋게 넘어가자는 한국인 조장의 설득에, 선배는 외국 농장주에게 거짓으로 머리를 숙였다. 범인을 앞에 둔 농장주는 불같이 화를 냈고, 그것이 연기였음에도 선배는 당시 느꼈던 모멸감과 수치심을 오래도록 잊지 못했다.

이 같은 감정선은 다른 작품들 속에서도 발견된다. 가령 「쇼퍼, 미스터리, 픽션」에서 'K'가 가장 큰 모욕감을 느끼는 순간은, 마트에서 과일을 파는 엄마가 K에게 몰래 비닐봉지를 쥐여 주며 눈치껏 계산대를 피해서 나가라고 말할 때이다. 어린 시절의 K는 메르헨 전집 등을 읽으며, 또래의 곱슬머리 백인 소녀가 자신에게 맞는 샴푸를 사기 위해 숍에서 신중하게 쇼핑을 하는 장면 같은 것에 심취해 있었다. 하지만 비닐봉지를 들고 몰래 계산대를 지나쳐 가는 순간마다, K는 취향에 따라 무언가를 고르며 살아가는 섬세한 쇼퍼의 세계가 한순간에 뭉개지는 느낌을 받곤 했다. "지불 없이 무상으로 얻은 그 몇 푼 하지도 않"는 비닐봉지의 내용물들은 "그를 수백 배의 무게로 짓누르는 수치심과 죄책감 같았다."(259쪽)

한편 '열도'라는 단어는 모욕감뿐 아니라, 한 시절의 낭만 또는 희미해진 사랑의 감각 등으로 번역될 수도 있다. 「사장은 모자를 쓰고 온다」에서 '나'와 '은수'가 아르바이트를 하는 카페의 '사장'은 "냉혈한 고용주"(42쪽)

로 그려진다. 그녀는 늘 멜빵바지와 셔츠를 입고 모자를 쓴 채 출근한다. 사장은 '대화'라 불리는 시간을 빌미로 자신이 생각하는 행동 규칙을 직원들에게 가르치고, 그것이 지켜지지 않았을 때는 예측 불가능한 방식으로 화를 내는 불편한 직장 상사이다. 어느 날 나는 혼자 탈의실에 머물러 있던 사장이 '은수'의 신발에 가만히 발을 넣는 장면을 보게 된다. 남아 있는 신발의 온기를 느끼는 듯한 그 장면을 목격한 이후, 나와 사장은 급속도로 가까워진다. 은수에게 관심을 보이는 사장에게 은수의 근황과 주변 이야기들을 전하며, 나는 약간의 물질적 시혜를 얻기도 한다.

나는 정보를 얻기 위해 은수와 자주 이야기를 나누었고, 의도치 않게 은수와도 더욱 친밀한 관계가 되어 간다. 배우를 지망하던 은수의 부탁으로, 나와 그는 역 벤치에 앉아 함께 희곡을 읽기도 한다. 그 미묘한 기류의 두 사람을 보고 난 후, 사장은 여느 날과 같던 '대화' 시간 중에 갑작스레 행동 지침이 적힌 책자가 아닌 희곡 작품을 낭독해 보자고 제안한다. 사장이 읽게 되는 대목은 셰익스피어의 희극 「십이야」의 구절인데, 얄궂게도 이 작품은 남자의 옷을 입고 살아가는 한 여성과 사랑의 메신저로 인해 뒤엉켜 버린 인물들의 삼각관계를 다룬 작품이다. 사장은 언제나 쓰고 있던 모자를 벗어 든 채 "사랑을 예감하는 사람의 목소리로 그 대사를 읽"(56쪽)었다. 그 순간 사장에게선 평소 억누르고 살아왔던 낭만의 열기 같은 것들이 삐져나오는 듯싶기도 하다.

그러니까 이 소설집은 모종의 뜨거움을 간직한 이들, 혹은 그 열기의 농도가 짙게 존재했던 시절들에 관한 이야기라고 말할 수도 있을 것 같다. 물론 이러한 이야기는 김금희의 소설이 형상화해 온 미학적 세계와도 어느 정도 일맥상통한다. 작가는 깊은 인상을 남겼던 전작 「조중균의 세계」에서도, 형사가 셔츠 주머니에 꽂아 주었던 오천 원에 모욕감을 느끼고, 커다란 국어사전과 문장과 시를 사랑했던 한 인간의 '지나간 세계'를 담담하고 아릿하게 그려 낸 바 있다. 다만 이 소설집에서 유달리 흥미로웠던 부분은 지나간 시절의 열기를 간직한 이들의 이름이 다소간 희미하게 느껴진다는 점이었다. '조중균'이라는 이름이 지나간 세계와 거의 등가의 기표로 남았던 것과는 달리, 우울과 상처 속에 파묻혀 살아가는 '희곡 배우'(「문상」), 10대 시절의 편지로만 남은 가명의 펜팔 친구 '요시키'(「레이디」), 언니라 부르기엔 어색했던 모자를 쓴 '사장' 등은 그 범박한 호칭 때문인지, 사그라든 한 시절의 열기처럼 어딘가 더욱 아련하고 아렴풋하게 느껴졌던 것 같다. 내 마음을 아프게 했던 '노아 선배' 또한 "목소리, 얼굴, 체취, 어쩌다 닿았을 때의 몸의 느낌 — 이 희미해졌고", 그렇게 "차츰 선배를 향한 내 마음도 부피를 줄여 갔다."(27쪽)

아마도 그 희미함은 어떤 열기를 억지로 내리누르며 살아온 일상의 관성과, 기억의 입체감을 점차 납작하게 만들어 온 시간의 힘이 작용한 탓일 것이다. 하지만 동시에 그것은 지난 시절의 장면들을 또 다른 온도로 채워 가는 소설의 한 방식은 아닐까. 나카무라 유지로는 『토포스』에서, '장면'이라는 것은 그 기억의 장소를 채우는 사물과 정경, 그곳에 담긴 주체의 태도나 정서까지 모두 뒤섞여 나타나는 것이라고 말했다. 이 논의를 잠시 빌려 본다면, 예외 없는 시간의 힘이 누군가를 향한 뜨거웠던 사랑과 동경을 이름조차 희미하게 만들지라도, 그 시절을 기억하는 감정의 부피와 달뜬 감각의 풍경들을 통해 그 장면은 언제든 새로이 채워지고 뒤섞일 수 있는 것인지도 모르겠다. 과거의 열도와 기억에 대해 "우리가 완전히 차지할 수 있는 것이란 오직 상실뿐"(93쪽)이겠지만, 김금희의 소설은 우리가 잃어버린 그 뜨거움을 다른 방식의 온도와 한층 깊어진 시간의 체적으로 채워 가고 있는 것은 아닐까.

거꾸로 걷는 나

이설빈의 시

존 G. 테일러의 『의식의 경주(*The Race for Consciousness*)』에는 의식이 시작되는 순간에 관한 흥미로운 비유가 하나 등장한다. 저자는 사람의 인식 과정을 스케이팅에 빗댄다. 스케이트화를 신고 빙판에서 미끄러지듯, 우리 대부분은 의식이 있는 순간부터 별다른 방해 없이 각자의 생각을 전개해 나갈 수 있다. 한데 그 거침없는 활주 이전을 상상해 보면, 그것이 마냥 쉬운 일만은 아니었을 듯싶다. 얼음 위로 올라서기 전 거친 흙바닥의 마찰을 이겨 내야 했을 것이고, 막상 올라서더라도 관성을 넘어서기 위해 버둥거리는 몸을 움직여야 했을 것이다. 또 얼음을 익숙하게 지치기까지는 다소간의 시간도 필요했을 터이다. 우리의 의식은 이 복잡한 일련의 제반 과정을 모두 생략하고, 어떤 것을 지각하게 되는 순간부터 단순히 그리고 자유로이 사유의 빙판을 활강한다. 이 기이한 생략과 주관적 인식의 메커니즘에 붙은 인지과학적 용어는 '퀄리아(qualia)'이다. 우리는 이 매혹적인 이야기 앞에서 다음과 같은 질문들을 덧붙여 볼 수 있을 것 같다. 얼음판을 미끄러지고 있는 의식의 정체는 무엇일까, 흙과 얼음의 기묘한 문턱을 넘어서는 최초의 순간에 과연 어떠한 일이 벌어졌던 것일까?

이러한 이야기를 가져온 까닭은 이설빈 시인의 시집 『울타리의 노래』

(문학과지성사, 2019)를 무언가가 시작되는 문턱에 대한 질문으로 독해해 보아도 재밌을 것 같다는 생각이 들었기 때문이다. 표제작이면서 시인의 등단작이기도 한 「울타리의 노래」를 살펴보면, "펜스"를 넘어가는 사람들의 이야기가 나온다. 방식의 차이는 있을지언정, 어른과 아이 모두 "마치 펜스라는 게/ 텅 빈 빨랫줄인 것처럼" 큰 어려움 없이 그곳을 지나간다. 그런데 유독 '나'는 그 펜스에 기대어 서 있다. 나의 앞에 빙판처럼 내달릴 수 있는 광활한 목초지가 펼쳐져 있는데도, 나는 왠지 주저하며 그 경계의 문턱을 떠나지 못한다. 나는 활강이 시작되는 변곡점을 반드시 지켜보겠다는 듯이 또는 무의식이 나의 의식으로 전환되는 그 변화의 순간을 놓치지 않겠다는 듯이, "내가 될 수 없던 몸짓들" 전부가 "내 생의 단위로 자라날 때까지" "펜스에 기대서서/ 그 모든 걸 굽어"보겠다고 이야기한다.

이 시집에는 울타리 외에도 문, 터널, 수면, 창문, 지붕, 담장, 베개 등 각기 다른 세계와 의식의 경계에 놓여 있는 시어들이 종종 눈에 띈다. 가령 시집의 서두를 차지하고 있는 「기린의 문」이라는 시편에서는, 새싹처럼 아등바등 살아남기 위해 "끝도 없이 서로를 타 오르"는 '우리'들의 이야기가 그려진다. 우리들의 삶은 벼락 맞은 나무의 가지 끝에서 우연히 자라난 가지들처럼 위태로이 뻗어 나가고 있다. 그것은 "앞발과 뒷발의 무수한 교차로" 내달려야 하는 메마르고 고된 삶이기도 하다. 의식이 태어난 순간부터 이유도 모른 채 쉼 없이 발을 교차하며 비탈을 달려가던 나는 어느 새벽 자신의 걸음에 대해 엉뚱한 질문을 던진다. "그런데 첫발은 어디에?"

앞서 살펴본 작품들에 기대어 본다면, 이 시집의 전반적인 여정을 '나'라는 의식의 근원적인 실체와 그 발아의 순간을 찾아가는 과정이라고 말해 볼 수도 있을 것이다. 하지만 몇몇 작품들 안에서 발견되는 찜찜한 감정들이 그 범박한 규정을 조금 망설이게 만든다. 예컨대 「불안의 탄생석」

이라는 작품에서도 '처음'에 천착하는 유사한 풍경을 찾아볼 수 있다. 첫 번째의 빗방울이 떨어지고, 나는 처음인 것처럼 두발자전거를 타며, 처음에 덧붙듯 눈 뭉치가 아래로 굴러간다. 비탈길을 내려가는 와중에도 나의 시선은 "오르막길"을 향해 있다. 중력에 이끌리듯 어딘가로 미끄러지고 있는 삶의 한순간에도 나의 눈은 여전히 처음이 시작되는 어떤 순간을 바라보고 있는 것 같다. 한데 지금 내 삶의 질주가 어디서부터 시작되었는지 알고 싶은 마음속에서 왜 불안과도 같은 감정이 움트는 것일까. 처음의 문턱에 대한 의문을 가질 때마다, "우리가 무얼 딛고 서 있는지" 질문을 던질 때마다 불안은 눈뭉치처럼 덧붙어 점차 커져 가는 듯하다.

아마도 그것은 나의 실체를 향해 거슬러 올라가면 갈수록, 자신의 상이 확고해지기는커녕 점점 더 부서져 가는 느낌이 들어서일 것이다. 자신의 "가장 연약한 부분을 들여다"볼 때마다 느껴지는 "아주 느리고 성긴 균열들"이 건물을 철거하는 레킹 볼처럼 나를 "안쪽부터 느리게 느리게" "까부수고 있"(「레킹 볼」)는 것만 같다. "그저 자신을 딛고 서 있기 위하여" 시작된 소박한 시의 여정과 끝나지 않을 듯한 "이 외로운 난투 끝에 우리는 우리에게서 대체 뭘 끄집어낼 수 있다는 걸까?"(「레킹 볼 레킹」)

> 고개를 들면 밤의 해바라기밭, 검은 씨앗들의 방언이 빼곡하다 머리카락처럼 살아 있는 뿌리는 그보다 월등한 시체를 향하지 밤이 오면, 우리는 더욱 현명해지리라 밤 아닌 것들과 함께
>
> 번뜩이던 창문에는 얼마간 다른 빛이 깃들어 자신이 헤쳐 지나온 건초지, 불길에 사로잡히는 울타리를 바라본다 하나, 둘……
>
> 메시지가 닿을 즈음이면 그곳에도 사막의 사인이 젖어들겠지요 이곳에는 별들이 많아요 그리고 암흑보다도 짙습니다 여기서 우리는, 씨앗보다는

흙을 기르는 존재에 가깝습니다

—「전조」 전문

『울타리의 노래』의 마지막 시편이다. 늘 연속적으로 읽을 필요는 없겠으나 원점으로 역행해 가는 긴 여정의 일환으로 이 시집을 독해해 볼 수 있다면, 끄트머리에 놓인 이 작품은 시인이 느끼는 불안의 원형이자 징조가 되는 풍경을 담고 있을 수도 있겠다. 의식이 펼쳐졌던 널따란 초지와 그것이 시작된 문턱을 넘어 도착한 그 장소는 암흑보다도 짙은 어둠이 깔린 곳이다. 그곳은 햇빛 대신 별과 어둠을 바라보는 "밤의 해바라기"가 피고, 살아 있는 존재보다 "시체"가 월등한 곳인 듯하다. 의식이 발아했던 순간을 찾아 들어간 그곳에서 도리어 지금껏 자신이 쌓아 왔던 기억과 행적들이 불타 사라지는 모습을 뒤돌아보며, 시인은 우리가 "씨앗보다는 흙을 기르는 존재에 가깝"다고 읊조린다.

의식의 근원과 관련하여, 안토니오 다마지오는 우리의 출발점에 '느낌'이 놓여 있다고 주장한다. 좀 더 편안하고 좋은 느낌의 상태를 향해 스스로를 상향 조절해 나가는 생물의 '항상성'이 박테리아에서 고등생물까지 모두 발견되는 생명의 근본적 메커니즘이라는 것이다. 그의 말을 조금 바꿔 말해 본다면, 의식의 원점에는 어떠한 실체가 있는 것이 아니라 세포 단위에서 종합된 느낌의 경향성이 있을 뿐이고, 우리의 존재는 그 물질의 씨앗들이 발아하고 펼쳐지는 우연한 무대에 불과한 듯싶다. 조금 과장하여 말한다면 우리는 의식적 실체 없이 몸의 느낌과 항상성의 명령을 따르는 좀비 같은 존재에 불과할지도 모르겠다. 하지만 인간 의식의 원형이 실체 없이 텅 비어 있다는 이 유물론적 설명을 받아들인다 하더라도, 편안한 느낌을 추구하려는 종의 명령이 아닌 불안한 감정에 시선을 돌리고 있는 시인의 항상성은 어떻게 설명해야 할까. 태양 대신 어둠을 향해 있는 해바라기처럼, 그 여정이 자신의 실체를 허무는 길임을 예감하면서도 어딘가로 더듬거리며 나아가려는 어렵고 가렵고 두렵고 마려운 충동 같은 것 말이다.

그러니까 시인에게 보다 비참한 것은 내가 허상에 불과하다는 사실보다는, 목숨같이 품어 왔던 알을 쪼아 버리는 불가해한 황제펭귄처럼(「햄스터 철창 갉는 소리」) 지금까지의 자신을 기꺼이 부숴 버릴 것만 같은 그 불온한 성향을 도저히 떨쳐 내기 힘들다는 사실이 아닐까. 스스로가 "아흔아홉 개의 붓자국"과 "단 한 번의 덧칠"(「99.9」) 끝에 생겨난 우연한 흔적에 불과하다는 것, 자신의 존재가 어딘가의 씨앗에서 발아한 꽃잎이 아니라 "부재의 문턱에 기대어 서 있던 화환"에 불과하다는 것을 이미 알고 있는 시인은 그것이 자신의 흔적을 모두 지워 가는 여정임을 알고 있음에도, "시간들이 빨려드는 터널 쪽으로"(「터널 끝의 소리굽쇠 1」) 향한 그 불안한 발걸음을 끝내 멈추지 못할 것 같다.

끝나지 않을 노래

신동옥 시집 『앙코르』

레테의 강을 뛰어넘으며 수많은 이들의 마음을 울렸던 오르페우스의 애가는 언제나 리라(lyre)를 통해 연주되었고, 그 악기와 서정시(lyric)가 같은 어원을 공유하고 있다는 것은 비교적 잘 알려진 이야기이다. 하지만 그의 노래의 기원이 '기억술'의 일종이었다는 사실은 상대적으로 조금 덜 알려져 있다. 당시 거인들과의 기간토마키아에서 승리한 신들은 자신들에게 일어났던 기나긴 싸움을 모두 기록으로 남겨 두려 했으나 뚜렷한 방법을 지니고 있지 못했다. 하여 그들은 기억의 여신 므네모시네와 함께 이를 기념하고 축하하는 노래를 만들고자 했다. 그 결과 탄생한 것이 칼리오페를 필두로 하는 아홉 명의 뮤즈들이었고, 그들의 피를 곧바로 이어받은 자가 바로 시인이자 음악가인 오르페우스였다. 즉 애초부터 시와 노래는 "사랑했던 이들의 음성을 영원히 간직하고"자 "축음기를 발명"(「축음기의 이력」)했던 한 과학자의 시도처럼, 무언가를 반드시 기억하려는 의지의 소산이었던 셈이다.

신동옥 시인의 시집 『앙코르』(아시아, 2022) 또한 자신이 사랑하고 투쟁했던 어떤 시절의 기록이자 노랫말처럼 읽힌다. 그 속엔 "속지를 펼쳐 읽으면 들려오던 수줍은 고백의 말들"과 "손으로 만질 수 있는 음악을 사고 볼륨을 키우면 사랑 노래가 울려 퍼지던 날들"의 "기억"(「정오의 희망곡」)들이 담겨 있는 듯하다. 그것은 "설령 신이 죽었다고 해도 신의 사랑만은 영속해야" 한다고 믿는 듯한 한 시인이 끈질기게 남겨 둔 "사랑의 말들"이자 "그 사랑 속에 음악"(「페이지 터너」)이기도 할 것이다.

그 아름다운 기록의 절창들 중 하나로 「소록도」라는 시편을 언급해 볼 수 있겠다. 얼마 남지 않은 여름방학의 어느 날, 날씨 칸만 비워 둔 채 미리 써 두었던 어린 시인의 일기장 위로 약속처럼 가는 빗줄기가 들이친다. 그날은 서울로 전학을 떠났던 벗의 반가운 얼굴과 재회한 날이기도 하지만, "생애 첫 바다"를 대면한 날이기도 한 것 같다. 잊지 못할 그날의 기록 속엔 버스와 여객선을 갈아타며 지나쳤던 터미널과 항구, 소록도의 너른 언덕 너머에 숨어 있던 운동장과 성당의 종루, 걸음마를 막 시작한 동생과 걸었던 몽돌해변의 정경이 담담하고 미려하게 펼쳐져 있다. 다만 그 어린 날의 풍경이 마냥 밝고 천진난만하게 그려지는 것은 아니다. 조각조각 이어지는 그 이미지들 속엔 "선명한 감촉으로 종아리를 적시다 사라"진 파도의 낯설고 선득했던 기억들과, 서울로 떠난 친구 뒤에 "그림자처럼" 남겨져 "한 뼘씩 어두워졌"던 여린 마음의 시간들까지 놓여 있는 듯하다.

지나간 시절에 대한 이 같은 상반된 감정은 「모든 게 잘 되어 간다」라는 시편에서 보다 직접적으로 드러난다. 시인은 한자를 공부하다 단어의 뜻을 물어보는 아이의 무해한 질문 앞에서, 끔찍한 형벌을 받아야만 했던 과거의 노예들과 씻기지 않는 저주를 받았던 카인의 모습을 떠올린다. 시인이 보기에 그들이 겪었던 지난날의 고통은 이 세계 속에 내던져진 유한자들에게 원죄처럼 주어진 억압의 조건이자, "자신이 고통받는다고 느끼기 때문에 열정적인 존재"로 화할 수 있는 모순된 가능성의 조건인 듯싶다. 그러니 시인에게 매달 어딘가에 모여 시를 쓰고 "늙은 스승과 나란히 봄 노을을 받으며 육교를 넘어갔던" 지난날의 기억은 "모든 게 억울하고 갑갑한 시절"의 기억인 동시에 "모든 게 잘 되어 가는 것만 같던 시절"의 기억일 수밖에 없다.

앞서의 시편들에 담긴 것처럼 시인은 남해의 수많은 섬들이 가까이 있는 남도에서 어린 시절을 보냈고, 서울로 상경해 이곳저곳을 누비다 왕십리의 높고 구석진 건물에서 시를 배웠을 것이다. 시인에게 열정의 원동력이 되었던 그 시절의 감정들은 과연 무엇이었을까. 젊은 시절의 그가 겪어야 했던 억울함과 답답함을 지금의 나는 조금도 알지 못한다. 내가 만났던 그는 이미 여러 권의 시집을 낸 작가였고, 무심코 전화해 제목도 낯선 책을 추천해 주던 학형이었으며, 늘 웃음을 잃지 않는 다정한 열음의 아빠였다. 가끔 식사 자리에서 본인과 주변 사람들의 농담을 통해 드러나는 이미지의 편린들과 드문드문 주워들은 일화들로 한 시절 그의 모습을 얼핏 짐작해 볼 수 있을 뿐이다. 물론 시간이 지나고 나이가 들어 성향이 다소간 달라진 것처럼 보일지라도 그가 지닌 근본 기분과 삶을 향한 태도가 크게 바뀌었다고 나는 생각하지 않는다. 오래전부터 그는 악공이자 시인이었고, 지금까지도 시와 음악과 혁명의 오래된 힘을 신봉하는 사람처럼 보이는 까닭이다. 여전히 그에게 "여섯 개의 현을 동시에 튕긴다는 건" "하나의 시대를 여는 것"이자 "한 개의 세계를 빚는 것"(「스트럼」)에 다름 아니다.

문제는 그 시절의 억압과 열정들이 이제는 모두 지나간 과거의 신화가 되어 버렸다는 점일 것이다. 세계와 부딪치며 새로운 "장르를 만들어 내고 무대 너머에서 혁명을 새로 썼다고" 생각해 왔지만, 이곳의 풍경은 그대로이고 지금 우리들은 "손톱만큼도 행복하지 않"(「트리뷰트 데이」)은 것 같다. 세계의 종말과 변화를 호언장담했던 세기말의 예언가와 혁명가들은 모두 어딘가로 사라져 버렸고, 21세기 한국 최초의 여성 대통령은 독재자의 딸의 차지가 되었다. 진실로 무서운 것은 이 세계가 잘못될지도 모른다는 두려운 예감의 순간이 아니라 실은 그럼에도 우리에게 아무것도 일어나지 않을 거라는 사실, 그 억압과 두려움의 가능성조차 모두 멈춰 소진되고 말리라는 사실을 우리가 무의식중에 깨닫는 순간이 아닐까. 꿈꾸고 싸우던 미래가 너절한 현실로 화한 이곳에서 "비밀은 겨울옷 속에 잠들었"(「트리뷰트 데이」)고 혁명은 낡은 농담이 되었다.

그렇기에 시인이 "생전에 미치광이 취급"(「식물학자」)을 받았다고 썼던 한 식물학자는 어쩌면 죽기 전까지 무척이나 행복했을지도 모르겠다. 비록 평생을 풀잎과 화분에 파묻혀 살아갔으나 그에게는 미지의 미래를 향한 꿈이 있었고, 이 세계의 누구도 알아차리지 못한 비의의 노래를 부르고 있다는 자부심이 있었을 것이다. 지금의 시간에 충실했던 그 시절 "과거는 빗장을 걸어 둔 벽장 속에 안온했고 아무도 터무니없이 먼 데를 보지 않았으며 누구도 뒤로 걷지 않았다"(「식물학자」). 하지만 이미 클라이맥스에 도달해 버린 노래의 종결부에서, 모든 혁명에의 열망과 정치적 꿈이 무의식 속에 잠들어 버린 이곳에서, 과거의 열의와 낡은 미래의 꿈을 노래하는 일은 익숙한 멜로디를 추억처럼 소진하는 기쁨 외에 달리 어떠한 의미가 있는 것일까?

몰리 로덴버그는 이 세계 속에서 살아가는 이들을 '미래완료'의 존재로서 파악한다. 우리는 미래를 향해 늘 열려 있는 자들이자 그 존재의 일부를 미래로부터 빌려 오는 자들이라고 그는 말한다. 이는 미래가 지닌 무한한 가능성을 긍정하는 의미라기보다는, 먼 미래에 다시 과거로 화할 지금 존재들의 비확정성을 강조하는 말에 가까울 것이다. 즉 현존재들의 발화와 행동은 미래의 해석과 개입이 도착한 이후에야 그 본래의 의미가 확정될 수 있다는 뜻이다. 홀로된 즉자 존재에 불과했던 한 광인의 삶이 미래의 발견과 가치 평가 이후에야 비로소 유의미한 식물학자의 삶으로 재배치된 것처럼, 어떤 행위의 텅 빈 의미를 파악하기 위해선 완료된 시제로서의 반복과 해석이 필요하다는 것이 그의 주장이다. "아무도 그의 견해를 인정하지 않았"던 식물학자의 "일기가 다시 읽히는 데는 백 년이 필요했다"(「식물학자」). 과거의 꿈과 사랑, 혁명의 노랫말들이 진실된 의미를 되찾기 위해선 그보다 더한 시간과 재연이 필요한 것은 아닐까.

그러므로 신동옥의 『앙코르』는 단순한 옛 시절의 만가가 아니라, 여전히 미완료된 채로 남아 있는 지난날의 꿈이자 아직 끝나지 않은 노랫말이다. "과거로 사라져 갔지만 미래로부터 날아온 안부처럼 노래는 계속"(「트리뷰트 데이」)되고, "마주 세운 두 개의 도돌이표"(「리얼리즘 여운 속에서」) 같은 서로의 눈동자를 바라본 채 합주는 반복된다. 그 누구도 재청을 요구하지 않는 텅 빈 무대 위에서 시인은 "철 지난 외투를 벗고 부스스한 머리를 털고 고개 숙여 인사"를 건넨 뒤 "외딴 숲에서 갓 길어 온 서늘한 웅성거림으로 빚은 돌림노래"(랩소디)를 다시 또 한 번 읊조린다.

> 그 별에서는 사람이 죽으면 땅에 묻는다지
> 땅속 깊이 잠든 그이는 언젠가
> 사랑했던 연인의 미소로 다시 태어난다지
>
> —「앙코르」 부분

오래전의 이야기로 다시 돌아가 보자. 주지하다시피 사랑했던 이를 되찾기 위해 망각의 강을 건넜던 오르페우스의 시도는 당부를 잊고 뒤를 돌아본 그의 어리석은 행동 탓에 실패로 돌아가고 말았다. 하지만 망각 이후 새로운 세계에서의 삶을 살아가는 것 대신 과거의 기억 속에 사로잡힌 생을 택한 것은 시인인 그에게는 당연한 일이었는지도 모르겠다. 당시에도 시인은 "이 세계에 출구가 없는 것처럼 노래에 출구는 없"(「랩소디」)음을 직시하고, 고집스레 그곳에 남아 옛 기억의 노래를 반복하는 이들을 지칭하는 단어였으니 말이다. 그는 므네모시네의 샘물을 마시고 망각의 강에 휩쓸리지 않은 유일한 기억의 필경사로 남았다. 너머의 모든 비밀이 소진되고 아무런 기적도 일어나지 않는 이 한갓된 별에서, "땅속 깊이 잠든" 이를 다시 살려 낼 수 있는 일이란 그처럼 누군가를 기억하고 노래하는 방법뿐이지 않을까. 언젠가 그 오래된 꿈이 "사랑했던 연인의 미소로 다시 태어"나길 기도하며, 멈춰 버린 이 노래가 "언젠가는 더 나은 파동을 그리며 이어지리라 믿으며"(「악보 위의 인생」) 시인들의 연주는 다시금 시작되는 듯하다.

그들이 불렀던 옛날의 랩소디(rhapsody)는 꿰맨다는 뜻을 지닌 라프테인(rhaptein)과 노래를 의미하는 오이디아(oidia)가 합쳐져 만들어진 것이라고 한다. 신동옥 시인 역시 이 시대의 지반과 불협화음을 이루는 지난 시절의 꿈과 아름다운 기억들을 "천연색 조각보처럼 이어"(「눈의 효과」) 붙이고 있는 듯하다. 백 년 전의 식물학자가 그러했듯 언젠가 그들의 노래도 빛나는 커튼콜에 휩싸이는 미래가 올까. 헛된 확언할 수 없지만 다만 확실한 것은 시인의 노래가 지금 우리에게 남은, "삶 그 자체와 맞바꾼 마지막 프로그레시브"(「악보 위의 인생」)일지도 모른다는 사실뿐이다. "맥박 속에 여울지는 이 노래"가 "모든 인간을 변화하게 만드는"(「아가(雅歌)」) 꿈같은 순간을 위해, "가장 잘고 연약한 숨결"과 "보잘것없고 버림받은 말씨로 엮어"(「작사가」)진 이 노랫말의 힘을 아직 믿고 있는 누군가를 위해 오늘도 시인의 기약 없는 노래는 멈추지 않을 것만 같다.

미선 언니와 나

한여진 시집 『두부를 구우면 겨울이 온다』

미선 언니는 잘살고 있을까. 한여진의 첫 번째 시집 『두부를 구우면 겨울이 온다』(문학동네, 2023)를 덮자마자 처음 떠오른 상념은 그런 것이었다. 일하지 않는 열대 나라로 가 망고만 먹으며 살겠다던 미선은 그곳에 무사히 도착했을까. 남들보다 조금 작은 키에 눈물점을 그렁그렁 달고 있던 그녀는 "아무도 따라 부를 수 없는 노래를 부르고 적게 움직이다 고독사로 죽고 싶"(「미선의 생활」)다던 당찬 다짐과는 달리 생면부지의 이국에서 홀로 외로움에 떨고 있진 않을까. 말도 서투르고 "아무것도 할 줄 모르는 미선에게는 누구도 관심을 주지 않"아 "새끼 고양이들이 서글피 우는 소리를 들으며"(「미선의 반죽」) 그들과 함께 동그란 울음을 삼키고 있는 것은 아닐까. 물론 이런 것들은 다 기우에 불과하고 아마도 낙천적인 미선은 환대와 환희로 가득 찬 그곳에서 여기의 일 따윈 모두 잊은 채 "심심하면 어디서든 드러누워 아무것도 하지 않"(「미선씨, 소식 없음」)거나 팔다 남은 피자를 친구들과 나눠 먹으며 매일매일을 흥겨이 보내고 있을지도 모른다.

그런데 미선 언니가 떠나고 남은 '나'의 처지는 그리 좋아 보이지 않는다. 불안이 뒤섞인 기대일지언정 미지의 희망을 품고 있는 세계로 미선 언니가 나아간 반면, “모든 것은 매뉴얼에 따라 진행”(「혁명과 소음」)되는 세상 속에 여전히 갇혀 있는 나는 무수했던 그간의 꿈들을 잃고 그저 자신의 쓸모를 증명하기 위해 살아가고 있는 듯하다. “노인들이 한 계절 내내 수놓은 꽃 자수 이불처럼/ 자비가 넘치고 애정이 흐르는 곳”에 도착했을 미선과는 다르게 나는 “사방이 어두운 이곳”(「미선 언니」)에서 억지로 눈을 감고 뜨는 무채색의 하루를 반복한다. 아무것도 “들리지 않고 만져지지 않”는 듯한 사람들의 표정 없는 얼굴들과 일상의 단조로움만이 지속되는 이곳에서 나 역시 “아무 일도 일어나지 않은 것처럼”(「누수」) 애써 눈과 귀를 막는다.

이 같은 ‘미선 언니’와 ‘나’의 상반된 상황과 그들이 각기 속해 있는 세계의 특성을 통해 범박하나마 이 시집을 읽어 낼 몇 개의 키워드를 뽑아볼 수 있을 것 같다. 하나는 ‘그곳’이라 이름 붙일 만한 곳이다. 그곳은 미선 언니가 꿈꾸던 열대의 나라처럼 지금 여기에 부재하거나 유예되어 있는 기대의 장소이다. 쉽게 가닿지 못하는 그곳은 이국적인 나라, 잃어버린 과거, 기억나지 않는 아름다운 꿈 등의 이미지로 나타난다. 다른 하나는 시적 주체인 나를 비롯하여 떠나지 못한 이들이 발 딛고 서 있는 ‘이곳’이다. 자의적 혹은 타의적 망각에 빠져 이곳에서 살아가는 우리들은 꿈의 편린과 찰나의 징후로만 저 너머의 세계를 감각할 수 있다. 가령 이런 모습들이다.

> 어쩜 이렇게 매 순간의 바다가 다 다를까, 처음에는 무슨 말인지 몰랐던 것이 이제는 알 것 같다고 말했다 추자도가 어디에 있는지도 모르는 나는 섬을 떠나면 꼭 다시 이곳으로 돌아오라고 꼭 다시 만나서 추자도에서 보낸 날들에 대해 들려달라고 그때가 되면 나도 내 이야기를 들려주겠다고 약속했다 그런데 며칠이 지나고 네가 있다던 섬 이름이 가거도인지 흑산도인지 이어도인지 나는 가물가물하고 너에게 전화를 해야지, 그런데 너의

이름이 기억나질 않고, 그런데 너는 왜 그곳까지 가야만 했던 것일까 네가 돌아오기는 할까

—「추자도에서」 부분

아이들 웃음소리가 축축하게 퍼지던 어느 봄

우리들이 소풍나간 이후로도 하루 이틀 석 달 삼 년 그러고도 한참의 시간이 흘렀다는데

나는 푸석하고 불행한 얼굴로 홀로 돌아왔다

오전 여덟시 사십분에 자리에 앉아 모니터를 켜고 칫솔과 치약을 찾았다

간밤의 이메일에 답장을 하고 표정 없는 얼굴로 성과와 효율에 대해 말했다

백과사전을 중고 책방에 팔았다 '공룡의 멸종' 편은 마지막까지 고민했지만 결국 온전한 세트가 돈을 더 받는다는 책방 주인의 말을 들었다

썩어버린 이를 뽑고 보험 처리를 했다

나머지 아이들은 어디에 있냐고
그동안 무슨 일이 있었냐고
사람들이 물었을 때 나는

그게 다 무슨 소리냐는 표정으로 침을
퉤, 뱉었고

이런 아이와 저런 아이로
남는 데 실패한 사람들은 말없이 모여앉아

뜨거운 커피를 후후 불어 마셨다

—「다른 나라에서」 부분

「추자도에서」는 미선 언니처럼 이 도시를 떠나 어딘가에 도착한 '너'의 이야기를 그리고 있다. 너는 영화를 찍기 위해, 정확히는 사람도 내용도 없이 바다만 가득 나오는 장면들을 카메라에 담기 위해 추자도에 가 있다. 너는 그곳에서 "새벽 바다"부터 "깊은 밤 한 치 앞도 안 보이는 바다"(「추자도에서」)에 이르기까지 갖가지 모양의 바다를 보았다고 내게 말한다. 추자도가 어디에 있는지도 모르고 다채로운 바다의 모습도 쉬이 체감이 되질 않는 나는 "섬을 떠나면 꼭 다시 이곳으로 돌아오라고", "꼭 다시 만나서 추자도에서 보낸 날들에 대해 들려달라고" 당부와 약속의 말을 건넨다. 하지만 무슨 이유에서인지 어느새 나는 네가 머물던 섬의 명칭도, 심지어 너의 이름조차도 명확히 기억을 하지 못하게 되었다. 바다에 대해 들려주겠다던 너의 이야기를 까맣게 잊은 채 나는 알 수 없는 불안감에 떨며 떠나간 너를 생각한다.

현실에 파묻혀 중요한 무언가를 잃어버린 '나'의 모습은 「다른 나라에서」도 잘 발견된다. 아이였던 나는 친구들과 함께 '다른 나라에서' 살아가고 있었다. 그곳에서 아이들은 염소처럼 종이를 물어뜯거나 글자에 색깔을 입혀 제멋대로 발음하는 놀이를 했다. 익힌 당근의 식감이 싫어 퉤, 뱉어 버리거나 이전 세계의 비밀을 간직한 소행성 충돌 이야기에 사로잡혀 종일 시간을 보내기도 했다. 한데 소풍처럼 머물던 그곳에서 "하루 이틀 석 달 삼 년 그러고도 한참의 시간"을 보내던 나는 어째서인지 불행한 얼굴로 이곳에 홀로 돌아온다. 그렇게 나는 정해진 시간에 출근해 컴퓨터를 켜고, 메일에 답장을 하고, 충치 치료를 하고 보험금을 받는 어른이 되어 버렸다. 세계의 마지막을 지켰던 공룡의 멸종 이야기는 이제 내게 약간의 푼돈보다 못한 관심사로 변한 듯싶다. "이런 아이와 저런 아이로/ 남는 데 실패한 사람들"과 함께 이곳에서 살아가는 나는 자칫 그 시절의 기억이라도 떠오를라치면 어색한 이물질을 뱉어내듯 영문 모를 "표정으로 침을/퉤, 뱉"는다.

이처럼 '나'가 속해 있는 세계는 그곳에 머무는 일에 실패한 이들, 그러다 끝내 그곳을 잊어버린 이들이 모여 살아가는 곳에 가깝다. 그 반강제적인 망각은 '반복'이라는 시적 형식을 통해서도 잘 드러난다. 같은 구절이 돌림노래처럼 반복되는 몇몇 시편들 내에서 '이곳'은 서로에게 총을 겨누게 된 연유와 사건은 망실한 채 끊임없는 총성만을 주고받는 세계(「화염」)로 표현된다. 이 같은 세계의 무의미한 반복과 속도 속에서 나는 삶의 이유와 같이 중요했던 무언가를 자꾸만 놓칠 수밖에 없다. "사람들이 자꾸만 짓고 자꾸만 만들고 자꾸만 낳고 자꾸만 먹어치워서" "우리가 서로에게 진짜 하고 싶었던 말들"은 "자꾸만 뒤처"(「하지」)진다. 내가 손에 쥐고 있었던 희미한 예감과 질문들은 하루하루 중첩되는 이곳의 패턴과 무늬 속에 묻혀 어느새 흔적도 없이 사라져 버린 듯하다.

반면 '나'가 망각한 또는 가닿지 못한 그 세계는 이곳과는 상반된 모습으로 그려진다. '그곳'은 "순간 모든 것들이 멈추고"(「테니스」) 완고했던 현실의 표정이 녹아 흘러내리는 찰나에 드러나는 곳이다. 일상을 오가는 무형물들의 랠리와 리듬이 잠시 정지할 때, "길을 거꾸로 달리거나 정해지지 않은 곳에서는 멈출 수 없는 기차"(「기차는 울산을 지나쳤다」)가 기이한 오작동을 일으킬 때, 그 "열차가 잠시 멈추고 기린이 없는 나라에서 온 사람들이 박수를"(「나이트 사파리」) 치며 환호성을 피어 올릴 때, 설핏 잠에서 깬 내가 "기억나지 않는 소원"(「박태기나무 아래서 벌어진 일」)을 기적처럼 떠올릴 때 그곳은 현현한다. 물론 얼마 지나지 않아 기차는 다시 정해진 목적지를 향해 출발할 것이고 세계의 거대한 흐름과 속도에 묻혀 나의 기억은 초기화되고 말 것이다. 그럼에도 나는 사라지는 그곳과 떠나간 친구들의 기억을 완전히 놓아 버리지는 못하는 것 같다. 어째서 나는 그것들을 자꾸만 떠올리게 되는 걸까. 돌아오지 못한 미선 언니와 잃어버린 나의 수많은 친구들은 언젠가 끝나 버릴 여행을 왜 자꾸 시작하는 것일까. 떠나간 그곳에서 그들은 대체 무엇을 하고 있을까.

*

그 무엇도 단언할 수는 없지만 여러 작품들에서 공통적으로 발견되는 어떤 경향성을 바탕으로 일말의 추측은 가능할 듯싶다. 『두부를 구우면 겨울이 온다』에서 인물들이 꿈꾸고 바라는 장소이자 이상향의 '그곳'들은 적지 않은 수가 과거 세대, 혹은 아름다운 이전 시절의 이야기와 깊이 연관되어 있다.

예컨대 「어떤 공동체」라는 작품을 보면 "양과 함께 살던 그 시절"을 추억하는 '나'가 등장한다. 그 시절의 나와 친구들은 양처럼 걷고 잠들며 스스로 양이 되길 바랐던 "그런 어리석은 종교"에 속해 있었다. 하지만 양을 객체로 대하는 학교의 가르침과 우리를 이상하게 바라보는 사회적 시선 때문에 그 믿음과 신앙은 조금씩 옅어져 갔다. 이 세계는 "마음을 편안하게 해준"다는 말로 "단순노동"과 "몸 쓰는 일"을 권장하며 구성원들의 마음에 이상한 생각이 자라나는 것을 경계하는 듯했다. 이제 나는 잠이 들었을 때만 양의 모습을 그릴 수 있다. 가끔 바람 너머 전해지는 이상한 간지러움과 징조들을 느끼더라도 이내 지나쳐 버리고 만다. "마을에 남은 여덟 명의 노인들"만이 모두가 잃어버린 기억과 "좋았던 시절"에 대한 이야기를 회한처럼 늘어놓을 뿐이다.

이는 한 시편의 풍경에 불과하지만 시인이 그리는 세계의 모습을 대변해 주는 장면이기도 하다. 지금 이곳의 문법에 갇힌 인물들이 애써 희구하는 활로의 열쇠가 미래가 아닌 지나온 과거의 시공간에 놓여 있다는 점은 특히나 의미심장하다. 이처럼 해당 시집에서는 지나간 시절에 대한 애호와 향수, 미선 언니를 포함한 윗세대 존재들을 향한 애틋한 감정 등을 어렵지 않게 찾아낼 수 있다. 우리에게 남은 것은 과거뿐이라 말하는 '나'는 낡아 빠진 87년식 오토 밴을 최고라 여기고(「목적지를 입력하세요」), 천진하게도 하늘의 썩은 동아줄을 믿으며 떡 하나 주면 안 잡아먹는다던 어린 시절의 동화 속 호랑이를 여전히 좋아한다(「초기화」). 충정로와 을지로에 있는 세련된 건물들보다는 칠이 다 벗어지고 오래된 아파트와 중국집에 저도 모르게 마음이 이끌리기도 한다(「신(scene)」).

「솥」이라는 시편 역시 이전 세대와 시절에 관한 애달픈 감정들이 잘 형상화되어 있는 작품이다. 주요한 시적 공간으로 등장하는 "솥"은 '나'의 큰할머니와 할머니와 어머니가 태어난 곳이자 "우리 가문의 자랑"이지만 동시에 그들의 목숨을 앗아 간 곳이기도 하다. "이모는 솥뚜껑에 맞아 죽었"고 "언니는 솥 아래서 불타 연기가 되었다". 그에 대한 반발심 때문인지 '나'는 아무리 들여다보아도 그 속을 명확히 이해할 수 없는 솥을 내버려 둔 채 부러 그와 관련 없는 것들, "이모와 언니가 아닌 것들"에 대해서만 쓰고자 한다. 하지만 그럴수록 오히려 솥에서 스러져 간 존재들과 기록하지 않으려 했던 죽은 언니의 미소만이 나의 주변을 맴돈다. 결국 나는 그 안에 매어 있을 수밖에 없음을, "나는 솥에서 태어나 솥을 맴돌며 솥으로 돌아갈 사람"이며 모든 "어른들이 도망가면 그 뒷모습을 지켜보"다 끝내 그 자리를 지키고 서 있을 이라는 것을 자인하게 된다.

윗세대의 울타리 바깥에 있을 무언가를 꿈꾸다 실패를 경험하고 결국 고향과도 같은 과거의 시공간으로 귀환하게 된다는 점, 그곳과의 연결이 엄마, 이모, 고모, 할머니, 언니 등 여성 인물들로 이어진다는 점, 그들 중 상당수가 과거의 억압과 폭력의 희생자였다는 점 등으로 미루어 볼 때 '나'는 아마도 그들의 얼룩진 삶을 기억하고 그를 승계하려는 듯 보인다. 그렇다면 부당한 폭력의 피해자였던 그들의 삶을 기록하고 옹호하며 연대의 감정을 공유하는 것으로 일련의 해석을 끝마치면 될 듯싶은데, 시인의 작품에 남아 있는 어떤 불화와 긴장들이 그런 손쉬운 종결을 망설이게 만든다.

(끝없이 울리는 총성)

내가 죽인 골덴 치마
내가 죽인 공깃돌
내가 죽인 하얀 레이스 피아노 덮개
내가 죽인 은평구 구산동
내가 죽인 이층 여자 화장실
내가 죽인 비디오 스타
내가 죽인 옆집 언니
내가 죽인 여자들 그리고
내가 죽이지 못한 나
나는 어떻게든 죽지 않는다

내가 죽인 할머니가 나타나 깔깔 웃는다
내가 죽인 엄마가 내 머리를 양 갈래로 땋는다
내가 죽인 고모가 팔짱을 낀다
네가 죽는다니, 우리는 널 절대 그렇게 두지 않을 거란다

그리고 나는 계속 자랐다
내가 죽인 할머니의 이불과 냄비를 물려받아 쓰며 내가 죽인 엄마의 가계부와 춘란을 받아 키우며 내가 죽인 고모의 연애편지와 추리소설들을 찾아 읽으며

—「캐넌」 부분

미래, 라고 가만히 발음하면
집 나간 엄마랑 고모랑 할머니가 떠오른다

경제는 앞으로도 좋아지지 않을 거라는 뉴스를 보며
다 먹었니? 삼촌은 졸린 눈을 비볐다

불어터진 면발만 남은 우동 그릇 앞에서
우리 조금만 쉬었다 가자고 말하지 않았지

그날 삼촌의 트럭은 뒤집어지고 불타올랐다
매일을 수년을 다니던 도로인데도 그랬다

아무래도 익숙해지지 않는 것이 있다
가령, 혼자 살아남았다는 사실 같은 것

(중략)

가로등, 켜지고 꺼지고 수없이 반복될 때
어느 날에는 차에 치인 고라니를 갓길로 끌고 가 웃옷을 덮어주었다

그때 저 멀리서 새끼 고라니 한 마리가 이쪽을 바라보고 있었고
나는 속으로 그애에게 미래라는 이름을 붙였는데

조그마한 귀를 펄럭이며 이쪽을 바라보던 미래가
이내 몸을 돌리더니 절뚝이며 멀리 뛰어가기 시작했다

—「영동고속도로 끝에는 미래가」 부분

위 시편 「캐넌」 속의 '나'는 끝없이 총성이 울리는 세상의 한가운데서 누군가를 잔뜩 죽이며 생을 살아왔다. 살해된 대상은 언니, 엄마, 고모, 할머니 등 윗세대의 여성들이거나 그들이 향유하던 여러 물품 및 장소들이다. 일견 나는 그들의 유산을 물려받고 그들의 생명을 영양분 삼아 자라난 존재처럼 보인다. 다만 그것이 혜택으로만 작용하는 것은 아니다. 나는 죽인 이들을 떠올릴 때마다 역류하는 좌절과 원망에도 불구하고 스스로 목숨을 끊지 못한다. 나를 살찌운 그들이 채무와 원한을 지닌 과거의 망령이 되어 나의 등을 떠받치고 있는 까닭이다. "네가 죽는다니, 우리는 널 절대 그렇게 두지 않을 거란다".

그들은 내가 즐기고 사랑했던 시절 그 자체인 동시에 내가 없애고 살해했던 과거의 시간인 듯하다. 이와 관련하여 인용된 아래의 시편 「영동고속도로 끝에는 미래가」는 자못 흥미롭게 읽힌다. 작품 속의 '나'는 무슨 이유에서인지 안전봉과 노란 조끼를 착용한 채 영동고속도로 위에 서 있다. "앞으로만 달릴 줄" 아는 차들은 내 옆을 수없이 지나간다. 왜 하필 영동고속도로인지 그 연유를 명확히 알 수는 없으나, 시의 맥락을 참조해 보건대 아마도 그곳은 삼촌의 트럭에 올라탄 내가 그와 함께 긴 시간을 보내 온 곳인 듯싶다. 불어 터진 우동을 먹으며 자라난 도로 위에서 삼촌은 사고로 유명을 달리했다. "매일을 수년을 다니던 도로"에서 "삼촌의 트럭은 뒤집어지고 불타올랐다". 그러니 그 도로는 나에게 성장의 결음이 묻혀 있는 추억의 장소인 동시에 "언제나 들이받고 싶은 것들로 가득"한 울분의 장소였을 것이다.

수많은 언니와 이모들을 살해하고 홀로 살아남았던 「캐넌」의 화자와 마찬가지로 '나' 역시 그렇게 "혼자 살아남"아 도로 위에 서 있다. 나에게 남은 삶은 희망과 설렘이 가득한 가능성의 시간이라기보다는 "켜지고 꺼지고 수없이 반복될" 가로등의 점멸처럼 지치도록 이어질 오늘의 되풀이일 뿐이다. 부모를 잃은 채로 절뚝이며 뛰어가는 "새끼 고라니"의 모습은 그 막막함을 더욱 가중시킨다. 이때 다소 의아한 것은 미래를 서술하는 다음과 같은 나의 발화이다. "미래, 라고 가만히 발음하면/ 집 나간 엄마랑 고모랑 할머니가 떠오른다". 언뜻 집을 나간 그녀들의 암담했던 삶과 자신의 미래를 겹쳐 놓는 듯 보이는 이 같은 문장은 정말 그저 단순히 '딸은 엄마 팔자를 닮는다'는 씁쓸하고 오래된 세속적 운명론을 나타내는 것에 불과한 것일까.

미래와 과거가 등치되는 이 불가해한 문장을 보다 면밀히 읽어 내기 위해 시인의 또 다른 텍스트들을 참조해 볼 필요가 있다. 앞서 살펴보았듯 과거에 대한 선호가 두드러지는 이 시집에서 '미래'라는 시어가 직접 등장하는 작품은 위의 시를 제하고는 단 세 편뿐이다. 그중 하나인 「목적지를 입력하세요」에는 덜컹거리는 오토밴을 타고 끝없는 도로 위를 달리는 '너'와 '나'의 모습이 펼쳐져 있다. "우리에게 과거가 아닌/ 미래가 있었더라면" 좋았으리라 나는 말하지만 그것은 인간의 등에 달리면 좋았을 날개처럼 공상의 영역에 놓인 무엇인 듯하다. 실제 너와 나에게 주어진 것은 우리를 떠받치고 있는 "과거"와 "두 발"뿐이다. 끝나지 않는 도로를 달리고 달리다 늙고 병이 든 우리는 어느덧 "세상의 끝"에 도착한다. 그곳에서 너와 내가 마주한 것은 낯설고 생경한 풍경이 아닌 익숙하도록 "낡고 허름한 목욕탕 하나"이다.

한편 「제목없는 나의 노래와 시와 그림과 소설들」이라는 작품에서는 혼자 오래 살아남았다던 남자가 한 명 등장한다. 남자는 자신이 만든 세계 속에서 모든 삶과 죽음, 시와 노래를 독점하며 살아왔다. 한때 나는 그에게 감화되어 그런 세계의 작품만을 꿈꿔 왔지만, 그곳이 "내가 숨 쉴 수 없는" "공허와 폐허"의 공간임을 깨닫게 된 후 그 세계에 없는 "남자 아닌" 존재들, "남자 아닌 여자"들을 그리는 꿈을 꾸게 된다. 대문자 역사에 "기록되지 못한 것들"에게 새로운 이름을 붙여 주는 일, "오래 살았다는 남자를 찾아가 그에게 손을 내밀고 나만의 방식으로 그의 이름을 지어 주"는 일이 스스로 꿈꾸는 "나의 미래"의 모습이다.

이 다채로운 작품들 속에서 시간에 대한 일정한 사유를 추출해 내는 것은 쉽지 않은 일이나 다음의 두 가지는 확실한 것 같다. 하나는 '솥'이나 '오래 살았다던 남자'로 대표되는 사뭇 부정적이라 여겨지는 과거까지도 시인은 모두 끌어안아 젊어지고 있다는 점이고, 다른 하나는 무엇보다 작품에서 그려지는 '미래'가 떠나간 엄마와 언니, 낡고 오래된 목욕탕, 기록되지 못하거나 이름을 갖지 못한 사람들처럼 '과거의 장소 및 존재'와 직접적으로 맞닿아 있다는 점이다. 어쩌면 시인들에게 감각되는 미래란 우리가 흔히 떠올리는 훗날의 시간이라기보다는, 아직 오지 못한(未來) 과거의 시간을 의미하는 것은 아닐까. 그것은 이미 도착했음에도 미처 알아차리지 못했던 시간들, 오랜 솥의 울타리 안에서 피어나지 못했던 언니의 "너무 아까운 미소"(「솥」)처럼 실현되지 못하고 이 세계에 파묻혀 버린 과거 존재들의 어떤 가능성이었던 듯싶다.

그러니 떠나간 '미선 언니'와 '나'의 모습이 너무나도 닮아 동생들이 자주 헷갈려 했던 일이나, 미선 언니에 대한 회상이 "키는 작았을 것이다", "눈물점이 있었을 것이다", "모든 단어의 두번째나 세번째 음절에서 새는 소리가 났을 것이다"(「미선 언니」) 등 불분명한 추측의 시제로 쓰였던 일, 돌아오지 않을 미선 언니의 미래와 기억나지 않는 어린 시절 꼬마의 마음이 묘하게 겹쳐 있던 일들은 이제야 조금 이해가 간다. 그곳으로 떠난 미선 언니의 미래와 나의 잃어버린 과거들은 서로 맞닿아 있다. "빵 굽는 미선", "나무하는 미선", "시 쓰는 미선", "맨발의 미선", "아무것도 할 줄 모르는 미선"(「미선의 반죽」) 또한 여러 형태로 존재했을 나의 또 다른 잠재태들인지도 모르겠다.

해나 아렌트는 르네 샤르의 시를 언급하며 유언장 없이 도착한 과거의 유산에 관한 이야기를 남긴 적이 있다.[1] 유산의 미래 용도를 지정하는 유언장이 동봉되지 못한 이유는 기억의 실패와 명명의 부재 탓이라고, 주인

없는 과거의 유산들은 그것을 계승하고 그에 대해 질문하는 사람들의 정신 속에서만 완성될 수 있다고 아렌트는 말한다. 잊혀진 기억의 실마리를 끈질기게 붙들고 미처 기록되지 못한 자들의 이름을 붙여 주려는 시인이야말로 무명의 윗세대들이 남긴 유산의 정당한 계승자일 것이다. 그 미래와 과거가 충돌하는 틈바구니 속에서, 아직 도착하지 못한 존재들과 실패한 기억의 흔적 위에서, "내가 잊어버린 것"과 "네가 잊어버린 것// 사이의 간격"(「초기화」) 너머에서, "지나간 기록에 대한 기록"과 "앞으로 일어날 이야기들"(「제목없는 나의 노래와 시와 그림과 소설들」)이 겹쳐지는 바로 그곳에서 한여진 시인의 시는 시작되는 것 같다.

*

독특한 시간성에 더해 시인이 만들어 내는 시적 장소의 형태적 특징에 대해서도 언급이 필요할 듯하다. 앞서 여러 작품들을 통해 간접적으로 살펴본 것처럼 '그곳'은 주로 잠든 시적 주체가 경험하는 '꿈'의 형태로 그려진다. '나'는 '너'가 건네준 열 두 장의 달력에 꿈 이야기를 쓰려다 이내 잊어버리기도 하고(「초기화」), 꿈과 산책 사이를 배회하다 세계의 사물들이 깨지고 흘러내리는 경험을 하기도 한다(「테니스」). 기차를 타고 기린, 코뿔소, 호랑이 등 고요한 잠을 자는 여러 동물들을 관람하거나(「나이트 사파리」), 혼자 오래 살았다던 한 남자의 세계를 거울처럼 비추는 원숭이들의 꿈을 꾸기도 한다(「제목없는 나의 노래와 시와 그림과 소설들」).

안타깝게도 그곳에서 만난 인물들과 경험한 이야기의 대부분은 내가 잠에서 깨어 눈을 뜨는 순간 하룻밤의 꿈처럼 금세 사라져 버린다. "눈 뜨

1 해나 아렌트, 서유경 옮김, 『과거와 미래 사이』(한길사, 2023), 80~82쪽 참조.

면 재빨리 사라지는 푸른 눈을 가진 흰고래"(「기다렸다는 듯 나타나는 밤은 없고」)같이 그곳의 기억은 눈 안쪽의 잔상으로만 어슴푸레 남아 있다. 그곳은 온전히 눈을 뜬 상태로는 도달할 수 없는, 이 세계에서 눈감고 나서야 목격할 수 있는 현실 너머의 장소로 그려진다.

하나의 단어.
그는 이제까지의 내 인생을 하나의 단어로 요구한다.

그러니까 이런 것. 아침마다 눈을 뜨면 제일 먼저 떠오르는 뭉게구름처럼 찬물 한잔으로 풀어지는 생각들. 삼십년산 책장에 가득한 책들. 읽어본 것들과 앞으로도 읽지 않게 될 페이지들. 어떤 페이지에서는 도저히 멈출 수밖에 없던 이유들. 이 모든 것들을 단 하나로.

하지만 나는
깨자마자 잊히는 내 꿈의 주인공
멈춰버린 시계가 가리키는 시간
입 밖으로 내어 말할 수 없는 끔찍한 상상들까지
단 하나일 수 없는 나

그리고 다시 넘쳐나는 생각과 생각들. 코와 입과 눈 밖으로 흘러내리고 지금도 흘러내리는 중인 보이지 않는 생각들이 매일 밤마다 나를 덮치고 그것들과 싸워 이기면 건강한 내가 되고 그러지 못한 날에는 세상 모든 것들이 건강할 필요가 없다는 생각을 하며 잠에 드는 나를.

—「인터뷰」 부분

위 시편에서 '나'는 인터뷰를 진행 중이다. 나는 그곳에서 스스로를 하나의 단어로 표현해 보라는 질문을 받는다. 그 요구는 너무나도 단순해서 오히려 나를 괴롭게 만든다. 수많은 나를 정의하는 표현과 흘러넘치는 문장들, "매일 밤마다 나를 덮치"는 꿈과 상념들, "아침마다 눈을 뜨면 제일 먼저 떠오르는 뭉게구름처럼" 금방 다시 흩어지는 생각들을 손쉽게 한 단어로 축약할 수는 없기 때문이다. 이 세계에서 살아가기 위해선 스스로의 쓸모를 증명해야 하고 이곳의 속도와 시간에 내 몸을 맞춰야 하지만, 나는 "두고 온 것들에게 자꾸 마음이 가서 때때로 멈출 수밖에 없는 사람"이자 "멈춰버린 시계가 가리키는 시간" 위에 끝끝내 머무르는 자이기에 이처럼 어울리지 않는 세상에서 자꾸만 조금씩 뒤로 밀려나게 된다.

결국 나는 이곳의 문법과 규격에 자신을 맞추는 것을 포기하고, 여기저기에서 훔쳐 온 문장들과 무수히 흐르는 단어들을 빌려 "깨자마자 잊히는 내 꿈"에 대해 쓰기 시작한다. 그 기록은 시와 소설이기도 하고 캔버스에 적힌 그림이기도 하며, 때로는 스크린에 담긴 영화가 되기도 한다. 그 작품들은 "하얀 것들이 펄펄 내리"(「소설가」)거나 "온통 하얀 창밖과 하얗게 뒤덮인 사람들이 오고가는 풍경"(「두부를 구우면 겨울이 온다」)처럼 대개 하얀 겨울에 인접해 있는 듯하다. 짐작건대 쌓이는 눈과 고요한 겨울의 이미지가 무의미하게 흘러가는 세계의 작동을 일순간 정지시키는 일과 어울려서인 듯싶다.

무엇보다 중요한 것은 이 작품들이 단순히 지난 기록에 머무는 것이 아니라 꿈과 현실을 뒤섞는 매개로 작동하기도 한다는 점이다. 그 작품들은 이곳의 질서를 잠시 뒤흔들어 양쪽 세계를 잠시 겹쳐 놓기도 한다. 「밤 친구」라는 시편에는 '나'가 겪은 이상한 하루 일과가 적혀 있다. 나는 북한산을 걷다가 '멧돼지 출몰주의'라고 표기된 안내판을 마주하고, 만나본 적 없는 멧돼지에 대해 여러 가지 상상을 펼친다. "어쩌면 아주 위험할 수도 있"고 어쩌면 매우 "유쾌할 수도 있"는 미지의 가능성과의 조우를 그리다 까무룩 잠이 들고 만다. 내가 눈을 뜨자 "옆에서 무언가를 쓰고 있었"

던 '당신'이 "잠든 사이 친구가 왔"다는 소식을 건네고 바깥에선 정체를 알 수 없는 "대문 긁는 소리"가 들려온다. 당신이 쓰고 있는 글과 내가 꾼 꿈이 멧돼지에 관한 것이었는지, 아니면 무언가가 대문을 긁어 대는 소리 탓에 선잠에 든 내가 그런 꿈을 꾸게 된 것인지 확실히 알 수는 없지만, 우리의 쓰기를 매개로 꿈과 현실의 경계는 잠시 무화되고 조금씩 서로의 영역을 뒤섞게 된다.

하지만 그러한 뒤섞임과 만남은 언제나 실현 직전의 위험한 예감의 단계에서 중단된다. 가령 「초기화」에서 '나'는 노트 앞에 앉아 시를 쓰려던 찰나 유리창이 깨지고, 행인이 쓰러지고, 배달 기사가 찾아와 시킨 적도 없는 짜장면을 내밀며, 공무원이 찾아와 누수를 잡아야 한다고 주장하는 상황을 연이어 경험한다. 결국 나는 아무것도 쓰지 못한 채 빈 노트 앞에서 눈을 뜨는데, 이처럼 글쓰기를 통한 두 세계의 합일은 손쉽게 이뤄지지 않고 그 순간의 대부분은 파국의 이미지로 그려지곤 한다.

겨울이 도착하고 있다
얼었다 녹고
다시 얼어버리는 눈
미끄러지는 사람들

나는 순간 황홀해진다
눈발 속에
홀로 절이 서 있다

하얀 문과 검은 지붕
검은 지붕 위 쌓여가는
하얀 눈

정지한 세상
고요하고 무궁하게

내가 찾는 것
무엇이었다가 곧 아무것이 되는 그것은 불빛 그것은 굴러가는 토마토 그것은 이국의 사람들이 마시는 뜨거운 홍차 그것은 향기 그것은 허기 그것은 치통 그것은 늙은 개의 얼굴 그것은 울리지 않는 전화벨 그것에 손을 가져가면 순간 사정없이 깨어져

무수히 많은 파편들은
흐르고 넘어지고 흐르고 슬프고 흐르고 흐른 채 나에게 도달한다
눈을 질끈 감는다

—「검은 절 하얀 꿈」 부분

위 시편엔 무언가를 찾아 헤매고 있는 '나'의 모습이 그려져 있다. 주변 사람들은 내가 찾는 무언가가 검은 절에 놓여 있을 거라는 이야기를 하고, 나는 애써 먼 길을 걸어 그곳에 도착한다. 하지만 탐색의 여정이 그곳에서 성공리에 끝났다고 말하기는 어려울 것 같다. 내가 찾는 것들은 분명 절 안에 있지만 그것이 무엇인지 명료히 제시되지는 않는다. 아니 정확히 말하자면 그것은 "무엇이었다가 곧 아무것도 아닌 것이 되"어 버리고 만다. 그것은 "이 절을 지키는 사람"도, "절 뒷마당에 있는 연못"도, "연못에 기울어진 버드나무도 아니다". 단지 "기울어진 버드나무를 더 기울게 만드는 무엇"이라고 어렴풋이 말해질 수 있을 뿐이다.

플로티노스로부터 시작된 부정신학(theologia negativa)의 사유는 이처럼 형용 불가능한 대상을 표현하고 이해하는 데 도움을 준다. 그에 따르면 인간의 언어와 인지로서 설명될 수 없는 존재는 '~가 아니다'는 제

한적인 부정의 방식으로만 그 특성의 일부가 서술될 수 있다. 즉 신의 전지전능함과 영원불멸함은 유한한 시간과 능력을 지닌 인간의 부정태로서만 상상될 수 있고, 형이하학의 물질세계에서 그를 그리려고 하는 모든 시도는 실패로 돌아갈 수밖에 없다는 것이다. 이 시에서 '나'가 찾고 있는 것 또한 짐작과 예감 속에서만 실재하는 듯하고, 뚜렷한 형태를 취하려 하는 순간 곧 아무것도 아닌 것으로 화하고 만다.

그것은 내가 직접 잡아 보려 "손을 가져가면 순간 사정없이 깨어져" 버린다. 내가 찾는 그 대상은 유한한 언어와 현실의 시간이 잠시 "정지한 세상" 속에서만, "고요하고 무궁"한 아름다움의 찰나 속에서만 엿볼 수 있는 무엇인 듯싶다. "그것은 불빛"이거나 "굴러가는 토마토"의 빛깔이고 "이국의 사람들이 마시는 뜨거운 홍차"의 입김이며 "늙은 개의 얼굴"에서 언뜻 비치는 무료한 통증이기도 하다. 아직 도착하지 않은 예감 안에서만 존재하는 그것은 대면하는 즉시 신기루처럼 흩어질 테지만, 그럼에도 분명 있다고 말할 수밖에 없는 무언가이다.

도착과 종결이 한없이 유예될 때 자라나는 상상과 그리움과 결핍과 불행이 무언가를 지속하는 "우리의 힘"(「Beauty and Terror」)에 해당한다면, 「가을과 경」에서 도둑이 훔쳐 간 무의 행방이 밝혀지지 않는 한 그를 향한 '나'의 마음은 한없이 커질 수 있을 것이다. 「Beauty and Terror」에서 '우리'가 그의 머리를 직접 내려치지 않는 한 언젠가 그에게 약속된 결말이 닥칠 때까지 우리들의 분노와 인내는 계속 증식될 수 있을 것이다. 그러니 "해피 엔딩은 믿을 수가 없"(「미선의 생활」)다던 미선 언니는 아마도 다시는 돌아오지 않을 것이다. 우리에게 실로 두려운 것은 끝도 없이 펼쳐진 막막한 현실이 아니라, 모든 가능성이 다 사라진 채로 너절하게 모습을 드러낸 미래가 아닐까. 그렇기에 시인은 소진되지 않는 과거의 기억들을 붙잡고 닫힌 엔딩을 거부한 채 초기화된 첫 문장으로 자꾸만 되돌아가려는 것 같다.

우리 역시 처음으로 돌아가 보자. 열대의 나라를 찾아 떠난 미선 언니는 지금쯤 어디를 향해 가고 있을까. 어쩌면 망고도 열대 과일도 모두 다 질려서 누구도 알지 못하는 새로운 나라로 여행을 떠났을지도 모르겠다. 그렇게 언제나 "미선씨는 계속 떠나는 중"(「미선씨, 소식 없음」)일 것이고 나는 그런 미선의 모습을 습관처럼 생각하게 될 것이다. 그 무용한 그리움과 기다림의 시간만큼 미선 언니를 생각하는 상상의 체적은 더욱 커져 갈 것이다. 그리고 이는 나에게 반복되는 세계의 무늬를 바꾸고 하루하루를 버티게 해 줄 힘이 되어 줄 것이다. '시 쓰는 미선'의 말을 빌리자면 아마도 그것은 각자의 자리에서 "서로를 끌어당기는 고독의 힘"(「미선의 반죽」)일 것이다.

혹 어젯밤 잠자리를 뒤척이다 뭔가 찜찜한 꿈을 꾸었다면, "검정 방울뱀"과 "지리산 반달가슴곰"과 "자바공작새"와 "조선 호랑이"(「초기화」)가 꿈속에서 당신에게 말을 걸었다면, 도시를 걷다가 문득 오래된 건물 앞에 멈춰 서서 갑작스레 동그란 눈물을 툭 떨어트리게 되었다면, 잘 기억나지 않을 그곳의 풍경을 하나씩 노트에 그려 보아도 좋겠다. 일상의 루틴과 속도에 밀려 기이한 예감과 징후들은 곧 가라앉겠지만, 불현듯 잊혀진 도시의 풍광이 떠오르거나 "분명 어딘가 익숙하면서 낯설"(「내일 날씨」)던 이들의 얼굴과 이야기를 기억하게 될 수도 있다. 그러다 보면 어느새 우리도 "오르시에르 오르시에르 앙트르몽 앙트르몽"(「미선언니」) 하고 콧노래를 흥얼거리며 지금도 어딘가로 떠나고 있을 미선 언니의 발자국을 마주하게 될지도 모를 일이다.

봄의 꽃점

이은규 시집 『오래 속삭여도 좋을 이야기』

1　당신의 문장과 문장 사이에서

꽃점을 아시는지요? 잎이 여러 장인 꽃을 가려 꺾어, 꽃잎을 하나하나 떼며 문장을 되뇌어 보는 일입니다. 가령 이런 식입니다. 꽃잎 한 장에 '당신은 나를 사랑한다', 다음 꽃잎에 '당신은 나를 사랑하지 않는다'. 잎이 한두 장밖에 남지 않아 결과가 쉽게 예측이 되는 순간이 오면, 더군다나 결과가 원치 않는 종류의 것이라면 그것은 종종 "쉽게 짓이겨지는 점괘"가 되기도 합니다. 그리곤 곧장 다른 꽃을 집어 들고 바라는 점괘가 나올 때까지, 주문을 외듯 문장을 반복하기도 하지요. 이 시집 속엔 마치 꽃점을 치는 것처럼 하나의 문장 혹은 선언의 가부 사이를 진동하는 시편들이 가득합니다. "꽃잎 하나에 살아야 한다", "꽃잎 둘에 이렇게 살아서는 안 된다"(「한 밤의 줄넘기」)라고 읊조리는 시인의 모습은 흡사 꽃의 생과 자신의 운명을 바꾸려는 것 같아 보이기도 합니다.

첫 꽃잎을 뗄 때 발화되는 문장의 대부분은 신탁처럼 주어진 당신의 문장입니다. '나'는 당신이 "먼 곳에서 보내온 붉은 문장 한 줄을 되풀이"(「쌍리(雙鯉)」)하며 잎을 번갈아 뜯습니다. 당신의 "문장을 안부 삼"아

“한생을 견디고 있구나”, 혹은 “있지 않구나”(「복숭아 기억통조림」). 그 문장들은 언뜻 사랑하는 연인의 편지처럼 읽히기도 하고, 오래전 작가들의 글귀 같아 보이기도 합니다. 『오래 속삭여도 좋을 이야기』를 살펴보면, 사랑했던 이의 삶 속에서 “떠다니는 문장들을 채집”(「채시(采詩)」)하여 다시 쓴 듯한 시편들이 더러 눈에 띕니다.

예컨대 「내가 가장 예뻤을 때」는 시인이 직접 밝히고 있듯 이바라키 노리코의 동명 작품에 기대어 쓴 시편입니다. 이바라키 노리코의 원작이 꽃답던 자신의 시절과 대비되는 전후의 사회 분위기를 다루고 있다면, 이은규의 시 역시 청춘의 시기와 어울리지 않았던 비참한 사회의 풍경을 그리고 있습니다. 양쪽은 거의 완벽하게 대칭을 이루기 때문에, “내가 가장 예뻤을 때”라는 문장을 중심으로 배열된 이은규의 시편은 원작을 매우 아름답게 번안한 혹은 오마주한 작품으로 읽힙니다. 다만 마지막 문장은 이 작품을 조금쯤 다시 생각하게 만듭니다. 프랑스의 루오 할아버지처럼 아름다운 그림을 그리며 살겠다고 다짐하는 시의 마지막 연은 원작과 크게 다르지 않게 마무리되는 듯하지만, 마지막 행에 이르러 “죽기 전 벽난로에 그림을 던져 넣은 그처럼 그렇게”라는 한 문장을 덧붙입니다. 실제 루오는 말년에 300점이 넘는 그림을 난로에 던져 불태웠다 전해집니다. 그 행동의 연유를 명확히 알 길은 없으나, 자신이 쌓아 온 세계를 부정하는 듯한 루오의 모습은 노리코의 원작에서 찾아볼 수 없는 이미지인 것은 분명합니다. 원작과 철저하게 행, 연, 어구 등의 대칭을 지키던 시편에서 유달리 마지막 한 줄을 추가하여 이러한 장면을 끼워 넣은 것은 의미심장해 보입니다.

한편 「스노우볼」이라는 작품은 백석의 시 「나와 나타샤와 흰 당나귀」와 나란히 쓰인 작품입니다. 원작에 관해서는 더 이상의 설명이 불필요할 정도로 미려한 해석들이 다수 나와 있습니다. 「스노우볼」에서도 그 세계는 고요하고 아름다운 모습으로 그려집니다. 내가 아름다운 나타샤를 사랑한다는 이유로 눈이 푹푹 내리는 그 비인과적인 세계는 더러운 세상과 분리된 "고조곤"한 세계입니다. 시인은 '스노우볼'의 내부처럼 눈송이들이 흩어졌다 가라앉는 그 세계의 "시간을 한 생이라 부르자"고 말하곤, 돌연 "그 시간을 한 생이라 부르지 말자"고 선언합니다. 흰 눈꽃 한 점에 "세상 같은 건 더러워 버리는 것"이었다가, 다른 눈꽃 하나에 다시 "버리지 못하는" 것이 되기도 합니다. 이처럼 시인은 당신의 문장을 받아 적는 나와 그것을 부정하는 나 사이에서 이리저리 흔들리는 듯 보입니다.

이토록 눈부신 날
나의 세탁소에 놀러오세요
무엇이든 표백 가능합니다
너무 투명하여, 그림자조차 없는 문장

모든 잎이 꽃이 되는 가을은 두 번째 봄이다
라는 당신의 문장에 기대어 한 절기
환절기 잘 견뎠습니다

네, 문장 덕분입니다
아무렴요 아무렴요

고집이라 쓰고
표백된 슬픔이라 읽습니다
표백된 슬픔이라 쓰고
고집이라 읽지 않습니다

(중략)

먼 구원과 가까운 망각 사이, 당신
모든 기억이 표백되는 겨울은 두 번째 생이다

눈부신 날 이토록
나의 아름다운 세탁소로 놀러오세요
무엇이든 표백 가능합니다
그림자조차 없는 문장, 너무 투명하여

—「나의 아름다운 세탁소」 부분

밤은 참 많기도 하더라,
오래전 그는 조용히 적었습니다
언제나 밀려왔다 밀려가는 것으로
숨기장난하는 어둠은
저 혼자 밤새 안녕합니까, 안녕입니까
같은 문장에 새로운 밑줄을
긋고 또 지우는 날들
때로 한 문장을 넘어서기 위해서
모든 밤이 필요하기도 합니다

(중략)

나는 그의 앵무입니까, 앵무가 아닙니까
온 몸이 꽃잎으로 뒤덮인 앵무는
무럭무럭 어둠을 빨아들이다 지쳐
하얀 밤, 앵무가 되기도 됩니다

구름과 구름 사이를 통과할 만큼
투명에 가까워진 그림자만이
아침이라는 제목의 시를 쓸 수 있습니다
도망쳐온 모든 밤에 안녕과 재앙이 있기를
서로에게 빌어주며, 빌어주지 않으며

—「하얀 밤, 앵무」 부분

「나의 아름다운 세탁소」의 나는 "모든 잎이 꽃이 되는 가을은 두 번째 봄이다"라고 말하던 당신의 문장에 기대어 한 계절을 견뎠다고 이야기합니다. 나는 다소곳이 긍정합니다. "네, 문장 덕분입니다/ 아무렴요 아무렴요". 다만 알베르 카뮈의 것으로 알려진 이 문장은 나의 아름다운 세탁소를 거치는 동안 투명하게 표백되는 듯합니다. 선명하게 까맣던 당신의 문장은 시간이 지남에 따라 바래지고 표백되어 "그림자조차 없는" "너무 투명"한 문장으로 뒤바뀌어 내게 돌아옵니다. 그 문장은 다음과 같이 변주됩니다. "모든 기억이 표백되는 겨울은 두 번째 생이다". 그러고 보면 당신의 문장은 나의 "구원"이기도 하지만, 애써 "망각"해야 할 무엇이기도 한 것 같습니다. 그것은 무감각한 일상으로부터 나를 꺼내 주었다는 점에서 구원의 일종이지만, 나의 평온한 삶을 뒤흔들고 망가트렸다는 점에서 지워 버려야 할 대상이기도 합니다.

「하얀 밤, 앵무」는 "밤은 참 많기도 하더라,"라는 문장으로 시작됩니다. 이는 '역단'이라는 표제 아래 발표된 이상의 시, 「아침」의 한 구절이지요. 오래전 그가 적은 문장을 따라 쓰며 시인은 꽃잎처럼 흔들리는 질문 하나를 던집니다. "나는 그의 앵무입니까, 앵무가 아닙니까". 앵무가 등장하는 이상 텍스트의 사례를 굳이 가져오지 않더라도, 누군가의 앵무새가 아니냐는 자문 속엔 내가 다른 이의 말을 흉내 내기만 하는 존재가 아닌가 하는 의심이 짙게 배어 있는 듯합니다. 당신의 문장을 기점으로 나의 세계가 시작된다는 점에서 나는 당신의 그림자에 불과할지도 모르겠습니다. 하지만 당신의 문장에 "밑줄을 긋고 또 지우는 날들", 그것을 넘어서기 위해 필요했던 모든 밤의 시간들은 그 오래된 문장을 이전과는 다른 무언가로 만들기도 합니다. 앞서 하얗게 표백되었던 당신의 문장처럼, 나는 오랜 밤을 지나 "투명에 가까워진 그림자"가 됩니다. 겨울의 계절을 견뎌 낸 "하얀 밤, 앵무"가 됩니다.

그러니까 당신의 문장은 내게 절대적인 지침 같으면서도, 동시에 애써 극복해야 할 대상같이 느껴집니다. "겨울에서 봄으로" 넘어가는 환절기는 당신의 따스한 "당부"와 걱정으로 간신히 버텨 낼 수 있었던 시간이었지만, 당신의 "모든 당부들과 결별하기 좋은"(「간절기」) 계절이기도 했습니다. 물론 그 결별과 부정이 당신의 영향력을 깨끗이 소거했다고 말하기는 힘들 듯합니다. 한없이 투명해졌을지언정 당신의 그림자는 여전히 내게 드리워져 있습니다. 강하게 "부정할수록 또렷해지는 정답"(「옥탑, 꽃양귀비」)처럼, 당신의 문장을 받아들이며 혹은 거절하며 점점이 꽃잎을 떼던 시간 동안 당신을 향한 나의 마음은 더욱 커져 버린 듯싶습니다. 결국 내게 진실한 것은 당신이 건네준 문장의 진위 여부가 아니라, 그 문장과 문장 사이를 진동했던 시간의 흔적과 두께가 아닐는지요. "마땅할 당, 몸 신". 이제는 "마땅히 내 몸과 같은 당신"(「간헐적 그리움」) 때문에 나의 삶은 아름답게 망가졌지만 그로 인해 구원받게 되었습니다. 아무렴요, 당신 덕분입니다.

2　귀, 향기를 듣다 혹은 부끄러워하다

당신이라는 존재는 문장뿐만 아니라 목소리로 현전하기도 합니다. 구원과 목소리라는 측면에서 그 이미지는 언뜻 종교적으로 느껴질 법도 합니다. 「필사」라는 작품을 보면 "신의 음성을 손끝으로 되살리는 숙제"를 지닌 한 수도사가 등장합니다. 누군가의 목소리를 받아 적는다는 점에서 나와 수도자의 행위는 엇비슷해 보이지만, 내가 밑줄을 그은 것은 "내게 능력 주시는 자 안에서/ 내가 모든 것을 할 수 있느니라"라고 말하는 신앙의 구절이 아니라 "차라리" "신은 무의식이다"라고 외치는 "오독"의 문장입니다. 정신분석학적 명제에 가까운 이 문장은 여러 가지로 해석되겠으나, 손쉬운 설명을 택하자면 그것은 신의 죽음 이후에 작동하는 신의 존재 방식에 가까울 것입니다. 무신론자들은 신이 죽었다는 사실은 알고 있지만, 자신들이 무의식적으로 행하는 말과 행동 속에서 이미 신을 전제하고 있다는 사실은 알지 못한다고, 라캉은 말했습니다. 이를 달리 생각해본다면, 여기 부재하는 (당)신은 나의 "필사적"인 행위와 실천 속에서만 생성되고 유지되는 존재가 아닐는지요.

그렇게 본다면 이 시집 속에서 당신의 목소리 못지않게 중요한 쪽은 그것을 애써 들으려는 나의 '귀'인 듯싶습니다. 이는 목소리를 대하는 시인의 시적 태도와 연관되어 있습니다. 이은규 시인의 전작 『다정한 호칭』을 아껴 읽었던 이라면, 「청진(聽診)의 기억」이라는 시편을 기억할지도 모르겠습니다. 그 작품 속에서 청진의 기원은 "병명을 알 수 없는 환자가 안타까워 체내의 음에 귀 기울인 데서 시작"된 것이라 전해집니다. "말 더듬이였던 당신", 말의 속도에 지친 당신을 위해 "가슴에 귀를 대고 기다려주"던 장면처럼, 청진은 선재하는 절대적 음성을 수동적으로 수용한다기보다는 감각할 수 없는 것을 애써 듣고자 하는 태도에서 생겨난 것 같습니다. 이전 시집에 해설을 남긴 조강석 평론가는 이를 두고 '사이를 듣는 귀'라는 이름을 붙이기도 했습니다. 그리고 이 다정한 청진의 자세는 이번 시집에서도 여전히 계승되고 있는 듯합니다.

「문진」이라는 작품에서는 '검은 돌'을 심장 쪽에 대며 아픈 곳을 묻는 당신의 목소리가 들려옵니다. 당신은 걱정과 웃음이 반쯤 섞인 말투로 내게 묻습니다. "그렇게 얇은 종이장 같은 가슴으로 어떻게 살아갈래요". 하지만 다정했던 그 문진(問診)은 과거의 것이어서, 이제 나는 기억 속 당신의 목소리를 더듬으며 "검은 돌을 가슴에 올려놓고" 나서야 겨우 "잠을 청하"곤 합니다. 마음을 진찰하던 과거의 검은 돌은 당신의 손길과 음성을 간직한 둥근 문진(文鎭)이 되었고, 얇은 종이처럼 흩날리려 하는 지금의 내 삶을 지그시 눌러 놓습니다. 오랜 시간을 매만지고 함께했던 문진 덕분에 나는 부재하는 당신의 목소리를 떠올립니다. 그렇게 떠올린 당신의 음성이 다시 나의 삶을 지탱해 주는 듯합니다. 그러니까 누군가의 목소리가 들리지 않는다는 것은 그이가 말을 하지 못해서가 아니라 "말 못 할 네 문장을 대신 간직해 줄", 혹은 끈질기게 그 소리를 "들어줄 귀가 없을 뿐"(「밤과 새벽의 돌멩이」)이라고 시인은 생각하는 것 같습니다.

꽃을 즐겨 그리다 쇠약해진
그가 병원을 찾았을 때 의사는 물었다
쇠를 다루는 대장장이인가요

잊을 수 없는 질문이었다는 편지 속 문장
유화라기보다 으깬 꽃잎에 가까운 그림들
예술이란 온 몸의 노동이어야 한다는
그의 믿음은 아름다운 이데올로기

귀가 아플 만큼 고요한 날
귀를 자른 그는 미친 듯이 웃는 것으로 한 계절을 앓았다

모든 꽃은
　　　　　안 들리는 한 점 향기를

수없이 두드린 봄의 노동

—「꽃소식입니까」 부분

자신의 귀를 자른 한 사람이 있습니다. 아마도 그는 화가 고흐인 것 같습니다. 그가 귀를 자른 이유에 대해서는 여러 가설과 의견이 분분해 아직까지도 그 연유를 명확히 알 수는 없습니다. 나는 상상 속에서나마 당신이 귀를 잘랐던 날의 풍경을 그려 봅니다. "귀가 아플 만큼 고요한 날", 평생 꽃을 그리다 쇠약해진 당신은 무언가를 견딜 수 없어 자해를 시도했습니다. "안 들리는 한 점 향기를" 듣기 위해, 당신은 하얀 밤 위로 수없이 붓을 두드렸겠지요. "귀는 깊어 슬픈 기관"이라는 표현을 빌려 생각해 본다면, 당신은 깊어서 잘 들리지 않는 귀를 바깥에 "잘라 걸어 놓"(「청진의 기억」)고 만족한 듯 웃으며 한 계절을 앓았던 것인지도 모르겠습니다.

지독한 가난 때문에 자신의 재능을 모두 꽃피워 보지도 못한 당신은 자신을 평생 후원해 주었던 동생의 조력 덕분에 그림을 계속 그릴 수 있었고, 동생과 나눈 수백 통의 편지 사이로 다음과 같은 문장들을 적어 보냈습니다. 몸이 나빠진 당신이 의사를 찾아갔을 때 그는 다음과 같이 물었습니다. 당신은 "쇠를 다루는 대장장이인가요"? 그의 말이 너무나도 기뻤던 건 "예술이란 온 몸의 노동이어야 한다"는 당신의 믿음을 그가 간접적으로나마 알아봐 주었기 때문일 것입니다. 들리지 않는 향기를 피워 내기 위해 수없이 두드리고 두드리다 겨우 탄생하게 되는 봄꽃처럼, 붓의 수많은 담금질과 덧칠로 그려 낸 당신의 작품 또한 "유화라기보다 으깬 꽃잎에 가까운 그림"이었을 것입니다.

꽃의 향기를 듣고자 하는 노력과 헌신은 「옛날 일기를 새로 읽다」라는 작품에서도 발견됩니다. 박지원의 『열하일기』를 모티프로 차용한 이 시편에서, 나는 "한 치 앞 꽃향기도 분간할 수 없는 밤", "눈먼 자의 도강(渡江)"을 감행합니다. "나는 말을 믿고, 말은 제 말굽을 믿"고 있었으므로, 나는 말과 함께 그 칠흑 같은 어둠을 건널 수 있었습니다. 물론 이때의 말은 동물과 언어의 이중적인 은유일 것입니다. 꽃을 두드리던 봄과 당신의 망치처럼, '말'은 "꽃향기가 들려올 거라는 믿음"을 실현해 줄 나의 무기이자 동반자인 셈이지요. 말에 애착을 보이는 이의 모습은 「말의 목을 끌어안고」라는 시편에서도 잘 나타납니다. 그 속엔 마부의 채찍을 몸으로 막으며 "말의 목을 끌어안고 흐느꼈다는 한 사람"의 이야기가 나옵니다. 이는 아마도 니체의 일화인 듯합니다. 당신이 마부의 채찍질을 가로막았던 이유는 "세상의 말에 귀가 부끄러웠기 때문"이라고 시인은 적고 있습니다. 사실 귀는 깊고 내밀한 기관임과 동시에 바깥의 자극에 예민하게 반응하는 돌출된 기관이기도 합니다. 그러므로 시인에게 귀는 가청 영역 바깥의 향기까지 들으려 하는 고집과 믿음의 상징이면서도, 세상의 소음에 가장 먼저 붉어져 버리는 부끄러움의 표지가 되기도 합니다.

니체는 부끄러움과 관련하여, 인간은 수치심을 느낀다는 점에서 붉은 뺨을 가진 짐승이라고 이야기한 바 있습니다. 이는 고귀한 자가 스스로 지켜 온 어떤 가치나 신념이 훼손당했을 때 느끼는 감정일 것입니다. 다만 진은영 시인은 한 산문에서, 이러한 니체의 태도를 우리가 받아들이기는 쉽지 않다고 말합니다.[1] 그것이 어려운 건 수치심이 고결한 이의 감정이라는 니체의 주장에 동의하지 못해서가 아니라, 수치심과 대비되는 연민의 감정을 그가 집요하게 비난해서입니다. 니체는 연민이란 게으르고 뻔뻔한 이들의 감정이라고 매정하게 잘라 말합니다. 타인의 아픔에 측은함을 느끼는 보통 사람들의 선량한 마음을 그가 거세게 비난하는 이유는 무엇일까요.

1 진은영, 「우리의 연민은 정오의 그림자처럼 짧고, 우리의 수치심은 자정의 그림자처럼 길다」, 『눈먼 자들의 국가』(문학동네, 2014), 71~73쪽.

제철 맞은 꽃들이
분홍과 분홍 너머를 다투는 봄날
사랑에도 제철이 있다는데
북향의 방 사시사철 그늘이 깃들까 머물까
귀가 부끄러워, 방이 운다 웅 — 웅
얼어붙은 바다 속 목소리

(중략)

그럼에도 불구하고 애도
나는 뉘우치지 않겠습니다
나는 용서하지 않겠습니다
나는 화해하지 않겠습니다
사시사철 환한 그늘이 한창일 북향의 방
얼어붙은 바다를 부술 것, 목소리를 꺼낼 것
끝은 어디쯤일까 다시 봄이 오기 전
의문문은 완성되어야 한다

도처에 꽃말과 뉘우침과 용서와 화해들
귀가 부끄러워, 결별하기 좋은 봄의 시국

—「귀가 부끄러워」 부분

꽃들이 분홍을 다투는 봄날, 나는 볕이 쉬이 들지 않는 "북향의 방"에 앉아 있습니다. "사시사철 그늘"이 깃드는 그곳에서, 나의 "귀가 부끄러워"지는 까닭은 "얼어붙은 바다 속 목소리"는 점차 들리지 않는 반면 "뉘우침과 용서와 화해"의 소리만 도처에 가득 차 있기 때문입니다. 불행하게 일어난 '사고'에 연민과 동정의 감정을 느끼는 것은 인간의 마음이 지닌 선량함의 발로일 것이나, 니체가 보기에 그것은 비극적 상황에 어떠한 변화도 가지고 오지 못하는 감정의 작은 선행에 불과합니다. 그 무해한 슬픔은 곧잘 손쉬운 화해와 용서로 화하는 듯도 합니다. 한편 수치심은 상황을 바꾸지 못한 자신에 대한 부끄러움인 것 같습니다. 그것은 결여의 자각과 변화의 욕망을 동반한다는 점에서 일종의 존재적 '사건'에 가깝습니다. "질문이 없는 답에 쉽게 고개를 끄덕여버린" 일에 "부끄러움"(「홍역(紅疫)」)을 느꼈던 나는, 상황을 종결지으려는 마침표와 결별하고 다시 "의문문"을 붙잡습니다. 나는 외치듯 묻습니다. "대답하라, 사고와 사건의 차이를"(「목요일이었던 구름」). 부끄러운 소음에 예민하게 붉어졌던 나의 귀는 질문을 붙잡고 다시 오래도록 기다리는 귀가 됩니다. 어둠이 표백되는 하얀 밤을 견뎌 냈던 앵무처럼, 나는 "환한 그늘이 한창일 북향의 방"에서 다가올 새벽을, 또 한 번의 봄을, 부재하는 당신의 목소리를 고집스레 기다립니다.

3 봄의 선언과 반복

매년 다시 찾아오는 봄은 시인에게 늘 중요한 시적 모티프가 되어 왔지만, 첫 시집이 세상에 나왔던 봄과 두 번째 시집이 맞이할 봄이 같다고 말하기는 힘들 듯합니다. 『오래 속삭여도 좋을 이야기』에서 봄의 반복은 크게 두 가지 의미가 있는 것 같습니다. 하나는 상수로서 작동하는 힘입니다. 가령 「오는 봄」에서 나는 "가장 견디기 어려운 것은/ 중력이었다"라는 고백을 전합니다. 이 구절에 덧대어진 문장은 이상의 시 「최후」입니다. "사과한알이떨어졌다.지구는부서질정도로아팠다.최후.이미여하한정신도발아하지아니한다." 아마도 이상은 뉴턴의 일화를 가져와 근대성과 관련된 문제의식을 형상화하려 했던 것이겠지만, 「오는 봄」에 삽입된 당신의 문장은 근대성의 이미지보다는 '중력'에 방점이 찍혀 차용된 듯싶습니다. 이는 거부할 수 없도록 운명 지어진 힘이자, 새로운 생각과 행동을 재차 무화시키는 힘으로 다가옵니다. 그렇기에 중력처럼 벗어날 수 없는 "봄"은 나에게 "가도 가도" "계속 돌아"오는 제자리걸음처럼 느껴집니다.

또 하나의 반복은 일종의 고집처럼 작동하는 힘입니다. 그것은 주로 평화로운 일상의 풍경을 거부하며, 불화의 태도를 유지하려는 나의 모습으로 나타납니다. 선우은실 평론가는 이은규 시인이 저항하는 적 또는 불화하는 대상은 '시간'이라고 이야기한 적이 있습니다.[2] 이에 기대어 보자면, 나에게 "언제나 승리"하는 "적"(「천둥벌거숭이」)이란 곧 시간이라고 말할 수도 있을 것입니다. 선명했던 기억을 조금씩 흐리게 하고, 가라앉은 목소리를 점차 희미하게 만들며, 일련의 행동을 무화시키는 시간은 중력처럼 상시 작동하는 힘이자 폭력처럼 되풀이되는 봄과도 같습니다. 흥미로운 것은 반복되는 시간의 힘에 맞선 나의 무기 또한 고집스런 반복이라는 점입니다. 이 시집 속엔 '줄넘기', '이중나선', '캐치볼' 등 반복의 운동성을 지닌 소재들이 다양하게 등장합니다. 걸어도 걸어도 변하지 않는 쳇바퀴 같은 삶이지만, 나는 "그럼에도 불구하고 멈추지 않을 것"(「벚꽃 이동통신」)이라 다짐합니다. 꽃잎 하나를 떼듯 다음 걸음을 떼며 짐짓 능청스레, 하지만 고집스레 속삭입니다. "지구는 둥그니까 자꾸 걸어나가면/ 온 세상 당신을 다 만나게 되지 있을까"(「밤은 짧아 걸어 아가씨야」).

누가
봄을 열었을까, 열어줬을까

2 선우은실, 「우리의 선언, 우리의 저항」, 《포에트리 슬램》 3호(포에트리, 2018), 124쪽.

허공에서 새어나온 분홍 한 점이 떨고 있다
바다 밑 안부가 들려오지 않는데, 않고 있는데

덮어놓은 책처럼
우리는 최선을 다해
세상에서 가장 이기적인 말을 반복했다
미안(未安)
잘못을 저지른 내 마음이 안녕하지 못하다는 말
이제 그 말을 거두기로 하자, 거두자

슬플 때 분홍색으로 몸이 변한다는 돌고래를 보았다
모든 포유류는 분홍분홍 울지도 모른다

오는 것으로 가는 봄이어서
언제나 봄은 기억투쟁 특별구간이다
그렇게 봄은 열리고 열릴 것

인간적인 한에서 이미 악을 선택한 거라고 말한다면
그 때 바다에 귀 기울이자
슬픔은 날마다 새로 태어나는 그 무엇이어서
봄은 먼 분홍을 가까이에 두고 사라질 것

성급한 용서는
이미 일어난 일을 다시 일어날 수 있는 일로 만든다
오래 이어질 기억투쟁 특별구간

멀리서 가까이서 분홍분홍 들려오는 밤
덮어놓은 책은 기도와 같다는 문장에 밑줄을 긋는다
오고 있을 문장은 기도가 아니라 선언이어야 할 것

봄을 닫기 전에, 닫아버리려 하기 전에
누군가

—「봄의 미안」 전문

어김없이 봄은 열립니다. 다만 예전처럼 "바다 밑 안부가 들려오지 않"아, 허공의 분홍 꽃잎 한 점은 불안에 떨고 있습니다. 그해 봄, 우리가 할 수 있었던 최선의 말은 "미안(未安)"이었습니다. 그러나 나는 그 말을 더 이상 입에 담지 않으려 합니다. 나의 마음이 편안하지 않다는 그 진심 어린 위로의 말은 동시에 나의 마음을 편하게 하고 싶다는 인간적인 욕망의 말이기도 하여서, 가까스로 열린 봄을 다시 무감각하게 닫아 버리기도 합니다. 언제나 승리하는 적들은 시간의 편에 서서 손쉬운 화해와 용서를 외치는 누군가이기도 하지만, 그 시간의 중력에 편히 휩쓸려 들어가려 하는 나 자신의 모습인 것 같기도 합니다.

그렇기에 매년 반복되는 봄은 무화시키려는 힘과 지속하려는 힘 사이의, 멀리 떠나가게 하려는 원심력과 끝까지 붙들고 있으려는 구심력 사이의, "가만히 있으라"던 명령과 "가만히 있지 마라"(「봄이 달력에 보이는 것보다 가까이 있음」)라는 전언 사이의 "기억투쟁" 구간입니다. 적, 꽃잎, 투쟁, 그리고 "책과 혁명"(「꽃과 굴착기」) 등의 이미지들은 언뜻 김수영 시인의 시어와 겹쳐지는 듯도 합니다. 김수영은 「꽃잎」이라는 작품에서 꽃잎과 혁명을 함께 언급한 적 있습니다. 그는 혁명이라는 단어에 꽃잎과 바위를 나란히 포개어 놓습니다. 거대한 충격을 던져 주는 바위에 비해 꽃잎이 우월한 점은 그것이 '나중에' 떨어진다는 것, 그리고 재차 '반복'하여 떨어진다는 것입니다. 김수영 시의 이미지를 잠시 빌려 본다면, 무기력한 운명이 반복의 능력으로 전환될 때 잠시나마 꽃잎은 시간을 이기는 혁명적인 힘으로 화하기도 합니다. 분홍빛 꽃잎과 슬픔을 휘날리며 반복되는 봄 또한 "이미 일어난 일을 다시 일어날 수 있는 일로 만"든다는 점에서 무력하게 닫힌 원환의 계절이지만, 이미 발생한 슬픔을 "날마다 새로 태어나는 그 무엇"으로 만든다는 점에서는 활짝 열려 있는 계절이 되기도 합니다.

이 같은 반복의 미학은 시의 형식에서도 간접적으로 드러납니다. 위 시편을 포함하여 시집 속 여러 작품들이 처음과 끝의 형태를 유사하게 반복하고 있습니다. 이은규 시인의 시가 종종 예스럽게 느껴지는 것은 어조, 소재, 태도 등의 여러 가지 이유 때문이겠지만, 다소 고전적인 수미상관의 형식 역시 그에 한몫을 하는 것 같습니다. 그러나 좀 더 자세히 살펴보면 그 대칭적 형태는 미묘하게 변형되어 있는 듯합니다. 굳이 표현하자면 A와 A′보다는 ab와 b′a′ 쪽에 가깝다고 해야 할까요. 이 같은 형식은 「검은 숲」, 「세상 쪽으로 한 뼘 더」, 「홍역(紅疫)」, 「빗장」, 「탐구생활」, 「웃는 돌」, 「매핵(梅核)」, 「캐치, 볼」 등 많은 작품에서 반복됩니다. 위에 인용된 「봄의 미안」에서도 "누가/ 봄을 열었을까, 열어줬을까"로 시작된 첫 연은 마지막 연에 이르러 "봄을 닫기 전에, 닫아버리려 하기 전에/ 누군가"로 순서가 뒤바뀐 채 마무리됩니다. 이는 안정적으로 종결되는 느낌을 선사하기도 하지만, 다시 첫 문장을 반복하려는 듯한 인상을 주기도 합니다. 마지막 꽃잎을 뗀 후 처음의 문장을 되풀이하는 꽃점처럼, 나는 마지막 문장을 도돌이표 삼아 "혼자 부르는 돌림노래"(「홍역」)를 다시 시작하려는 것 같습니다.

익명으로 『반복』이라는 책을 쓴 키르케고르는 진정한 반복은 뒤가 아니라 앞을 향하여 되풀이된다고 말했습니다. 그의 전언을 빌린다면 이은규 시의 반복은 단순히 과거의 슬픔을 재현하려는 것이 아니라, 시간의 안이함으로 묻어 두려 했던 부끄러움과 바다 아래로 갇혀 버릴 뻔했던 어떤 가능성들을 다시 꺼내 올리려는 시도가 아닐는지요. "오고 있을 문장은" 오래전 "덮어 놓은 책" 속의 "기도"가 아니라 "선언"이어야 한다고 나는 말합니다. 마찬가지로 내가 당신에게 바쳤던 꽃잎의 "모든 고백은 선언"(「말의 목을 끌어안고」)입니다. 그것은 미덥지 못한 점괘에 자신의 운명을 내맡긴다는 뜻이 아니라, 당신에게서 건네받은 문장으로 무언가를 시작한다는 의미에 가깝습니다. 선언처럼 입 밖으로 꺼낸 당신의 문장이 나의 행동을 이끌어 가고, 그 문장과 문장을 고치고 부정하며 진동하는 시간 속에서 걸어간 거리만큼이 다시 내 운명을 주재하는 것 같습니다. 약속처럼 또다시 봄입니다. 이 봄이 오기까지 견뎌 온 꽃잎의 시간과 "믿을 수 있는 꽃점"(「한 밤의 줄넘기」)을 들고 찾아온 시인의 안부를 당신에게 대신 전하고 싶습니다. 다시 피어날 봄꽃처럼 내내 어여쁘시길.

조대한

1986년 남해 출생. 서울과기대 문예창작학과를 졸업하고 한양대 국어국문학과에서 박사과정을 수료했다. 2018년 《현대문학》을 통해 비평 활동을 시작했다. 함께 쓴 책으로 『시, 인터-리뷰』가 있다.

세계의 되풀이

1판 1쇄 찍음 2023년 12월 22일
1판 1쇄 펴냄 2023년 12월 29일

지은이 조대한
발행인 박근섭, 박상준
펴낸곳 (주)민음사

출판등록 1966. 5.19. (제16-490호)
주소 서울특별시 강남구 도산대로1길 62(신사동) 강남출판문화센터 5층 (우편번호 06027)
대표전화 02-515-2000 팩시밀리 | 02-515-2007
홈페이지 WWW.MINUMSA.COM

ISBN 978-89-374-1245-5 04810 978-89-374-1220-2(세트)

* 잘못 만들어진 책은 구입처에서 교환해 드립니다.
* 이 책은 서울문화재단 '2020년 첫 책 발간 지원사업'의 지원을 받아 발간되었습니다.